APOLLO
I BOSKIE PRÓBY

V

WIEŻA NERONA

Galeria Książki

RICK RIORDAN

APOLLO
I BOSKIE PRÓBY

V
WIEŻA NERONA

Przełożyły Agnieszka Fulińska i Aleksandra Klęczar

Wydawnictwo Galeria Książki
Kraków 2020

Tytuł oryginału
The Trials of Apollo, Book Five: The Tower of Nero

Jacket design by Joann Hill

Opracowanie redakcyjne i DTP
Pracownia Edytorska „Od A do Z" (oda-doz.pl)

Redakcja
Katarzyna Kierejsza

Korekta
Maciej Cierniewski

Opracowanie okładki i DTP
Stefan Łaskawiec

Wydanie I, Kraków 2020
ISBN 978-83-66173-62-0

Wydawnictwo Galeria Książki
www.galeriaksiazki.pl
biuro@galeriaksiazki.pl

Dla Becky.
Każda podróż prowadzi mnie z powrotem do domu, do Ciebie

1

Typ w postaci dwugłowego węża
Psuje mi cichą podróż
Buty Meg cuchną

PODCZAS PODRÓŻY PRZEZ WASZYNGTON można oczekiwać spotkania z kilkoma żmijami w ludzkim przebraniu. Niemniej trochę mnie zmartwił widok dwugłowego boa dusiciela, który wsiadł do naszego wagonu na dworcu Union Station. Wąż zdołał wepchnąć się w niebieski jedwabny garnitur: jego sploty, wystające z rękawów i nogawek, imitowały ludzkie kończyny, a dwie głowy sterczały nad kołnierzykiem eleganckiej koszuli jak podwójny peryskop. Poruszał się z gracją zaskakującą u kogoś, kto w sumie był wyłącznie balonowym stworkiem w rozmiarze XXL. Zajął miejsce na drugim końcu wagonu, twarzą do nas. Reszta pasażerów zignorowała go – z całą pewnością Mgła namieszała im w percepcji i sprawiła, że widzieli po prostu jeszcze jednego człowieka jadącego koleją. Wąż nie wykonywał żadnych groźnych ruchów ani nawet nie patrzył w naszą stronę – równie dobrze mógł być po prostu zapracowanym potworem w drodze do domu. A jednak nie mogłem zakładać…

– Nie chcę cię straszyć, ale… – szepnąłem do Meg.

– Ciii – przerwała mi.

Meg bardzo poważnie traktowała zasady panujące w strefie ciszy. Od kiedy wsiedliśmy, większość dźwięków w naszym wagonie powodowała właśnie ona, uciszając mnie za każdym razem, kiedy się odezwałem, kichnąłem czy odchrząknąłem.

– Ale tam siedzi potwór – powtórzyłem z uporem.

Podniosła na mnie wzrok znad „Magazynu Podróżnego" i uniosła jedną brew nad ozdobioną cyrkoniami oprawkę okularów, jakby pytała: „Gdzie?".

Skinąłem głową w kierunku węża. Gdy pociąg ruszył, lewa głowa zaczęła gapić się za okno, podczas gdy prawa chlipała językiem wodę, którą stwór przytrzymywał pętlą ciała udającą dłoń.

– To amfisbena – wyszeptałem, po czym, chcąc być pomocny, dodałem: – Wąż, który ma po jednej głowie na każdym końcu.

Meg zmarszczyła czoło, a potem wzruszyła ramionami – uznałem, że znaczy to: „Wygląda niegroźnie" – i wróciła do lektury. Stłumiłem chęć pokłócenia się z nią, głównie dlatego że nie chciałem znowu usłyszeć: „Ciii".

Rozumiałem, czemu Meg potrzebuje spokoju. W zeszłym tygodniu stoczyliśmy walkę z dzikimi centaurami w Kansas, spotkaliśmy wściekłego ducha głodu przy największym widelcu świata w Springfield w Missouri (nawet nie zrobiłem sobie selfie) i udało nam się uciec przed parą niebieskich drakonów z Kentucky – ale żeby to zrobić, musieliśmy obiec kilka razy tor wyścigowy Churchill Downs. Być może po tym wszystkim nie należało przejmować się wężem w garniaku, zwłaszcza że jak na razie dawał nam spokój. Próbowałem się zrelaksować, podczas gdy Meg zagrzebała się w lekturze artykułu o miejskim ogrodnictwie. Od kiedy ją poznałem, sporo wyrosła, ale ciągle była na tyle niewielkiego wzrostu, że mogła wygodnie oprzeć nogi w czerwonych tenisówkach na sąsiednim siedzeniu. Wygodnie dla siebie znaczy niekoniecznie dla innych pasażerów albo dla mnie – Meg nie zmieniała butów od czasu naszej ucieczki przed drakonami, więc jej tenisówki wyglądały i cuchnęły jak koński zad. Przynajmniej przebrała się ze znoszonej zielonej sukienki w tanie dżinsy i zieloną koszulkę z napisem: „VNICORNES IMPERANT!", którą kupiła w sklepiku z pamiątkami w Obozie Jupiter. Z krzywo odrastającą fryzurą na pazia i paskudnym czerwonym pryszczem na podbródku nie przypominała już dziewczynki z przedszkola. Zaczynała wyglądać na swój wiek – na dwunastolatkę wkraczającą do piekła zwanego dojrzewaniem.

Nie podzieliłem się z nią tą obserwacją. Po pierwsze, miałem własne pryszcze. Po drugie, Meg jest moją panią i jako taka może mi dosłownie kazać wyskoczyć przez okno, a ja będę musiał posłuchać.

Pociąg toczył się powoli przez przedmieścia Waszyngtonu. Popołudniowe słońce migało między budynkami jak lampa w dawnym kinowym projektorze. To był ten cudowny moment dnia, kiedy bóg słońca mógł powoli kończyć pracę, ruszać ku stajniom, by tam zaparkować rydwan, a potem – do pałacu, gdzie czekał puchar nektaru, parę tuzinów oddanych nimf i nowy sezon *Całej prawdy o boginiach Olimpu*. To jednak nie dla mnie. Ja miałem tylko skrzypiące siedzenie w pociągu i godziny na gapienie się w cuchnące buty Meg. Tymczasem amfisbena na drugim końcu wagonu ciągle nie robiła nic złego – no, chyba że za zło uznamy picie wody z jednorazowej plastikowej butelki.

Tylko czemu miałem gęsią skórkę?

Nie mogłem oddychać i czułem się uwięziony na siedzeniu w pociągu. Może po prostu denerwowałem się na myśl o tym, co nas czeka w Nowym Jorku. Po sześciu miesiącach w tym żałosnym śmiertelnym ciele byłem coraz bliżej ostatecznej rozgrywki. Meg i ja tłukliśmy się w kółko po całych Stanach, uwalniając prastare Wyrocznie, pokonując legiony potworów i cierpiąc nieopisane katusze w amerykańskiej komunikacji zbiorowej. W końcu, po wielu tragediach, pokonaliśmy dwóch ze złych cesarzy Triumwiratu, Kommodusa i Kaligulę, w bitwie w Obozie Jupiter.

Najgorsze jednak było dopiero przed nami.

Wracaliśmy tam, gdzie się zaczęły nasze kłopoty – na Manhattan, do centrum operacyjnego Nerona Klaudiusza Cezara, przybranego ojca Meg i mojego najmniej ulubionego skrzypka na świecie. Nawet gdyby jakimś cudem udało się nam go pokonać, w tle czaił się jeszcze gorszy przeciwnik: mój arcywróg, Pyton, który zagnieździł się w świętej Wyroczni Delfickiej, jakby to było jakieś tanie AirBnB!

W ciągu najbliższych paru dni albo pokonam wrogów i stanę się z powrotem bogiem Apollinem (zakładając, że mój ojciec Zeus się na to zgodzi), albo umrę, próbując to osiągnąć. Tak czy inaczej, mój czas jako Lestera Papadopoulosa dobiegał końca.

Może w tym, że byłem jak nakręcony, nie kryła się żadna inna zagadka?

Spróbowałem skupić się na pięknym zachodzie słońca. Próbowałem przestać obsesyjnie myśleć o mojej liście niewykonalnych zadań i o dwugłowym wężu w szesnastym rzędzie.

Udało mi się wytrzymać aż do Filadelfii, ale kiedy wyjechaliśmy ze stacji w tym mieście, dwie rzeczy stały się oczywiste. Po pierwsze, wąż amfisbena nie wysiadł, czyli nie był zwykłym pasażerem jeżdżącym do pracy. Po drugie, mój radar wykrywający niebezpieczeństwa piszczał jak szalony.

Czułem się *śledzony*. Miałem to samo uczucie mrowienia w całym ciele, które kojarzyłem z zabawą w chowanego z Artemidą w lesie – a konkretniej z momentem, kiedy moja siostra i jej Łowczynie wyskakiwały z krzaków i zaczynały szpikować mnie strzałami. Wtedy byliśmy jeszcze młodymi bogami i bawiły nas takie proste rozrywki. Zaryzykowałem rzut oka na amfisbenę i omal nie wyskoczyłem ze skóry. Stwór gapił się teraz prosto na mnie czworgiem niemrugających oczu, które... chyba właśnie zaczynały świecić? O, nie, nie, nie. Świecące oczy zawsze oznaczają kłopoty.

– Muszę wstać – powiedziałem Meg.

– Ciii – syknęła.

– Ale ten stwór. Chcę na niego zerknąć z bliska. Oczy mu świecą – upierałem się.

Meg spojrzała na pana Węża zmrużonymi oczami.

– Wcale nie świecą. Po prostu błyszczą. Poza tym on tylko siedzi – zawyrokowała.

– Ale podejrzanie! – zaprotestowałem.

– Ciii! – szepnął siedzący za nami pasażer.

Meg uniosła brwi z miną: „A nie mówiłam?".

Wskazałem gestem w głąb wagonu i zrobiłem błagalną minę. Przewróciła oczyma, wyplątała się ze skomplikowanej pozycji, jaką przyjęła, i pozwoliła mi wyjść.

– Nie zaczynaj żadnych bijatyk – powiedziała.

Super. Teraz będę mógł się bronić dopiero po tym, jak potwór zaatakuje.

Stanąłem w przejściu, czekając, aż krew z powrotem zacznie mi krążyć w zdrętwiałych nogach. Ten, kto wynalazł ludzki krwiobieg, zawalił sprawę.

Amfisbena nadal pozostawała na miejscu, z oczyma ciągle wbitymi we mnie. Potwór wydawał się w transie. Może zbierał energię na superatak? Czy amfisbeny robią coś takiego? Przebiegłem w myślach wszystko, co wiedziałem o tych stworach, ale niewiele to pomogło. Rzymski pisarz Pliniusz głosił, że noszenie na szyi żywej młodej amfisbeny zapewnia bezpieczną i spokojną ciążę (mało przydatne). Noszenie skóry potwora może dodawać atrakcyjności (Hmm. Nie, nadal nieprzydatne). Obie głowy mogą pluć trucizną. Aha, to pewnie to: potwór zbierał siły, żeby zarzygać trucizną z dwóch głów jednocześnie cały wagon!

Co miałem zrobić? Chociaż co jakiś czas miewałem nagłe przypływy boskich sił i mocy, nie mogłem na nie liczyć zawsze, kiedy były potrzebne. Przez większość czasu ciągle byłem żałosnym siedemnastolatkiem. Mogłem pójść po łuk i strzały, ukryte w bagażu na górnej półce. Fajnie byłoby mieć broń. No tak, ale to by od razu ujawniło moje wrogie zamiary i Meg na pewno objechałaby mnie za to, że przesadzam (no sorry, Meg, ale te oczy *świecą*, nie po prostu błyszczą).

Ech, trzeba było schować jakąś mniejszą broń, na przykład sztylet, w koszuli. Czemu nie jestem bogiem sztyletów? Postanowiłem przejść się po wagonie tak, jakbym po prostu kierował się do toalety. Jeżeli amfisbena zaatakuje, będę wrzeszczeć. Może Meg odłoży wtedy czasopismo i pospieszy mi na ratunek. Przynajmniej wymuszę nieuniknioną konfrontację – jeżeli wąż się nie ruszy, może naprawdę jest niegroźny. Wtedy po prostu pójdę do toalety, bo i tak muszę.

Ruszyłem przed siebie na ciągle mrowiących nogach, co wcale nie pomogło mi wyglądać naturalnie i swobodnie. Najpierw chciałem zagwizdać jakąś lekką melodię, ale potem przypomniałem sobie, że jestem w strefie ciszy. Jeszcze cztery rzędy. Serce tłukło mi się w piersi – oczy bestii świeciły, byłem pewien, a na dodatek były wbite prosto we mnie. Potwór siedział nienaturalnie spokojnie, nawet jak na gada.

Jeszcze dwa rzędy. Fakt, że pot ściekał mi po twarzy, a szczęka drżała, sprawiał, że kiepsko wychodziło mi udawanie nonszalancji. Garnitur węża wyglądał na drogi i świetnie skrojony; widocznie, będąc ogromnym gadem, nie mógł po prostu założyć czegoś z sieciówki. Jego połyskująca skóra w brązowo-żółte romby nie kojarzyła mi się z niczym, czego założenie mogłoby dodać komuś atrakcyjności w aplikacji randkowej – chyba że ktoś chciałby umówić się z wężem boa.

Kiedy amfisbena zaatakowała, myślałem, że jestem na to gotowy.

Nie byłem. Potwór rzucił się ku mnie z nieludzką szybkością, łapiąc nadgarstek w pętlę fałszywego lewego ramienia. Byłem tak zaskoczony, że nawet nie jęknąłem. Gdyby chciał mnie zabić, tobym umarł. On jednak tylko mocniej ścisnął, zatrzymując mnie w miejscu. Przylgnął do mojego ciała jak tonący i wysyczał głębokim podwójnym głosem, którego wibracje poczułem głęboko w kościach:

Kompan jaskinnych biegaczy niedużych,
Hadesa syn, do tronu drogę wskaże,
Własność Nerona ocali w podróży.

Wypuścił mnie równie nagle, jak schwytał. Mięśnie na jego długim ciele poruszały się gwałtownie. Usiadł prosto, wyciągając szyje, póki nie spoglądał mi prosto w twarz. Z jego oczu zniknął blask.

– Co ja wyrabiam? – zapytał. Lewa głowa spojrzała na prawą. – Ale... jak?

Prawa głowa wydawała się równie zdumiona. Popatrzyła na mnie.

– Kim pan... Ojej! Przegapiłem przystanek w Baltimore! Żona mnie zabije!

Byłem zbyt zszokowany, by cokolwiek powiedzieć. Te słowa... rozpoznałem w nich poetycki rytm. Dotarło do mnie, że ten konkretny potwór naprawdę mógł być zwykłym pasażerem jadącym z pracy, który padł ofiarą opętania przez fatum, ponieważ... oczywiście. Ponieważ był wężem. Od niepamiętnych czasów węże przekazywały mądrość ziemi, gdyż żyły pod jej powierzchnią. Ogromny wąż był na to równie podatny, jak inne.

Nie byłem pewien, co robić. Przepraszać, że mu narobiłem kłopotów? Dać napiwek? A jeżeli to amfisbena była zagrożeniem, to co?

Uniknąłem niewygodnej rozmowy, a amfisbena zabicia przez żonę, kiedy przez wagon przeleciały dwa bełty z kuszy – to one pozbawiły go życia, przybijając głowy nieszczęsnego węża do siedzenia. Wrzasnąłem. Kilkoro siedzących niedaleko pasażerów zaczęło mnie uciszać. Amfisbena rozsypała się w żółty pył, pozostał tylko pusty elegancki garnitur. Powoli podniosłem ręce i odwróciłem się ostrożnie, jakbym stał na minie. Byłem prawie pewien, że zaraz serce przeszyje mi kolejny bełt. Nie miałem szans uniknąć trafienia przez kogoś o takiej celności – mogłem jedynie demonstrować, że jestem niegroźny, a to mi nieźle wychodziło.

Po przeciwnej stronie wagonu stały dwie potężne postacie. Jedną z nich był Germanin – wskazywała na to broda i włosy z niestarannie powplatanymi koralikami, a także skórzana zbroja oraz złote imperialne nagolenice i pancerz. Nie miałem wątpliwości, dla kogo pracował. Ludzie Nerona nas znaleźli.

Meg ciągle jeszcze siedziała, dzierżąc w dłoniach swoje magiczne szable, ale Germanin trzymał przy jej szyi ostrze miecza, zmuszając ją do pozostania w bezruchu. Kuszniczką była jego jeszcze wyższa i mocniej zbudowana towarzyszka. Miała na sobie mundur konduktorki, ale chyba nikt by się na to nie nabrał – to znaczy poza wszystkimi śmiertelnikami w wagonie, którzy nie zwrócili na jej przybycie żadnej uwagi. Głowę ukrytą pod konduktorską czapką miała ogoloną na skroniach. Ze środka zaś spływała długa, lśniąca grzywa, na końcu zapleciona w gruby warkocz, opadający na ramię. Koszula z krótkim rękawem tak bardzo opinała się na jej muskularnych barkach, że epolety i tabliczka z nazwiskiem groziły natychmiastowym odpadnięciem. Ramiona miała pokryte tatuażami w formie połączonych okręgów, a na szyi nosiła szeroką złotą obręcz – torkwes.

Od wieków nie widziałem kogoś takiego – ta kobieta była Galijką! Poczułem, że krew mi zamarza w żyłach. W czasach republiki rzymskiej Galów obawiano się jeszcze bardziej niż Germanów.

Kobieta zdążyła już przeładować podwójną kuszę i wycelować w moją głowę. Z pasa zwisało całe mnóstwo broni: gladius, maczuga i sztylet. Jasne, musiała mieć sztylet.

Nie spuszczając ze mnie wzroku, dała mi znak głową w uniwersalnym geście: „Chodź tu albo strzelam". Przeliczyłem, jakie mam szanse na rzucenie się pędem i pokonanie przeciwników, zanim zabiją mnie albo Meg. Zerowe. Szanse w sytuacji, kiedy ja skulę się ze strachu za siedzeniem, a Meg pokona oboje przeciwników? Nieco wyższe, ale ciągle za małe. Ruszyłem w jej kierunku na telepiących się nogach. Śmiertelnicy robili dziwne miny, kiedy ich mijałem. O ile mogłem sobie wyobrazić, podejrzewali, że mój wrzask był złamaniem świętych zasad panujących w wagonie ciszy i że teraz z tego powodu wezwała mnie konduktorka. Fakt, że ta sama konduktorka miała kuszę i właśnie zabiła dwugłowego wężowego pasażera, jakoś im umykał.

Doszedłem do swojego rzędu i spojrzałem na Meg, po trosze by się przekonać, czy wszystko z nią w porządku, a po trosze dlatego że ciekawiło mnie, czemu nie rzuciła się do ataku. W normalnych warunkach sam fakt, że ktoś trzymał miecz przy jej szyi, nie wystarczyłby, żeby ją powstrzymać. Meg, zszokowana, wpatrywała się w Galijkę.

– Luguselwa? – zapytała.

Kobieta skinęła głową, co oznaczało dwie okropne rzeczy. Po pierwsze, Meg ją znała. Po drugie, Luguselwa było jej imieniem. Zawziętość w oczach Galijki nieco zmalała na widok Meg – spadła z pozycji: „Zaraz was wszystkich zabiję" do „Niedługo was wszystkich zabiję".

– Tak, Gałązko – powiedziała. – A teraz odłóż broń, zanim Gunther będzie zmuszony odciąć ci głowę.

2

Rogalik na kolację?
Twój idol Lester nigdy by
Zmykam siku, dozo

FACET Z MIECZEM wyglądał na zachwyconego.

– Ściąć głowę? – zapytał. Jego imię, GUNTHER, wypisano na plakietce, którą nosił przypiętą do zbroi, i był to jedyny element sugerujący jakiekolwiek maskowanie.

– Jeszcze nie – powiedziała Luguselwa, nie spuszczając z nas oczu. – Jak widzicie, dekapitowanie ludzi to ulubiona rozrywka Gunthera. Znaczy bądźcie grzeczni. Chodźcie…

– Lu? – przerwała jej Meg. – Dlaczego?

Jeżeli chodzi o wyrażanie cierpienia, głos Meg jest jak doskonale nastrojony instrument. Słyszałem, jak opłakiwała naszych przyjaciół, jak opisywała morderstwo swojego ojca i jak wyrzucała z siebie wściekłość na ojczyma, Nerona, który zabił jej tatę i naraził ją na długie lata emocjonalnego wykorzystywania. Kiedy jednak zwróciła się do Luguselwy, wykorzystała głos jeszcze inaczej. Zabrzmiała tak, jakby ukochana przyjaciółka na jej oczach poćwiartowała jej ulubioną lalkę bez powodu i bez ostrzeżenia. W tym tonie kryła się niepewność, rozpacz i niedowierzanie, tak jakby po całym życiu pełnym krzywd to była ta jedna, której się nie spodziewała.

Lu napięła mięśnie żuchwy, a żyły na jej skroniach nabrzmiały. Nie byłem pewien, czy powodem była wściekłość, poczucie winy, czy demonstracja, że ona też potrafi być miła i ciepła.

– Pamiętasz, Gałązko, co ci mówiłam o poczuciu obowiązku? – spytała.

Meg przełknęła łzy.

– Pamiętasz? – Galijka ponowiła pytanie bardziej zdecydowanym tonem.

– Tak – wyszeptała Meg.

– To bierz swoje rzeczy i chodź.

Lu odepchnęła miecz Gunthera od szyi Meg.

– Yyy – mruknął wielkolud, co po germańsku zapewne oznaczało: „Ja to nigdy nie mogę zrobić nic fajnego".

Meg, wyglądająca na zaskoczoną, wstała i otwarła schowek nad siedzeniem. Nie rozumiałem, czemu tak biernie wykonuje rozkazy Luguselwy. Zdarzało się nam walczyć w gorszych sytuacjach. Kim była ta Galijka?

– To tak? – wyszeptałem, kiedy Meg podała mi plecak. – Poddajemy się?

– Lester – mruknęła – po prostu rób, co mówię.

Zarzuciłem na plecy łuk, kołczan i plecak, a Meg zapięła ogrodniczy pas. Lu i Gunther nie wyglądali na specjalnie przejętych faktem, że mam teraz broń w postaci strzał, a Meg – zapas wyjątkowych nasion. Kiedy się zbieraliśmy, śmiertelni pasażerowie patrzyli na nas z urazą, nikt jednak nas nie uciszał, pewnie dlatego że nie chcieli irytować konduktorki, która nas wyprowadzała.

– Tędy. – Lu wskazała kuszą na drzwi za swoimi plecami. – Reszta już czeka.

Nie chciałem spotykać żadnej reszty Guntherów ani Galów, ale Meg poszła grzecznie za Lu. Przekroczyła zrobione z pleksi drzwi, a ja za nią, czując na karku oddech Germanina. Zapewne zastanawiał się, jak łatwo byłoby pozbawić moją głowę wsparcia ramion. Przemieściliśmy się do kolejnego wagonu przez pełne hałasu przejście, zaopatrzone w automatyczne drzwi na obu końcach, maleńką toaletę z boku oraz wyjścia/wejścia po lewej i prawej stronie. Rozważyłem rzucenie się na zewnątrz przez jedne z nich przy założeniu, że to się dobrze skończy, ale obawiałem się, że „dobrze" oznacza w tym wypadku „śmiercią przy zderzeniu z gruntem".

Na zewnątrz było całkowicie ciemno, a oceniając po hałasie dobiegającym od strony torów, jechaliśmy co najmniej sto pięćdziesiąt kilometrów na godzinę. Za drugimi drzwiami wypatrzyłem wagon barowy: smutna lada, rząd oddzielonych od siebie przepierzeniami stolików, a w środku sześciu potężnych gości – kolejni Germanowie. Nic dobrego nas tam nie czekało. Jeżeli Meg i ja mieliśmy szansę ucieczki, to teraz. Zanim jednak zdążyłem wykonać jakiś desperacki ruch, Luguselwa zatrzymała się nagle tuż przed drzwiami do wagonu barowego. Odwróciła się i spojrzała na nas.

– Gunther – warknęła – sprawdź, czy w łazience nie czają się intruzi.

Gunther wyglądał na równie zaskoczonego tym zadaniem co ja. Albo uznał, że to bez sensu, albo nie miał pojęcia, co znaczy „intruzi". Ja z kolei zastanawiałem się, co powoduje takie paranoiczne działanie Luguselwy. Bała się, że w toalecie kryje się legion herosów, gotowy wyskoczyć i nas uratować? A może, podobnie jak ja, zastała kiedyś w publicznej ubikacji cyklopa siedzącego na kibelku i od tej pory nie miała do tych przybytków zaufania? Gunther gapił się na nią przez chwilę, po czym powiedział: „Yyy" i zrobił, co kazała. Kiedy tylko wsadził głowę do kabiny, Lu wbiła w nas wzrok.

– Kiedy wjedziemy przez tunel do Nowego Jorku – powiedziała – oboje zażądacie wyjścia do toalety.

Dostałem w życiu swoją porcję głupich rozkazów, głównie od Meg, ale to była nowa jakość.

– Ja muszę teraz – powiedziałem.

– Wytrzymaj – zakomenderowała Galijka.

Spojrzałem na Meg, żeby stwierdzić, czy dla niej ma to jakikolwiek sens, ale ona gapiła się ponuro w podłogę.

Gunther wychynął po zakończonej kiblo-inspekcji.

– Pusto – mruknął. Biedak. Jak już wysyłają człowieka na misję szukania intruzów w toalecie, to powinno to gwarantować szansę na zabicie przynajmniej kilku z nich.

– No dobrze – powiedziała Lu i wepchnęła nas do wagonu barowego.

Szóstka Germanów odwróciła się w naszą stronę i wbiła w nas wzrok. W wielkich pięściach ściskali rogaliki i kubki z kawą. Barbarzyńcy! Kto je śniadaniowe wypieki na kolację? Byli ubrani podobnie jak Gunther, w skóry i złote zbroje, i równie starannie zamaskowani za pomocą plakietek z nazwiskami. Jeden z nich, AEDELBEORT (na pewno najpopularniejsze germańskie imię dla chłopca w roku 162 p.n.e.), zadał Lu pytanie w języku, którego nie zrozumiałem. Lu odpowiedziała w tej samej mowie, a jej słowa wydawały się uspokajać wojowników, którzy wrócili do kawy i ciastek. Gunther dołączył do nich, mamrocząc coś, zapewne na temat braku wrogów, których by można dekapitować.

– Siadajcie tutaj. – Lu wskazała na stolik przy oknie, oddzielony przepierzeniem.

Meg usiadła z ponurą miną, a ja obok niej, stawiając obok siebie łuk, kołczan i plecak. Lu stała dość blisko, by nas usłyszeć, pewnie na wypadek podjęcia przez nas rozmowy o planach ucieczki. Nie musiała się martwić – Meg ciągle nawet na mnie nie patrzyła.

Kolejny raz zastanowiłem się, kim jest ta Luguselwa i jak wiele znaczy dla Meg. Przez cały czas naszych wspólnych podróży moja towarzyszka nigdy o niej nie wspomniała, i to mnie martwiło, bo zapewne wcale nie oznaczało, że Galijka jest kimś nieważnym. Wręcz przeciwnie: podejrzewałem, że znaczy dla Meg bardzo wiele. No i czemu Galijka? Nie było ich zbyt wielu w armii Nerona; kiedy został cesarzem, większość z nich została już pokonana i przemocą „ucywilizowana". Ci, którzy nadal nosili tatuaże i torkwesy, zostali zepchnięci na samo pogranicze Bretanii albo zmuszeni do osiedlenia się na Wyspach Brytyjskich. Samo imię Luguselwa... Mój galijski nigdy nie był szczególnie dobry, ale chyba znaczyło to coś w rodzaju „wybranka boga Lugusa". Zadygotałem.

Celtyckie bóstwa stanowiły dziwną i wojowniczą grupę, a ja byłem zbyt rozkojarzony, by rozwiązać zagadkę Lu. Ciągle wracałem myślami do nieszczęsnego węża amfisbeny, którego zabiła. Biedny potwór podróżny, który nigdy już nie dotrze do domu i żony, tylko dlatego że przepowiednia zrobiła z niego swój pionek. Wstrząsnęło mną jego proroctwo – zwrotka w tercynie, jak ta, którą otrzymałem w Obozie Jupiter.

Syn Zeusa przyjmuje ostatnie wyzwanie:
Nim bestię z miejsca swojego wykurzy,
W wieży Nerona dwójka tylko stanie.

Tak, znałem to draństwo na pamięć. Teraz dostałem drugi zestaw instrukcji, wyraźnie związany z pierwszym, bo pierwsze i trzecie linijki się rymowały. Głupi Dante i jego głupi pomysł na niekończący się poemat:

Kompan jaskinnych biegaczy niedużych,
Hadesa syn, do tronu drogę wskaże,
Własność Nerona ocali w podróży.

Znałem jednego syna Hadesa: Nica di Angelo. Pewnie dalej był w Obozie Herosów na Long Island. Jeżeli znał jakieś tajne dojście do tronu Nerona, to nie będzie miał szansy nam go pokazać, jeżeli nie uciekniemy z tego pociągu. W jaki sposób Nico miałby być „kompanem jaskinnych biegaczy", nie miałem pojęcia.

A ostatnia linijka nowej strofy to już było czyste okrucieństwo – właśnie otaczały nas własności Nerona, tak więc nasze życie oczywiście od nich zależało. Chciałem wierzyć, że w tej linijce kryje się coś więcej, jakieś pozytywne przesłanie… Może wiązało się ono z faktem, że Lu kazała nam iść do toalety, kiedy wjedziemy do tunelu prowadzącego do Nowego Jorku? Niestety, pełne wrogości spojrzenie Lu i obecność siódemki jej napakowanych cukrem i nakręconych kawą kumpli Germanów nie napawały optymizmem.

Zacząłem się kręcić na siedzeniu. Po co pomyślałem o toalecie? Powinienem tam pójść już, natychmiast.

Za oknami migały podświetlone billboardy New Jersey: reklamy salonów, gdzie można kupić niepraktyczny samochód wyścigowy, ogłoszenia prawników, których można zatrudnić, żeby zrzucili winę na innych kierowców, kiedy już to auto rozbijemy, oraz kasyn, gdzie możemy przegrać pieniądze, które dzięki tym prawnikom odzyskamy. Wielki krąg życia.

Zobaczyliśmy zjazd na lotnisko w Newark. Bogowie, byłem tak zdesperowany, że rozważałem ucieczkę nawet do Newark. Meg się nie ruszyła, więc ja też nie. Już niedaleko do tunelu prowadzącego do Nowego Jorku. Może zamiast prosić o wyjście do toalety, powinniśmy zaatakować naszych strażników…

Lu prawie czytała mi w myślach.

– Dobrze, żeście się poddali – powiedziała. – Tylko do tego pociągu Neron wysłał trzy drużyny takie jak moja. *Każda* droga na Manhattan – pociągi, autobusy, samoloty – jest obstawiona jego ludźmi. Pamiętajcie, że cesarz ma Wyrocznię Delficką. Wiedział, że przybędziecie dziś. I tak nie udałoby się wam dostać do miasta i uniknąć schwytania.

Świetnie ci idzie mordowanie moich nadziei, Luguselwo. Właśnie usłyszałem, że Neron namówił swojego sojusznika Pytona, by ten zaglądał dla niego w przyszłość i wykorzystywał przeciwko mnie *moją* świętą Wyrocznię... Ohydne uczucie. Meg jednak nagle się wyprostowała, jakby coś w słowach Lu dało jej nadzieję.

– No to jakim cudem akurat *ty* nas znalazłaś, Lu? Po prostu szczęście?

Tatuaże Lu poruszyły się, kiedy rozciągnęła ramiona; zakręciło mi się w głowie od splecionych ze sobą celtyckich kręgów.

– *Znam cię* dobrze, Gałązko – odpowiedziała. – Wiem, jak cię wytropić. Nie ma czegoś takiego jak szczęście.

Znałem kilkoro bóstw szczęścia, które nie zgodziłyby się z tym stwierdzeniem, ale postanowiłem się nie kłócić. Schwytanie przez wrogów jakoś popsuło mi ochotę na towarzyskie pogaduszki.

Lu odwróciła się do swoich towarzyszy.

– Kiedy tylko dotrzemy do dworca Penn Station, przekażemy jeńców grupie eskortującej. Żadnych pomyłek! Nie zabijać ani boga, ani dziewczyny, chyba że absolutnie nie będzie innego wyjścia!

– Może teraz nie ma wyjścia? – spytał Gunther.

– Nie – powiedziała Lu. – Princeps ma wobec nich plany. Chce ich żywych.

„Princeps". Poczułem w ustach gorycz gorszą niż najbardziej beznadziejna kawa serwowana w tym pociągu. Plan mojej konfrontacji z Neronem nie obejmował bycia wprowadzonym pod strażą przez pałacowe drzwi.

Pociąg toczył się wśród stoczni i magazynów New Jersey, po czym nagle i niespodziewanie wjechał w ciemność tunelu, który prowadzi pod rzeką Hudson. Głos z interkomu poinformował nas, że następny przystanek to dworzec Penn Station.

– Muszę do ubikacji – obwieściła Meg.

Serio chciała wykonać dziwne polecenie Lu, osoby, która nas pojmała i zabiła niewinnego dwugłowego węża? Skąd to zaufanie do Galijki? Meg przydeptała boleśnie moją stopę obcasem.

– Ja też muszę! – zawołałem. W moim wypadku przynajmniej była to prawda.

– Siedźcie spokojnie! – burknął Gunther.

– Ale mnie się naprawdę chce siku. – Meg zaczęła podskakiwać na siedzeniu.

Lu ciężko westchnęła, i wcale nie zabrzmiało to fałszywie.

– No dobra. – Odwróciła się do swojego oddziału. – Pójdę z nimi. Reszta zostaje tu i szykuje się do wysiadki.

Żaden z Germanów nie zaprotestował; pewnie usłyszeli od Gunthera szczegółową opowieść o kiblo-inspekcji. Zaczęli za to szybko pochłaniać resztki ciastek i zbierać ekwipunek, podczas gdy ja i Meg wyleźliśmy zza stolika.

– Bierz bagaż – przypomniała mi Lu.

Zamrugałem. No jasne, każdy przecież idzie do toalety z łukiem i kołczanem. Byłoby głupio ich zapomnieć. Zabrałem swoje rzeczy, a Lu poprowadziła nas z powrotem do przejścia między wagonami. Kiedy tylko zamknęły się za nami podwójne drzwi, mruknęła:

– Teraz.

Meg rzuciła się w kierunku cichego wagonu.

– Hej! – Lu odepchnęła mnie, zatrzymując się na moment, by szepnąć: – Zablokuj drzwi. Rozłącz wagony.

Następnie rzuciła się w pogoń za Meg.

Zaraz, co ja mam niby zrobić?

Dwie szable pojawiły się znikąd w dłoniach Lu. Chwila, czy ona miała broń Meg? Nie, bo tuż przed przejściem do kolejnego wagonu Meg zatrzymała się i przywołała własne ostrza. Obie rzuciły się na siebie w szalonym pojedynku – i obie były *dimachaeri*, najrzadszymi z gladiatorów? To musiało znaczyć, że…

Nie miałem czasu się nad tym zastanawiać. Za moimi plecami Germanowie zaczęli przepychać się i wrzeszczeć; jeszcze chwila i sforsują drzwi. Nie bardzo rozumiałem, co się dzieje, ale w moim powolnym ludzkim mózgu zaświtała myśl, że Lu chyba próbowała nam pomóc. Jeżeli nie wykonam jej polecenia i nie zablokuję drzwi, za chwilę napadnie nas siódemka wściekłych barbarzyńców o palcach lepkich od lukru. Kopnąłem w dolną część podwójnych drzwi. Nie było klamek, więc przycisnąłem dłonie do ich skrzydeł i trzymałem, by się nie otworzyły. Gunther rąbnął w drzwi z całych sił, omal nie miażdżąc mi szczęki samą siłą odrzutu. Reszta Germanów zgromadziła się za nim. Moją jedyną przewagą była ciasnota miejsca, gdzie trudno im było połączyć siły, i ciasnota umysłów samych Germanów. Zamiast próbować wspólnie otworzyć drzwi, pchali się jeden na drugiego, używając gęby Gunthera jako tarana. Za mną Lu i Meg wymieniały cięcia i uderzenia wśród głośnych dźwięków zderzających się ostrzy.

– Nieźle, Gałązko – mruknęła Lu. – Pamiętasz, czego się nauczyłaś.

Po chwili dodała głośno, na użytek Germanów:

– Głupia dziewucho, zaraz zginiesz!

Wyobraziłem sobie tę scenę z punktu widzenia Germanów po drugiej stronie drzwi: ich towarzyszka Lu mierzy się w pojedynku ze zbiegłym więźniem, a ja próbuję powstrzymać ich przed interwencją. Ręce mi drętwiały, a ramiona i mięśnie klatki piersiowej tętniły bólem. Rozejrzałem się z rozpaczą, czy nie ma gdzieś przycisku do awaryjnego blokowania drzwi; niestety, był tylko przycisk do ich otwierania; i co mi z tego? Pociąg pędził przez tunel. Do stacji zostały nam, według mojej oceny, dosłownie minuty, a tam czekała eskorta Nerona. Nie miałem ochoty, żeby mnie dokądkolwiek eskortować.

Lu kazała mi rozłączyć wagony. Niby jak, skoro jednocześnie musiałem trzymać drzwi? Nie byłem inżynierem kolejowym, a na ciuchciach to znał się raczej Hefajstos niż ja. Spojrzałem przez ramię i zerknąłem na ściany. Szok! Okazało się, że nigdzie nie ma przycisku, który pozwoliłby pasażerom rozdzielić wagony. Co z tą koleją?

Jest! Na podłodze połączone ze sobą zawiasami i zachodzące na siebie metalowe panele tworzyły bezpieczną dla pasażerów powierzchnię podczas zakrętów pociągu. Jeden z tych prostokątów był teraz przesunięty, może przez Lu, a pod spodem krył się mechanizm łączący wagony. Nawet gdybym zdołał tam sięgnąć (a nie zdołam), nie podejrzewałem się o dość siły i zręczności, by wsunąć tam rękę, przeciąć kable i otworzyć złączkę. Przerwa między panelami była zbyt wąska, a złączka leżała dużo poniżej podłogi. Żeby ją trafić z miejsca, w którym stałem, trzeba by być najlepszym łucznikiem na świecie.

Hmm. Zaraz, zaraz.

Drzwi, na które napierałem z całej siły, uginały się pod atakami siedmiu barbarzyńców. Ostrze topora przeszło przez gumową uszczelkę tuż przy moim uchu. Samo odwrócenie się – co pozwoliłoby mi strzelić z łuku – byłoby szaleństwem. *Tak*, pomyślałem histerycznie. *Zróbmy to.* Kupiłem sobie chwilę, biorąc jedną ze strzał i przebijając nią na oślep gumową uszczelkę. Gunther zawył, a napór Germanów nieco zelżał, ponieważ usiłowali się przegrupować. Odwróciłem się, blokując drzwi plecami i zapierając się jedną nogą. Sięgnąłem po łuk, udało mi się założyć strzałę na cięciwę.

Nowy łuk był bronią boskiego poziomu, prosto ze zbrojowni Obozu Jupiter. Moje umiejętności łucznicze mocno się poprawiły przez ostatnie miesiące. Niemniej to ciągle był fatalny pomysł. Nie da się strzelić precyzyjnie, kiedy człowiek plecami zapiera się o twardą powierzchnię – po prostu nie byłem w stanie odpowiednio naciągnąć cięciwy. Strzeliłem mimo to. Strzała zniknęła w dziurze w podłodze, kompletnie mijając się z celem.

„Dworzec Penn Station za minutę – oznajmił głos z głośnika. – Drzwi otworzą się po lewej stronie".

– Czas nam się kończy! – zawołała Lu. Zamierzyła się na Meg, próbując trafić ją w głowę. Meg zaatakowała Galijkę, niemal przebijając jej udo.

Wystrzeliłem ponownie. Tym razem grot zaiskrzył, trafiając w złączenie, ale wagony ciągle z uporem nie chciały się rozdzielić. Germanowie dobijali się do drzwi. W końcu panel z przezroczystego plastiku wypadł z podtrzymującej go ramy. Przez powstały otwór wysunęła się pięść i złapała mnie za koszulę. Z desperackim krzykiem wyrwałem się i strzeliłem ostatni raz, tym razem naciągając cięciwę do końca. Strzała przecięła kable i wbiła się w złączkę. Z głośnym zgrzytem połączenie między wagonami pękło.

Germanowie wpadli do przejścia w tej samej chwili, kiedy ja przeskoczyłem przez powiększający się z każdą chwilą odstęp między wagonami. Omal nie nabiłem się na szable Lu i Meg, ale jakoś zdołałem ustać na nogach i przeżyć. Odwróciłem się. Reszta pociągu odjechała w ciemność z prędkością stu kilometrów na godzinę; siódemka Germanów gapiła się na nas z niedowierzaniem, wrzeszcząc wyzwiska, których nie zamierzam powtarzać. Przez następne kilkadziesiąt metrów nasz odłączony wagon toczył się jeszcze siłą rozpędu, po czym powoli się zatrzymał.

Meg i Lu opuściły broń. Jakaś odważna pasażerka ze strefy ciszy ośmieliła się wychylić głowę i spytać mnie, co się dzieje. Uciszyłem ją.

Lu rzuciła mi ponure spojrzenie.

– Trochę ci zeszło, Lester – powiedziała. – A teraz ruchy, zanim dotrą tu moi ludzie. Właśnie awansowaliście z kategorii: „Wziąć żywcem" do tej oznaczonej: „Dostarczyć dowód, że nie żyje".

3

O przemądra strzało
Podpowiedz schronienie
Tylko nie to. NIE TO

– **NIC NIE ROZUMIEM** – powiedziałem, kiedy szliśmy ciemnymi tunelami. – Dalej jesteśmy więźniami czy jak?

Lu spojrzała na mnie, potem na Meg.

– On jest trochę tępy jak na boga, prawda? – zapytała.

– Nawet sobie nie wyobrażasz – odparła Meg.

– Ty pracujesz dla Nerona czy nie?! – zażądałem odpowiedzi. – I w jaki właściwie sposób… – Urwałem, wskazując palcem to na Lu, to na Meg, bez słów zadając pytania. „W jaki właściwie sposób się poznałyście?" A może lepiej: „Jesteście spokrewnione? Bo obie mnie wkurzacie w podobny sposób". Wtedy zauważyłem, że noszą takie same złote pierścienie, po jednym na każdym środkowym palcu. Przypomniałem sobie, jak walczyły, cztery ostrza idealnie zsynchronizowane w pchnięciach i ciosach, po czym dotarła do mnie oczywista prawda.

– Byłaś trenerką Meg. Uczyłaś ją, jak być dimachaerusem – powiedziałem.

– A ona nie pozwoliła swoim umiejętnościom zardzewieć. – Lu przyjacielsko trąciła Meg łokciem. – Bardzo mnie to cieszy, Gałązko.

Chyba nigdy nie widziałem Meg równie dumnej. Przytuliła swoją dawną trenerkę.

– Wiedziałam, że nie jesteś zła – stwierdziła.

Lu nie wiedziała, jak potraktować ten uścisk. Poklepała Meg po ramieniu.

– Ależ jestem, jestem, Gałązko – odparła – ale nie mogę pozwolić Neronowi, by dłużej cię torturował. Chodźmy dalej.

Tortury. Tak, właśnie o to chodziło. Nie wiem, jak Meg mogła jej ufać. Galijka bez mrugnięcia okiem zabiła amfisbenę i nie miałem najmniejszych wątpliwości, że zrobiłaby to samo ze mną, gdyby uznała to za konieczne. Co gorsza, to Neron jej płacił. Niezależnie od tego, czy Lu nas ocaliła, czy nie, była trenerką Meg – a to oznaczało, że stała przy Neronie przez te wszystkie lata, kiedy torturował moją przyjaciółkę emocjonalnie i mentalnie. Lu była częścią problemu – pomogła indoktrynować Meg i włączyć ją w toksyczną rodzinę cesarza. Martwiłem się, że Meg powtarza swoje stare zachowania. Może Neron uznał, że najłatwiej będzie manipulować nią za pośrednictwem dawnej mistrzyni, którą uwielbiała. Z drugiej strony nie miałem pojęcia, jak zacząć ten temat. Maszerowaliśmy przez labirynt tuneli pomocniczych, a Lu była naszą jedyną przewodniczką. Miała dużo więcej broni niż ja. Na dodatek Meg była moją panią. Powiedziała, że naszym zadaniem jest podążać za Lu, więc tak też zrobiliśmy.

Szliśmy dalej, Meg i Lu obok siebie, ja wlokłem się za nimi. Chciałbym móc powiedzieć, że byłem ariergardą czy coś w tym stylu, ale w sumie Meg chyba po prostu o mnie zapomniała. Nad naszymi głowami metalowe oprawy świetlówek rzucały przypominające więzienne kraty cienie na ceglane ściany. Błoto i muł pokrywały podłoże, cuchnąc jak stare beczki „wina", które Dionizos uparł się przechować, choć dawno zmieniło się w ocet. Przynajmniej tenisówki Meg przestaną cuchnąć końską kupą – teraz jej buty pokryje warstwa nowych, innego rodzaju toksycznych odpadów.

Wlokłem się za nimi przez jakiś milion kilometrów, po czym odważyłem się zapytać:

– Lu? Proszę pani? Dokąd idziemy?

Zaskoczyło mnie, jak głośnym echem odbił się mój głos w ciemności.

– Jak najdalej od możliwych poszukiwań – odpowiedziała, jakby to było oczywiste. – Neron ma dostęp do niemal wszystkich kamer przemysłowych na Manhattanie. Musimy zejść mu z radaru.

Nie do końca pasowała mi cała ta gadka o kamerach i radarach do galijskiej wojowniczki. Znowu zastanowiłem się, w jaki sposób Lu rozpoczęła służbę u Nerona. Nie miałem najmniejszej ochoty tego przyznać, ale prawda jest taka, że cesarze Triumwiratu byli w sumie pomniejszymi bogami i starannie wybierali dwór i towarzyszy, którzy mieli służyć im przez wieki. Germanowie w tym kontekście byli całkiem przewidywalni – może i większość była tępa i okrutna, ale jako cesarscy ochroniarze cechowali się bezwzględną lojalnością. Ale Galijka? Luguselwa musiała być dla Nerona cenna z powodów innych niż umiejętności bojowe. Nie wierzyłem, że taki wojownik zdradzi swojego pana po dwóch tysiącleciach. Podejrzenia musiały promieniować ode mnie jak ciepło z pieca – Lu zerknęła za siebie i zauważyła moją minę.

– Apollinie, gdybym chciała, żebyś umarł, to już byś nie żył – powiedziała.

To prawda, pomyślałem, ale Lu równie dobrze mogła dodać: „Gdybym chciała oszustwem zmusić cię do pójścia za mną, by cię dostarczyć żywego Neronowi, właśnie to bym powiedziała".

Lu przyspieszyła; Meg rzuciła mi krzywe spojrzenie, jakby mówiła: „Bądź miły dla mojej Galijki", a potem ruszyła szybciej, żeby dogonić mistrzynię. Ja sam straciłem poczucie czasu, a wyrzut adrenaliny, którego doznałem w pociągu, minął, pozostawiając mnie zmęczonym i wyczerpanym. Jasne, dalej uciekałem przed śmiercią, ale ostatnie pół roku spędziłem na uciekaniu przed nią i naprawdę nie mogłem skutecznie panikować tak długo. Skarpetki nasiąkły mi tunelowym błotem, a buty były jak mokre gliniane garnki. Przez chwilę byłem pod wrażeniem tego, jak dobrze Lu zna tunele. Szła przed siebie, wybierając skręt za skrętem. Dopiero kiedy w pewnym momencie zawahała się o sekundę za długo, zrozumiałem, jak jest naprawdę.

– Nie masz pojęcia, dokąd idziemy – powiedziałem.

Lu skrzywiła się.

– Mówiłam wam – odparła – jak najdalej od...

– Poszukiwań – przerwałem jej – i kamer. Wiem. Ale dokąd idziemy?

– Dokądkolwiek. Byle było tam bezpiecznie – przyznała.

Zaśmiałem się. Ku własnemu zaskoczeniu zrozumiałem, że przyniosło mi to ulgę, i fakt, że Lu kompletnie nie miała pomysłu, dokąd nas prowadzi, sprawił, że łatwiej było mi jej zaufać. Nie miała żadnego wielkiego planu. Po prostu się zgubiliśmy. Co za ulga!

Lu jakoś nie doceniała mojego poczucia humoru.

– Wybacz, musiałam improwizować – mruknęła. – Cieszcie się, że to *ja* was znalazłam w tym pociągu, a nie inni poszukiwacze wysłani przez cesarza. Już byście siedzieli w celi u Nerona.

Meg znowu popatrzyła na mnie krzywo.

– No właśnie. Poza tym nie ma problemu. – Wskazała na stare kafelki z dekoracją w meandry na korytarzu po lewej, być może pozostałość po opuszczonej linii metra. – Znam to miejsce. Niedaleko przed nami powinno być wyjście.

Miałem ochotę zapytać, skąd to niby wie, ale potem przypomniałem sobie, że Meg spędziła sporą część dzieciństwa, włócząc się po ciemnych uliczkach, opuszczonych budynkach i innych nietypowych miejscach Manhattanu, za zgodą Nerona – był to odpowiednik rodzicielstwa swobodnego chowu w wersji *à la* zły cesarz. Mogłem sobie wyobrazić, jak młodsza Meg zwiedza te tunele, robi gwiazdę w błocie i uprawia pieczarki w zapomnianych miejscach.

Szliśmy za nią przez jakieś dziesięć kilometrów, a przynajmniej tak mi się wydawało. W pewnej chwili zatrzymaliśmy się nagle, kiedy przez korytarz przetoczyło się echo potężnego, odległego *BUM!*

– Pociąg? – spytałem nerwowo, choć już dawno zostawiliśmy za sobą tory.

Lu przechyliła głowę.

– Nie – odparła. – To był grzmot.

Nie wydawało mi się to możliwe. Kiedy wchodziliśmy do tunelu w New Jersey, nie zanosiło się na deszcz. Wcale nie podobała mi się idea nagłego grzmotu w okolicy Empire State Building – wejścia na Olimp, do domu Zeusa, Szefa Wszystkich Szefów (i pioruna). Meg parła przed siebie kompletnie niewzruszona. W końcu tunel skończył się wiodącą w górę metalową drabiną. Nad nami była niedomknięta z jednej strony pokrywa, przez którą wlewało się światło i woda, wyglądające jak zapłakany księżyc w nowiu.

– Pamiętam, że tędy wychodzi się na boczną uliczkę, bez kamer. Przynajmniej nie było ich, jak tu ostatnio byłam – oświadczyła Meg.

Lu chrząknęła, jakby chciała powiedzieć: „Dobra robota" albo też „Wiedziałam, że to idiotyczny pomysł". Galijka wyszła pierwsza. Chwilę później cała nasza trójka stała w smaganej deszczem uliczce między dwoma apartamentowcami. Niebo nad nami przecięła błyskawica, podświetlając złotem ciemne chmury. Deszcz bombardował moją twarz i zalewał oczy. Skąd się wzięła ta nawałnica? Czy to był prezent powitalny od tatusia, czy może ostrzeżenie? A może po prostu zwyczajna letnia burza? Niestety, bycie Lesterem nauczyło mnie, że nie każde zjawisko pogodowe związane jest ze mną. Grzmot wstrząsnął oknami budynków po obu stronach. Miały one fasady z żółtej cegły, co sugerowałoby, że jesteśmy gdzieś na Upper East Side, choć wydawało się to niemożliwie daleko od dworca Penn Station. Na końcu alejki widać było taksówki, pędzące jakąś ruchliwą ulicą: Park Avenue? A może Lexington? Skuliłem się. Zęby mi dzwoniły. Mój kołczan powoli napełniał się wodą, a rzemień wbijał mi się coraz mocniej w ciało. Odwróciłem się do Lu i Meg.

– Pewnie żadna z was nie ma magicznego przedmiotu powstrzymującego deszcz? – spytałem.

Lu odczepiła od paska, obwieszonego nieskończoną ilością broni, coś w rodzaju policyjnej pałki. Kliknęła z boku i przedmiot otworzył się, tworząc parasol dość duży dla niej i Meg.

– Sam się w to wpakowałem, prawda? – mruknąłem.

– Aha – potwierdziła Meg.

Nałożyłem plecak na głowę, dzięki czemu powstrzymałem 0,003% deszczu od walenia mnie prosto w twarz. Ciuchy przykleiły mi się do ciała, a serce to przyspieszało, to zwalniało, jakby nie mogło się zdecydować, czy jest przerażone, czy wyczerpane.

– Co dalej? – zapytałem.

– Szukamy jakiegoś miejsca, żeby się przegrupować – powiedziała Lu.

Spojrzałem na najbliższy śmietnik.

– Neron kontroluje mnóstwo terenu na Manhattanie. Naprawdę nie ma choćby *jednej* tajnej bazy, z której moglibyśmy skorzystać?

– Mówiłam ci, że Neron ma podgląd wszystkich kamer na Manhattanie. Jak sądzisz, jak dobrze pilnuje własnych posiadłości? – Jej ton był oschły, jedyna sucha rzecz w otaczającej nas ulewie. – Chcesz podjąć to ryzyko?

Byłem zły, ale miała rację. Chciałem wierzyć Luguselwie, bo Meg darzyła ją zaufaniem. Rozumiałem, że zawdzięczaliśmy jej ocalenie z pociągu. W głowie poza tym dzwoniła mi ostatnia linijka przepowiedni amfisbeny: „Własność Nerona ocali w podróży". Być może te słowa odnosiły się do niej, a to by znaczyło, że możemy jej ufać.

Z drugiej strony Lu zabiła amfisbenę, a może gdyby wąż pożył chwilę dłużej, wyplułby z siebie kolejny kawałek przepowiedni w pentametrze jambicznym, na przykład: „Nie Lu, nie Lu, Galijce nie wierz w nic".

– Skoro jesteś po naszej stronie – powiedziałem – po co ta akcja z udawaniem w pociągu? Czemu zabiłaś tamtego węża amfisbenę? Po co cyrk z eskortowaniem nas do łazienki?

Lu prychnęła.

– Po pierwsze, jestem po stronie Meg – powiedziała. – Ty mnie nie obchodzisz.

Meg zachichotała.

– Dobra uwaga – stwierdziła.

– A co do potwora... – Lu wzruszyła ramionami. – To był po prostu potwór. W końcu zregeneruje się w Tartarze. Żadna strata.

Podejrzewałem, że pani amfisbenowa może nie zgadzać się z tym stwierdzeniem. Z drugiej strony ja sam do niedawna traktowałem herosów dokładnie tak, jak ona potwory.

– A co do udawania – kontynuowała – gdybym zwróciła się przeciwko towarzyszom, ryzykowałabym, że zginiecie i wy, i ja, albo że któryś z nich ucieknie i doniesie Neronowi. Byłoby jasne, że jestem zdrajczynią.

– Ale oni i tak uciekli – zaprotestowałem. – Przekażą raport Neronowi i... Aha. Rozumiem. Powiedzą mu, że...

– …że kiedy ostatni raz mnie widzieli, walczyłam jak szalona, usiłując nie dopuścić do waszej ucieczki – podsumowała Galijka.

Meg oderwała się od Lu, spojrzała na nią szeroko otwartymi oczami.

– Ale Neron będzie myślał, że nie żyjesz! Możesz zostać z nami!

Lu uśmiechnęła się do niej smutno.

– Nie, Gałązko. Będę musiała tam wrócić, i to niedługo. Jeżeli dopisze nam szczęście, Neron nadal będzie przekonany, że go wspieram.

– Ale dlaczego? – spytała z uporem Meg. – Nie możesz tam wrócić!

– Nie ma innego wyjścia – powiedziała Lu. – Musiałam być pewna, że was nie złapią przy wjeździe do miasta. Teraz potrzebuję chwili, żeby… żeby wam wyjaśnić, co się tu dzieje i jakie są plany Nerona.

Nie podobało mi się wahanie w jej głosie. Cokolwiek Neron planował, Lu była tym wstrząśnięta.

– Poza tym – dodała – jeżeli macie mieć jakąkolwiek szansę, żeby go pokonać, musicie mieć szpiega. Neron koniecznie musi uznać, że próbowałam was powstrzymać, poniosłam klęskę i wróciłam do niego z podkulonym ogonem.

– Ale… – Mój umysł był zbyt zamulony od nadmiaru wody, żeby zadawać sensowne pytania. – Dobra, nic. Wyjaśnisz nam, jak się znajdziemy w jakimś suchym miejscu. A skoro o tym mowa…

– Mam pomysł – przerwała mi Meg.

Podbiegła do rogu uliczki, a ja i Lu poczłapaliśmy za nią. Tabliczka informowała, że jesteśmy na skrzyżowaniu Lexington i Siedemdziesiątej Piątej.

– Widzicie? – spytała z szerokim uśmiechem Meg.

– Co mamy widzieć? – odpowiedziałem pytaniem na pytanie. – Co masz na...

Znaczenie jej słów rąbnęło mnie jak pociąg (ze strefą ciszy).

– O, nie – powiedziałem zdecydowanie. – Już dość dla nas zrobili. Nie narażę ich na dodatkowe niebezpieczeństwo, zwłaszcza jeśli ściga nas Neron.

– Ale ostatnio uznali, że spoko i że... – zaprotestowała Meg.

– O, nie, Meg – przerwałem jej.

Lu patrzyła to na jedno, to na drugie z nas.

– O czym wy mówicie? – spytała.

Chciałem schować głowę do plecaka i zacząć krzyczeć. Pół roku temu bez najmniejszych wyrzutów sumienia wprosiłem się do starego przyjaciela, który mieszkał niedaleko stąd. Ale teraz, po wszystkich kłopotach i cierpieniach, które przyniosłem każdemu, kto tylko mi pomógł... Nie. Nie mogłem zrobić tego po raz kolejny.

– A może zaczniemy od tego? – spytałem i wyciągnąłem z kołczanu Strzałę z Dodony. – Spytamy mojej wieszczej przyjaciółki. Z pewnością ma jakiś lepszy pomysł; może na przykład zna jakieś tanie hoteliki z promocją na nocleg...

Uniosłem pocisk drżącymi rękami.

– O wielka Strzało z Dodony... – zacząłem.

– Czy on gada ze strzałą? – zapytała Lu Meg.

– On w ogóle gada do przedmiotów – powiedziała Meg. – Daj mu spokój.

– Potrzeba nam twojej rady! – kontynuowałem, tłumiąc w sobie chęć kopnięcia Meg w kostkę. – Gdzie mamy szukać schronienia?

Głos strzały zabrzmiał w mojej głowie.

CZYŚ MIĘ NAZWAŁ PRZYJACIÓŁKĄ? – Strzała wydawała się zadowolona.

– Yyy... tak? – Podniosłem kciuk, żeby zasygnalizować reszcie, że jest dobrze. – Musimy znaleźć miejsce, żeby się ukryć i przegrupować. Niedaleko, ale z dala od kamer Nerona i innych takich.

INNE TAKIE CESARZA POTĘŻNE SĄ, ZAISTE – zgodziła się strzała. – *LECZ TOBIE ODPOWIEDŹ, CO JEJ SZUKASZ, JEST JUŻ ZNANĄ, O LESTERZE. DĄŻ KU MIEJSCU, GDZIE CZEKA NA CIĘ SIEDMIOWARSTWOWY DIP.*

Powiedziawszy to, pocisk zamilkł. Jęknąłem z rozpaczą, bo wiadomość była absolutnie jasna. Och, wspaniały siedmiowarstwowy dip naszej gospodyni! Och, wygoda tego małego mieszkanka! Ale nie, to nie było w porządku. Nie mogłem…

– No i co ci powiedziała strzała? – zapytała zdecydowanie Meg.

Spróbowałem wymyślić inne rozwiązanie, ale byłem zbyt zmęczony, żeby kłamać.

– Dobra – westchnąłem. – Idziemy do domu Percy'ego Jacksona.

4

Jakie słodkie dziecko!
Już dość tego cuda
Ups. Serce mi pękło

– **DZIEŃ DOBRY, PANI JACKSON,** czy Percy jest w domu? – Stałem drżący i ociekający wodą na wycieraczce, a za mną dwójka moich równie przemokniętych towarzyszy.

Sally Jackson na moment zamarła w drzwiach, z przyklejonym do twarzy uśmiechem, jakby czekała na kuriera z bukietem kwiatów albo ciasteczkami. Tyle że nie byliśmy kurierami.

W brązowych włosach Sally było więcej siwizny niż pół roku temu, poza tym miała na sobie wytarte dżinsy, luźną zieloną bluzkę i lewą stopę pobrudzoną musem jabłkowym. Nie była już w ciąży, co prawdopodobnie tłumaczyło dochodzące z wnętrza mieszkania dźwięki niemowlęcego gaworzenia.

Zdumienie szybko jej przeszło – w końcu wychowała herosa, na pewno była więc przyzwyczajona do nieoczekiwanych sytuacji.

– Apollo! Meg! I… – Obrzuciła wzrokiem naszą potężną towarzyszkę z irokezem i w mundurze konduktorki. – Witajcie! Biedactwa, wchodźcie do środka, musicie się wysuszyć!

Salon Jacksonów był dokładnie tak przytulny, jak pamiętałem. Z kuchni dobiegał zapach pieczonej mozzarelli i pomidorów. Ze starego adapteru dobiegały dźwięki jazzu – ach,

Wynton Marsalis! Można było wyłożyć się na kilku wygodnych sofach i fotelach. Rozejrzałem się, szukając Percy'ego, ale dostrzegłem jedynie mężczyznę w średnim wieku, o lekko siwiejących ciemnych włosach, ubranego w pomięte spodnie w kolorze khaki, rękawice kuchenne i elegancką różową koszulę, przysłoniętą częściowo kuchennym fartuchem; fartuch był żółty i zachlapany sosem pomidorowym. Mężczyzna huśtał na kolanach chichoczące niemowlę. Żółty kombinezon maluszka pasował do fartucha tak idealnie, że zastanawiałem się, czy przypadkiem nie kupiono ich w komplecie. Jestem pewien, że kucharz i niemowlę tworzyli razem bardzo słodki, wzruszający obrazek. Niestety, wychowałem się na historiach o tytanach, którzy gotowali i pożerali małe dzieci, więc scena ta była w moich oczach nieco mniej urocza, niż gdyby oglądał ją ktoś o innych doświadczeniach.

– Jest u pani jakiś facet – poinformowałem panią Jackson.

Sally zaśmiała się.

– To mój mąż Paul – wyjaśniła. – Przepraszam na moment, zaraz wrócę.

Pobiegła do łazienki.

– Cześć. – Paul uśmiechnął się do nas. – To jest Estelle.

Estelle zaczęła chichotać i trochę się ślinić, jakby samo jej imię było czymś najzabawniejszym na świecie. Miała zielone oczy, podobnie jak Percy, i ewidentnie odziedziczyła po mamie pogodną naturę. Miała także srebrno-czarne włosy, jak Paul; nigdy nie widziałem takich u niemowlęcia – była pierwszym na świecie maluchem o szpakowatych włosach. W sumie chyba dostała po obojgu rodzicach dobre geny.

– Cześć – powiedziałem, nie bardzo wiedząc, czy zwracam się do Estelle, Paula, czy tej cudownie pachnącej potrawy, która gotowała się w kuchni. – Nie chciałbym być niegrzeczny, ale... O, dziękuję, pani Jackson!

Sally wychynęła z łazienki i zajęła się owijaniem Meg, Lu i mnie w puchate zielone ręczniki.

– Mieliśmy nadzieję, że zastaniemy Percy'ego – dokończyłem.

Estelle zaśmiała się szczęśliwie. Chyba lubiła imię Percy.

– Ja bym też go chętnie zobaczyła – odparła Sally – ale mój syn jest w drodze na Zachodnie Wybrzeże, razem z Annabeth. Wyjechali parę dni temu. – Wskazała na oprawione zdjęcie, stojące na stole. Na fotografii moi starzy przyjaciele, Percy i Annabeth, siedzieli razem w poobijanym rodzinnym aucie, uśmiechając się i wyglądając przez okno kierowcy. Na tylnym siedzeniu wygłupiał się nasz wspólny kumpel, satyr Grover Underwood: robił zeza, jednocześnie pokazując język i układając palce w znak zwycięstwa. Annabeth opierała się o Percy'ego, zarzuciwszy mu ręce na szyję, jakby chciała go pocałować albo udusić. Percy zza kierownicy pokazywał kciukiem znak aprobaty. Czułem się, jakby mówił wprost do mnie: „Spadamy stąd, a wy się dobrze bawcie na misji, czy co tam macie do zrobienia!".

– Skończył szkołę – powiedziała Meg z podziwem, jakby była świadkiem cudu.

– Tak! – potwierdziła Sally. – Nawet mieliśmy tort z tej okazji!

Wskazała na inne zdjęcie Percy'ego i Annabeth, z uśmiechem dźwigających błękitne ciasto z granatowym lukrowanym napisem: „GRATULACJE DLA PERCY'EGO ARBITURIENTA!". Nie spytałem, czemu „abiturient" napisany jest z błędem, w końcu pół tej rodziny cierpi na dysleksję.

– Znaczy – przełknąłem ślinę – nie ma go tu?

To było głupie, ale jakiś uparty kawałek mojej osoby pozostawał absolutnie przekonany, że Percy gdzieś tu czeka, gotowy zastąpić mnie w niebezpiecznych zadaniach. W końcu to był jego obowiązek! Ale nie: to był sposób myślenia dawnego Apollina, tego, którym byłem, kiedy poprzednio gościłem w tym mieszkaniu. Percy miał prawo do swojego życia. Właśnie próbował żyć po swojemu – i, choć to cholernie przykre, to życie nie miało nic wspólnego ze mną.

– To super – powiedziałem. – A Annabeth…

W tej chwili olśniło mnie, że z obojgiem zapewne nie było kontaktu, od kiedy opuścili Nowy Jork. Komórki przyciągały zbyt wiele uwagi potworów i herosi ich nie używali, zwłaszcza w podróży. Magiczne sposoby komunikacji powoli wracały, od kiedy uwolniliśmy Harpokratesa, boga milczenia, ale ciągle nie działały idealnie. Percy i Annabeth mogli nie mieć bladego pojęcia o tragediach, do których doszło na Zachodnim Wybrzeżu, w Obozie Jupiter, a wcześniej w Santa Barbara.

– Ojej – wymamrotałem do siebie – rozumiem, że to znaczy, że nie słyszeli…

Meg kaszlnęła głośno i rzuciła mi lodowate spojrzenie, mówiące: „Siedź cicho".

Miała rację. Po co obciążać Sally i Paula wiedzą o śmierci Jasona Grace, zwłaszcza w sytuacji, kiedy Percy z Annabeth jechali do Kalifornii, a Sally już i tak się o nich martwiła?

– O czym nie słyszeli? – spytała mama Percy'ego.

Przełknąłem ślinę.

– Że wracamy do Nowego Jorku. Nieważne. To my już sobie…

– Dość tych pogaduszek! – przerwała Lu. – Jesteśmy w poważnym niebezpieczeństwie. Ci śmiertelnicy nam nie pomogą. Musimy stąd iść.

W jej głosie nie było lekceważenia, raczej irytacja i chyba trochę troski o naszych gospodarzy.

Gdyby Neron poszedł po naszych śladach, nie oszczędziłby ich tylko dlatego, że nie byli herosami. Z drugiej strony to strzała nas posłała w to miejsce. Miałem nadzieję, że miało to coś wspólnego z daniem, które Paul szykował w kuchni.

Sally badawczo przyglądała się wytatuowanej Galijce. Nie wyglądała na urażoną – robiła raczej wrażenie, jakby oceniała jej wzrost, i zastanawiała się, czy ma w domu jakieś ciuchy, które na nią spasują.

– Nie możecie stąd wyjść tacy mokrzy – oświadczyła. – Zaraz wam znajdę suche ubrania i dam coś do zjedzenia, jeżeli jesteście głodni.

– Tak, proszę – pisnęła Meg. – Uwielbiam panią.

Estelle znów zaczęła chichotać. Chyba właśnie odkryła, że palce jej taty mogą się zginać, i niesamowicie ją to bawiło.

Sally uśmiechnęła się do córeczki, a potem do Meg.

– Ja ciebie też bardzo lubię, kochanie. Przyjaciele Percy'ego zawsze są tu mile widziani.

– Nie znam żadnego Percy'ego – zaprotestowała Lu.

– *Wszyscy* potrzebujący pomocy są mile widziani – poprawiła się Sally. – Wierzcie mi, nam też zdarzyło się być w niebezpieczeństwie i jakoś sobie poradziliśmy, racja, Paul?

– Tak – zgodził się bez chwili wahania. – Jest mnóstwo jedzenia, a część ubrań Percy'ego będzie pasować na ciebie, Apollinie, prawda?

Skinąłem głową ponuro. Wiedziałem aż za dobrze, że to prawda, bo przecież pół roku temu wyszedłem stąd w pożyczonych ciuchach.

– Dzięki, Paul – powiedziałem.

– Czy to lasagne tak pachną? – mruknęła Lu.

Paul uśmiechnął się.

– Stary rodzinny przepis Blofisów – odpowiedział.

– No to może na chwilę zostaniemy – zadecydowała Lu.

No niesamowite. Ja i Galijka w końcu się w jakiejś sprawie zgodziliśmy.

– Masz, przymierz. – Paul rzucił mi sprany podkoszulek, dopasowany do wytartych dżinsów po Percym.

Nie narzekałem; ubrania były czyste, ciepłe i suche, a po wycieczce kanałami pod połową Manhattanu moje ciuchy cuchnęły tak koszmarnie, że nadawały się jedynie do zamknięcia w worku na odpady biologiczne i spalenia. Usiadłem na łóżku Percy'ego obok Estelle, która leżała na plecach i wpatrywała się z zachwytem w plastikową zabawkę w kształcie niebieskiego pączka. Przesunąłem palcami po spranym napisie na koszulce: „DRUŻYNA PŁYWACKA ADL".

– Co to jest ADL? – spytałem.

Paul skrzywił się.

– Alternatywa Dla Liceum – wyjaśnił. – Tylko tam chcieli przyjąć Percy'ego do ostatniej klasy, po… poprzednich wydarzeniach. No wiesz.

Pamiętałem tę sprawę: Percy zniknął na prawie całą trzecią klasę, z winy Hery, która przerzuciła go na drugi koniec kontynentu i pozbawiła pamięci, by doprowadzić do zgody obozów greckiego i rzymskiego przed wojną z Gają. Moja macocha była mistrzynią godzenia ludzi.

– Nie podobała się panu ta sytuacja czy ta szkoła? – spytałem.

Paul wzruszył ramionami. Najwyraźniej czuł się nieswojo, jakby narzekanie było wbrew jego naturze.

Estelle uśmiechnęła się do mnie zaślinioną buźką.

– Gaaaa? – powiedziała.

Uznałem, że znaczy to: „Ale z nas szczęściarze, że przyszło nam żyć tu i teraz".

Paul usiadł obok niej i czule położył dłoń na jej delikatnych włosach.

– Uczę angielskiego w innej szkole – wyjaśnił. – ADL to nie jest… najlepsze miejsce. Jeżeli masz dzieciaki z kłopotami, zagrożone życiowo i edukacyjnie, to najlepiej im dać bezpieczne miejsce, z dobrym internatem, z pełnym wsparciem. Trzeba każde z nich traktować indywidualnie. ADL to był raczej worek, do którego wrzucono wszystkich, którzy nie mieścili się w systemie. Percy wiele przeszedł... martwiłem się o niego, ale wykorzystał sytuację najlepiej, jak mógł. Bardzo mu zależało na dyplomie ukończenia szkoły. Jestem z niego dumny.

Estelle zagruchała, a Paul zmrużył oczy i poklepał ją po nosku.

– Bum! – powiedział.

Mała na moment zaniemówiła, a potem zaczęła się śmiać tak radośnie, że aż się bałem, czy się nie udławi. Patrzyłem na Paula i dziecko z zachwytem. Ta dziewczynka była większym cudem niż fakt, że Percy skończył szkołę. Paul wydawał mi się troskliwym ojczymem, kochającym tatą i dobrym mężem, a takich trudniej znaleźć niż białego jednorożca czy trójskrzydłego gryfa. A co do małej Estelle, jej radość życia i zachwyt światem wydawały się na poziomie supermocy. Jeżeli, gdy dorośnie, będzie równie bystra i charyzmatyczna, jak wydaje się teraz, świat padnie jej do stóp. Lepiej nie wspomnę o niej Zeusowi.

– Paul? – zapytałem niepewnie. – Nie martwi cię, że tu jesteśmy? Możemy ściągnąć zagrożenie na twoją rodzinę.

Zagryzł wargę.

– Uczestniczyłem w bitwie o Manhattan i słyszałem o koszmarach, które przeszła Sally, o jej walce z Minotaurem i uwięzieniu w zaświatach. A przygody Percy'ego? – Potrząsnął głową z podziwem. – Percy wielokrotnie ryzykował, i dla nas, i dla przyjaciół, i dla całego świata. Ja też mogę podjąć ryzyko i dać wam odpocząć, ofiarować suche ubrania i ciepły posiłek. Jak mógłbym odmówić?

– Dobry z pana człowiek – odpowiedziałem.

Schylił głowę, jakby się zastanawiał, jakim innym rodzajem człowieka mógłby być.

– Dobrze, wykąp się i przebierz spokojnie. Muszę zadbać, żeby obiad się nie przypalił, prawda, Estelle?

Mała zaczęła chichotać, kiedy ojciec podniósł ją i wyniósł z pokoju.

Siedziałem pod prysznicem dłuższą chwilę. Owszem, musiałem się solidnie wyszorować, ale też potrzebowałem postać, z czołem przyciśniętym do kafelków, i wypłakać się, póki nie poczułem, że mogę znowu patrzeć na ludzi. Co takiego specjalnego jest w ludzkiej życzliwości? Jako Lester Papadopoulos nauczyłem się radzić sobie z ciągłymi koszmarnymi obelgami i wiecznym zagrożeniem przemocą i śmiercią, ale najmniejszy akt szczodrości był w stanie wymierzyć mi cios w samo serce i zmienić mnie w trzęsący się kłębek emocji.

Niech was, Sally, Paulu i maleństwo, jak ja się wam kiedykolwiek odpłacę za to, żeście mnie ugościli? Miałem wobec nich takie same zobowiązania, jak wobec Obozu Herosów i Obozu Jupiter, wobec Stacyjki i cysterny w Palm Springs, wobec Franka i Piper, i Leo, i Hazel, i wobec, przede wszystkim, Jasona Grace. Wszystko im zawdzięczałem, jak mogłem czuć inaczej?

W końcu ubrałem się i poszedłem do jadalni. Wszyscy już siedzieli przy stole, poza Estelle, która – wyjaśnił Paul – poszła już spać. Jej entuzjazm wobec świata musiał wymagać sporo energii.

Meg miała na sobie nową różową sukienkę i białe legginsy. Jeżeli zakocha się w nich tak jak w poprzednich ciuchach, które dostała od Sally, to będzie je nosić, póki nie spadną z niej w postaci nadpalonych i zszarganych łachmanów. W sumie, jeśli dodać czerwone buty, które na szczęście wyczyściła, wyglądała wyjątkowo walentynkowo, co zupełnie do niej nie pasowało, no chyba że miłością jej życia miałby być ten chleb czosnkowy, który właśnie pochłaniała w ilościach hurtowych.

Lu miała na sobie męski T-shirt w rozmiarze XXL, z wyhaftowanym nad kieszonką napisem: „MEGAMARKET ELEKTRONICZNY", a wokół pasa zamotała, jak kilt, wielki turkusowy ręcznik, gdyż, jak mnie poinformowała, mieściła się wyłącznie w stare ciążowe spodnie Sally, a za te serdecznie dziękuje i woli poczekać, aż jej własne wyschną.

Sally i Paul poczęstowali nas ogromnymi miskami sałatki i talerzami lasagne oraz pieczywa czosnkowego. Co prawda nie był to słynny siedmiowarstwowy dip, ale jednak domowy, rodzinny posiłek, a ostatni taki jadłem chyba w Stacyjce. Poczułem melancholię na myśl o tamtych dniach. Zastanawiałem się, jak miewają się Leo, Kalipso, Emmie, Jo, mała Georgina... Wtedy wydarzenia w Indianapolis wydawały mi się koszmarem, ale dziś czułem tęsknotę, myśląc o nich jako o lepszych, spokojniejszych dniach.

Sally Jackson usiadła z uśmiechem.

– Ale miło – powiedziała. Byłem zaskoczony, że brzmiała całkiem szczerze. – Nieczęsto miewamy gości. A teraz bierzmy się do jedzenia, a wy możecie opowiedzieć, kto tym razem chce was zabić.

5

Nie klniemy przy
Stole? Więc nie mów
O tym #@$%-@& Neronie*

NIE MIAŁBYM NIC PRZECIWKO zwykłej rozmowie przy obiadowym stole: o pogodzie, o tym, kto się z kim lubił w szkole, jacy bogowie zrzucali na miasta zarazy i dlaczego. Ale nie, to zawsze musi być o tym, kto usiłował mnie zabić.

Nie chciałem psuć nikomu apetytu, zwłaszcza że smakowite lasagne zrobione według rodzinnego przepisu Paula sprawiały, że ślina mi ciekła jak Estelle. A poza tym nie byłem pewny, czy mogę na tyle zaufać Luguselwie, by wyjawić jej wszystkie szczegóły naszej opowieści.

Meg nie miała takich zastrzeżeń. Gadała o wszystkim, przez co przeszliśmy – pomijając jedynie tragiczne śmierci. Byłem przekonany, że nie opowiedziała o nich wyłącznie dlatego, żeby oszczędzić Sally i Paulowi zmartwienia o Percy'ego.

Nie wydaje mi się, żebym kiedykolwiek widział Meg tak rozgadaną jak przy stole u Sally i Paula. Zupełnie jakby obecność miłych rodziców coś w niej odblokowała.

Meg opowiadała im o bitwach stoczonych z Kommodusem i Kaligulą. Wyjaśniła, jak uwolniliśmy starożytne Wyrocznie i wróciliśmy do Nowego Jorku, by stawić czoła ostatniemu i najpotężniejszemu z cesarzy, Neronowi. Paul i Sally słuchali z uwagą, przerywając jedynie po to, żeby wyrazić troskę i współczucie. Kiedy Sally spojrzała na mnie i powiedziała: „Moje biedactwo", omal się nie rozkleiłem. Chciałem wypłakać się na jej ramieniu. Chciałem, żeby Paul ubrał mnie w żółty pajacyk i ukołysał do snu.

– Czyli Neron was ściga – odezwał się w końcu Paul. – *Ten* Neron. Rzymski cesarz urządził swoją jaskinię strachu w środku miasta.

Wyprostował się na krześle i położył dłonie na stole, jakby próbował przetrawić wieści razem z obiadem.

– Obawiam się, że nie jest to najbardziej szalona rzecz, jaką słyszałem w życiu. I teraz co musicie zrobić? Pokonać go w walce? W kolejnej bitwie na Manhattanie?

Wzdrygnąłem się.

– Mam nadzieję, że nie. Bitwy z Kommodusem i Kaligulą były... ciężkie dla Obozu Jupiter. Gdybym poprosił Obóz Herosów o zaatakowanie bazy Nerona...

– Nie. – Lu zanurzyła chleb czosnkowy w dressingu sałatkowym, popisując się barbarzyńskimi zwyczajami. – Frontalny atak byłby samobójstwem. Neron się go spodziewa. Ma na niego *nadzieję*. Jest gotowy spowodować ogromne straty.

Na zewnątrz deszcz uderzał w okna. Błyskawice szalały, jakby Zeus ostrzegał mnie przed zbytnim rozleniwieniem w obecności tych miłych rodziców zastępczych.

Mimo że nie ufałem Luguselwie, czułem, że powiedziała prawdę. Neron byłby zadowolony z walki pomimo tego, co stało się z jego dwoma kumplami w zatoce San Francisco, a może właśnie dlatego. Bałem się natomiast zapytać Lu, co miała na myśli, mówiąc o ogromnych stratach.

Totalna wojna z Neronem nie byłaby kolejną bitwą na Manhattanie. Kiedy armia Kronosa zaatakowała Empire State Building, wejście na Olimp, tytan Morfeusz uśpił wszystkich śmiertelników w mieście. Zniszczenia w samym Nowym Jorku i jego ludzkiej populacji były niewielkie.

Neron tak nie będzie działał. On lubi dramatyzm. Chętnie zobaczy chaos, wrzeszczące tłumy, niezliczone ofiary cywilne. To człowiek, który palił ludzi żywcem, żeby oświetlać imprezy w ogrodach.

– Musi być jakieś inne wyjście – uznałem. – Nie pozwolę na kolejne cierpienia w moim imieniu.

Sally Jackson skrzyżowała ramiona. Uśmiechnęła się, mimo że temat rozmowy był ponury.

– Doroślejesz.

Założyłem, że ma na myśli Meg. Przez ostatnie miesiące moja młoda przyjaciółka istotnie urosła i... Zaraz. Czy Sally mówiła o *mnie*?

Pierwsza myśl: niedorzeczność! Mam przecież cztery tysiące lat. *Nie wydoroślałem*.

Sally sięgnęła przez stół i ujęła moją dłoń.

– Kiedy zjawiłeś się tu poprzednio, byłeś taki zagubiony. Taki... no, mam nadzieję, że nie będziesz miał mi za złe...

– Żałosny – wypaliłem. – Marudny, nadęty, samolubny. Rozczulałem się straszliwie nad sobą.

Meg potakiwała moim słowom, jakby słuchała ulubionej piosenki.

– *Nadal* się nad sobą rozczulasz.

– Ale teraz – Sally oparła się z powrotem – jesteś bardziej... ludzki, jak sądzę.

Znowu to słowo: „ludzki". Dawniej uznałbym je za straszliwą zniewagę. Teraz, ilekroć je słyszałem, myślałem o napomnieniu Jasona Grace: „Pamiętaj, jak to jest być człowiekiem".

Nie miał na myśli wszystkich tych okropnych aspektów bycia człowiekiem, których jest mnóstwo. Mówił o tym, co najlepsze: walce o dobrą sprawę, myśleniu najpierw o innych, posiadaniu upartej wiary, że jeden człowiek może coś zmienić, nawet jeśli oznacza to śmierć w obronie przyjaciół i idei, w które wierzy. To nie są uczucia znane bogom – kiedykolwiek.

Sally Jackson miała na myśli to samo co Jason – coś, do czego warto dążyć.

– Dziękuję – wystękałem.

Skinęła głową.

– Jak zatem możemy pomóc?

Lu wciągnęła resztki lasagne z talerza.

– Zrobiliście już bardzo dużo, Matko Jackson i Ojcze Blofis. Musimy już iść.

Meg wyjrzała przez okno na burzę, po czym przeniosła wzrok na resztki chleba czosnkowego w koszyku.

– Może jednak zostaniemy do rana?

– To dobry pomysł – przytaknął Paul. – U nas jest mnóstwo miejsca. Jeśli ludzie Nerona szukają was w ciemności i ulewnym deszczu... to może lepiej, żeby zostali tam na zewnątrz, podczas gdy wy zostaniecie tutaj, w cieple i wygodzie?

Lu zamyśliła się. Potem beknęła długo i przeciągle, co wedle jej obyczajów mogło oznaczać zarówno zgodę, jak i to, że potrzebowała beknąć.

– Mówisz z sensem, Ojcze Blofis. Twoje lasagne są dobre. Doskonale. Myślę, że kamery i tak zobaczą nas lepiej rano.

– Kamery? – Podskoczyłem. – Masz na myśli kamery przemysłowe Nerona? Myślałem, że lepiej, żebyśmy zostali niewidoczni.

Lu wzruszyła ramionami.

– Mam pewien pomysł.

– Jak ten w pociągu? Bo ja...

– Posłuchaj, mały Lesterze...

– Spokojnie – przerwał nam Paul. Jego głos był łagodny, ale stanowczy, co dawało pewien wgląd w to, jak ten miły, ugodowy człowiek był w stanie panować nad klasą pełną uczniów. – Nie kłóćmy się. Obudzimy Estelle. Podejrzewam, że powinienem był o to zapytać wcześniej, ale, eee… – Spoglądał kolejno na Meg, mnie i Lu. – Jak właściwie wy się poznaliście?

– Lu wzięła nas jako zakładników w pociągu – odparłem.

– *Ocaliłam* was przed schwytaniem w pociągu – poprawiła.

– Lu jest moją opiekunką – dodała Meg.

To wywołało powszechne zainteresowanie.

Sally uniosła brwi. Uszy Lu poczerwieniały. Twarz Paula zachowywała nauczycielską minę. Wyobrażałem sobie, że Paul poprosi zaraz Meg o wyjaśnienie stwierdzenia, o podanie trzech przykładów w dobrze skomponowanym wypracowaniu.

– Opiekunką w jakim sensie, Meg? – zapytał.

Lu zerknęła na dziewczynkę. Galijka miała dziwnie urażony wyraz twarzy, kiedy czekała, aż Meg opisze ich relację.

Meg położyła widelec na talerzu.

– Prawną. W sensie: gdybym potrzebowała, żeby ktoś podpisał za mnie papiery. Albo odebrał mnie z komisariatu policji, albo… no wiecie.

Im bardziej o tym myślałem, tym mniej absurdalne mi się wydawało. Neron nie bawiłby się w detale związane z rodzicielstwem. Podpisywanie dzienniczków? Zabieranie Meg do lekarza? Nie, dziękuję. On to na pewno komuś zlecił. A kwestie prawne? Neronowi nie zależało na oficjalnej opiece. W swoim pojęciu był *właścicielem* Meg.

– Lu uczyła mnie walki szablami. – Meg skuliła się w nowej różowej sukience. – Uczyła mnie… no, większości rzeczy. Kiedy mieszkałam w pałacu, w wieży Nerona, starała się mi pomagać. Była… Była tą miłą osobą.

Przyglądałem się olbrzymiej Galijce w podkoszulku: „MEGAMARKET ELEKTRONICZNY" i kilcie z ręcznika kąpielowego. Mogłem sobie wyobrazić wiele określeń. „Miła" nie było tym, które jako pierwsze pojawiało się w moich myślach.

A mimo to potrafiłem sobie wyobrazić, że była milsza od Nerona. To nisko zawieszona poprzeczka. Mogłem też wyobrazić sobie Nerona posługującego się Lu jako swym zastępcą – poza wszystkim dawał w ten sposób Meg wzorzec osobowy, kobietę wojowniczkę. Skoro Meg miała na co dzień do czynienia z Neronem i jego potworną drugą osobowością – Bestią – Lu musiała stanowić dla niej kojącą odmianę.

– Byłaś dobrym gliną – domyśliłem się.

Żyły na szyi Lu nabrzmiały pod złotym torkwesem.

– Możesz mnie dowolnie nazywać. Nie zrobiłam dość dla mojej Gałązki, ale zrobiłam, co mogłam. Trenowałyśmy razem przez wiele lat.

– Gałązki? – zapytał Paul. – Ach, oczywiście. Meg jest córką Demeter.

Jego twarz pozostawała poważna, ale w oczach błyskały iskierki, jakby nie był w stanie uwierzyć w swoje szczęście, że prowadzi taką rozmowę.

Ja nie czułem się aż tak szczęśliwy. Trzymałem widelec tak mocno, że pięść mi drżała. Mogło to wyglądać na groźny gest, gdyby nie to, że na widelcu miałem nabite pomidorki koktajlowe.

– Byłaś *prawną* opiekunką Meg. – Rzuciłem Lu gniewne spojrzenie. – Powinnaś była zabrać ją z tej wieży. Mogłaś się dokądś przenieść. Uciec z nią. Ale zostałaś. Na lata.

– Ej – ostrzegła mnie Meg.

– Nie, on ma rację. – Wzrok Lu wiercił dziurę w garnku. – Zawdzięczałam Neronowi życie. W dawnych czasach ocalił mnie od… Dobra, teraz to już nieważne, w każdym razie służyłam mu przez stulecia. Robiłam dla niego wiele niefajnych rzeczy. A potem pojawiła się Gałązka. Starałam się. To nie wystarczało. A potem Meg uciekła z tobą. Dowiedziałam się, co planuje Neron, co się stanie, kiedy wasza dwójka wróci do miasta… – Potrząsnęła głową. – To było zbyt wiele. Nie mogłam przyprowadzić Meg z powrotem do tej wieży.

– Posłuchałaś sumienia – powiedziała Sally.

Chciałbym umieć równie łatwo wybaczać jak nasza gospodyni.

– Neron nie wybiera najemników ze względu na ich sumienie.

Wysoka kobieta skrzywiła się.

– To prawda, mały Lesterze. Możesz mi wierzyć albo nie. Ale jeśli nie zdołamy współpracować, jeśli mnie nie posłuchacie, Neron wygra. Zniszczy to wszystko.

Ogarnęła ruchem ręki cały pokój. Niezależnie od tego, czy miała na myśli świat, Manhattan, czy też mieszkanie państwa Jacksonów/Blofisów, było to nie do przyjęcia.

– Wierzę ci – oznajmiła Sally.

Wydawało się śmieszne, że wielka wojowniczka jak Lu miałaby się przejmować akceptacją Sally Jackson, ale na twarzy Galijki pojawiła się autentyczna ulga. Mięśnie się rozluźniły. Wydłużone celtyckie tatuaże na ramionach przybrały z powrotem kształt koncentrycznych okręgów.

– Dziękuję, Matko Jackson.

– Ja też ci wierzę. – Meg zmarszczyła brwi, patrząc na mnie, co stanowiło jasny przekaz: „I ty też uwierzysz albo każę ci wbiec na ścianę".

Odłożyłem widelec z pomidorkami. To był najbardziej pokojowy gest, jaki miałem na podorędziu.

Nie byłem w stanie całkowicie zaufać Luguselwie. „Dobry glina" to jednak nadal glina… i część mieszania w głowie. A Neron był mistrzem mieszania ludziom w głowach. Zerknąłem na Paula, licząc na wsparcie, on jednak niemal niezauważalnie wzruszył ramionami: „Co możesz zrobić?".

– Doskonale, Luguselwo – powiedziałem. – Wyłóż nam swój plan.

Paul i Sally nachylili się, jakby czekali na rozkaz do wymarszu.

Lu potrząsnęła głową.

– To nie dla was, dobrzy gospodarze. Nie wątpię, że jesteście dzielni i silni, ale nie pozwolę, żeby tej rodzinie stała się najmniejsza krzywda.

Przytaknąłem.

– Przynajmniej w tej sprawie się zgadzamy. Kiedy nadejdzie ranek, zmywamy się stąd. Najlepiej po porządnym śniadaniu, jeśli to nie problem.

Sally uśmiechnęła się, aczkolwiek w jej oczach dostrzegłem cień rozczarowania, jakby marzyła o rozwaleniu kilku wrednych rzymskich głów.

– Mimo to chętnie posłucham o planie. Co zamierzasz zrobić?

– Lepiej nie ujawniać zbyt wielu szczegółów – odparła Lu. – Niemniej do wieży Nerona prowadzi tajna droga… od dołu. Tamtędy Neron chodzi na spotkania z… gadem.

Kawałki lasagne zamieniły się w kamienie w moim żołądku. Gad. Pyton. Intruz w Delfach, mój arcywróg, a także zwycięzca w plebiscycie „Magazynu Olimpijskiego" na Najmniej Popularnego Węża we wszystkich czterech tysiącach edycji.

– To brzmi jak okropna droga do środka – zauważyłem.

– Nie jest szczególnie przyjemna – zgodziła się Lu.

– Możemy jednak się tamtędy przemknąć – domyśliła się Meg. – Zaskoczyć Nerona?

Lu prychnęła.

– To nie takie proste, Gałązko. Droga jest tajna, ale mocno strzeżona i pod stałą obserwacją. Gdybyś usiłowała się tamtędy przemknąć, złapaliby cię.

– Przepraszam – wtrąciłem się. – Nadal nie widzę tu nic przypominającego plan.

Lu potrzebowała chwili, żeby zebrać cierpliwość. Znałem ten typ wyrazu twarzy. Widywałem go u Meg, u mojej siostry Artemidy i… no, w zasadzie u wszystkich.

– To nie jest droga dla ciebie – odparła Galijka. – Mogłaby jednak przemknąć się tamtędy mała grupka herosów, jeśli będą dość odważni i wystarczająco dobrzy w poruszaniu się w ciemnościach.

Hadesa syn, pomyślałem, a w mojej głowie odezwało się echo słów amfisbeny: „Kompan jaskinnych biegaczy niedużych do tronu drogę wskaże".

Jedyną rzeczą bardziej niepokojącą od nierozumienia przepowiedni jest to, że zaczynasz ją rozumieć.

– Zostaną po prostu schwytani – powiedziałem.

– Niekoniecznie – odparła Lu. – Nie jeśli Neron będzie dostatecznie zdekoncentrowany.

Czułem, że nie spodoba mi się odpowiedź na następne pytanie, które musiałem zadać.

– Zdekoncentrowany przez co?

– Wasze poddanie się – oznajmiła Lu.

Czekałem z odpowiedzią. Lu nie sprawiała wrażenia osoby lubującej się w kawałach, ale to był dobry moment na to, by roześmiała się i krzyknęła: „NIE!".

– Chyba żartujesz – powiedziałem.

– Popieram Apollina – wtrąciła się Sally. – Jeśli Neron chce go zabić, dlaczego miałby...

– To jedyna droga. – Lu wzięła głęboki oddech. – Słuchajcie, ja wiem, jak Neron rozumuje. Kiedy wrócę do niego i powiem, że wasza dwójka uciekła, on wyda ultimatum.

Paul zmarszczył brwi.

– Skierowane do kogo?

– Do Obozu Herosów – odparła wojowniczka. – Do wszystkich herosów, do każdego sojusznika, który mógłby ukrywać Apollina. Warunki Nerona będą proste: Apollo i Meg poddają się w określonym czasie albo on niszczy Nowy Jork.

Chciałem się roześmiać. To brzmiało nieprawdopodobnie, śmiesznie.

A potem przypomniałem sobie jachty Kaliguli w zatoce San Francisco bombardujące pociskami z greckim ogniem, które mogły zniszczyć całą East Bay, gdyby Lavinia Asimov ich nie rozbroiła. Neron miał zapewne co najmniej takie same siły na podorędziu, a Manhattan to znacznie gęściej zaludniony cel.

Czy on zniszczyłby własne miasto, w którego środku wznosi się jego własna pałacowa wieża?

Głupie pytanie, Apollinie. Neron już to raz zrobił. Zapytaj Rzymu.

– A zatem ocaliłaś nas po to tylko, żeby nam powiedzieć, że mamy się poddać Neronowi – podsumowałem. – Tak wygląda twój plan.

– Neron musi uwierzyć w swoją wygraną – odparła Lu. – Kiedy będzie miał waszą dwójkę w łapach, osłabi zabezpieczenia. To może dać grupie herosów szansę na dostanie się do wieży od dołu.

– *Może* – powtórzyłem.

– Zgranie w czasie będzie trudne – przyznała Lu – ale Neron nie zabije cię od razu, Apollinie. On i gad... Oni mają wobec ciebie plan.

Odległy grzmot wstrząsnął moim krzesłem. A może dygotałem. Byłem w stanie sobie wyobrazić, jakie plany wobec mnie mogą mieć Neron z Pytonem. Żaden z nich nie obejmował miłego obiadu z lasagne.

– Poza tym, Gałązko – ciągnęła Lu – wiem, że będzie ci trudno wrócić w to miejsce, ale ja tam będę, żeby cię chronić, jak wiele razy wcześniej. Będę twoją informatorką. Kiedy wasi przyjaciele wtargną do pałacu, uwolnię was oboje. A potem razem pokonamy cesarza.

Dlaczego Meg była tak zamyślona, jakby już rozważała tę szaloną strategię?

– Chwileczkę – zaprotestowałem. – Nawet jeśli ci zaufamy, dlaczego miałby to zrobić Neron? Mówisz, że wrócisz do niego z podkulonym ogonem i oznajmisz, że się wymknęliśmy. Dlaczego on miałby w to uwierzyć? Dlaczego nie miałby podejrzewać, że go wykiwałaś?

– Na to też mam plan – odrzekła Lu. – Przewiduje on, że ty zepchniesz mnie z dachu budynku.

6

Pa, Luguselwo
Napisz, czy udało ci się
Spaść na ziemię

SŁYSZAŁEM JUŻ GORSZE PLANY.

Ale o ile pomysł z zepchnięciem Lu z dachu budynku miał pewien urok, wątpiłem, czy naprawdę to miała na myśli, zwłaszcza że nie tłumaczyła dalej ani nie ujawniła szczegółów.

– Jutro – upierała się. – Jak już ruszymy.

Następnego ranka Sally zrobiła nam śniadanie. Estelle chichotała wariacko. Paul przeprosił, że nie może nam pożyczyć samochodu, ale rodzinna toyota prius, która zazwyczaj jest rozbita, podróżowała właśnie do Kalifornii z Percym, Groverem i Annabeth. Paul mógł nam jedynie użyczyć karty na metro, ale nie miałem ochoty znów jechać pociągiem.

Sally uściskała nas wszystkich i życzyła wszystkiego dobrego. Potem powiedziała, że musi wrócić do pieczenia ciasteczek, co robiła, żeby zmniejszyć stres towarzyszący jej przy pracy nad redakcją drugiej powieści.

To postawiło przede mną wiele pytań. Druga powieść? Nie rozmawialiśmy o jej pisarstwie wieczorem. Ciasteczka? Może poczekalibyśmy, aż będą gotowe?

Podejrzewałem jednak, że dobre jedzenie to niekończąca się pokusa w domu państwa Jacksonów/Blofisów. Zawsze będzie jakaś słodka lub pikantna przekąska, która okaże się bardziej ponętna niż stawianie czoła trudom świata.

Szanowałem też to, że Sally zamierzała pracować. Jako bóg poezji wiem, co to redakcja. Mierzenie się z potworami i cesarskimi najemnikami jest znacznie łatwiejsze.

Przynajmniej deszcz przestał padać, pozostawiając nam duszny czerwcowy poranek. Lu, Meg i ja kierowaliśmy się ku East River na nogach, przemykając z zaułka w zaułek, aż Lu znalazła miejsce, które ją zadowoliło.

Znajdujący się tuż koło Piątej Alei dziesięciopiętrowy apartamentowiec przechodził właśnie gruntowny remont. Ceglana fasada była pustą skorupą, okna pustymi ramami. Wślizgnęliśmy się przez zaułek za budynek, wspięliśmy się na płot z siatki i znaleźliśmy tylne wejście zablokowane jedynie płytą pilśniową. Lu rozwaliła ją jednym kopnięciem.

– Idź przodem – powiedziała.

Zajrzałem w mroczny korytarz.

– Naprawdę musimy to robić?

– To ja mam spaść z dachu – odmruknęła. – Przestać marudzić.

Wnętrze budynku było wzmocnione metalowym rusztowaniem – drabinkami wiodącymi na kolejne poziomy. Cudownie. Po wspinaczce na wieżę Sutro po prostu marzyłem o kolejnych drabinkach. Promienie słoneczne przedostawały się do pustej przestrzeni, ukazując wirujące chmury pyłu i miniaturowe tęcze. Nad nami znajdował się nienaruszony jeszcze dach. Na samej górze rusztowania ostatnia drabinka prowadziła ku platformie z metalowymi drzwiczkami.

Lu zaczęła się wspinać. Miała znów na sobie mundur konduktorki, żeby nie musieć się tłumaczyć Neronowi z koszulki „MEGAMARKET ELEKTRONICZNY". Szedłem za nią w ciuchach po Percym Jacksonie. A moja zabawna walentynka Meg zamykała pochód. Zupełnie jak dawno temu na wieży

Sutro, tylko mieliśmy do towarzystwa o sto procent mniej Reyny Avila Ramírez-Arellano, a sto procent więcej wytatuowanej Galijki.

Na każdym poziomie Meg zatrzymywała się, żeby kichnąć i wydmuchać nos. Lu starała się trzymać z dala od okien, jakby obawiała się, że przez jedno z nich wpadnie Neron i wrzaśnie: *Boare!* (Jestem pewny, że tak po łacinie brzmi: „Buu!". Dość dużo czasu upłynęło od czasów, kiedy bywałem na słynnych imprezach w nawiedzonym domu urządzanych przez Cycerona. Ten koleś lubił zakładać togę na głowę i straszyć gości).

W końcu dotarliśmy do metalowych drzwi, na których czerwonym sprayem wymalowano według szablonu słowa: „ZABRANIA SIĘ WYCHODZIĆ NA DACH". Byłem spocony i ledwie dyszałem. Lu wyglądała, jakby wspinaczka jej w ogóle nie zmęczyła. Meg kopnęła obojętnie w najbliższą cegłę, jakby próbowała, czy zdoła w ten sposób zburzyć budynek.

– Oto plan – powiedziała Lu. – Wiem z pewnością, że Neron ma kamerę w biurowcu po drugiej stronie ulicy. Tamten budynek jest jego własnością. Kiedy wypadniemy przez te drzwi, jego ludzie powinni nas zauważyć na dachu.

– Możesz nam przypomnieć, czemu to taki dobry pomysł? – zapytałem.

Lu wymamrotała coś pod nosem, może modlitwę do celtyckich bogów, żeby zdzielili mnie czymś po głowie.

– Ponieważ chcemy, żeby Neron zobaczył to, co chcemy, żeby zobaczył. Odegramy przedstawienie.

Meg potaknęła.

– Jak w pociągu.

– Właśnie – potwierdziła Lu. – Wasza dwójka wybiegnie pierwsza. Ja za wami, kilka kroków dalej, jakbym właśnie was zapędziła w kozi róg i zamierzała zabić.

– To tylko udawanie – wyraziłem nadzieję.

– Ale musi wyglądać wiarygodnie – odparła.

– Damy radę. – Meg zwróciła się do mnie z miną wyrażającą dumę. – Widziałeś nas w pociągu, Lesterze, a tam nic nie planowałyśmy. Kiedy mieszkałam w wieży, Lu pomagała mi inscenizować niesamowite walki, żeby ojciec... to znaczy Neron... myślał, że zabiłam moich przeciwników.

Gapiłem się na nią szeroko otwartymi oczami.

– Zabiłaś. Swoich przeciwników.

– Służących, więźniów albo po prostu ludzi, których nie lubił. Lu i ja obmyślałyśmy to wcześniej. Udawałam, że ich zabijam. Sztuczna krew i tak dalej. A potem Lu wyciągała ich z areny i wypuszczała. Śmierć wyglądała tak wiarygodnie, że Neron nigdy się nie zorientował.

Nie byłem pewny, co wydawało mi się bardziej przerażające: omsknięcie Meg z nazwaniem Nerona ojcem czy też to, że Neron wymagał od swej młodej pasierbicy zabijania więźniów dla jego zabawy, czy może to, że Lu spiskowała, by wyeliminować śmierć z tych widowisk dla oszczędzenia uczuć Meg, zamiast... no, nie wiem... odmówić wykonywania rozkazów Nerona i zabrać Meg z tego koszmarnego domu.

A ty jesteś wiele lepszy? – drwił głosik w moich myślach. – *Ile razy sprzeciwiłeś się Zeusowi?*

Dobra, głosiku. Prawda. Niełatwo jest się sprzeciwiać tyranom albo od nich uciekać, zwłaszcza jeśli jesteś od nich zależny w każdym względzie.

Przełknąłem gorycz.

– Co mam zrobić?

– Meg i ja zajmiemy się walką. – Lu uniosła kuszę. – Ty, Apollinie, będziesz kręcił się wokół nas i kulił ze strachu.

– Bez problemu.

– A kiedy będzie wyglądało tak, jakbym właśnie miała zabić Meg, wrzaśniesz i rzucisz się na mnie. Słyszałam, że miewasz napady boskiej mocy.

– Nie na zawołanie!

– Nie potrzeba. Udawaj. Popchnij mnie najsilniej, jak zdołasz... dokładnie z dachu. Pozwolę ci na to.

Wyjrzałem za barierkę rusztowania.

– Jesteśmy na wysokości dziesięciu pięter. Wiem, bo... jesteśmy na dziesiątym piętrze.

– Owszem – potaknęła Lu. – Mniej więcej tak. Niełatwo mnie zabić, mały Lesterze. Z pewnością połamię parę kości, ale przy odrobinie szczęścia przeżyję.

– Przy odrobinie szczęścia? – Meg nagle straciła część przekonania.

Lu przywołała szablę do wolnej ręki.

– Musimy zaryzykować, Gałązko. Neron musi uwierzyć, że zrobiłam wszystko, by cię złapać. Jeśli będzie cokolwiek podejrzewał... Nie możemy sobie na to pozwolić. – Zwróciła się do mnie. – Gotowy?

– Nie! – krzyknąłem. – Nie wyjaśniłaś jeszcze, jak Neron zamierza spalić miasto albo co mamy zrobić, kiedy nas złapie.

Płomienne spojrzenie Lu było dość przekonujące. W sumie uwierzyłem, że ona chce mnie zabić.

– Neron ma grecki ogień. Więcej niż miał Kaligula. Więcej niż ktokolwiek kiedykolwiek odważył się zgromadzić. Ktoś mu to dostarcza, nie znam szczegółów. Ale jeśli tylko nabierze podejrzeń, wystarczy naciśnięcie jednego przycisku i koniec. Dlatego musimy przeprowadzić tę skomplikowaną zmyłkę. Musimy dostarczyć was do środka tak, żeby on się nie zorientował, że go wykiwaliśmy.

Znowu dygotałem. Wpatrywałem się w betonową podłogę i wyobraziłem sobie, jak się rozpada w morzu zielonego ognia.

– Co się stanie, kiedy zostaniemy złapani?

– Cele więzienne – odparła Lu. – Są bardzo blisko skarbca, w którym Neron trzyma swoje *fasces*.

Podniosło mnie to na duchu o może milimetr. To w zasadzie nie była dobra wiadomość, ale przynajmniej plan Lu wydawał się teraz nieco mniej obłąkany. Cesarskie *fasces*, złoty topór symbolizujący jego władzę, powinny być powiązane z siłą życiową Nerona. W San Francisco zniszczyliśmy *fasces* Kommodusa i Kaliguli, osłabiając cesarzy tak, że dało się ich zabić. Gdyby to samo udało się z Neronem…

– Uwolnisz nas z cel – domyśliłem się – i zaprowadzisz do tego skarbca.

– O to właśnie chodzi. – Lu sposępniała. – Oczywiście *fasces* są strzeżone przez… no, coś straszliwego.

– Co? – zapytała Meg.

Wahanie Lu przeraziło mnie bardziej niż jakikolwiek potwór, którego by wymieniła.

– Zajmiemy się tym później. Jedna niewykonalna rzecz naraz.

Znów musiałem zgodzić się z Galijką. Niepokoiło mnie to.

– Dobra – powiedziała. – Lesterze, kiedy zepchniesz mnie z dachu, ty i Meg udacie się, najszybciej jak zdołacie, do Obozu Herosów i znajdziecie drużynę, która zajmie się tunelami. Ludzie Nerona będą wam deptać po piętach.

– Nie mamy samochodu.

– Ach. Byłabym zapomniała. – Lu zerknęła na swój pas, jakby chciała coś chwycić, po czym zorientowała się, że ma ręce zajęte bronią. – Sięgnij do mojej sakwy, Gałązko.

Meg otwarła małą skórzaną sakiewkę. Cokolwiek tam zobaczyła, wywołało stłumiony okrzyk – a następnie wyciągnęła to coś i ukryła w dłoni, nie pozwalając mi rzucić okiem.

– Naprawdę? – Podskakiwała z ekscytacji. – Naprawdę mogę?

Lu zaśmiała się cicho.

– Czemu nie? To specjalna okazja.

– Łał! – Meg wsunęła cokolwiek to było do jednej z ogrodniczych kieszonek.

Miałem wrażenie, że omija mnie coś ważnego.

– Ee, co...?

– Dość pogaduszek – ucięła Lu. – Gotowi? Pędem!

Nie byłem gotowy, ale przywykłem do rozkazów, żeby biec. Ciało zareagowało za mnie i wraz z Meg wypadliśmy za drzwiczki.

Wspięliśmy się na srebrno-smolistą powierzchnię, uskakując przed podmuchami i potykając się o leżące luźno cegły. Wszedłem w przepisaną mi rolę z posępną łatwością. Ucieczka przed niechybną śmiercią, strach i bezradność? Przez ostatnie pół roku ćwiczyłem to w nadmiarze.

Lu beknęła i ruszyła za nami. Koło mojej głowy przeleciały ze świstem dwa bełty. Ona naprawdę pokazywała w pełnej skali „morderczą Galijkę". Serce skoczyło mi do gardła, jakbym faktycznie znalazł się w śmiertelnym niebezpieczeństwie.

Zbyt szybko dobiegłem do krawędzi dachu. Od upadku trzydzieści metrów w dół dzielił mnie tylko sięgający do pasa ceglany murek. Odwróciłem się z krzykiem, kiedy szabla Lu zamachnęła się w moim kierunku.

Odchyliłem się do tyłu – nie dość szybko. Ostrze przecięło mi czoło.

Koło mnie zmaterializowała się Meg, wrzeszcząc z wściekłości. Zablokowała następne cięcie Galijki i zmusiła ją do odwrócenia się. Lu upuściła kuszę i przyzwała drugą szablę – wkrótce dwie *dimachaeri* zajęły się dramatyczną interpretacją kung-fu.

Zatoczyłem się, zbyt oszołomiony, żeby czuć ból, i zastanawiałem się, dlaczego oczy zalewa mi ciepły deszcz. Otarłem go, spojrzałem na palce i uzmysłowiłem sobie, że nie, to nie jest deszcz. Deszcz zazwyczaj nie jest krwistoczerwony.

Szable Meg błyskały, spychając Galijkę do tyłu. Lu kopnęła Meg w brzuch, aż się zatoczyła.

Moje myśli były powolne, przepychały się przez lepką mgiełkę bólu, coś mi jednak podpowiadało, że mam w tym przedstawieniu rolę do odegrania. Co miałem zrobić po biegu i kryciu się?

Ach, tak. Miałem zepchnąć Lu z dachu.

W płucach zebrał się chichot. Przez krew w oczach ledwie cokolwiek widziałem. Dłonie i stopy sprawiały wrażenie napełnionych wodą balonów – chybotliwych, ciepłych i grożących wybuchem. Ale jasne, nie ma problemu. Po prostu mam zepchnąć z dachu wielką, uzbrojoną w dwie szable wojowniczkę.

Chwiejnym krokiem ruszyłem do przodu.

Lu zamachnęła się lewą szablą, tnąc Meg w udo. Meg krzyknęła i zatoczyła się, krzyżując szable w ostatniej chwili, by odeprzeć następne uderzenie Lu, które rozpłatałoby jej głowę.

Zaraz. Ta walka *nie była* udawana. W oczach Galijki płonęła czysta wściekłość.

Lu nas oszukała, a Meg była naprawdę w niebezpieczeństwie.

Poczułem wzbierający we mnie gniew. Wypalił mgłę i napełnił mnie boską mocą. Ryknąłem jak jeden ze świętych byków Posejdona przed ołtarzem. (A wierzcie mi, te byki nie idą łatwo na rzeź). Ruszyłem na Luguselwę, która odwróciła się z szeroko otwartymi oczami, ale nie miała czasu, by się bronić. Chwyciłem ją w pasie, uniosłem nad głowę z taką łatwością, jakby była piłką plażową, i cisnąłem nią za krawędź budynku.

Trochę przesadziłem. Zamiast spaść w zaułek, Galijka poszybowała nad dachem sąsiedniego budynku i znikła. Pół sekundy później w odległym kanionie Pierwszej Alei rozległ się metaliczny brzęk, a po nim rozzłoszczone wycie alarmu samochodowego.

Moc mnie opuściła. Zachwiałem się i upadłem na kolana, a z twarzy płynęła mi krew.

Meg podkuśtykała do mnie. Jej nowe białe legginsy były zakrwawione na udzie.

– Twoja głowa – wymamrotała.

– Wiem. Twoja noga.

Pogrzebała w ogrodniczych kieszonkach i wyciągnęła dwie rolki bandażu. Zamieniliśmy się, jak najlepiej zdołaliśmy, w mumie, żeby zatamować krwawienie. Palce Meg drżały. W jej oczach wzbierały łzy.

– Przepraszam – powiedziałem. – Nie zamierzałem rzucać Lu aż tak daleko. Po prostu… myślałem, że ona naprawdę chce cię zabić.

Meg zerknęła w kierunku Pierwszej Alei.

– Spoko. Ona jest twarda… Myślę, że… nic jej się nie stało.

– Ale…

– Nie mamy czasu na gadanie. Chodź.

Chwyciła mnie w pasie i podniosła. Jakoś udało nam się dostać z powrotem na rusztowanie, a następnie zejść po drabinkach na sam dół wypatroszonego apartamentowca. Kiedy wlekliśmy się do najbliższego skrzyżowania, serce skakało mi nieregularnie, jak pstrąg na dnie łódki. (Uch, znowu ten Posejdon).

Wyobraziłem sobie pędzącą ku nam kawalkadę lśniących czarnych SUV-ów wypełnionych Germanami, otaczającą miejsce, w którym się znajdowaliśmy, i zatrzymującą nas. Jeśli Neron rzeczywiście widział to, co wydarzyło się na dachu, była to wyłącznie kwestia czasu. Daliśmy mu niezłe widowisko. Będzie prosił nas o autografy, a następnie o głowy na srebrnych tacach.

Na rogu Osiemdziesiątej Pierwszej i Pierwszej sprawdziłem ruch uliczny. Na razie ani śladu Germanów. Żadnych potworów. Zero policji albo cywilów wrzeszczących, że właśnie widzieli spadającą z nieba galijską wojowniczkę.

– Co teraz? – zapytałem, naprawdę w nadziei że Meg zna odpowiedź.

Z kieszonki przy pasku Meg wyłowiła ten przedmiot, który dała jej Lu – błyszczącą złotą rzymską monetę. Pomimo wszystkiego, przez co właśnie przeszliśmy, dostrzegłem w oczach mojej młodej przyjaciółki błysk ekscytacji.

– Teraz wezwiemy taksówkę – oznajmiła.

Poczułem lodowaty dreszcz, kiedy zrozumiałem, o czym mówiła. Wiedziałem już, czemu Luguselwa dała jej tę monetę, i mała cząstka mnie żałowała, że nie cisnąłem Galijką jeszcze dalej.

– Och, nie – jęknąłem. – Nie mówimy o nich. Wszystko, tylko nie one!

– One są super – oznajmiła Meg.

– Nie, nie są super! Są okropne!

– Lepiej im tego nie mów – ostrzegła, po czym rzuciła monetę na ziemię i wrzasnęła po łacinie: – Zatrzymaj się, o Rydwanie Zagłady!

7

Czemuż stoisz,
Rydwanie zagłady?
Ja waszej apki nie zainstaluję

MOŻE I JESTEM PRZESĄDNY, ale jak już mam wzywać rydwan, to może niech on nie ma w samej nazwie słowa „zagłada"? Moneta Meg uderzyła o krawężnik i zniknęła, a w tej samej chwili fragment nawierzchni rozmiarów samochodu roztopił się, tworząc kałużę asfaltu i krwi (tak to wyglądało, nie sprawdzałem składników). Z lepkiej masy wyskoczyła taksówka, jak wynurzający się spod powierzchni okręt podwodny. Wydawała się nieco podobna do typowej nowojorskiej taryfy, tyle że była szara, a nie żółta – jej barwa przywodziła na myśl pył, grobowce, ewentualnie kolor mojej skóry w tym konkretnym momencie. Na drzwiczkach widniał napis: „TAXI GRAJCAR", a w środku, na siedzeniu kierowcy, tłoczyły się trzy stare wiedźmy (och, wybaczcie: trzy siostry seniorki). Okno od strony pasażera otwarło się, a ta z sióstr, która siedziała najbliżej, wysunęła głowę i zawołała:

– Podwieźć szanownych państwa?

Wyglądała dokładnie tak uroczo, jak ją zapamiętałem: twarz przypominająca gumową maskę na Halloween, zapadnięte puste oczodoły, sterczące siwe włosy przysłonięte zapaskudzoną pajęczynami lnianą chustą.

– Witaj, Nawałnico – westchnąłem. – Kopę lat.

Przekrzywiła głowę.

– Kto to? Nie znam tego głosu. Podwieźć czy nie? Inni klienci czekają!

– To ja – jęknąłem. – Bóg Apollo.

Nawałnica pociągnęła nosem, powąchała powietrze, mlasnęła i przesunęła językiem pod jedynym, pożółkłym zębie.

– Nie brzmisz jak Apollo. Nie pachniesz jak on. Ugryzę na próbę, co?

– O, nie, nie! – zaprotestowałem. – Musisz mi uwierzyć na słowo.

– Chwileczkę. – Meg spojrzała na mnie z podziwem. – Znasz Taxi Grajcar?

Powiedziała to takim tonem, jakbym ukrywał przed nią znajomość z oryginalnymi członkiniami girlsbandu Bananarama i do tej pory nie załatwił jej autografów (historyjka o mojej znajomości z tymi dziewczynami i o tym, jak je przedstawiłem prawdziwej Wenus oraz zainspirowałem do nagrania własnej wersji tego starego europejskiego hitu, to opowieść na inną okazję).

– Tak, Meg – powiedziałem. – Jestem bogiem. Znam różne osoby.

Nawałnica mruknęła coś o tym, że nie pachnę jak bóg, i zawołała do siostry po lewej:

– Sekutnico, weźże zerknij, co to za gość?

Środkowa siostra przepchnęła się do okna. Wyglądała identycznie z Nawałnicą – żeby je odróżnić, trzeba by je znać, jak ja, niestety, od paru tysięcy lat. Dzisiaj jednak to ona miała ich jedyne wspólne oko – zaciągnięte kataraktą i zaklejone śluzem – które spoglądało na mnie z głębi lewego oczodołu.

Wcale mnie nie cieszyło, że ją widzę, ale jeszcze mniej bawiła mnie idea, że jej obecność tutaj oznacza, że za kierownicą taksówki siedzi trzecia z nich, Wścieklica. Posadzenie jej za kółkiem to zawsze był fatalny pomysł.

– To jakiś śmiertelny małolat z zakrwawioną chustką na głowie – oświadczyła w końcu Sekutnica, po tym jak mi się dokładnie przyjrzała. – Nic ciekawego. Żaden bóg.

– A tu mnie uraziłaś – powiedziałem oburzony. – To ja, Apollo.

Meg uniosła ramiona w geście zniecierpliwienia.

– No przepraszam, ale czy to ma jakiekolwiek znaczenie? – spytała. – Zapłaciłam. Możemy wsiadać?

Mogłoby się zdawać, że Meg ma słuszność. Czemu chciałem się ujawniać? Ano dlatego, że Taxi Grajcar nie wożą zwykłych śmiertelników. Poza tym mam z nimi zaszłości i w sumie wolę, żeby od razu wiedziały, kogo wiozą, niż żeby dowiedziały się w połowie drogi i wyrzuciły mnie z pędzącego auta.

– Moje drogie panie – powiedziałem, traktując to określenie wyłącznie kurtuazyjnie – może nie wyglądam jak Apollo, ale zapewniam was, że to ja, uwięziony w śmiertelnej powłoce. Jakże inaczej mógłbym wiedzieć o was aż tak dużo?

– Niby co wiesz? – spytała Nawałnica.

– Wasz ulubiony smak nektaru to krem karmelowy – wyliczałem. – Ulubiony członek The Beatles: Ringo. Przez wieki wszystkie trzy wzdychałyście do Ganimedesa, ale teraz przerzuciłyście się na…

– To Apollo! – jęknęła Sekutnica.

– On, nikt inny! – zawodziła Nawałnica. – Jest wkurzający i za dużo wie!

– Dajcie mi wsiąść – powiedziałem – a się zamknę.

To nie była typowa propozycja z mojej strony.

Zamek w tylnych drzwiach otworzył się z trzaskiem. Przytrzymałem drzwi dla Meg. Uśmiechnęła się szeroko.

– Na kogo się przerzuciły? – spytała.

– Później ci powiem – wyszeptałem.

Usiedliśmy i zapięliśmy czarne łańcuchy zamiast pasów. Siedzenie było mniej więcej równie wygodne jak materac wypchany sztućcami. Trzecia siostra, Wścieklica, wymamrotała zza kółka:

– Dokąd jedziemy?

– Do Oboz... – zacząłem.

Wścieklica wcisnęła gaz do dechy. Uderzyłem głową o oparcie, a Manhattan wokół nas zmienił się w smugi światła. Miałem nadzieję, że zrozumiała, co chciałem powiedzieć, bo jak nie, to skończymy w Obozie Jupiter, obozie językowym dla nastolatków z Europy albo, co gorsza, w jakimś obozowisku dowolnej grupy religijnej, choć podejrzewałem, że są one trochę poza typowymi obszarami obsługiwanymi przez siostry. Umieszczony w taksówce telewizor zamrugał, a z głośników ryknęła orkiestra i nagrany śmiech. „Zapraszamy na »Nocne Show Talii«!", oznajmił spiker. Nacisnąłem przycisk wyłączania tak szybko, jak zdołałem.

– Ale ja lubię reklamy! – poskarżyła się Meg.

– Mózg ci od nich spróchnieje – oświadczyłem.

Szczerze mówiąc, kiedyś przepadałem za „Nocnym Show Talii". Talia (muza komedii, nie podobnie nazywająca się moja przyjaciółka heroska Thalia Grace) zapraszała mnie wiele razy z występami muzycznymi. Siedziałem na sofie obok niej, żartowałem, grałem w jej głupie gierki w rodzaju: „Zaraza na to miasto" albo „Wkręcimy cię w przepowiednię". Nie chciałem o tym pamiętać, podobnie jak o innych rzeczach kojarzących mi się z dawnym boskim życiem.

Nie tęskniłem za nim, tylko... No dobra, powiem to: było mi wstyd na myśl o tym, co kiedyś wydawało mi się ważne. Słupki oglądalności. Czciciele. Wzrost i upadek cywilizacji, które najbardziej mnie ceniły. Jakie to wszystko miało znaczenie w porównaniu z chęcią zapewnienia przyjaciołom bezpieczeństwa? Nie mogłem pozwolić, żeby Nowy Jork spłonął, bo mała Estelle Blofis musiała dorosnąć w spokoju, chichocząc i szykując się do przejęcia władzy nad światem. Neron zapłaci mi za wszystko. Nie ryzykowałem dosłownej utraty twarzy dziś rano ani rzucenia Luguselwą w zaparkowany dwie przecznice dalej samochód ot tak sobie.

Meg nie wyglądała na przejętą ani moim złym nastrojem, ani swoją raną nogi. Pozbawiona reklam siedziała prosto i patrzyła, jak za oknem w smugach koloru migają krajobrazy: East River, Queens... Wszystkie znikały w tempie absolutnie nieosiągalnym dla śmiertelnych podróżnych – znaczy, szczerze mówiąc, dla nich i tak nieosiągalne jest tu cokolwiek ponad dwadzieścia kilometrów na godzinę. Wścieklica prowadziła kompletnie i dosłownie na oślep, a Sekutnica co chwilę krzykiem podpowiadała korekty kursu:

– Na lewo. Hamuj! Na lewo. Nie, to drugie lewo!

– Ale super – powiedziała Meg. – Kocham tę taksówkę.

Skrzywiłem się.

– Często zdarzało ci się podróżować z siostrami? – spytałem tonem, jakim zadałbym pytanie w rodzaju: „Lubisz odrabiać zadanie domowe?".

– To była nagroda – odpowiedziała. – Jak mi wyjątkowo dobrze poszło na treningu, Lu zabierała mnie na przejażdżki.

Usiłowałem wyobrazić sobie jazdę tym konkretnym środkiem transportu jako nagrodę. Zaiste, obyczaje panujące w domu cesarza były ohydne i przerażające.

– Dziewczyna ma gust! – zawołała Sekutnica. – Nie ma lepszych od nas na terenie Nowego Jorku! Nie ufajcie tym wszystkim serwisom współdzielącym auta! Większość z nich prowadzą nielicencjonowane harpie!

– Harpie! – jęknęła Nawałnica. – Kradną nam klientów.

Wścieklica skinęła na zgodę.

Przez chwilę wyobrażałem sobie naszą przyjaciółkę Ellę kierującą samochodem. Prawie że poczułem się dobrze, siedząc w tej taksówce. Prawie.

– No i podniosłyśmy jakość usług! – oświadczyła z dumą Nawałnica.

Usiłowałem skupić się na jej pustych oczodołach.

– A jak? – spytałem.

– Już nie trzeba nas wzywać złotą monetą! – Wskazała na znaczek widniejący na plastikowej szybce oddzielającej pasażerów od kierowców.

Aha. Od teraz najwyraźniej mogłem powiązać swoją ulubioną magiczną broń z ich taksówką i płacić wirtualnymi drachmami za pomocą apki o nazwie Grajcar. Zadrżałem na myśl o tym, co by mogła zrobić Strzała z Dodony, gdybym jej pozwolił na samodzielne zakupy online. Gdybym kiedykolwiek wrócił na Olimp, zastałbym konta zamrożone, a pałac obciążony zajęciem komorniczym, bo strzała kupiłaby każdy istniejący egzemplarz pierwszego wydania Szekspira.

– Wolę gotówkę – powiedziałem.

– Ty i twoje przepowiednie – mruknęła Sekutnica do Wścieklicy. – Mówiłam ci, że ta apka to głupi pomysł.

– Jeszcze głupiej było zgodzić się na wożenie Apollina – odcięła się tamta.

– To *ty* to przepowiedziałaś – oświadczyła Sekutnica.

– Obie jesteście głupie! – syknęła Nawałnica. – To była *moja* przepowiednia!

Chyba zaczynało do mnie docierać, za co tak nie znosiłem Graj. Nie tylko dlatego, że były paskudne, obleśne, wredne i cuchnęły jak stary grób, albo dlatego, że miały na spółkę tylko jedno oko, jeden ząb i zero kompetencji społecznych.

Nawet nie chodziło o to, jak beznadziejnie i obciachowo zachowywały się wobec celebrytów, w których się kochały. W czasach starożytnej Grecji wszystkie trzy były moimi wielbicielkami – nie było to miłe, ale przynajmniej zrozumiałe. Potem – niewiarygodne! – wyrosły z kochania się we mnie i zapisały do fanklubu Ganimedesa. Ich posty na Olimpstagramie i ciągłe zachwycanie się, jakie z niego ciacho, były tak wkurzające, że w końcu musiałem im ostro przygadać w komentarzu. Kojarzycie ten mem: „G jak Ganimedes, G jak gej"? To jest mój osobisty wynalazek. A w wypadku Ganimedesa nie było przecież od dawna żadnych wątpliwości.

Obecnie z kolei przerzuciły się na Dejmosa, boga strachu, co wydało mi się kompletnie nieromantyczne. Jasne, jest napakowany i ma śliczne oczy, ale...

Nie. Chwila. Czemu ja znowu do tego wracam?

A, jasne! Mój problem z Grajami wiązał się głównie z profesjonalną zazdrością.

To ja jestem bogiem Wyroczni. A Graje, owszem, przepowiadają przyszłość, ale nie współpracowały z moim holdingiem w tej sprawie. Nie płaciły mi trybutu ani tantiem z praw autorskich, nic. Wiedzę zaś czerpały z... z... Hmm, w sumie to nie wiem. Podobno przyszły na świat zrodzone z pradawnego bóstwa morza, powstały z piany i morskich mętów, dlatego też znały jakieś strzępy proroctw i przepowiedni, które to prastare morze niosło. Jakkolwiek było, wkurzało mnie, że wpychały się na mój teren – i, przedziwnie, z kolei ja wkurzałem je.

Ich przepowiednie... Zaraz. Przewinąłem w myślach całą konwersację.

– Czy wyście mówiły coś o tym, że *przewidziałyście* podwożenie mnie?

– Ha! – prychnęła Nawałnica. – Chciałbyś wiedzieć, nie?

Wścieklica zachichotała.

– Już widzę, jak dzielimy się z tobą tym ustępem, który mamy na twój temat...

– Zamknij się! – syknęła Sekutnica i uderzyła siostrę w ramię. – Jeszcze o nic nie zapytał.

– Macie dla Apollina jakąś toaletę? – spytała Meg z zainteresowaniem.

Zakląłem pod nosem, bo już widziałem, dokąd zmierza ta rozmowa. Trzy siostry uwielbiały się droczyć, gdy chodziło o przepowiednie. Bardzo lubiły, kiedy pasażerowie błagali, by wyjawiły, co wiedzą o przyszłości, ale tak naprawdę te stare jędze tylko marzyły o tym, żeby się pochwalić swoją wiedzą.

Ilekroć w przeszłości dałem się wciągnąć w te gierki i wysłuchać ich wieszczej poezji, okazywało się, że zapowiedzą mi, co zjem na lunch, albo oświadczą, do kogo z innych bogów jestem podobny (i jakoś nigdy nie był to Apollo). Następnie zaczynały sępić o merytoryczną krytykę swoich wierszydeł i o to, żebym te wypociny polecił mojemu agentowi. Ech.

Nie byłem pewien, co tym razem dla mnie mają, ale nie zamierzałem dać im tej satysfakcji i zapytać. Dość miałem autentycznych przepowiedni, żeby się martwić.

– Ustęp – wyjaśniłem na użytek Meg – oznacza w tym wypadku dowolny fragment poezji. Przy naszych paniach ta ostatnia informacja jest zbędna, bo wszystko, co one robią, jest dowolne.

– No to nie powiemy! – zagroziła mi Sekutnica.

– Nie dowiesz się! – potwierdziła Wścieklica.

– Przecież nie zapytałem – wycedziłem.

– Ja chcę coś wiedzieć o tej ubikacji! – zażądała Meg.

– Nie, nie chcesz – powiedziałem krótko.

Za oknem taksówki Queens zmieniło się w przedmieścia Long Island. Siostry na siedzeniu kierowcy wręcz dygotały z chęci podzielenia się swoją wiedzą.

– To są bardzo ważne słowa – kusiła Sekutnica. – Ale nigdy ich nie usłyszysz!

– No to nie – powiedziałem obojętnym tonem.

– Nie zmusisz nas! – krzyknęła Nawałnica. – Nawet mimo że zależy od tego twój los!

Zacząłem odczuwać lekkie zwątpienie. Czy jest możliwe, że… O, nie. Jeżeli ulegnę pokusie, okaże się, że siostry po prostu wiedzą dokładnie, jakiej linii kremów powinienem używać ze względu na odcień mojej cery.

– Nie kupuję tego – oświadczyłem.

– A ja nie sprzedaję! – skrzeknęła Sekutnica. – To są bardzo ważne wersy! Wyjawimy je, tylko jeśli zagrozisz nam czymś straszliwym!

– Nie zniżę się do grożenia wam… – zacząłem.

– On nam grozi! – zawyła Nawałnica. Uderzyła siostrę w plecy tak mocno, że wspólne oko wypadło jej z oczodołu. Sekutnica je złapała i odstawiając wielki cyrk, niby przypadkiem rzuciła mi je na kolana. Wrzasnąłem. Siostry też wrzasnęły. Wścieklica, której zabrakło przewodnika, zakręciła i zniosło ją na środek drogi. Żołądek podszedł mi do gardła.

– Ukradł nam oko! – ryknęła Nawałnica. – Nic nie widzimy!

– Ja nic nie ukradłem! – krzyknąłem. – Brzydzę się tego oka!

Meg pisnęła z radości.

– Juppi! ALE BOSKO!

– Weźcie to! – Otrząsnąłem się i zacząłem się nerwowo kręcić, mając nadzieję, że to przeklęte oko spadnie, ale ono twardo siedziało mi na kolanach i gapiło się na mnie spojrzeniem zdechłej ryby. Meg nie pomagała; najwyraźniej nie chciała w żaden sposób przeszkadzać w naszej superboskiej śmierci w wypadku superszybkiego samochodu.

– Zgniecie nam oko – krzyknęła Wścieklica – jeżeli nie wyrecytujemy mu ustępu!

– Nic nie zgniotę! – zaprotestowałem.

– Wszyscy zginiemy! On oszalał! – zawodziła Sekutnica.

– Wcale nie oszalałem!

– Dobrze, wygrałeś! – oświadczyła Nawałnica. Wyprostowała się i wygłosiła wiersze tak głośno, jakby chciała dotrzeć do publiczności w Connecticut, kilkanaście kilometrów stąd:

– Nieznana droga darem będzie w darze!

Wścieklica dołączyła ze słowami:

– Lew opleciony wężem grozę znaczy!

Sekutnica dokończyła:

– Albo dokończy princeps plany wraże!

Meg zaklaskała w dłonie, podczas gdy ja gapiłem się na siostry z niedowierzaniem.

– To nie jest jakiś tam dowolny ustęp z czegoś. To jest tercyna! Właśnie dałyście mi kolejną strofę prawdziwej przepowiedni!

– Już nic innego dla ciebie nie mamy! – warknęła Wścieklica. – A teraz dawaj oko, bo już prawie jesteśmy w obozie!

Panika wygrała z szokiem. Jeżeli Wścieklica nie zdoła się zatrzymać w obozie, będziemy przyspieszać w nieskończoność, póki nie wyparujemy jako kolorowa plazma nad Long Island. Mimo wszystko ciągle brzmiało to lepiej niż dotknięcie tego oka, które leżało mi na kolanach.

– Meg, dawaj chusteczkę! – zawołałem.

Meg prychnęła.

– Ale cienias z ciebie!

Wzięła oko do ręki i rzuciła je do Wścieklicy, która natychmiast wetknęła je w oczodół. Mrugnęła, spojrzała na drogę i wrzasnęła:

– O, NIE!

Następnie zahamowała tak gwałtownie, że uderzyłem podbródkiem w klatkę piersiową. Kiedy rozwiał się dym po naszym hamowaniu, zobaczyłem, że zatrzymaliśmy się przy starej drodze niedaleko obozu. Po lewej stronie widać było Wzgórze Herosów i wielką sosnę na jego szczycie, a na niższych gałęziach połyskujące Złote Runo. Wokół drzewa wił się smok Peleus, a obok niego stał sobie, drapiąc się w ucho, mój ulubiony przeciwnik: Dionizos, boski patron wkurzania Apollina.

8

Jestem pan A.
Przyszedłem naprawić kibelek
No i zemdleć

NO DOBRA, może to ostatnie zdanie było trochę niesprawiedliwe. Dionizos jest także bogiem mnóstwa innych rzeczy, na przykład wina, szaleństwa, imprez po wręczeniu Oscarów i niektórych roślin. Dla mnie jednak zawsze pozostanie wkurzającym młodszym bratem, łażącym za mną wszędzie i usiłującym zwrócić na siebie moją uwagę naśladowaniem wszystkiego tego, co robiłem. Znacie ten typ. Wyobraźcie sobie: jesteście bogiem, a wasz młodszy brat też koniecznie chce nim zostać, chociaż to wy macie być bogiem! Macie uroczy rydwan, który ciągną ogniste konie. Braciszek też chce rydwan, zaprzężony w pantery. Zsyłacie zniszczenie na greckie armie pod Troją. Braciszek napada na Indie. Typowe.

Dionizos stał na szczycie wzgórza, jakby na nas czekał. Był bogiem, więc może naprawdę czekał. Miał na sobie koszulę w panterkę pasującą kolorem do Złotego Runa wiszącego na gałęzi obok niego, podczas gdy spodnie w kolorze kwitnącego wrzosu koszmarnie z nim kontrastowały. Dawniej skomentowałbym złośliwie jego dobór ciuchów, ale teraz wolałem nie ryzykować. W gardle miałem gulę, było mi niedobrze po szalonej jeździe i improwizowanej zabawie w rzut okiem, rana na czole pulsowała, a w mózgu rozbrzmiewały mi linijki przepowiedni Graj. Naprawdę nie potrzebowałem więcej kłopotów. Ale spotkanie z Dionizosem… Nie będzie łatwo.

Meg zatrzasnęła za sobą drzwi taksówki.

– Dzięki, dziewczyny! – powiedziała do sióstr. – Ale następnym razem musicie mi opowiedzieć o tym ustępie!

Graje – bez jednej prośby o recenzję ani o przekazanie ich twórczości mojemu agentowi – zanurzyły się w czarno-czerwoną kałużę asfaltu.

Meg spojrzała ku szczytowi wzgórza.

– Co to za typ? Jeszcze go nie spotkaliśmy.

Brzmiała podejrzliwie, jakby była zazdrosna o swoje terytorium.

– To jest bóg Dionizos – wyjaśniłem.

– Ale dlaczego? – spytała Meg. Nie wiem, czy chciała spytać: „Czemu jest bogiem?", „Czemu tu stoi?" czy może „Czemu nas to wszystko spotyka?". Wszystkie trzy możliwości wydawały się równie prawdopodobne.

– Nie mam pojęcia. Dowiedzmy się – zadecydowałem.

Podczas wędrówki na wzgórze z trudem hamowałem chęć wybuchnięcia chichotem lub płaczem. Chyba byłem w szoku. To był ciężki dzień, a jeszcze nawet nie nadeszła pora obiadowa. Niemniej, ponieważ zbliżaliśmy się do boga szaleństwa, musiałem bardzo poważnie rozważyć możliwość, że wpadałem w obłęd albo zaczynał mi się epizod psychotyczny. Już się czułem oderwany od rzeczywistości, nie mogłem się skoncentrować, nie wiedziałem, kim jestem, kim powinienem być ani nawet kim bym chciał być. Przebłyski boskiej mocy dawały mi wściekłego emocjonalnego kopa, a depresyjne zjazdy w ludzką normalność dobijały, podobnie jak napakowane adrenaliną ataki paniki. Kiedy byłem w tym stanie, spotkanie z Dionizosem było proszeniem się o kłopoty, bo samo przebywanie w jego pobliżu mogło pogłębić pęknięcia na każdej duszy.

Peleus przywitał nas za pomocą chuchnięcia dymem. Meg przytuliła się do smoczej szyi – nie jestem pewien, czybym jej to doradzał, gdyby spytała, bo smoki bardzo nie lubią przytulania. Dionizos spojrzał na mnie z mieszanką przerażenia i szoku w oczach, podobną do tej, z którą ja sam patrzyłem na swoje odbicie w lustrze.

– Ojciec naprawdę ci to zrobił – powiedział. – Co za bezlitosny *glamon*.

Po starogrecku *glamon* znaczy mniej więcej „stary dziad" i podejrzewam, biorąc pod uwagę historię tatusia, że nigdy nie traktował tego jako obelgi.

Dionizos złapał mnie za ramiona. Nic nie mówiłem, bo bałem się, że się rozpłaczę. Mój brat wyglądał dokładnie tak, jak przez ostatnie pół wieku: jak niewysoki facecik w średnim wieku, z brzuszkiem, obwisłymi policzkami, czerwonym nosem i czarnymi, kręconymi włosami. Fakt, że miał fioletowe tęczówki, był jedyną wskazówką, że nie jest do końca człowiekiem.

Inni bogowie nie mogli zrozumieć, czemu wybrał taką formę, skoro mógł wyglądać, jak tylko chciał. W czasach starożytnych był słynny z młodzieńczej, łamiącej wszelkie genderowe stereotypy urody. Ale ja rozumiałem: Dionizos zawinił, podrywając niewłaściwą nimfę (czytaj: tę, na którą nasz ojciec sam miał zakusy), i za to został skazany na prowadzenie obozu przez sto lat. Odmówiono mu jego arcydzieła, wina, i zakazano wstępu na Olimp, poza specjalnymi spotkaniami. Ze swej strony Dionizos postanowił wyglądać i zachowywać się jak najmniej bosko. Był jak dziecko, które odmawia poprawienia koszuli, umycia zębów i uczesania się, a wszystko to na złość rodzicom.

– Biedny Apollo – powiedział i przytulił mnie.

Jego włosy lekko pachniały winogronową gumą do żucia. Ten nagły odruch współczucia sprawił, że łzy zakręciły mi się w oczach, aż do chwili kiedy Dionizos odsunął się na długość ramienia i uśmiechnął się, triumfalnie i złośliwie.

– Teraz wreszcie wiesz, jak okropnie się czuję! – powiedział. – No i nareszcie ktoś dostał karę gorszą od mojej!

Skinąłem głową, przełykając łzy. To był stary, stuprocentowy Dionizos, którego znałem i niekoniecznie kochałem.

– Tak. Dzień dobry, bracie. To jest Meg.

– Nic mnie to nie obchodzi – odparł, patrząc na mnie z uciechą.

– Hmm – mruknęła Meg i splotła ramiona przed sobą. – Gdzie jest Chejron? Był fajniejszy.

– Kto taki? – spytał Dionizos. – A, on. Długa historia. Chodźmy do obozu, Apollinie. Nie mogę się doczekać, aż herosi cię zobaczą. Wyglądasz okropnie!

Przeszliśmy przez obóz najdłuższą drogą, a Dionizos dokładał wszelkich starań, żeby wszyscy mieli okazję mnie zobaczyć.

– To jest pan A. – przedstawiał mnie wszystkim nowym, na jakich się natknęliśmy. – Mój asystent. Jeżeli macie jakiś problem typu zapchana toaleta, idźcie z tym do niego.

– Daruj sobie, co? – jęknąłem cicho. Dionizos się rozpromienił.

– Jeśli ja jestem panem D., to ty możesz być panem A. – powiedział.

– On ma na imię Lester – poprawiła Meg.

Dionizos kompletnie to zlekceważył.

– O, patrz, kolejne nowe dzieciaki! Chodź, przedstawię cię! – zawołał.

Nogi miałem jak z waty i pękała mi głowa. Potrzebne mi było jedzenie, odpoczynek, antybiotyki i nowa tożsamość, niekoniecznie w tej kolejności. Ciągle jednak wlekliśmy się przez obóz, w którym panował znacznie większy ruch niż zimą, kiedy Meg i ja znaleźliśmy się tu pierwszy raz. Wtedy spotkaliśmy tylko niewielką grupkę stałych mieszkańców. Teraz natomiast wszędzie było pełno nowo odkrytych herosów, którzy przyjechali tu na lato: mnóstwo oszołomionych dzieciaków, niektóre jeszcze pod opieką satyrów, którzy ich zlokalizowali. Część z nich, która zapewne musiała niedawno zmierzyć się z potworami, miała rany gorsze od moich – może dlatego nikt się za bardzo nie gapił na mnie i Meg.

W końcu dotarliśmy na główną łąkę obozu, wokół której rozmieszczono większość domków, kipiących teraz ruchem. W drzwiach stali starsi doradcy, witający nowych i podpowiadający, jak dokądś trafić. Szczególnie zajęta była Julia Feingold w domku Hermesa – usiłowała znaleźć miejsca dla wszystkich tych, którzy nie zostali jeszcze uznani przez boskich rodziców. W domku Aresa Sherman Yang warczał na wszystkich, żeby, podchodząc, uważali na rozmieszczone wokół chatki miny. Mało kto chciał sprawdzić, czy to tylko żart. Młody Harley z domku Hefajstosa biegał dookoła z szerokim uśmiechem na twarzy, wyzywając nowych na pojedynek w siłowaniu się na rękę.

Po drugiej stronie łąki dostrzegłem dwoje własnych dzieci, Austina i Kaylę, ale chociaż chciałem z nimi pogadać, to nie bardzo mogłem – oboje byli zajęci jakąś dyskusją z grupą harpii ochroniarek i nowym dzieciakiem, który ewidentnie zrobił coś, co się harpiom nie spodobało. Dobiegły mnie słowa Austina:

– Nie, nie możecie tak po prostu zjeść nowego obozowicza! Najpierw należą mu się dwa ostrzeżenia!

Nawet Dionizos nie chciał mieszać się do tej rozmowy, ruszyliśmy więc dalej.

Ślady po naszej zimowej walce z Kolosem Nerona zostały w większości naprawione, choć część kolumn budynku jadalni nadal była połamana, a między dwoma wzgórzami krył się nowy staw w kształcie gigantycznego odcisku stopy. Minęliśmy boisko do siatkówki, teren wyznaczony do walk mieczem i pola truskawkowe. Dopiero wtedy Dionizos zlitował się nade mną i skierował nas ku budynkom kwatery głównej obozu.

W porównaniu z greckimi amfiteatrami i świątyniami w obozie trzypiętrowy niebieski budynek znany jako Wielki Dom wyglądał zwyczajnie i przytulnie. Białe elementy elewacji błyszczały jak lukier na torcie, a spiżowy orzeł pełniący funkcję kogucika na szczycie dachu leniwie kręcił się w lekkim wiaterku. Na ganku, przy stoliku do kart i ze szklankami lemoniady w dłoniach, siedzieli Nico di Angelo i Will Solace.

– Tato! – Will zerwał się na równe nogi, zbiegł ze schodów i złapał mnie w ramiona.

Wtedy właśnie straciłem kontrolę nad sobą i zacząłem szlochać. Mój przystojny syn, o łagodnych oczach, dłoniach uzdrowiciela i słonecznym, pogodnym temperamencie, jakimś cudem odziedziczył po mnie same zalety i żadnych wad. Wprowadził mnie na schody i nalegał, bym usiadł na jego miejscu. Podał mi szklankę zimnej lemoniady, po czym zaczął przejmować się raną na mojej głowie.

– Nic mi nie jest – mruknąłem, choć to oczywiście nie była prawda.

Chłopak Willa, Nico di Angelo, stał z boku, kiedy się witaliśmy, obserwując z cienia, jak zwykle dzieci Hadesa. Ciemne włosy mu urosły, był boso, w wytartych dżinsach i czarnej wersji typowego obozowego T-shirtu ze szkieletem Pegaza i napisem: „DOMEK 13".

– Meg – powiedział Nico – zajmij mój fotel. Ta noga nie wygląda najlepiej.

Spojrzał krzywo na Dionizosa, tak jakby spodziewał się po nim, że nas tu dowiezie wózkiem golfowym.

– No dobra, siadajcie. – Dionizos wskazał na stolik. – Próbowałem nauczyć Nica i Willa zasad gry w remika, ale kiepsko im idzie.

– O, remik! – zawołała Meg. – Uwielbiam!

Dionizos spojrzał na Meg zmrużonymi oczyma, jakby była małym pieskiem, który właśnie zaczął recytować wiersze Emily Dickinson.

– Doprawdy? – spytał. – Normalnie cuda i dziwy.

Nico spojrzał na mnie oczyma ciemnymi jak atrament.

– Czy to prawda – spytał – że Jason…

– Nico – łagodnie upomniał go Will – daj mu na razie spokój.

Kostki lodu zagrzechotały w mojej lemoniadzie. Nie byłem w stanie nic powiedzieć, ale wyraz mojej twarzy musiał zdradzać wszystko. Meg wyciągnęła do Nica dłoń, a on ujął ją w swoje. Nie wyglądał na zagniewanego. Wyglądał, jakby ktoś go uderzył, nie raz, ale tak często w ciągu paru lat, że zaczął tracić poczucie, czym jest ból. Zachwiał się na nogach, zamrugał, a potem szybko wyrwał ręce z uścisku Meg, tak jakby dopiero teraz przypomniał sobie, że jego dotyk zabija.

– Ja… – Urwał. – *Scusatemi.*

Zszedł prędko ze schodów i przebiegł przez trawnik. Jego bose stopy zostawiały za sobą ślad uschniętej trawy.

Will potrząsnął głową.

– On mówi po włosku tylko wtedy, kiedy jest naprawdę wytrącony z równowagi.

– Ten chłopak dostał już zbyt wiele złych wiadomości – powiedział Dionizos z odrobiną niechętnego współczucia w głosie.

Chciałem zapytać, co miał na myśli, i przeprosić za to, że znowu przynoszę kłopoty. Chciałem opowiedzieć o tych wszystkich koncertowo i popisowo zawalonych sprawach, które się zdarzyły od czasu, kiedy ostatnio odwiedziłem Obóz Herosów.

Zamiast tego poczułem, że szklanka z lemoniadą wysuwa mi się z dłoni i roztrzaskuje na podłodze. Przechyliłem się na krześle i usłyszałem, jak z dalekiego, ciemnego tunelu, głos Willa:

– Tato! Hej, pomóżcie mi!

Potem stoczyłem się w mrok nieświadomości.

9

Śniadanie to jest to
Naleśniki i spalony jogurt
Oraz szaleństwo

KOSZMARY SENNE?

Jasne, czemu nie!

Cierpiałem na instagramowo powracające koszmary – zapętlone w nieskończoność krótkie sceny: Luguselwa spadająca z dachu. Amfisbena wpatrzona we mnie ze zdumieniem, kiedy dwa bełty przyszpiliły jej łby do ściany. Oko Graj spadające mi na kolana i przywierające do nich, jakby było pokryte klejem.

Usiłowałem skierować sny w bardziej pokojowe rejony: ulubiona plaża na Fidżi, moje dawne święto w Atenach, koncert zagrany z Dukiem Ellingtonem w Cotton Clubie w roku 1930. Nic nie działało.

Za to znalazłem się w sali tronowej Nerona.

Loft zajmował całe piętro jego wieży. Wszystkie ściany były szklane, ukazując widok na wieżowce Manhattanu. W samym środku pomieszczenia, na marmurowym podwyższeniu, cesarz rozsiadł się na krzykliwym tronie z aksamitnymi poduszkami. Purpurowa jedwabna piżama i szlafrok w tygrysie pręgi przyprawiłyby Dionizosa o atak zazdrości. Wieniec ze złotych liści laurowych trzymał się krzywo na głowie, sprawiając, że miałem ochotę poprawić zarost na podbródku, owinięty wokół szyi niczym rzemień.

Po lewej stronie od tronu stał szereg młodzieży: herosi, jak założyłem, adoptowani członkowie cesarskiej rodziny, podobnie jak niegdyś Meg. Naliczyłem ich w sumie jedenastu, ustawionych od najwyższego do najniższego, w wieku od ośmiu do osiemnastu lat. Mieli na sobie togi z purpurową lamówką, oznaczającą cesarski status, nałożone na mieszaninę zwykłych ciuchów. Ich miny mogłyby posłużyć za studium przypadków przemocowego wychowania przez Nerona. Najmłodszy sprawiał wrażenie zachwyconego, przerażonego i zapatrzonego w rodzica. Nieco starsi wyglądali na złamanych i znerwicowanych; ich oczy były puste. Nastolatkowie prezentowali cały przekrój gniewu, pretensji, nienawiści do samych siebie, a wszystko elegancko wzięte w ryzy i nieskierowane przeciwko Neronowi. Najstarsi wyglądali jak mini-Neronowie: cyniczni, twardzi, okrutni młodzi socjopaci.

Nie byłem w stanie nie wyobrażać sobie Meg McCaffrey w tym zgromadzeniu. I na dodatek nie potrafiłem zgadnąć, do której grupy przerażających wyrazów twarzy by trafiła.

Do sali tronowej wmaszerowali dwaj Germanowie z noszami, na których leżało potężne, pokiereszowane ciało Luguselwy. Ustawili nosze u stóp Nerona, a Galijka wydała żałosny jęk. Przynajmniej żyła.

– Łowca powraca z pustymi rękami – wycedził Neron. – A zatem wdrażamy plan B. Czterdziestoośmiogodzinne ultimatum wydaje się rozsądne. – Odwrócił się do adoptowanych dzieci. – Lucjuszu, podwójna ochrona przy cysternach. Elio, wyślij zaproszenia. I zamów tort. Jakiś dobry. Nie codziennie niszczy się miasto rozmiarów Nowego Jorku.

Moje śpiące ja przeleciało przez wieżę do wnętrza ziemi.

Stałem w ogromnej grocie. Wiedziałem, że muszę być gdzieś pod Delfami, siedzibą mojej najświętszej Wyroczni, ponieważ zapach mieszanki wulkanicznych wyziewów, która mnie otoczyła, nie dawał się pomylić z niczym. Słyszałem mojego arcywroga, Pytona, wlekącego gigantyczne cielsko po kamiennej podłodze w ciemności.

– Wciąż nie rozumiesz. – Jego głos brzmiał jak niskie dudnienie. – Och, Apollinie, niech będzie błogosławiony twój mały, niewystarczający mózg. Rozbijasz się po świecie, przewracając figury, ale nigdy nie spojrzałeś na całą szachownicę. Najwyżej kilka godzin. Tyle będzie trzeba, kiedy upadną ostatnie pionki. A ty wykonasz za mnie całą robotę!

Jego śmiech był jak wybuch gdzieś głęboko pod ziemią, taki, jaki przewraca góry. Strach przetoczył się nade mną, pozbawiając mnie tchu.

Po przebudzeniu czułem się tak, jakbym przez wiele godzin usiłował wydostać się z kamiennego kokonu. Wszystkie mięśnie mnie bolały.

Miałem nadzieję, że choć raz w życiu obudzę się odświeżony po śnie o maseczkach z wodorostów i pedikiurze z dziewięcioma muzami. Och, jakże brakowało mi naszych wizyt w spa! Ale nie. Dostałem w zamian za to szyderczych cesarzy i ogromne śmiejące się węże.

Usiadłem, zaspany i z mgłą przed oczami. Zajmowałem stare łóżko we własnym domku. Przez okna wpadały promienie słońca – czyżby światło dnia? Naprawdę aż tak długo spałem? Koło mnie kuliło się coś ciepłego i puchatego, warcząc i obwąchując poduszkę. Na pierwszy rzut oka uznałem, że to bulterier, ale byłem zasadniczo przekonany, że nie mam bulteriera. Potem podniosłem się i zobaczyłem, że to pozbawiona reszty ciała głowa lamparta.

Nanosekundę później stałem w drugim końcu domku, wrzeszcząc wniebogłosy. To było najbliższe teleportacji, od kiedy przestałem być bogiem.

– Och, obudziłeś się! – Mój syn Will wychynął z łazienki w obłokach pary. Jego jasne włosy były mokre, a wokół bioder miał owinięty ręcznik. Na lewej piersi nosił tatuaż w kształcie stylizowanego słońca, co wydało mi się niepotrzebne – jakby dało się go uznać za cokolwiek innego niż dziecko boga słońca.

Zamarł na widok paniki w moich oczach.

– Co się stało?

– GRR! – powiedział lampart.

– Seymour?

Will podszedł do mojego łóżka i wziął w ręce lamparcią głowę (która kiedyś dawno temu została wypchana i przyczepiona do deski, a następnie uwolniona z targu staroci przez Dionizosa, który dał jej nowe życie). O ile sobie przypominałem, Seymour normalnie rezydował na półce nad kominkiem w Wielkim Domu, co nijak nie tłumaczyło, dlaczego gryzł moją poduszkę.

– Co tu robisz? – To było do lamparta. Potem Will odezwał się do mnie: – Przysięgam, że to nie ja włożyłem ci go do łóżka.

– Ja to zrobiłem. – Dionizos zmaterializował się koło mnie.

Moje wyczerpane płuca nie były zdolne do dalszego krzyku, ale odskoczyłem nieco dalej.

Dionizos obdarzył mnie swoim patentowanym półuśmieszkiem.

– Myślałem, że marzysz o towarzystwie. Ja zawsze sypiam lepiej z pluszowym lampartem.

– Jakże miło z twojej strony. – Starałem się zabić go wzrokiem. – Ale wolę sypiać sam.

– Jak sobie życzysz. Seymour, wracaj do Wielkiego Domu.

Dionizos pstryknął palcami i głowa lamparta znikła z rąk Willa.

– No, dobra... – Dionizos lustrował mnie wzrokiem. – Czujesz się lepiej po dziewiętnastu godzinach snu?

Uświadomiłem sobie, że mam na sobie wyłącznie bieliznę. Z moim bladym, niekształtnym śmiertelnym ciałem pokrytym sińcami i bliznami wyglądałem kompletnie nie jak bóg, lecz raczej jak czerw wykopany kijkiem z ziemi.

– Czuję się cudownie – mruknąłem ponuro.

– Doskonale! Will, doprowadź go do porządku. Widzę was obu na śniadaniu.

– Śniadaniu...? – powtórzyłem niemrawo.

– Tak – odparł Dionizos. – To taki posiłek z naleśnikami. Uwielbiam naleśniki.

Zniknął w pachnącej winogronami, połyskującej chmurze.

– Co za pozer – mruknąłem.

Will roześmiał się.

– Naprawdę się zmieniłeś.

– Wolałbym, żeby ludzie przestali mi to wypominać.

– To jest dobre.

Spojrzałem znów na moje pokiereszowane ciało.

– Skoro tak twierdzisz. Masz może do pożyczenia jakieś ubranie albo lepiej worek jutowy?

A teraz ważna informacja o Willu Solasie: miał przygotowane ubranie dla mnie. Podczas ostatniej wizyty w mieście poszedł na zakupy po rzeczy, które będą na mnie pasowały.

– Uznałem, że w końcu wrócisz do obozu – powiedział. – W każdym razie miałem taką nadzieję. Chciałem, żeby się poczuł jak w domu.

To wystarczyło, żebym się znowu rozpłakał. Bogowie, byłem emocjonalnym wrakiem. Will nie odziedziczył tej troskliwości po mnie. To była jego matka, Naomi, o cudownie dobrym sercu.

Rozważałem uściskanie Willa, ale ponieważ byliśmy ubrani odpowiednio w bieliznę i w ręcznik, wydało mi się to niezręczne. Syn poklepał mnie po ramieniu.

– Weź prysznic – poradził. – Pozostali poszli na poranny spacer – wskazał na puste łóżka – ale niedługo wrócą. Poczekam na ciebie.

Kiedy już się wykąpałem i ubrałem – w świeże dżinsy i oliwkowy podkoszulek z trójkątnym dekoltem; obie rzeczy leżały idealnie – Will zabandażował mi na nowo czoło. Dał też aspirynę na wszystko, co mnie bolało. Zaczynałem się znów czuć prawie jak człowiek – w tym dobrym sensie – kiedy w oddali rozległ się dźwięk konchy, wzywając obóz na śniadanie.

Wychodząc z domku, wpadliśmy na Kaylę i Austina, którzy właśnie wracali ze spaceru z trójką młodszych obozowiczów. Nastąpiła kolejna wymiana łez i uścisków.

– Urosłeś! – Kayla chwyciła mnie w silne ramiona łuczniczki. Czerwcowe słońce wydobyło mocniej jej piegi. Zielone końcówki jej pomarańczowych włosów przypomniały mi halloweenowe dyniowe cukierki. – Jesteś o co najmniej pięć centymetrów wyższy! Prawda, Austin?

– Zdecydowanie – przytaknął Austin.

Jako jazzman Austin był zazwyczaj wyluzowany i łagodny, ale posłał mi błogi uśmiech, jakbym właśnie zagrał solo godne Ornette'a Colemana. Pomarańczowy obozowy podkoszulek bez rękawów ukazywał ciemne ramiona. Warkoczyki układały się w okręgi niczym zbożowe kręgi kosmitów.

– To nie tylko kwestia wzrostu – stwierdził. – Raczej coś w postawie…

– Ekhem – odezwało się jedno z dzieciaków stojących za nim.

– Och, jasne. Wybaczcie! – Austin odsunął się. – Mamy troje nowych w tym roku, tato. Z pewnością pamiętasz swoje dzieci Gracie, Jerry'ego i Yana… Dzieciaki, to jest Apollo!

Austin przedstawił je tak, jakby dawał mi do zrozumienia: „Wiem, że nie masz pojęcia, kim jest ta trójka dzieciaków, które spłodziłeś i zapomniałeś o nich dwanaście czy trzynaście lat temu, ale spoko, tato, ja tego pilnuję".

Jerry pochodził z Londynu, Gracie z Idaho, Yan z Hongkongu. (Kiedy ja byłem w Hongkongu?) Cała trójka sprawiała wrażenie oszołomionych spotkaniem ze mną – ale raczej w sposób: „Chyba żartujesz" niż „Łał, ale super". Wymamrotałem jakieś przeprosiny za bycie beznadziejnym ojcem. Nowo przybyli wymienili spojrzenia i najwyraźniej milcząco zgodzili się, że wybawią mnie z tarapatów.

– Umieram z głodu – oznajmił Jerry.

– Aha – potaknęła Gracie. – Jadalnia!

I wszyscy ruszyliśmy w tym kierunku niczym duża dziwaczna rodzina.

Młodzi ludzie z innych domków również zmierzali ku pawilonowi jadalnemu. Zobaczyłem na zboczu wzgórza Meg, plotkującą zajadle z rodzeństwem z domku Demeter. Koło niej dreptał Śliwka, jej towarzysz duszek drzewa owocowego. Ten mały człowieczek w pielusze wydawał się całkiem szczęśliwy – na zmianę wymachiwał liściastymi skrzydełkami i chwytał Meg za nogę, żeby zwrócić jej uwagę. Nie widzieliśmy Śliwki od Kentucky, ponieważ on zwykł pojawiać się tylko wśród przyrody albo kiedy Meg była w poważnych kłopotach, albo kiedy zbliżało się śniadanie.

Przebywaliśmy z Meg w swoim towarzystwie tak długo, zazwyczaj tylko we dwoje, że poczułem ukłucie zazdrości na jej widok w towarzystwie innych przyjaciół. Wyglądała na bardzo zadowoloną beze mnie. Jeśli uda mi się wrócić na Olimp, ciekawe, czy ona postanowi zostać w Obozie Herosów. Zastanawiałem się, dlaczego tak mi smutno na tę myśl.

Po okropnościach, jakie przeżyła w cesarskim domu Nerona, Meg zasłużyła na spokój.

Ta myśl przypomniała mi sen o Luguselwie, leżącej połamana i potłuczona na noszach przed tronem Nerona. Może miałem więcej wspólnego z tą Galijką, niż byłem gotów przyznać. Meg potrzebowała lepszej rodziny, lepszego domu niż Lu albo ja moglibyśmy jej zapewnić. To jednak nie czyniło perspektywy rozstania łatwiejszą.

Tuż przed nami z domku Aresa wyszedł mniej więcej dziewięcioletni chłopiec, którego głowa niemal całkowicie tonęła w hełmie. Ruszył biegiem, żeby dogonić towarzyszy z domku, a długi miecz wlókł się za nim, tworząc na piasku krętą linię.

– Nowi wyglądają tak bardzo młodo – mruknął Will. – Czy my też byliśmy kiedyś tacy mali?

Kayla i Austin przytaknęli.

– Ej, my też jesteśmy nowi – burknął Yan.

Chciałem mu powiedzieć, że *wszyscy* są bardzo młodzi. Ich życie to mgnienie oka w porównaniu z moimi czterema tysiącami lat. Powinienem otulać ich w ciepłe kocyki i dawać im cukierki, a nie wymagać, by byli bohaterami, zabijali potwory i kupowali mi ubranie.

Ale z drugiej strony Achilles jeszcze nie zaczął się golić, kiedy popłynął na wojnę trojańską. Przez stulecia widziałem tylu młodych herosów idących odważnie na śmierć... Sama myśl o tym sprawiała, że czułem się starszy niż gryzak Kronosa.

Po dosyć spokojnych posiłkach Dwunastego Legionu w Obozie Jupiter śniadanie w pawilonie jadalnym okazało się niezłym szokiem. Doradcy usiłowali wyjaśnić reguły zasiadania do stołów (na tyle, na ile one istniały), podczas gdy starzy wyjadacze rzucali się na miejsca koło przyjaciół, a nowi usiłowali nie pozabijać się nową bronią. Driady przemykały w tłumie z półmiskami pełnymi jedzenia, a satyrowie skakali za nimi, podkradając łakocie. Pędy wiciokrzewu wypuszczały kwiaty na greckich kolumnach, napełniając powietrze słodkim zapachem.

Przy ogniu ofiarnym herosi wrzucali część jedzenia w płomienie jako ofiarę dla bogów: płatki kukurydziane, bekon, tosty, jogurt. (Jogurt?) Solidny pióropusz dymu wznosił się ku niebu. Jako były bóg doceniałem ich uczucia, niemniej zastanawiałem się też, czy zapach palonego jogurtu jest wart zanieczyszczania powietrza.

Will wskazał mi miejsce obok siebie, po czym podał mi puchar soku pomarańczowego.

– Dzięki – wystękałem. – A gdzie jest, ee…?

Szukałem w tłumie Nica di Angelo, pamiętając, że zawsze siedzieli przy stole razem z Willem, nie zważając na domkowe zasady.

– Tam – odparł Will, najwyraźniej zgadując, o co pytam.

Syn Hadesa siedział obok Dionizosa przy głównym stole. Na talerzu boga piętrzyła się góra naleśników. Talerz Nica był pusty. Siedząc razem, stanowili dziwaczną parę, wyglądali jednak na pogrążonych w poważnej rozmowie. Dionizos rzadko tolerował herosów przy swoim stole. Skoro poświęcał Nicowi całą swoją uwagę, coś musiało być bardzo niedobrze.

Przypomniało mi się, co wczoraj mówił Pan D., zaraz przed tym jak zemdlałem. „Ten chłopak dostał już zbyt wiele złych wiadomości". Powtórzyłem to i spojrzałem badawczo na Willa.

– Co to znaczyło?

Will zdjął opakowanie z batonika otrębowego.

– To skomplikowane. Nico wyczuł śmierć Jasona kilka tygodni temu. Wprawiło go to we wściekłość.

– Tak mi przykro…

– To nie twoja wina – zapewnił mnie Will. – Kiedy tu przybyłeś, po prostu potwierdziłeś to, co Nico już wiedział. Chodzi o to, że… kilka lat temu Nico stracił siostrę, Biankę. Bardzo długo był wzburzony. Chciał iść do Podziemia, by ją odzyskać, co… Myślę, że jako syn Hadesa nie powinien tego robić. W każdym razie zaczął w końcu godzić się z jej śmiercią. Wtedy dowiedział się o Jasonie, pierwszym człowieku, którego naprawdę uważał za przyjaciela. To bardzo dużo w nim uruchomiło. Nico wybrał się w najgłębsze obszary Podziemia, nawet do Tartaru. Sam fakt, że wyszedł stamtąd cały, zakrawa na cud.

– I nie oszalał – dodałem. Po czym spojrzałem znów na Dionizosa, boga szaleństwa, który najwyraźniej radził coś Nicowi. – Och…

– Aha – potaknął Will z twarzą ściągniętą troską. – Większość posiłków jedzą teraz razem, choć Nico ostatnio niewiele je. Cierpi na… chyba nazywa się to stresem pourazowym. Ma wizje. Dionizos usiłuje pomóc mu jakoś to pozbierać do kupy. Najgorsze są głosy.

Driada postawiła przede mną talerz z szakszuką z takim rozmachem, że omal nie wyskoczyłem z portek. Uśmiechnęła się ironicznie i odeszła, wyglądając na zadowoloną.

– Głosy? – zapytałem Willa.

Mój syn rozłożył ręce.

– Nico niewiele mi mówi. Tyle… że ktoś w Tartarze woła go po imieniu. Ktoś potrzebuje jego pomocy. Ledwie zdołałem powstrzymać go od kolejnej samotnej wyprawy do Podziemia. Powiedziałem, żeby najpierw porozmawiał z Dionizosem. Odróżnił to, co prawdziwe, od tego, co takie nie jest. A potem, jeśli musi iść… to pójdziemy razem.

Poczułem strumyczek zimnego potu między łopatkami. Nie wyobrażałem sobie Willa w Podziemiu – miejscu bez słońca, leczenia i łagodności.

– Mam nadzieję, że do tego nie dojdzie – powiedziałem.

Will potaknął.

– Jeśli możemy pokonać Nerona… może to na chwilę da Nicowi jakieś inne zajęcie, zakładając, że zdołamy ci pomóc.

Kayla przysłuchiwała się dotychczas w milczeniu, ale teraz nachyliła się ku nam.

– Tak, Meg mówiła nam o przepowiedni, którą dostałeś. Wieża Nerona i tak dalej. Jeśli będzie bitwa, chcemy wziąć w niej udział.

Austin pomachał do mnie parówką.

– Słowo.

Byłem wdzięczny za ich chęć pomocy. Skoro miałem iść na wojnę, chciałem mieć u boku łuk Kayli. Uzdrowicielski talent Willa może zachować mnie przy życiu, mimo starań o to, żeby zostać zabitym. Austin mógłby przestraszyć naszych nieprzyjaciół zmniejszonym riffem molowym na saksofonie.

Z drugiej strony pamiętałem ostrzeżenie Luguselwy w kwestii gotowości Nerona. On *chciał*, żebyśmy zaatakowali. Pełny frontalny atak byłby samobójstwem. Nie zamierzałem pozwolić skrzywdzić moich dzieci, nawet jeśli alternatywą było zaufanie szalonemu planowi Lu i poddanie się cesarzowi.

„Czterdziestoośmiogodzinne ultimatum", powiedział Neron w moim śnie. Potem spali Nowy Jork.

Bogowie, dlaczego w tym teście wyboru nie ma opcji C?

Brzdęk, brzdęk, brzdęk.

Dionizos wstał, trzymając w ręce szklankę i łyżkę. W pawilonie zapadła cisza. Herosi zwrócili się ku głównemu stołowi w oczekiwaniu na poranne ogłoszenia. Przypomniałem sobie, że Chejron miał problemy z utrzymaniem uwagi. Z drugiej strony Chejron nie miał mocy, by zmienić wszystkich obecnych w kiść winogron.

– Pan A. i Will Solace, zgłosić się do głównego stołu – oznajmił Dionizos.

Obozowicze czekali na więcej.

– To wszystko – powiedział Pan D. – Naprawdę, chyba nie muszę was pouczać, jak się je śniadanie? Do roboty!

Wszyscy wrócili do zwykłego radosnego chaosu. Will i ja podnieśliśmy talerze.

– Powodzenia – powiedziała Kayla. – Mam wrażenie, że się wam przyda.

Ruszyliśmy, by dołączyć do Dionizosa i Nica przy Międzynarodowym Wysokim Stole Naleśników.

10

Szakszuka i wyrocznie
Nie pasują do siebie
Bycie szczęściarzem też nie

DIONIZOS NIE POPROSIŁ, żeby Meg do nas dołączyła, ale ona i tak to zrobiła. Usiadła obok mnie z talerzem pełnym batonów śniadaniowych i pstryknęła palcami na Dionizosa.

– Podaj syrop – zażądała.

Bałem się, że Pan D. zamieni ją w skórkę do wypchania i podaruje Seymourowi, ale po prostu zrobił to, czego chciała; może nie zamierzał pozbywać się z obozu jedynej poza nim osoby, która lubi grać w remika? Śliwka został przy stoliku Demeter, gdzie rozczulała się nad nim reszta obozowiczów – i dobrze, bo bóstwa wina i duchy owoców to kiepskie połączenie. Will usiadł obok Nica i położył na jego pustym talerzu jabłko.

– Zjedz coś – powiedział.

– Hmmm – mruknął Nico i lekko przytulił się do Willa.

– No dobra. – W wyciągniętej dłoni Dionizosa, jak u maga wykonującego sztuczkę, pojawiła się karta papieru listowego w kolorze écru. – Kurier wczoraj mi to przyniósł.

Przesunął liścik w moją stronę, żebym mógł odczytać pełne zawijasów pismo.

Klaudiusz Cezar August Germanik Neron

najserdeczniej zaprasza

na uroczysty pożar obszaru stołecznego Nowego Jorku

za czterdzieści osiem godzin od otrzymania niniejszego

zaproszenia.

CHYBA ŻE

Były bóg Apollo,

znany obecnie jako Lester Papadopuolos,

przed upływem tego terminu odda się w ręce cesarskiej

sprawiedliwości,

zgłaszając się do wieży Nerona.

W TYM WYPADKU

Będzie tylko tort.

PREZENTY

Tylko drogie.

R.S.V.P.

Nie ma co się kłopotać, będziemy wiedzieć, że was nie było.

Odepchnąłem talerzyk z szakszuką, bo nagle straciłem apetyt. Wiedzieć o diabolicznych planach Nerona z koszmarów to jedno, ale zupełnie inną sprawą było zobaczyć je wypisane czarno na białym i z obietnicą tortu.

– Czterdzieści osiem godzin od poprzedniej nocy – powiedziałem.

– Taaak – mruknął Dionizos. – Zawsze lubiłem Nerona. Ma gość gest.

Meg zaatakowała batony widelcem i wypełniła usta słodkim smakołykiem, pewnie po to, żeby nie przeklinać. Siedzący po drugiej stronie stołu Nico pochwycił mój wzrok; jego ciemne oczy były pełne lęku i gniewu. Jabłko na jego talerzu już zaczynało marszczyć się i schnąć.

– Hej, przestań! – powiedział Will i złapał go za rękę.

Twarz Nica nieco złagodniała, jabłko przestało przedwcześnie się starzeć.

– Przepraszam – syn Hadesa pokręcił głową – mam już po prostu dość problemów, których nie umiem rozwiązać. Chciałbym jakoś pomóc.

Słowo „pomóc" w jego wykonaniu zabrzmiało, jakby miał na myśli posiekanie naszych wrogów na małe kawałeczki. Nico di Angelo nie imponował wzrostem i posturą jak Sherman Yang ani nie miał autorytetu typowego dla Reyny Ramírez-Arellano, nie wydawał się też urodzonym dowódcą jak Hazel Levesque, szarżująca konno w bitwie. Ale nigdy, przenigdy nie chciałbym mieć w Nicu wroga. Był myląco spokojny, wyglądał na anemicznego i delikatnego, celowo stał z boku, ale Will miał rację, kiedy mówił, ile Nico w życiu przeszedł. Urodził się we Włoszech za Mussoliniego, przetrwał całe dekady w wyrwanym z czasu kasynie Lotos, we współczesnym świecie pojawił się nagle, doznając kulturowego szoku, a ledwie przybył do Obozu Herosów, stracił ukochaną siostrę Biankę, która zginęła podczas wykonywania niebezpiecznego zadania. Wybrał wygnanie i długo wędrował po Labiryncie, torturowany przez złego ducha, który wyprał mu mózg. Choć początkowo mało kto mu ufał, okazał się bohaterem bitwy o Manhattan. Podczas wojny z Gają schwytali go giganci – wtedy samotnie przeszedł przez Tartar i cudem przeżył. Na dodatek przez cały czas musiał walczyć z tym, że wychowano go na konserwatywnego włoskiego mężczyznę w latach trzydziestych, by w końcu zaakceptować, że jest gejem. Ktoś, kto to przetrwał, musi być twardszy od stygijskiego żelaza.

– Twoja pomoc będzie bardzo potrzebna – zapewniłem. – Meg opowiedziała ci o słowach przepowiedni?

– Opowiedziała Willowi, a Will mnie – wyjaśnił Nico. – Tercyna, jak u Dantego. Uczyłem się o nim we włoskiej szkole i szczerze mówiąc, nie sądziłem, że mi się to do czegokolwiek przyda.

Will nerwowo bawił się mufinką, którą miał na talerzu.

– Żeby było jasne. Pierwszą strofę znaleźliście pod pachą cyklopa, drugą dał wam dwugłowy wąż, a trzecią trzy starsze panie jeżdżące taksówką? – spytał.

– Niespecjalnie mieliśmy wybór – wyjaśniłem – ale tak.

– Czy ten wiersz ma jakiś koniec? – kontynuował Will. – Bo mam wrażenie, że jeżeli schemat rymów wiąże poszczególne strofy, to można je dokładać w nieskończoność?

Zadrżałem.

– Mam nadzieję, że nie – westchnąłem. – Zwykle ostatnia strofa domknięta jest dwoma rymującymi się ze sobą wersami, ale na razie nic takiego nie znalazłem.

– Innymi słowy – wtrącił się Nico – zapewne jest więcej strof? Suuuper.

Meg wpakowała do ust kolejną porcję batonów. Dionizos, też z pełnymi ustami, wpatrywał się w nią, jakby oboje brali udział w konkursie na to, kto zje ich więcej i z mniejszą przyjemnością.

– No dobrze – powiedział Will sztucznie wesołym tonem – wobec tego przedyskutujmy te strofki, które już mamy. Jak to było? „W wieży Nerona dwójka tylko stanie"? To dość jasne, zapewne chodzi o Apollina i Meg, prawda?

– Musimy się poddać – wyjaśniła Meg. – Taki jest plan Luguselwy.

Dionizos prychnął.

– Apollinie, błagam cię, powiedz, że nie zamierzasz ufać nikomu z Galii. Chyba mózg ci się jeszcze aż tak nie zlasował?

– Ej! – zaprotestowała Meg. – Możemy ufać Lu. Pozwoliła, żeby Lester zrzucił ją z dachu!

Dionizos zmrużył oczy.

– Przeżyła to? – spytał.

Meg zarumieniła się.

– Znaczy… – zaczęła.

– Tak – przerwałem jej. – Przeżyła.

Opowiedziałem im o swoim koszmarze. Nieszczęsna Galijka przed tronem Nerona, ultimatum cesarza, a potem moment, kiedy znalazłem się w głębokich jaskiniach pod Delfami i Pyton błogosławił mój mały móżdżek.

Dionizos pokiwał głową.

– A tak, jeszcze jest Pyton. Jak skończysz z Neronem, czeka cię rozprawa z wężem.

Wcale mnie nie ucieszyło, że mi o tym przypomniał. Pyton był mniej uchwytnym niebezpieczeństwem, trudniejszym do zdefiniowania, ale potencjalnie tysiąckrotnie bardziej groźnym. Meg i ja uwolniliśmy z łap Triumwiratu cztery Wyrocznie, delficka jednak ciągle pozostawała pod całkowitą kontrolą Pytona. Oznaczało to, że główne światowe źródło przepowiedni było powoli tłamszone, zatruwane i manipulowane. W starożytnych czasach Delfy zwano omfalosem, pępkiem świata. Jeśli nie uda mi się pokonać Pytona i zdobyć Wyroczni, los całego świata będzie zagrożony. Delfickie przepowiednie nie były prostym zerkaniem w przyszłość, one ją kształtowały. Nikt nie chciałby, żeby olbrzymi, nienawistny potwór kontrolował ten rodzaj mocy i formował przyszłość całej ludzkiej cywilizacji.

Spojrzałem krzywo na Dionizosa.

– Zawsze mógłbyś… no wiesz, na przykład zdecydować, że pomożesz?

Prychnął ze zniecierpliwieniem.

– Apollinie, wiesz doskonale, że to jest typowe zadanie dla herosa. A co do pomocy, doradzania, porad… to raczej specjalność Chejrona. Powinien wrócić ze spotkania pewnie jutro wieczorem, ale dla ciebie to już za późno.

Nie podobało mi się to, że ujął myśl w te słowa: „dla ciebie to już za późno”.

– Z jakiego spotkania? – zainteresowała się Meg.

Dionizos machnął ręką, lekceważąc pytanie.

– Jakieś spotkanie połączonych sztabów, chyba tak to nazwał? Najwyraźniej na świecie toczy się więcej niż jeden kryzys naraz. Może to zauważyliście? Mówił coś o spotkaniu z kotem i odciętą głową, cokolwiek to znaczy.

– A zamiast niego mamy ciebie – powiedziała Meg.

– Uwierz, drogie dziecko, ja też wolałbym nie znajdować się w waszym uroczym łobuzerskim towarzystwie. Kiedy pomogłem w wojnach z Kronosem i Gają, liczyłem, że Zeus może nagrodzić mnie wcześniejszym zwolnieniem ze służby w tym żałosnym miejscu. Niemniej, jak widzicie, natychmiast mnie odesłał, żebym dokończył mój stuletni wyrok. Nasz tato uwielbia karać swoje dzieci.

Znów złośliwie się uśmiechnął, patrząc na mnie, jakby mówił: „Przynajmniej ty masz gorzej".

Żałowałem, że nie ma Chejrona, ale nie było sensu płakać nad tym faktem ani rozważać, co stary centaur knuje na tym swoim spotkaniu. Mieliśmy dość własnych problemów. W moim mózgu cały czas pełzały słowa Pytona: „...nigdy nie spojrzałeś na całą szachownicę". Paskudny gad grał w grę wewnątrz gry. Nie dziwiło mnie, że chciał użyć Triumwiratu do swoich celów, ale Pytonowi najwyraźniej podobała się idea, że mógłbym zabić ostatniego z jego sprzymierzeńców, Nerona. A co potem? „Najwyżej kilka godzin. Tyle będzie trzeba, kiedy upadną ostatnie pionki".

Nie miałem pojęcia, co to znaczy. Pyton miał rację: nie widziałem całej planszy i nie rozumiałem zasad gry. Chciałem tylko zrzucić wszystkie pionki i zawołać: „Idę do domu!".

– Nieważne – powiedziała Meg i nalała na talerz tyle syropu, że wydawało się, że chce stworzyć Wielkie Jezioro Syropowe. – Chodzi o to, że w jednym z wersów jest mowa, że nasze życie zależy od kogoś związanego z Neronem. To znaczy, że możemy zaufać Lu. Poddamy się przed upływem podanego czasu, tak jak kazała.

Nico schylił głowę.

– Nawet jeśli się poddacie, to czy naprawdę sądzicie, że Neron dotrzyma obietnicy? Jeżeli włożył sporo wysiłku w przygotowanie odpowiedniej ilości greckiego ognia, by starczyło na spalenie Nowego Jorku, to spodziewacie się, że tak po prostu z tego zrezygnuje?

– Oczywiście, że to zrobi – powiedziałem z przekonaniem.

Dionizos rozważył moje słowa.

– Jak myślicie: płomienie chyba nie sięgną aż tak daleko, żeby dotrzeć na przykład do Obozu Herosów?

– Przestań! – odparł Will.

– No co? Ja mam tylko dbać o bezpieczeństwo obozu! – zaprotestował mój brat.

– Lu ma plan – powtórzyła z uporem Meg. – Kiedy wpadniemy w ręce Nerona, on przestanie się aż tak przejmować. Lu nas wtedy uwolni. Zniszczymy mu… – zawahała się na moment – zniszczymy mu *fasces*, a to go osłabi. Pokonamy go, zanim spali miasto.

Zastanowiłem się, czy ktokolwiek zauważył zmianę w jej słowach, tak jakby czuła się nieswojo, mówiąc: „Zniszczymy Nerona".

Przy innych stolikach obozowicze jedli śniadanie, zaczepiali się nawzajem dla zabawy i rozmawiali o planach na najbliższy dzień. Nikt z nich nie zwracał uwagi na naszą rozmowę. Nikt nie patrzył na mnie nerwowo, dopytując współlokatorów, czy naprawdę jestem bogiem Apollinem. Skąd by zresztą mieli wiedzieć? Przy stolikach siedziało nowe pokolenie herosów, dopiero co przybyłych na pierwsze lato w obozie. Wedle ich wiedzy mogłem spokojnie być typowym elementem tutejszego krajobrazu, jak Pan D., satyrowie i rytualne palenie jogurtu. „Pan A.? No, jest ktoś taki. Podobno to były bóg, olejcie go". Przez wieki wielokrotnie czułem się staroświecki i zapomniany, ale w tym momencie było najgorzej.

– Jeżeli Lu mówi prawdę i Neron wciąż jej ufa... – odezwał się Will.

– I jeżeli zdoła was wyrwać z jego mocy – dodał Nico – i zniszczyć *fasces*, zanim Neron spali miasto... Dużo tych „jeżeli". Nie przepadam za scenariuszami, w których to słowo występuje więcej niż raz.

– Jak na przykład: „Może wezmę cię w weekend na pizzę, jeżeli nie będziesz mnie za bardzo drażnił"?

– Na przykład. – Uśmiech Nica był jak promień zimowego słońca przebijający się przez śnieżną zawieję. – Zakładając, że się wam uda, co mamy dalej robić?

Meg czknęła głośno.

– Wszystko jest w przepowiedni. W tym kawałku o Hadesa synu.

Twarz Nica spochmurniała.

– Jakim kawałku o Hadesa synu? – zapytał.

Will nagle zainteresował się opakowaniem swojego batonika śniadaniowego. Do Nica chyba właśnie wtedy dotarło, że Will nie podzielił się z nim całością przepowiedni.

– Williamie Andrew Solace – spytał Nico – czy masz mi coś do wyznania?

– Miałem o tym wspomnieć. – Will spojrzał na mnie błagalnie, jakby sam nie mógł się zmusić do wypowiedzenia tych słów.

– „Kompan jaskinnych biegaczy niedużych – wyrecytowałem – Hadesa syn, do tronu drogę wskaże".

Nico skrzywił się tak paskudnie, że bałem się, by Will nie zaczął się starzeć równie nagle jak jabłko.

– Nie sądzisz, że może warto by było wcześniej o tym napomknąć? – spytał.

– Chwileczkę – powiedziałem, częściowo po to, by ochronić Willa przed gniewem Nica, a częściowo dlatego, że usiłowałem za wszelką cenę wymyślić, o co chodzi z „jaskinnymi biegaczami", i kiepsko mi szło.

– Nico, czy ty wiesz, o co może chodzić w tym wersie? – spytałem.

Nico skinął głową.

– Jaskinni biegacze to moi nowi przyjaciele – wyjaśnił.

– Żadni przyjaciele – mruknął pod nosem Will.

– To specjaliści od podziemnej geografii – powiedział Nico. – Rozmawiałem z nimi o... innych sprawach.

– Co nie jest dobre dla twojego zdrowia psychicznego – wtrącił się lekko przedrzeźniającym tonem Dionizos. Nikt nie rzucił mu morderczego spojrzenia.

– Jeżeli do wieży Nerona wiedzie sekretne wejście, to oni mogą je znać – zakończył Nico.

Will potrząsnął głową.

– Za każdym razem kiedy ich odwiedzasz... – Urwał, ale troska w jego ostrym jak popękany kawałek szkła głosie była wyraźna.

– To tym razem chodź ze mną – zaproponował Nico. – Pomóż mi.

Will wyglądał dość żałościwie. Bardzo chciał – to było widać – chronić Nica i pomóc mu na wszelkie możliwe sposoby, a jednocześnie nie miał najmniejszej ochoty odwiedzać tych jaskinnych biegaczy.

– Co to w ogóle za typy? – spytała Meg między kęsami naleśnika. – Są okropni?

– Tak – powiedział Will.

– Nie – odrzekł Nico.

– Dobra, załatwione – oznajmił Dionizos. – Ponieważ pan di Angelo wydaje się zdecydowany, by lekceważyć moje wskazówki dotyczące jego stanu psychicznego i wyruszyć na tę wyprawę…

– To nie fair – przerwał mu Nico. – Przecież pan słyszał tę przepowiednię. Muszę jechać.

– Cała ta idea z „muszę" w ogóle wydaje mi się dziwna – powiedział Dionizos – ale skoro już się zdecydowałeś, to może lepiej po prostu ruszyć! Apollo ma czas na poddanie się albo na udanie, że to robi, czy jakkolwiek to nazwiecie, tylko do jutra wieczorem.

– Chętnie by nas pan stąd wyrzucił, prawda? – spytała Meg.

Dionizos się zaśmiał.

– A ludzie mówią, że nie ma głupich pytań. Ale jeżeli ufacie swojej koleżance Luluszambie…

– Luguselwie! – warknęła Meg.

– Luluszamba, Luguselwa, jeden pies. Nie uważacie, że powinniście już być w drodze do niej?

Nico skrzyżował ramiona na piersi.

– Potrzebuję trochę czasu, zanim wyjedziemy. Jeżeli mam poprosić moich nowych przyjaciół o przysługę, nie mogę przyjść z pustymi rękami – oznajmił.

– O, nie – powiedział Will – chyba nie zamierzasz…

Nico spojrzał na niego spod uniesionych brwi, jakby mówił: „Naprawdę, kochanie? Nie pogarszaj swojej sytuacji".

Will westchnął.

– Dobrze. Pójdę ci pomóc… zebrać zasoby.

Nico skinął głową.

– To zajmie większą część dnia – stwierdził. – Apollinie, Meg, może po prostu odpoczniecie tu w obozie? Nasza czwórka może wyruszyć jutro wcześnie rano. Ciągle powinno nam wystarczyć czasu.

– Ale… – Głos mi się załamał. Chciałem protestować, ale chyba nie miałem pretekstu. Został mi tylko dzień w Obozie

Herosów, zanim rzucimy się na łeb na szyję w zniszczenie i śmierć? To za mało czasu na prokrastynację!

– A czy taka misja nie powinna być formalnie autoryzowana? – spytałem.

– Niniejszym ją autoryzuję – oświadczył Dionizos.

– Ale może wyruszyć tylko trójka! – wtrąciłem.

Dionizos spojrzał na mnie, Nica i Willa.

– Widzę tylko trójkę – powiedział.

– Ej! – krzyknęła Meg. – Ja też idę!

Dionizos starannie ją zignorował.

– Nawet nie mamy planu! – zaprotestowałem. – Jak już znajdziemy tę tajną ścieżkę, to co mamy robić? Gdzie zacząć?

– Zaczniemy od Rachel – powiedział Will, skubiąc muffinkę z ponurą miną. – „Nieznana droga darem będzie w darze!"

Prawda ukłuła mnie jak igła do akupunktury. Oczywiście, wersja Willa miała najwięcej sensu. Nasza przyjaciółka pewnie będzie w domu na Brooklynie, gotowa rozpocząć wakacje i kompletnie nieprzygotowana na to, że wpadnę jej do domu i zażądam pomocy.

– Rachel Elizabeth Dare – powiedziałem. – Moja delficka kapłanka.

– Super – zatarł ręce Dionizos. – Skoro już zaplanowaliście samobójczą misję, to możemy wrócić do śniadania? I przestań chomikować cały syrop, McCaffrey. Inni też jedzą naleśniki.

11

Sorry, strzały
Sorry, gacie
Sorry, wszyscy

CO BYŚCIE ZROBILI, mając do dyspozycji tylko jeden dzień w obozie Herosów? Może zagralibyście w zdobywanie flagi albo pojechali na przejażdżkę na pegazie po plaży, ewentualnie wyłożyli się na łące, ciesząc się słońcem i słodkim zapachem dojrzewających truskawek?

To są wszystko świetne pomysły. Nie wybrałem żadnego z nich.

Spędziłem ten dzień, biegając dookoła w panice i usiłując przygotować się na nadchodzącą śmierć. Po śniadaniu Nico odmówił podzielenia się jakimikolwiek informacjami o tajemniczych jaskinnych biegaczach. „Dowiecie się jutro" było wszystkim, co od niego usłyszeliśmy. Kiedy zapytałem Willa, nabrał wody w usta, a wyglądał przy tym tak smutno, że nie miałem serca go wypytywać. Dionizos pewnie by mnie oświecił, ale zdążyłem już zniknąć z jego listy zadań.

– Mówiłem ci, Apollinie, że świata dotykają liczne kryzysy naraz. Ledwie dziś rano, na przykład, naukowcy opublikowali kolejne badania wiążące napoje gazowane z nadciśnieniem. Jeżeli nadal będą szkalowali imię Coli Zero, będę musiał zadać komuś morderczy cios!

Wybiegł, żeby uknuć zemstę na służbie zdrowia. Łudziłem się, że podczas przygotowań do misji pozostanie przy mnie przynajmniej Meg, ale ona wybrała spędzenie całego poranka na sadzeniu dyń z resztą domku Demeter. Tak, drogi czytelniku. Wolała dynie ozdobne ode mnie.

Najpierw zatrzymałem się przy domku Aresa, gdzie spytałem Shermana Yanga, czy ma jakieś przydatne informacje o wieży Nerona.

– To forteca – powiedział krótko. – Frontalny atak byłby…

– Samobójstwem – dopowiedziałem. – Nie ma jakichś tajnych wejść?

– Nie znam żadnych. Jeżeli nawet istnieją, to są obsadzone strażami i zaopatrzone w pułapki. – Na jego twarzy pojawił się wyraz rozmarzenia. – Może mają miotacze ognia na fotokomórkę. Ale by było super.

Zacząłem się zastanawiać, czy Sherman przypadkiem lepiej nie nadałby się na doradcę Nerona.

– Czy jest możliwe – spytałem – że Neron ukrywa tam gdzieś broń masowej zagłady? Jak na przykład tyle greckiego ognia, by mógł zniszczyć Nowy Jork za jednym podejściem?

– Łał. – Na twarzy Shermana pojawił się wyraz fascynacji, jaki kojarzy mi się z osobami, które właśnie po raz pierwszy zobaczyły Afrodytę. – To by było cudowne. Straszne znaczy. Zdecydowanie straszne, ale mimo to… Ale tak, to możliwe. Przy tych zasobach i bogactwie, jakie posiada? I przy tym, ile miał czasu, żeby to wszystko zaplanować? Oczywiście. Musiałby mieć na to wszystko jeden magazyn i odpowiedni system transportu, pozwalający na szybką dystrybucję. Gdybym miał zgadywać, powiedziałbym, że coś takiego musi być pod ziemią – może wykorzystano rury, kanalizację, tunele i inne takie? Myślisz, że naprawdę ma coś takiego? To kiedy ta bitwa?

Dotarło do mnie, że może powiedziałem Shermanowi trochę za dużo.

– Wrócę do ciebie – wymamrotałem i szybko uciekłem.

Następny przystanek: domek Ateny.

Zapytałem obecnego głównego doradcy Malcolma, czy wie cokolwiek o wieży Nerona albo o istotach zwanych jaskinnymi biegaczami, albo czy ma jakieś hipotezy wyjaśniające, czemu Galijka taka jak Luguselwa miałaby służyć Neronowi i w ogóle czy można jej ufać.

Malcolm spacerował po domku i mrużąc oczy, przyglądał się różnym mapom i półkom.

– Mogę poszukać informacji – zaproponował. – W rezultacie dostaniemy porządne dossier wywiadowcze i plan ataku.

– To by było wspaniale! – zawołałem.

– Zajmie mi to jakieś cztery tygodnie, może trzy, jeśli się naprawdę sprężymy. Kiedy musisz wyjechać?

Wybiegłem z domku, szlochając z rozpaczy.

Przed obiadem postanowiłem jeszcze przedyskutować sprawę z moją ostatnią nadzieją: Strzałą z Dodony. Poszedłem do lasu, być może łudząc się w duchu, że zdolności strzały ulegną wzmocnieniu, jeżeli znajdzie się w pobliżu miejsca swego pochodzenia, gaju Dodony, gdzie drzewa szepczą o przyszłości i gdzie każda gałązka marzy, by wyrosnąć na przemawiający archaicznym językiem pocisk. Poza tym chciałem znaleźć się na tyle daleko od domków, żeby nikt nie widział, jak rozmawiam z przedmiotem.

Opowiedziałem strzale o najnowszych wydarzeniach i zapoznałem ze zwrotkami poezji, po czym, bogowie jeno wiedzą czemu, zapytałem o radę.

WSZAKŻE ZOSTAŁO JUŻ CI POWIEDZIANE – odrzekła strzała. – *NIEZNANĄ JEST MNIE INSZA INTERPRETACJA. TRZEBA CI ZAUFAĆ WŁASNOŚCI NERONA.*

– Czyli Luguselwie – powiedziałem. – Innymi słowy, mam się oddać w ręce Nerona, bo jakaś Galijka, którą ledwie znam, twierdzi, że tylko tak da się powstrzymać cesarza.

ZAISTE – odparła strzała.

– A jestli dla cię widocznym... znaczy czy widzisz, co się stanie, jeśli się poddamy?

NIE.

– A może gdybym zabrał cię z powrotem do gaju Dodony? – nie ustępowałem.

NIE! – odpowiedziała strzała tak zdecydowanie, że niemal wypadła mi z rąk. Patrzyłem na nią, czekając na więcej, ale najwyraźniej nawet sama strzała była zaskoczona swoim wybuchem.

– To co, teraz będziesz tylko powtarzać: „Nie"?

FIGA Z MAKIEM! – zaklęła strzała. Przynajmniej założyłem, że to było przekleństwo, a nie prośba o posiłek. – *O PERFIDNY LESTERZE, ANI MI SIĘ WAŻ ZABIERAĆ MNIE DO GAJU! WIERZYSZLI, ŻE GOŚCINNIE MNIE TAM POWITAJĄ, GDY ME ZADANIE CZEKA NIESPEŁNIONE?*

Niełatwo było zrozumieć ton strzały, bo choć głos rezonował w kościach mojej czaszki, wydawało mi się, że brzmi jak urażony.

– Przepraszam – wybąkałem. – Nie wiedziałem, że...

OCZYWISTYM JEST, ŻEŚ NIE WIEDZIAŁ! – Lotki zadrżały. – *Z DOMUM NIE ODESZŁA ZE SWEJ WŁASNEJ, O LESTERZE, WOLI! WYGNANO MNIE, WYPĘDZONO! CZYMŻE JEST JEDNA GAŁĄZKA, ZBĘDNA I NIEWAŻNA, WYGNANA SPOŚRÓD CHÓRU DRZEW, PÓKI WŁASNEJ SWEJ WARTOŚCI NIE ZDOŁA DOWIEŚĆ! JEŚLI TERAZ POWRÓCĘ, CAŁY MNIE WYŚMIEJE GAJ. TO UPOKORZENIE...*

Strzała znieruchomiała, a potem przekazała mi:

ZAPOMNIJ ME SŁOWA. UDAĆ CI TRZEBA, ŻE NIC TU NIE BYŁO.

Nie wiedziałem, co powiedzieć. Wszystkie lata spędzone w roli boga łucznictwa nie przygotowały mnie do bycia terapeutą dla strzały. A mimo to było mi nieszczęsnego pocisku serdecznie żal. Ciągałem go za sobą tam i z powrotem po całych Stanach, wiecznie narzekałem na jego niedoskonałości, pomniejszałem dawane mi rady i obśmiewałem górnolotny styl jego wypowiedzi. Ani przez moment nie przeszło mi przez myśl, że strzała może mieć uczucia, nadzieje i marzenia, a może nawet rodzinę równie dysfunkcyjną i toksyczną jak moja.

Zastanawiałem się z goryczą, czy jest *ktokolwiek*, kogo nie zlekceważyłem, nie zraniłem i nie przeoczyłem przez ten czas, kiedy byłem człowiekiem; poprawka: przez tysiące lat mojej egzystencji, po prostu. Mogłem się tylko cieszyć, że moje buty – albo moja bielizna – nie są świadomymi istotami. Bogowie, ja chyba nigdy nie przestanę przepraszać.

– Źle cię traktowałem – powiedziałem do strzały – i przepraszam za to. Jak tylko dokończymy misję, odniosę cię do gaju Dodony, a wtedy przywitają cię tam jak bohatera.

Czułem, jak puls w moich palcach uderza o drzewce strzały. Policzyłem do sześciu, dopiero potem usłyszałem:

TAK. ZAISTE, ZAPEWNE RACJA JEST PO TWEJ STRONIE – powiedziała w końcu strzała.

Jeżeli chodzi o ostrzeżenia o niebezpieczeństwie, to to zamrugało mi jak megaczerwony alarm.

– O co chodzi? – zapytałem ostro. – Widzisz coś w przyszłości? Coś złego?

Końcówka grotu zadrżała.

NIE TOBIE SIĘ TYM MARTWIĆ. TERAZ NATOMIAST PORA, BYŚ MIĘ ODESŁAŁ DO KOŁCZANU, TY ZAŚ ODEJDŹ, BY POMÓWIĆ Z MEG.

Strzała zamilkła. Chciałem wiedzieć więcej, bo wiedziałem, że jest coś więcej, ale magiczny pocisk wyraźnie dał mi do zrozumienia, że koniec z rozmową, a miałem wrażenie, że może ten jeden raz powinienem usłuchać. Odłożyłem strzałę do kołczanu i ruszyłem w kierunku domków. *Może przesadzam*, pomyślałem. Nie powinienem zakładać – tylko dlatego że na mnie czekał już jedynie mrok i cierpienie – że tak samo jest w wypadku strzały. Może po prostu nie chce nic mówić, ponieważ teraz, gdy moja podróż zbliżała się do końca, ona była gotowa sprzedać opowieść o moim życiu któremuś z należących do muz serwisów streamingowych. Pamięć o mnie przetrwa jedynie w postaci miniserialu na Muzflixie. Tak, to na pewno tylko o to chodzi, co za ulga…

Byłem już na skraju lasu, kiedy usłyszałem śmiech – driad, jak wywnioskowałem na podstawie wielowiekowego doświadczenia w roli podglądacza nimf. Poszedłem za dźwiękiem, aż dotarłem do skalistego kawałka gruntu, gdzie Meg McCaffrey i Śliwka bawili się w towarzystwie pół tuzina boginek drzew. Driady zachwycały się owocowym duszkiem, który, ponieważ nie był głupi, robił wszystko, by im się podobać, innymi słowy nie pokazywał zębów, nie warczał i nie wyciągał pazurów. Miał też na sobie czystą pieluszkę – wysiłek, którego nigdy nie podjął w mojej obecności.

– Ależ z niego słoneczko! – powiedziała jedna z driad, głaszcząc zielone, liściaste włosy Śliwki.

– Jakie ma słodkie paluszki u nóżek! – rozczulała się druga, masując stopy Śliwki.

Karpos mruczał i machał gałęziastymi skrzydełkami, a driady jakoś nie zwracały uwagi na to, że wygląda jak morderczy niemowlak wyhodowany z zestawu do samodzielnej uprawy ziół.

Meg połaskotała brzuch Śliwki.

– Tak, jest super – powiedziała. – Znalazłam go…

Właśnie wtedy driady zauważyły mnie.

– Muszę lecieć – powiedziała jedna, znikając w wirze liści.

– Ja też mam coś do roboty – rzuciła szybko druga, zmieniając się w chmurę kwiatowego pyłku.

Pozostałe poszły w ich ślady i po chwili zostaliśmy tylko ja, Meg, Śliwka i wiszący w powietrzu zapach biodegradowalnego szamponu Driadique™.

Śliwka warknął na mnie:

– Śliwka!

Zapewne miał na myśli: „Typie, przegoniłeś mi fanki!".

– Przepraszam, ja tylko… – Machnąłem ręką.

Przechodziłem? Błąkałem się, oczekując śmierci? Nie jestem pewien.

– Spoko – opowiedziała Meg. – Weź kamień i siadaj.

Śliwka warknął, zapewne wątpiąc, żebym miał ochotę na masowanie jego stóp. Meg poprawiła mu humor, drapiąc go za uchem, co zmieniło go w mruczący kłębek szczęścia.

Dobrze było wreszcie usiąść, nawet na nierównym kawałku kwarcu. Słońce przyjemnie grzało, ale nie paliło (tak, byłem kiedyś bogiem słońca, teraz jestem wrażliwy na skoki temperatury). Meg miała na sobie walentynkowy zestaw od Sally Jackson. Różowa sukienka na szczęście została uprana po przybyciu do obozu, ale kolana białych legginsów były całe brudne od ziemi po porannej przygodzie z sadzeniem dyń. Meg wyczyściła okulary – kryształki na oprawkach błyszczały, a przez szkła mogłem w końcu dostrzec jej oczy. Włosy także miała świeżo umyte i spięte czerwonymi spinkami. Podejrzewałem, że ta zmiana wyglądu była skutkiem pomocy, jakiej w kwestiach higieny osobistej udzielił jej ktoś z domku Demeter. Nie powinienem się tego czepiać, w końcu ja chodziłem w ciuchach, które kupił mi Will.

– Jak robota w ogrodzie? – spytałem.

– Bosko – odpowiedziała i wytarła nos w rękaw. – Ten nowy, Steve, sprawił, że z gaci Douglasa wyrósł ziemniak.

– Naprawdę brzmi bosko – pokiwałem głową.

– Chciałabym tu zostać.– Meg rzuciła kawałek kwarcu w trawę.

Serce bolało mnie jak otwarta rana. Na myśl o okropnościach, które nas czekały na Manhattanie, marzyłem o tym, żeby móc spełnić życzenie Meg. Należała się jej, jak każdemu zwykłemu dzieciakowi, szansa pozostania w obozie, radości, zawierania przyjaźni i patrzenia, jak kolegom z gaci wyrastają kartofle.

Podziwiałem to, jak opanowana się wydawała. Słyszałem, że młodzi ludzie najlepiej radzą sobie z traumą i że są znacznie twardsi od, powiedzmy, przeciętnego nieśmiertelnego. A jednak przez chwilę naprawdę marzyłem o tym, żeby móc zapewnić Meg bezpieczne schronienie bez konieczności natychmiastowego wyruszenia stąd i powstrzymania apokalipsy.

– Mogę pójść sam – powiedziałem. – Poddać się Neronowi. Nie ma powodu, żebyś ty…

– Przestań – rozkazała Meg.

Moje gardło się zacisnęło i mogłem jedynie czekać, podczas gdy ona bawiła się źdźbłem trawy, przeplatając je między palcami.

– Mówisz tak, bo mi nie ufasz, prawda? – stwierdziła w końcu.

– Że co? – zapytałem, bo to, że zadała mi pytanie, pozwoliło mi się odezwać. – Meg, to zupełnie nie o to…

– Już raz cię zdradziłam, tutaj w lesie. – W jej głosie nie było zawstydzenia ani smutku, który kiedyś pewnie by go zdominował. Mówiła z pełną rozmarzenia niewiarą, jakby próbowała sobie przypomnieć osobę, którą była pół roku temu.

Ten problem akurat rozumiałem znakomicie.

– Meg, od tamtej chwili oboje bardzo się zmieniliśmy – powiedziałem. – Oddałbym w twoje ręce moje życie. Boję się tylko, że Neron może cię wykorzystać albo zranić…

Spojrzała na mnie prawie jak nauczycielka, tak jakby pytała: „Czy to twoja ostateczna odpowiedź?". Zrozumiałem, o czym myślała: powiedziałem, że się nie obawiam zdrady z jej strony, ale też że boję się tego, jak Neron może nią manipulować. Czy to nie było to samo?

– Muszę tam wrócić – stwierdziła Meg. – Muszę zobaczyć, czy jestem dość silna.

Śliwka przytulił się do niej, jakby sam nigdy nie miał podobnych problemów. Meg pogłaskała go po liściastych włosach.

– Może jestem silniejsza – powiedziała – ale czy to wystarczy, jeśli wrócę do pałacu? Czy będę pamiętać, kim jestem, a nie kim byłam wtedy?

Nie sądziłem, że spodziewa się po mnie odpowiedzi, ale przyszło mi do głowy, że sam powinienem zadać sobie to pytanie. Od śmierci Jasona Grace spędzałem bezsenne noce, zastanawiając się, czy zdołam dotrzymać danej mu obietnicy. Zakładając, że uda mi się wrócić na Olimp, czy zdołam zapamiętać, co znaczyło być śmiertelnym człowiekiem, czy też stanę się na powrót egocentrycznym bogiem, jak kiedyś? Zmiana to delikatna rzecz, wymagająca czasu i dystansu. Ci, którzy przeżyli przemoc domową, jak Meg, muszą trzymać się z daleka od krzywdzicieli. Powrót do toksycznych warunków był najgorszą rzeczą, jaka mogła ją spotkać. Ja z kolei, jako były zarozumiały i arogancki bóg, nie mogłem ryzykować towarzystwa podobnych do mnie w przekonaniu, że nie będzie to miało na mnie wpływu. Podejrzewałem jednak, że Meg ma rację: powrót był jedyną rzeczą, która mogła udowodnić naszą siłę, nawet jeżeli oznaczało to ryzykowanie, że stracimy wszystko.

– Okej, martwię się – przyznałem. – O ciebie. O siebie. I nie wiem, jak odpowiedzieć na twoje pytanie.

Meg skinęła głową.

– Ale musimy spróbować – powiedziała.

– Tak, razem – kontynuowałem. – Jeszcze raz udać się do jaskini Bestii.

– Śliwka – mruknął Śliwka.

Meg uśmiechnęła się.

– Mówi, że zostanie w obozie, bo potrzebuje trochę czasu dla siebie.

Nienawidzę, kiedy duchy owoców okazują się mieć więcej rozsądku niż ja.

Tego popołudnia napełniłem dwa kołczany strzałami, wypolerowałem łuk i zmieniłem cięciwę, a z należącego do domku magazynu instrumentów wybrałem nowe ukulele. Nie było tak trwałe jak ukulele bojowe z brązu, które straciłem, ale mimo to stanowiło groźny instrument strunowy. Upewniłem się, że mam pełen plecak leków i środków opatrunkowych oraz zapasy picia, jedzenia i ciuchy na zmianę, w tym czystą bieliznę (wybacz, bielizno!). Popołudniowe godziny mijały mi jak w transie, jakbym się szykował na pogrzeb (konkretnie własny). Austin i Kayla kręcili się w pobliżu, starając się pomagać, kiedy mogli, ale nie narzucając mi się.

– Rozmawialiśmy z Shermanem i Malcolmem – powiedziała Kayla. – Będziemy czuwać.

– Jeżeli jest szansa, że nasza pomoc się przyda – dodał Austin – będziemy gotowi ruszyć w każdej chwili.

Brakło mi słów, by im podziękować, ale mam nadzieję, że odczytali wdzięczność z mojej zapłakanej, posiniaczonej, pełnej trądziku twarzy.

Tego dnia w obozie mieliśmy tradycyjny wieczór śpiewania piosenek przy ognisku. Nikt nie wspominał o naszej misji ani nikt nie proponował przemów z życzeniami szczęścia. Nowi obozowicze ciągle za mało wiedzieli, jak wygląda życie herosa, i tak byli wszystkim zachwyceni, że wątpię, by zauważyli nasze odejście. Zresztą może i lepiej. Nie musieli wiedzieć, jak wysoka jest stawka: nie tylko to, że Nowy Jork może spłonąć, ale również niepewność, czy Wyrocznia Delficka kiedykolwiek odpowie na ich pytania albo wyśle ich na misję czy też może przyszłość znajdzie się na zawsze w rękach złego cesarza i gigantycznego gada. Jeżeli zawiodę, ci młodzi herosi dorosną w świecie, gdzie rządzi tyrania Nerona, a bogów na Olimpie jest jedenaścioro.

Usiłowałem odepchnąć od siebie te myśli. Austin i ja zagraliśmy duet na saksofon i gitarę, a potem Kayla poderwała cały obóz do odśpiewania poruszającej wersji piosenki *Stary sylen farmę miał*. Piekliśmy pianki, a Meg i ja próbowaliśmy dobrze się bawić ostatniego wieczora wśród przyjaciół.

Małym pocieszeniem był brak jakichkolwiek snów tej nocy. O świcie obudził mnie Will. On i Nico wrócili ze swojego „zbierania zasobów", ale mój syn nie chciał o tym rozmawiać. Razem z nim zaczekaliśmy na Meg i Nica na drodze wiodącej wzdłuż obozu, gdzie czekał na nas obozowy busik, którym mieliśmy pojechać do domu Rachel Elizabeth Dare na Brooklynie i rozpocząć, tak czy inaczej, ostatnie dni mojego życia w śmiertelnej postaci.

12

Magazyn miliardera
Chwytaj czekoladę i pij
Krowy patrzą

BROOKLYN.

Zazwyczaj największym niebezpieczeństwem w tej okolicy są zakorkowane ulice, drogie azjatyckie bary i niewystarczająca liczba stolików w kawiarniach, by pomieścić wszystkich aspirujących scenarzystów. Tego ranka jednak mogłem powiedzieć, że odwożący nas na miejsce szofer, olbrzym Argus, miał na oku potencjalne zagrożenia. To dla niego pełnoetatowe zajęcie, ponieważ posiada sto par oczu na całym ciele. (Nie liczyłem dokładnie, nie wiem też, czy ma sińce pod oczami na tyłku od długiego siedzenia).

Kiedy jechaliśmy Flushing Avenue, błękitne oczka mrugały i rozglądały się z ramion, szyi, policzków i podbródka, starając się ogarniać wszystkie kierunki.

Najwyraźniej Argus wyczuwał, że coś jest nie tak. Ja też to czułem. Powietrze było naładowane elektrycznością, zupełnie jak wtedy, kiedy Zeus ma cisnąć potężnym piorunem albo Beyoncé wydać nowy album. Świat wstrzymywał oddech.

Argus zatrzymał samochód o kilka domów przed rezydencją państwa Dare, jakby obawiał się podjechać bliżej.

Obszar od strony rzeki był niegdyś czynnym dokiem dla lokalnych rybaków, o ile dobrze pamiętałem z dziewiętnastego wieku. Potem pojawiły się tu warsztaty kolejowe i fabryki. Z wody wciąż sterczały pale rozsypujących się pomostów. Czerwone ceglane skorupy i betonowe kominy dawnych warsztatów wyglądały ponuro, niczym opuszczone ruiny świątyń. Jedna otwarta bocznica nadal działała, na szynach stało kilka pomalowanych graffiti wagonów.

Niemniej, podobnie jak reszta Brooklynu, ta dzielnica szybko się zmieniała. Po drugiej stronie ulicy w budynku, w którym niegdyś musiał mieścić się warsztat, zobaczyłem kawiarnię oferującą bajgle z awokado i ananasową matchę. Dwie ulice dalej z placu budowy wystawały żurawie. Tabliczki na ogrodzeniach głosiły: „TEREN BUDOWY, WSTĘP WZBRONIONY!" oraz „LUKSUSOWE MIESZKANIA WKRÓTCE DO ODBIORU!". Zastanawiałem się, czy robotnicy budowlani nosili tu luksusowe kaski.

Siedziba rodziny Dare też była dawnym magazynem zamienionym w ultranowoczesną rezydencję. Zajmowała cały akr nabrzeża, a zatem była mniej więcej pięć miliardów razy większa niż przeciętny dom w Nowym Jorku. Fasadę miała z betonu i stali – połączenie muzeum i bunkra przeciwbombowego.

Nigdy nie poznałem pana Dare, potentata deweloperskiego, ale podejrzewałem, że nie muszę. Znam bogów i ich pałace. Pan Dare działał dokładnie tak samo: „Patrzcie na mnie, patrzcie na moją wielką chatę, opowiadajcie o mojej wielkości. Możecie zostawiać ofiary całopalne na wycieraczce".

Jak tylko wysiedliśmy z furgonetki, Argus docisnął gaz. Odjechał w chmurze spalin i luksusowego żwirku.

Will i Nico wymienili spojrzenia.

– Chyba uznał, że nie będziemy wracać – powiedział Will.

– Bo nie będziemy – odparł ponuro Nico. – Chodźmy.

Poprowadził nas do głównej bramy – wielkiej płachty pofałdowanej stali bez widocznego mechanizmu otwierającego czy choćby domofonu. Podejrzewałem, że tych, którzy musieliby pytać, nie stać na wejście do tego domu.

Nico stał na chodniku i czekał.

Meg odchrząknęła.

– Eee, no…?

Brama odtoczyła się z własnej woli. Przed nami stała Rachel Elizabeth Dare.

Jak wszyscy wielcy artyści była boso. (Leonardo po prostu nigdy nie wkładał sandałów). Dżinsy miała całe w markerowych bazgrołach, które przez lata stawały się coraz barwniejsze i bardziej skomplikowane. Biały podkoszulek był pochlapany farbą. Na twarzy widać było walczące o miejsce z rudymi piegami maźnięcia czegoś, co wyglądało jak akrylowa ultramaryna. Włosy też były pochlapane tym kolorem, przypominającym confetti.

– Wchodźcie szybko – powiedziała, jakby spodziewała się nas od kilku godzin. – Bydło patrzy.

– Tak, powiedziałam „bydło” – zwróciła się do mnie, uprzedzając pytanie, kiedy szliśmy przez dom. – I nie, nie zwariowałam. Cześć, Meg, Willu, Nico. Chodźcie za mną. Mamy całą chatę dla siebie.

To trochę jakby powiedziała, że mamy stadion Jankesów do własnej dyspozycji. Super, ale nie bardzo wiedziałem, co z tym począć.

Rezydencja była zbudowana wokół centralnego atrium – w rzymskim stylu, zorientowana do środka, żeby przechodnie na zewnątrz nie psuli widoku. Rzymianie jednak mieli przynajmniej ogrody, podczas gdy pan Dare najwyraźniej wierzył jedynie w beton, metal i żwir. W jego atrium znajdowała się ogromna sterta żelaza i kamienia, która albo była genialną awangardową rzeźbą, albo stosem nadmiarowych materiałów budowlanych.

Poszliśmy za Rachel szerokim korytarzem o ścianach z malowanego cementu, a następnie wiszącymi schodami na wyższy poziom, który nazwałbym częścią mieszkalną, gdyby nie to, że ten dom nie sprawiał w ogóle wrażenia zamieszkanego. Rachel wydawała się tu malutka i nie na miejscu – ciepła, kolorowa aberracja stąpająca bosymi stopami po architektonicznym mauzoleum.

Przynajmniej w jej pokoju były wysokie na całą ścianę okna, wychodzące na sąsiednią bocznicę i położoną za nią rzekę. Słońce wpadało do wnętrza, oświetlając dębowe podłogi, upstrzoną plamami plandekę robiącą tu za dywanik, kilka puf, otwarte puszki z farbami i ogromne sztalugi, na których Rachel pracowała nad sześcioma płótnami naraz. Na podłodze z tyłu pokoju leżał kolejny nieukończony obraz, który malowała najwyraźniej chlapnięciami i kapaniem *à la* Jackson Pollock. W kąt wciśnięta była lodówka i prosty materac, jakby jedzenie i spanie były dla niej nieistotne.

– Łał. – Will podszedł do okien, by ponapawać się widokiem i światłem słonecznym.

Meg ruszyła w kierunku lodówki.

Nico zbliżył się do sztalug.

– Niesamowite. – Wodził ręką w powietrzu, śledząc wiry namalowane przez Rachel na płótnie.

– Dzięki – odparła Rachel obojętnie. – To w sumie tylko rozgrzewka.

Dla mnie wyglądało to jak ostre ćwiczenia aerobiku: wielkie agresywne pociągnięcia pędzlem, szerokie kliny koloru aplikowane kielnią murarską, rozpryski tak wielkie, że chyba machała całą puszką farby. Na pierwszy rzut oka to wydawało się abstrakcją. A potem zrobiłem krok do tyłu i te kształty rozwiązały się w sceny.

Ten brązowy kwadrat to była Stacyjka w Indianapolis. Te wiry to walczące gryfy. Na drugim płótnie dostrzegłem płomienie pochłaniające Labirynt Ognia, a w prawym górnym rogu widniał szereg mgliście błyszczących statków: flota Kaliguli. Trzeci obraz... pod powiekami po raz kolejny poczułem wzbierające łzy. To był stos pogrzebowy – ostatnia droga Jasona Grace.

– Znowu masz wizje – powiedziałem.

Spojrzała na mnie z tą zagniewaną tęsknotą, którą miewają ludzie po odstawieniu cukru, kiedy pomacha się im przed nosem batonikiem czekoladowym.

– Tylko przebłyski. Ilekroć uwalniasz Wyrocznię, przez chwilę widzę coś jasno. Potem mgła znów opada. – Przycisnęła palce do czoła. – Tak jakby w mojej głowie siedział Pyton i naigrawał się ze mnie. Czasem myślę... – Urwała, jakby nie chciała wypowiadać na głos zbyt niepokojącej myśli. – Proszę, powiedz mi, że go pokonasz. Szybko.

Skinąłem głową, bo bałem się słów. Jedną sprawą był Pyton zajmujący moje święte groty w Delfach. Inną – jego napaść na umysł mojej wybranej Pytii, kapłanki moich przepowiedni. Uznałem Rachel Elizabeth Dare za moją najważniejszą Wyrocznię. Byłem za nią odpowiedzialny. Gdyby nie udało mi się pokonać Pytona, on będzie coraz silniejszy. W końcu zdoła kontrolować przyszłość. A ponieważ Rachel była nierozerwalnie powiązana z Delfami... Nie, nie byłem w stanie nawet myśleć o tym, co to by dla niej oznaczało.

– Łał. – Meg wychynęła z lodówki Rachel niczym nurek ze złotymi dublonami. W ręce dzierżyła czekoladowy napój. – Mogę to wypić?

Rachel zdołała się uśmiechnąć.

– Częstuj się, Meg. A ty, di Angelo – odepchnęła go żartobliwie od kontemplowanych płócien – nie przyklej się do sztuki! Mam w nosie obrazy, ale jeśli umażesz się kolorem, zniszczysz cały ten swój czarno-biały wizerunek.

– Hmm – odparł Nico.

– O czym to rozmawialiśmy...? – zastanowiła się Rachel.

Przy oknie Will stukał palcami w szybę.

– Czy to bydło?

– Och, jasne! – Rachel posterowała nami w tamtym kierunku.

Jakieś sto metrów od nas, między domem a rzeką, na torach kolejowych stały trzy wagony do transportu zwierząt. Wszystkie były pełne, na co wskazywały krowie pyski wysuwające się raz za razem spomiędzy krat.

– Nie powinni ich po prostu tutaj zostawiać – powiedział Will. – Dziś będzie gorąco.

Rachel potaknęła.

– One tu są od wczoraj. Wagony po prostu pojawiły się w nocy. Dzwoniłam do firmy przewozowej i na gorącą linię ekostraży. Wygląda na to, że te wagony nie istnieją. Nie ma żadnej związanej z nimi dokumentacji. Nikt nie przyjdzie sprawdzić, co tu się dzieje. Nikt nie przyniesie zwierzętom paszy ani wody...

– Powinniśmy je uwolnić – oznajmiła Meg.

– To bardzo zły pomysł – odrzekł Nico.

Meg zmarszczyła brwi.

– Czyżbyś nienawidził krów?

– Nie nienawidzę... – Nico urwał. – No, dobra, nie jestem maniakalnym fanem krów. Ale nie o to chodzi. To nie mogą być zwykłe zwierzęta. – Zerknął na Rachel. – Powiedziałaś, że po prostu się pojawiły. Ludzie nie mają pojęcia o ich istnieniu. I mówiłaś, że bydło patrzy?

Rachel odsunęła się od okna.

– Czasami widzę ich oczy między kratami. Patrzą prosto na mnie. A dokładnie wtedy, kiedy przyjechaliście, dostały zupełnej głupawki: trzęsły wagonami, jakby chciały się wydostać. Wtedy właśnie zerknęłam na kamery monitoringu i zobaczyłam was przy bramie wejściowej. Zazwyczaj nie mam takiej paranoi na temat krów. Ale te… No, nie wiem. Coś mi tu nie gra. Z początku myślałam, że to ma coś wspólnego z naszymi sąsiadami… – Wskazała ręką na północ, gdzie dalej na nabrzeżu stało niewyróżniające się osiedle bloków mieszkalnych. – Oni czasem robią dziwne rzeczy.

– Na tym osiedlu? – zapytałem.

Uniosła brwi.

– Nie widzisz ogromnej rezydencji?

– Jakiej rezydencji?

Spojrzała na Willa, Nica, Meg, ale wszyscy pokręcili przecząco głowami.

– Cóż – powiedziała Rachel – w takim razie musicie mi uwierzyć na słowo. Tam stoi wielka rezydencja. I dzieje się tam dużo dziwnych rzeczy.

Nie kłóciliśmy się z nią. Rachel jest w pełni śmiertelniczką, ale posiada rzadki dar jasnowidzenia. Widzi przez Mgłę i inne magiczne bariery lepiej niż większość herosów, no i najwyraźniej lepiej niż większość Lesterów.

– Raz widziałam pingwina przechadzającego się po ich tarasie…

– Że co? – zapytał Nico.

– Ale pozostawianie krów w transporterach na wiele dni bez paszy albo wody wydaje mi się czymś zupełnie innym – kontynuowała. – Okrutniejszym. Te krowy to musi być coś niedobrego.

Meg skrzywiła się.

– Wydają się teraz całkiem spokojne. Nadal uważam, że powinniśmy je uwolnić.

– A potem co? – zapytał Nico. – Nawet jeśli nie są niebezpieczne, mamy pozwolić, żeby trzy wagony rogacizny włóczyły się po Brooklynie? Popieram Rachel. Coś w tym… – Wyglądał tak, jakby bezskutecznie usiłował wydobyć coś z pamięci; kolejne doskonale mi znane uczucie. – Mówię: zostawmy je w spokoju.

– To straszne! – krzyknęła Meg. – Nie możemy…

– Koledzy, proszę. – Stanąłem między Nikiem a Meg, zanim afera wspięła się na najwyższy poziom zatargu Hades/Demeter od czasu wesela Persefony. – Ponieważ krowy wydają się w tej chwili spokojne, wróćmy do tej kwestii, jak już przedyskutujemy to, co mamy tu przedyskutować, dobrze?

– Wieżę Nerona – domyśliła się Rachel.

Will zrobił wielkie oczy.

– Widziałaś przyszłość?

– Nie, Williamie, posłużyłam się zwykłą logiką. Ale posiadam pewne informacje, które mogą wam pomóc. Wszyscy napoje do ręki, proszę się rozsiąść, to pogadamy o naszym najmniej ulubionym cesarzu.

13

Nikt nie ma schematu
Na pokonanie cesarza
Znaczy poza Rachel

ZESTAWILIŚMY NASZE PUFY W KRĄG, a Rachel rozłożyła między nimi plany.

– Wiecie o cesarskich *fasces*, prawda? – spytała.

Meg i ja wymieniliśmy spojrzenia mówiące, że wolelibyśmy nie wiedzieć.

– Znamy sprawę – powiedziałem. – W San Francisco zniszczyliśmy *fasces* Kommodusa i Kaliguli, przez co osłabli na tyle, że dało się ich zabić. Zakładam, że sugerujesz, byśmy to samo zrobili z Neronem.

Rachel wydęła usta.

– I tyle z mojej wielkiej mowy ujawniającej sprawę – westchnęła. – A dojście do tego zajęło mi sporo czasu.

– Świetna robota – powiedziała Meg. – Apollo po prostu kocha dźwięk własnego głosu.

– Bardzo cię przepraszam, ale... – zaprotestowałem.

– Czy ustaliłaś dokładnie, gdzie są *fasces* Nerona? – przerwał mi Nico. – Bo to by była bardzo przydatna informacja.

Rachel lekko się wyprostowała.

– Myślę, że wiem, gdzie ich szukać. To są oryginalne plany wieży Nerona. Niełatwo je było zdobyć.

Will zagwizdał z podziwem.

– Jestem pewien, że wielu Bothan zginęło, by dostarczyć nam te informacje.

Rachel spojrzała na niego ze zdumieniem.

– Co takiego? – spytała.

Nico westchnął.

– Podejrzewam, że to aluzja do *Gwiezdnych wojen*. Mój chłopak ma totalnego gwiezdnowojennego fioła.

– Dobra, dobra, mistrzu Magii i Mitu. Gdybyś tylko obejrzał oryginalną trylogię…

Will spojrzał z nadzieją na każdego z nas po kolei i napotkał tylko puste spojrzenia.

– Nikomu to nic nie mówi? O bogowie, ależ wy wszyscy jesteście beznadziejni!

– W każdym razie – kontynuowała Rachel – według mojej teorii Neron zapewne ukrył *fasces* tutaj.

Wskazała na miejsce mniej więcej w połowie przekroju wieży.

– To sam środek budynku i jedyny poziom, który nie ma wychodzących na zewnątrz okien. Można tam dotrzeć wyłącznie specjalną windą, a wszystkie drzwi są wzmocnione niebiańskim spiżem. Innymi słowy, cały ten budynek to forteca, a na to piętro nie da się wedrzeć.

Meg skinęła głową.

– Wiem, które to piętro. Nigdy nas tam nie wpuszczano. Nigdy.

Wszyscy poczuliśmy chłód, a na rękach Willa pojawiła się gęsia skórka. Myśl o Meg, *naszej* Meg, zamkniętej w tej fortecy zła była znacznie bardziej przerażająca niż dowolna liczba wcześniejszych tajemniczych krów czy pingwinów.

Rachel pokazała nam kolejną stronę – plan supertajnego piętra.

– Tutaj. To musi być w tym skarbcu. Za nic nie uda się wam tu dotrzeć, chyba że… – Wskazała na sąsiednie pomieszczenie.

– Jeżeli dobrze odczytuję projekty, to jest cela więzienna. – Oczy Rachel błyszczały z podniecenia. – Jeżeli dacie się złapać, a potem przekonacie kogoś z wewnątrz, żeby pomógł wam uciec…

– Lu miała rację! – Meg spojrzała na mnie z triumfem. – Mówiłam ci.

Rachel zmarszczyła brwi, a plamy niebieskiej farby na jej czole połączyły się w archipelag.

– Kim jest Lu? – spytała.

Opowiedzieliśmy jej o Luguselwie i o tych czułych chwilach między nami, do których doszło, zanim zrzuciłem ją z budynku.

Rachel potrząsnęła głową.

– Okej – powiedziała – skoro wpadliście sami na wszystkie moje pomysły, po co ja w ogóle gadam?

– Nie, nie! – zaoponował Will. – Potwierdzasz nasze intuicje, a poza tym ufamy ci bardziej niż… innym źródłom.

Mam nadzieję, że miał na myśli Lu, a nie mnie.

– Poza tym – wtrącił się Nico – ty masz prawdziwy projekt budynku.

Przyjrzał się planowi sekretnego piętra.

– Dlaczego Neron miałby trzymać więźniów tam, gdzie swoje najcenniejsze skarby?

– Trzymaj *fasces* blisko, a wrogów jeszcze bliżej? – zaryzykowałem.

– Być może – odparła Rachel. – Ale *fasces* są pod strażą, pilnują ich nie tylko ochroniarze i zwykli strażnicy. W tym skarbcu coś się czai, coś żywego…

Teraz to ja dostałem gęsiej skórki.

– Skąd wiesz? – spytałem.

– Z wizji. To był tylko przebłysk, jak… jakby Pyton chciał, bym to widziała. Ta postać wyglądała jak człowiek, ale jego głowa…

– Była głową lwa? – dokończyłem.

Rachel zadrżała.

– Właśnie. Wokół jego ciała pełzały z kolei…

– Węże – powiedziałem.

– Czyli wiesz, co to za istota? – spytała Rachel.

Usiłowałem sobie przypomnieć i jak zwykle nie mogłem dosięgnąć wspomnienia. Jak zwykle było na samej granicy pamięci. Być może dziwi was, że nie mam lepszej kontroli nad moją boską wiedzą, ale cóż, ludzki mózg jest niedoskonały jako miejsce do przechowywania. Mogę porównać moją frustrację wyłącznie do wyjątkowo trudnego testu. Wyobraź sobie, że masz pięćdziesiąt stron lektury, którą porządnie czytasz, a nauczyciel następnie zaskakuje cię pytaniem: „Szybko! Jakie jest pierwsze słowo na stronie trzydziestej siódmej?".

– Nie jestem pewien – przyznałem. – To najwyraźniej jakiś potężny strażnik. Nasza najnowsza strofa przepowiedni wspominała coś o lwie oplecionym wężem.

Opowiedziałem Rachel o naszej podróży Taxi Grajcar, od której dosłownie oczy mogły wyjść z orbit.

Nico wpatrywał się w plany z grymasem na twarzy, jakby próbował je zastraszyć i zmusić do wyjawienia sekretów.

– No więc kimkolwiek jest ten strażnik, Neron był gotów powierzyć mu swoje życie. Meg, wydawało mi się, że wspominałaś coś o tym, że Luguselwa jest wielką, mężną wojowniczką?

– Owszem – potwierdziła Meg.

– Czemu więc nie zaatakuje strażnika i sama nie zniszczy *fasces*? – spytał Nico. – Po co potrzebuje… no wiecie, po co wy macie się dać aresztować?

Nico ujął sprawę dyplomatycznie, ale ja usłyszałem w jego słowach, co naprawdę miał na myśli. Jeżeli nawet Lu nie odważyła się zaatakować strażnika, jak miałbym go pokonać ja, Lester Papadopoulos Ani Wielki, ani Mężny?

– Nie wiem. – Meg wzruszyła ramionami. – Pewnie ma powody.

Na przykład Lu mogłaby woleć, żebyśmy zginęli, pomyślałem, ale wiedziałem, że nie ma sensu tego mówić.

– Załóżmy, że Lu ma rację – powiedział Nico. – Zostaniecie schwytani i umieszczeni w celi, a ona was wypuści. Zabijacie strażnika, niszczycie *fasces*, osłabiacie Nerona, hurra. Nawet w takiej sytuacji, i nie chcę zabrzmieć jak smerf Maruda...

– Od tej pory będę się do ciebie zwracał „smerfie Marudo"! – zachichotał Will.

– Cicho, Solace. Nawet wtedy – kontynuował Nico – będziecie mieć do przejścia pół wieży, a do pokonania całą armię ochroniarzy Nerona, zanim dotrzecie do cesarza i sali tronowej, prawda?

– Dawaliśmy sobie już radę z całymi armiami – powiedziała Meg.

Nico się zaśmiał... Nie sądziłem, że jest do tego zdolny.

– Brawo, masz punkty za pewność siebie, ale co z tym małym detalem, którym jest wentyl bezpieczeństwa Nerona? Że jeśli poczuje się zagrożony, to jednym naciśnięciem przycisku może wysadzić w powietrze cały Nowy Jork? Jak go przed tym powstrzymacie?

– Och! – Rachel wymamrotała pod nosem przekleństwo zupełnie nieodpowiednie dla kapłanki. – Ta część musi tu być właśnie dlatego.

Drżącymi dłońmi przełożyła kolejną stronę planów.

– Spytałam o to szefa architektów taty – powiedziała – ale nie umiał wymyślić, jaki to ma sens. Uznał, że plany muszą być błędne. Dwadzieścia metrów pod ziemią, otoczone potrójnymi ścianami, leżą wielkie cysterny, jakby budynek miał własny rezerwuar wody lub oczyszczalnię. Połączone są z głównymi ściekami miasta, ale mają własną sieć elektryczną, własne generatory, pompy... To wygląda, jakby cały ten system zaprojektowano, by wyrzucić na zewnątrz wodę i zalać miasto.

– Zalać, ale nie wodą – powiedział Will. – Greckim ogniem.

– Smerf Maruda – mruknął Nico.

Spojrzałem na plan, próbując wyobrazić sobie, jak zbudowano ten system. Podczas ostatniej bitwy w zatoce San Francisco Meg i ja widzieliśmy więcej greckiego ognia, niż istniało kiedykolwiek w historii Cesarstwa Bizantyńskiego. O kilka rzędów wielkości więcej. Wydawało się to niemożliwe, ale cesarz miał setki lat na planowanie i niemal nieskończone zasoby. To bardzo w stylu Nerona: wydać większość pieniędzy na system samozniszczenia.

– On sam też spłonie – powiedziałem ze zdumieniem w głosie. – I jego rodzina, i strażnicy, i jego bezcenna wieża.

– Niekoniecznie – odparła Rachel. – Budynek zaprojektowano, by wytrzymał ekstremalne warunki. Izolacja termiczna, zamknięty obieg powietrza, wzmocnione materiały odporne na temperaturę, nawet okna wykonano ze specjalnego szkła odpornego na eksplozje. Neron może spalić całe miasto, a jedynym budynkiem, który pozostanie, będzie jego wieża.

Meg zgniotła puste opakowanie po napoju.

– Bardzo by to do niego pasowało – mruknęła.

Will przyjrzał się planom.

– Nie bardzo znam się na czytaniu takich rzeczy – powiedział – ale którędy dochodzi się do tych zbiorników?

– Jest tylko jedno dojście – powiedziała Rachel. – Stale zamknięte, zautomatyzowane, strzeżone cały czas i pod stałą obserwacją. Nawet jeżeli uda się wam tam włamać albo zakraść, nie będziecie mieć dość czasu, by wyłączyć generator, zanim Neron naciśnie przycisk.

– No chyba że – wtrącił się Nico – wydrążymy tunel do rezerwuarów pod spodem. Możemy uszkodzić cały system dostawczy Nerona, a on się nawet nie zorientuje.

– I tak wracamy do koszmarnego pomysłu – powiedział Will.

– Oni drążą najlepsze tunele na świecie – powtórzył z uporem Nico. – Przewiercą się przez ten beton, stal i niebiański spiż, i nikt tego nawet nie zauważy. Will, to jest nasza część planu. Podczas gdy Meg i Apollo dadzą się schwytać i będą odwracać uwagę Nerona, my dotrzemy pod ziemią do rezerwuarów i zablokujemy cesarzowi broń masowej zagłady.

– Chwileczkę, Nico – wtrąciłem się. – Najwyższa pora, żebyś wyjaśnił, kim są ci jaskinni biegacze.

Syn Hadesa wbił we mnie wzrok, jakbym był kolejną warstwą betonu, przez którą trzeba się przewiercić.

– Kilka miesięcy temu nawiązałem kontakt z troglodytami – wyjaśnił.

Omal się nie udławiłem, powstrzymując chichot. To była najgłupsza rzecz, jaką usłyszałem od czasów, kiedy Mars zapewniał mnie, że Elvis żyje i jest, cóż, na Marsie.

– Troglodyci to mit – powiedziałem.

Nico zmarszczył brwi.

– Bóg mówi do herosa, że coś jest mitem? – spytał.

– Oj, no wiesz, co mam na myśl! – wykrzyknąłem. – Oni nie istnieją! Ten efekciarski grafoman Elian zmyślił ich, żeby jego książka lepiej się sprzedawała w Rzymie! Rasa mieszkających pod ziemią ludzi, którzy jedzą jaszczurki i walczą z bykami? Proszę cię! Nigdy ich nie widziałem, przez całe millenia mojego życia.

– A nie przyszło ci do głowy – spytał Nico – że troglodyci mogli robić wszystko, byle tylko ukryć się przed oczyma boga słońca? Przecież oni nienawidzą światła!

– No ale…

– A szukałeś ich kiedyś, tak naprawdę? – upierał się Nico.

– No nie, ale…

– Oni istnieją – przerwał mi Will. – I, niestety, Nico ich odnalazł.

Usiłowałem jakoś ogarnąć fakty. Nigdy nie traktowałem opowieści Eliana o troglodytach zbyt serio, ale w historie o istnieniu ptaka Roka też nie wierzyłem, póki pewnego dnia nie przeleciał nad rydwanem słonecznym i nie narobił mi na rękaw. To był zły dzień dla mnie, dla ptaka Roka i dla kilku krain, które podpalił mój rydwan, kiedy wpadł w poślizg.

– Skoro tak mówisz… – Ustąpiłem. – Ale czy będziesz umiał ich znaleźć jeszcze raz? I czy oni zechcą nam pomóc?

– To są dwa różne pytania – powiedział Nico – ale chyba zdołam ich przekonać. Może. Jeżeli spodoba im się mój prezent. I jeżeli nie zabiją nas od razu.

– Superplan – mruknął sarkastycznie Will.

– Hej, zapomnieliście o mnie! – powiedziała Rachel.

– To znaczy? – Spojrzałem na nią nierozumiejącym wzrokiem.

– Idę z wami – oświadczyła.

– Akurat! – zaprotestowałem. – Nigdzie nie idziesz! Jesteś śmiertelna!

– I niezbędna! – dodała Rachel. – Tak wynika z przepowiedni. „Nieznana droga darem będzie w darze!" Do tej pory tylko pokazałam wam plany, ale mogę zrobić więcej, bo widzę to, czego wy nie możecie dostrzec. Poza tym to także moja osobista sprawa. Apollinie, jeżeli nie przeżyjesz walki na wieży Nerona, to nie będziesz mógł walczyć z Pytonem, a jeśli go nie pokonasz…

Urwała. Przełknęła ślinę i zwinęła się z bólu, dławiąc się. Początkowo sądziłem, że zakrztusiła się napojem, i poklepałem ją po plecach. Oczywiście nie pomogło.

Nagle Rachel wyprostowała się, sztywna, z błyszczącymi oczyma. Dym wydobył się jej z ust, co nie jest typowym efektem picia napoju czekoladowego.

Will, Nico i Meg odsunęli się jak najdalej wraz ze swymi pufami, a ja już miałem zrobić to samo, kiedy na sekundę wydało mi się, że rozumiem, co tu się dzieje. Przepowiednia! Moce delfickie zdołały dotrzeć do Rachel! Po czym nagle, z mdlącym przerażeniem, zauważyłem, że dym jest niewłaściwej barwy: bladożółty, a nie głęboko zielony. Do tego ten smród, kwaśny i zepsuty, jak wprost spod pachy Pytona. Kiedy Rachel przemówiła, z jej ust wydobył się głos mojego arcywroga: głęboki, grobowy, pełen nienawiści.

Apollo łupem padnie większych graczy.
Samotnie musi zejść w podziemi mroki,
Wyrocznia nigdy go już nie zobaczy,
Gdyż w walce ze mną w otchłani głębokiej
Bóg się rozpłynie w mroczne powidoki.

Dym rozwiał się, a Rachel osunęła się na mnie, omdlała.

ŁUP! Dźwięk brzmiący jak rozrywany metal przejął mnie aż do kości. Byłem tak przerażony, że nie wiedziałem, czy dochodzi z zewnątrz, czy też to po prostu mój system nerwowy odmawia współpracy.

Nico wstał, by wyjrzeć przez okno. Meg podeszła niepewnie, by pomóc mi z Rachel. Will sprawdził jej puls.

– Powinniśmy zawieźć ją do... – zaczął.

– Ej! – Nico odwrócił się ku nam od okna, z twarzą pobladłą od szoku. – Musimy stąd uciekać, i to już. Krowy atakują.

14

Łups w dół –
I dławię się złością
Muuu, to ja krowa

SŁOWA: „KROWY ATAKUJĄ" w żadnym kontekście nie brzmią jak dobra wiadomość.

Will podniósł Rachel i przerzucił ją sobie przez ramię – jak na łagodnego uzdrowiciela jest nieoczekiwanie silny – i ruszyliśmy razem, by dołączyć do Nica przy oknie. Poniżej nas, na torowisku, krowy zaczynały rewolucję. Przedarły się przez więżące je ściany transporterów jak lawina przez drewniane płotki i pędziły w kierunku rezydencji Dare'ów. Podejrzewałem, że w ogóle nie były uwięzione w tych wagonach – po prostu czekały w nich na odpowiedni moment, żeby się wedrzeć i nas pozabijać. Były koszmarnie piękne: każda dwa razy większa od typowej krowy, z niebieskimi oczyma i czerwoną, gęstą sierścią skręconą w sprężynki i fale jak z ożywionych obrazów van Gogha. I krowy, i byki – tak, odróżniam jedne od drugich, byłem ekspertem od rogacizny – miały wielkie, zakręcone rogi, które byłyby rewelacyjnymi naczyniami do picia dla nawet najbardziej spragnionych celtyckich krewnych Lu.

Między nami a krowami stały wagony towarowe, ale to nie odstraszyło stada. Przedarły się przez linię wagonów, przewracając je i miażdżąc jak pudełka origami.

– Będziemy z nimi walczyć? – spytała Meg głosem pełnym powątpiewania.

Nagle przypomniała mi się nazwa tych stworzeń – jak zwykle za późno. Wspomniałem wcześniej, że troglodyci byli znani z walk z bykami, ale jakoś nie połączyłem faktów. Może Neron wysłał te wagony tutaj celowo, podejrzewając, że będziemy szukać pomocy Rachel. No, chyba że ich obecność była tylko dowodem, że Parki wyjątkowo okrutnie sobie ze mną pogrywają. „Zamierzasz wyciągnąć kartę »Troglodyci«? Super, odpowiemy krową".

– Walka nic nie da – powiedziałem. – To są *tauri silvestres*, leśne byki, jak je nazywali Rzymianie. Ich skóry nie da się przebić pociskiem. Według legendy taurosy są odwiecznymi wrogami kumpli Nica, troglodytów.

– A więc nagle wierzysz w istnienie trogów – spytał Nico.

– Ciągle się uczę i poznaję liczne nowe rodzaje istot gotowych mnie zabić – odparowałem.

Pierwsza fala krowiego ataku dotarła do muru otaczającego posiadłość Dare'ów. Rozniosły go na rogach i ruszyły do środka budynku.

– Musimy uciekać! – zawołałem, zachowując się jak przystało mojej szlachetnej roli Lorda Obwiesia, Pana na Oczywistości.

Nico prowadził, a tuż za nim szedł Will z Rachel ciągle przerzuconą przez ramię; za nimi podążała Meg, a na końcu ja. Byliśmy w połowie holu, kiedy dom zaczął drżeć w posadach, a na ścianach pojawiły się zygzaki pęknięć. Na samym szczycie wiszących schodów przekonaliśmy się, że – ciekawostka! – przestaną one wisieć, jeśli spróbuje na nie wleźć leśny byk. Niższe stopnie oderwały się od ściany.

Byki gnały przez leżący poniżej korytarz jak stado łowców okazji w czarny piątek, depcząc po połamanych stopniach i rozbijając szklane ściany atrium – ich pomysł na remont u Dare'ów był naprawdę wyjątkowo brutalny.

– Przynajmniej tu nie wejdą – powiedział Will.

Podłoga zatrzęsła się, kiedy pod atakiem taurosów padła kolejna ściana.

– Za to my za chwilę spadniemy – odparła Meg. – Jest stąd jakieś inne wyjście?

– Mnie. Na ziemię. Postawić – jęknęła Rachel.

Will opuścił ją na podłogę. Ledwie stała, mrugając i usiłując ogarnąć rozumem scenę na dole.

– Krowy – powiedziała.

– Owszem – potaknął Nico.

Rachel podniosła rękę i słabym gestem wskazała w głąb holu, z którego przyszliśmy.

– Tędy – szepnęła.

Wsparta na Meg jak na kuli Rachel poprowadziła nas w kierunku swojej sypialni. Skręciła ostro w prawo, a potem zeszła kolejnymi schodami w dół, do garażu. Na wypolerowanej betonowej podłodze stały dwa ferrari, oba jaskrawoczerwone – w końcu po co mieć jeden kryzys wieku średniego, skoro można mieć dwa? Za nami, w domu, słychać było krowy. Ryczały z wściekłością, miotając się i niszcząc, nadając domowi Dare'ów nowy, modny styl *à la* postapokaliptyczna stodoła.

– Kluczyki – powiedziała Rachel. – Szukajcie kluczyków do samochodu!

Will, Nico i ja rzuciliśmy się do pracy. Kluczyków nie było w samochodach – to by przecież było zbyt banalne. Nie znaleźliśmy ich także na haczykach wkręconych w ścianę, w koszach do przechowywania ani na półkach. Albo pan Dare miał te kluczyki zawsze przy sobie, albo oba auta były w zamierzeniu przedmiotami czysto dekoracyjnymi.

– Nie ma – powiedziałem.

Rachel wymruczała pod nosem uwagę o ojcu, której nie powtórzę.

– Dobra, dajcie spokój – dodała.

Wcisnęła umieszczony na ścianie przycisk i drzwi garażu zaczęły się otwierać.

– Już mi lepiej. Pójdziemy pieszo – zadecydowała.

Wypadliśmy na ulicę i ruszyliśmy na północ tak szybko, jak tylko Rachel zdołała kuśtykać. Oddaliliśmy się raptem o kilkaset metrów, kiedy rezydencja Dare'ów zadrżała, wydała głuchy dźwięk i zapadła się, produkując chmurę pyłu i gruzu.

– Rachel, tak mi przykro – powiedział Will.

– Nieważne – odparła. – I tak nienawidziłam tego miejsca. Tato po prostu przeniesie nas do innego budynku.

– Ale... twoje dzieła! – krzyknęła Meg.

– Można je odtworzyć. Ludzi się nie da. Ruszajcie się!

Wiedziałem, że zostało nam niewiele czasu, zanim *tauri silvestres* ponownie nas odnajdą. W tej części nabrzeża Brooklynu przerwy między przecznicami były długie, drogi – szerokie, a widok – sięgający daleko. Idealne warunki na masowy pęd nadnaturalnych stworzeń.

Dotarliśmy prawie do kawiarni z ananasową matchą, kiedy Meg zawołała:

– Sylwestry na nas pędzą!

– Meg, te krowy nie mają wszystkie na imię Sylwester – poprawiłem ją, ciężko dysząc.

Meg miała jednak rację co do zagrożenia. Demoniczne bydło, które najwyraźniej kompletnie olało spadający na nie budynek, właśnie wyłaniało się z ruin rezydencji Dare'ów. Stado zaczęło przegrupowywać się na środku ulicy, strząsając z czerwonej sierści gruz tak, jak psy po kąpieli strząsają krople wody.

– Może znikniemy im z oczu? – spytał Nico, wskazując na kawiarnię.

– Za późno – odpowiedział Will.

Krowy już nas dostrzegły i natychmiast wbił się w nas tuzin par niebieskich oczu. Byki podniosły głowy, wydały z siebie bojowe: „Muu!" i ruszyły do ataku. Być może ciągle udałoby się nam schować w kafejce, choćby po to, żeby taurosy mogły ją zniszczyć i ocalić okolicę przed groźbą bajgli z awokado. My jednak rzuciliśmy się do ucieczki.

Wiedziałem, że to tylko odwlekanie nieuniknionego. Nawet gdyby Rachel nie była półprzytomna z powodu transu sprowadzonego na nią przez Pytona, i tak nie ucieklibyśmy krowom.

– Doganiają nas! – zawołała Meg. – Jesteście pewni, że walka z nimi nie ma sensu?

– Chcesz spróbować? – zapytałem. – Po tym, jak załatwiły dom?

– Jaką mają słabą stronę? – spytała Rachel. – Muszą mieć jakąś piętę achillesową!

Dlaczego ludzie zawsze zakładają istnienie tej pięty? Skąd ta obsesja na jej punkcie? To, że słaby punkt jednego greckiego herosa znajdował się tuż nad stopą, nie znaczy, że każdy potwór, heros i złoczyńca z czasów starożytnej Grecji także ma problem z zakresu podologii! Większość potworów, szczerze mówiąc, w ogóle nie ma słabych stron – po części dlatego są takie wkurzające.

Mimo wszystko wysilałem pamięć, żeby przypomnieć sobie jakiekolwiek plotki i pogłoski z pulpowego bestselleru Eliana *O właściwościach zwierząt* (tak w ogóle to absolutnie nie czytam takich rzeczy!).

– Wilcze doły? – zacząłem głośno myśleć. – Chyba rolnicy w Etiopii używali wilczych dołów do walki z taurosami…?

– Chodzi ci o zdołowane wilki? Takie w depresji? – spytała Meg.

– Nie, wilcze doły, jamy wykopane w ziemi! – poprawiłem.

– Niestety, wszystkie wysprzedane! – wtrąciła się Rachel.

Taurosom udało się o połowę zmniejszyć dystans między nami. Jeszcze sto metrów i rozdepczą nas na miazgę.

– Tędy! – krzyknął Nico. – Za mną!

Wysunął się na czoło i poprowadził nas. Muszę mu przyznać jedno: wilczy dół to sobie wybrał z rozmachem. Rzucił się pędem w kierunku miejsca budowy luksusowych apartamentów, wezwał z powietrza swój czarny stygijski miecz i przeciął nim łańcuch zamykający wejście. Pobiegliśmy za nim ku głębokiemu na piętnaście metrów kraterowi, otoczonemu wąskim rzędem przyczep mieszkalnych i przenośnych toalet. Ze środka krateru wyrastał ogromny dźwig, którego ramię wyciągało się ku nam mniej więcej na wysokości naszych kolan. Na placu budowy nikogo nie było. Może trwała przerwa na lunch i wszyscy robotnicy poszli do kafejki z ananasową matchą? Jakikolwiek był powód, cieszyłem się, że niebezpieczeństwo nie groziło niewinnym, przypadkowym obserwatorom (ech, to ja, martwiący się o możliwe ofiary spośród niezaangażowanych śmiertelników; reszta bogów olimpijskich chyba zabiłaby mnie śmiechem).

– Nico – powiedziała Rachel – to bardziej przypomina kanion.

– Nie mamy nic innego! – zawołał syn Hadesa, podbiegł do krateru… i skoczył.

Czułem się tak, jakby moje serce runęło w dół razem z nim. Chyba krzyknąłem. Nico tymczasem przeleciał nad otchłanią i wylądował na ramieniu dźwigu; nawet się przy tym nie zachwiał! Odwrócił się i wyciągnął do nas rękę.

– Chodźcie! To tylko dwa metry z małym hakiem! W obozie ćwiczyliśmy dłuższe skoki przez lawę!

– Chyba ty – mruknąłem.

Grunt zadrżał – stado było już tuż za nami. Will cofnął się, wziął rozbieg i wylądował obok Nica. Spojrzał na nas zachęcająco.

– Widzicie? Nie jest źle! Złapiemy was!

Następna skoczyła Rachel, bez problemów, a po niej Meg, nasza latająca walentynka. Kiedy wylądowała na dźwigu, całe ramię zaskrzypiało i przesunęło się w prawo, zmuszając moich przyjaciół do przyjęcia postawy surfera, by złapać równowagę.

– Apollinie – zawołała Rachel – pospiesz się!

Nie patrzyła na mnie, ale za mnie. Tupot racic nadciągającej trzody odczuwałem jak wibracje młota pneumatycznego w kręgosłupie. Skoczyłem i wylądowałem na ramieniu dźwigu – było to najbardziej nieudane lądowanie na brzuchu od dnia, kiedy Ikar zaliczył upadek do Morza Egejskiego. Przyjaciele złapali mnie i nie pozwolili spaść. Usiadłem, ciężko dysząc i łapiąc powietrze w płuca, podczas gdy taurosy dotarły do obrzeża krateru. Miałem nadzieję, że nie wyhamują i wpadną do środka jak lemingi, choć, oczywiście, lemingi tak naprawdę tego nie robią. Lemingi, na szczęście, są zbyt bystre, by popełnić masowe samobójstwo.

Podobnie niestety miała się sprawa z diabelskimi krowami. Kilka pierwszych faktycznie wpadło do wykopu, bo nie zdołały się zatrzymać, ale reszcie stada udało się skutecznie wyhamować. Z tyłu dochodziło do mnóstwa przepychanek, dobiegało nas też gniewne muczenie, ale najwyraźniej jedyną rzeczą, której leśne byki nie potrafiły zepchnąć ze swojej drogi, były inne leśne byki. Wymamrotałem kilka brzydkich słów, których nie używałem od czasu, kiedy hasztag #MinojczycyGórą królował w mediach społecznościowych.

Przez niewielką przestrzeń, która nas od nich dzieliła, taurosy wbijały w nas spojrzenia swoich morderczych błękitnych oczu. Kwaśny odór ich oddechów i smród skóry sprawiały, że mój nos miał ochotę odciąć się ode mnie i iść umrzeć w ciemnym kącie. Potworne zwierzęta kręciły się wokół wykopu, ale nie próbowały wskakiwać na dźwig. Być może nauczyły się czegoś po próbach zdobycia schodów w domu Dare'ów albo miały dość rozumu, by wiedzieć, że racice niewiele im pomogą przy lądowaniu na wąskim, stalowym wysięgniku.

Głęboko pod nami sześć krów, które spadły, zaczynało się podnosić – najwyraźniej upadek z piętnastu metrów im nie zaszkodził. Kręciły się w kółko i gniewnie ryczały. Wysoko na powierzchni reszta stada czuwała w milczeniu, podczas gdy ich towarzysze na dnie stawali się coraz bardziej niespokojni. Cała szóstka nie wydawała się ranna, ale jej ryki były pełne wściekłości, mięśnie na szyjach nabrzmiewały, a oczy puchły. Leśne byki waliły racicami w ziemię, na pyski występowała im piana, po czym nagle, jeden po drugim, poupadały i leżały bez ruchu. Ich ciała zaczęły się zapadać, a mięśnie i kości – zanikać, póki nie zostały po nich jedynie puste czerwone skóry.

Meg załkała. Nie miałem do niej pretensji. Krowy mogły być koszmarem z piekła rodem, ale patrzenie na ich śmierć było straszne.

– Co tu się stało? – spytała drżącym głosem Rachel.

– Udławiły się własną wściekłością – wyjaśniłem. – Nie sądziłem, że to możliwe, ale Elian miał rację. *Tauri silvestres* nienawidzą wpadania do dołów tak bardzo, że… no, po prostu duszą się i umierają. Tylko tak da się je zabić.

– To koszmarne. – Meg zadygotała.

Stado patrzyło na nas, najwyraźniej zgadzając się z taką opinią. Błękitne oczy zwierząt wydawały się palić moją twarz jak lasery. Miałem wrażenie, że jeszcze przed chwilą atakowały nas dlatego, że tak podpowiadała ich mordercza natura. Teraz natomiast miały już osobiste powody.

– A co zrobimy z resztą? – spytał Will. – Tato, jesteś pewien, że nie dasz rady… – Wskazał na obserwującą nas rogaciznę. – Masz w końcu boski łuk i dwa kołczany strzał, a one się wręcz wystawiają…

– Will! – zaprotestowała Meg. Widok dławiących się i umierających w jamie byków chyba pozbawił ją wszelkiej woli walki.

– Niestety, Meg – powiedział Will – ale chyba tu utknęliśmy.

– Strzelanie nic nie da – zapewniłem Meg. – Zobaczcie.

Naciągnąłem łuk i wymierzyłem w najbliższą krowę. Popatrzyła na mnie, jakby chciała spytać: „Kolo, ty tak serio?". Wypuściłem strzałę, trafiając idealnie między oczy, z siłą dostateczną, by przebić kamień. Strzała pękła, odbiwszy się od czoła krowy.

– Łał – powiedział Nico. – Twardogłowe to bydło!

– Cała skóra jest taka – wyjaśniłem. – Przyjrzyj się.

Kolejną strzałę wystrzeliłem, celując w szyję krowy. Pomarańczowa sierść bestii zafalowała, odbiła grot i skierowała strzałę tak, że ta opadła pod nogi zwierzęcia, nie czyniąc mu żadnej szkody.

– Mógłbym tak strzelać cały dzień – podsumowałem – a i tak nic by to nie dało.

– Może weźmiemy je na przeczekanie? – zasugerowała Meg. – No wiecie, w końcu musi im się znudzić, a wtedy sobie pójdą?

Rachel pokręciła głową.

– Zapominasz, że ukrywały się w wagonach przez dwa dni w upale, bez wody i jedzenia, czekając, aż się zjawicie. Jestem pewna, że to prędzej one wezmą nas na przeczekanie.

Zadygotałem.

– My mamy termin – przypomniałem. – Jeżeli dziś wieczorem nie poddamy się Neronowi… – Pokazałem gestem coś w rodzaju wybuchu.

Will zmarszczył czoło.

– Możecie nie dostać szansy, by się poddać – powiedział. – Jeżeli to Neron nasłał na nas krowy, to już wie, że tu jesteście, a jego ludzie mogą być w drodze.

W ustach czułem posmak krowiego oddechu. Przypomniało mi się, co Luguselwa powiedziała nam o Neronie, jak podkreśliła, że cesarz ma oczy wszędzie. O ile wiedziałem, ta budowa to też był projekt Triumwiratu, ich drony mogły wisieć nad naszymi głowami…

– Musimy stąd uciekać – powiedziałem do Willa.

– Możemy zejść na dół po dźwigu, krowy na pewno za nami nie pójdą – odrzekł Will.

– Ale co dalej? – spytała Rachel. – Będziemy uwięzieni w wykopie!

– Niekoniecznie – Nico wpatrywał się w krater, jakby się zastanawiał, ile ciał udałoby się w nim pochować. – Chyba widzę tam, na dole, odpowiednie cienie. Jeżeli uda się nam zejść bezpiecznie, co powiecie na podróż cieniem?

15

Ja śpiewam, gdy krów deszcz
Piosenkę śpiewa też
Śpiewać, ach, śpiewać, co tam deszcz (krów)!

ZACHWYCIŁ MNIE TEN POMYSŁ. Chwilowo cieszył mnie każdy sposób podróży, który oddaliłby nas od taurosów. Myślałem o wezwaniu Taxi Grajcar, ale wątpiłem, czy taksówka może zmaterializować się na ramieniu dźwigu. Gdyby nawet mogła, podejrzewałem, że siostry natychmiast zakochałyby się w idei pary Will/Nico, bo przecież oni razem wyglądają tak słodko – a nie życzyłbym tego rodzaju uwagi absolutnie nikomu.

Popełzliśmy, jedno po drugim, w kierunku środka dźwigu, jak szereg wystraszonych mrówek. Starałem się nie patrzeć na trupy krów pod nami, ale czułem na sobie mordercze spojrzenia pozostałych sylwestrów, śledzących każdy nasz krok. Coraz mocniej podejrzewałem, że zakładały się, kto spadnie pierwszy. W połowie drogi do wieży dźwigu zza moich pleców odezwał się głos Rachel:

– Powiecie mi w końcu, co tam się stało?

Spojrzałem przez ramię. Wiatr targał rudymi włosami Rachel; otaczały jej twarz, wijąc się jak sierść krów. Usiłowałem jakoś wykombinować, o co jej chodziło. Czyżby nie zauważyła, że krowy zniszczyły jej dom? Wskoczyła na dźwig, lunatykując?

Nagle zrozumiałem: chodziło jej o trans! Byliśmy tak zajęci ucieczką i ratowaniem życia, że nie miałem czasu się nad tym zastanowić. Z moich poprzednich doświadczeń z Wyroczniami Delfickimi wynikało, że Rachel prawdopodobnie nie pamiętała własnych słów.

– Dokończyłaś przepowiednię – powiedziałem. – Dodałaś ostatnią strofę tercyny i zamykające wersy. Tylko że...

– Tylko że? – spytała.

– Niestety przemawiał przez ciebie Pyton.

Pełzłem przed siebie ze wzrokiem wbitym w buty Meg i tłumaczyłem Rachel, co się stało: żółty dym wypływający z jej ust, błyszczące oczy, przerażający głęboki głos węża. Powtórzyłem wersy, które wypowiedziała.

Milczała przez pięć sekund, po czym oświadczyła:

– Brzmi fatalnie.

– Jako ekspert zgadzam się – potwierdziłem.

Palce mi zdrętwiały, a linijki obwieszczające, że rozpłynę się w mroczne powidoki, wydawały się pełznąć po moim układzie krwionośnym, rozpuszczając żyły i tętnice.

– Coś wymyślimy – powiedziała Rachel. – Może Pyton przekręcił moje słowa. Może te linijki w ogóle nie stanowią części oryginalnej przepowiedni?

Nie odwróciłem się, ale słyszałem pewność w jej głosie. Rachel radziła sobie ze żmijową obecnością Pytona w głowie być może od miesięcy, była z tym sama i usiłowała zachować zdrowe zmysły, przelewając wizje na płótno. Dziś opętał ją głos Pytona i otoczyły jego jadowite opary – a mimo to jej pierwszą myślą było zapewnić mnie, że wszystko będzie w porządku.

– Chciałbym, żebyś miała rację – odpowiedziałem – ale im dłużej Pyton okupuje Delfy, tym bardziej zatruwa przyszłość. Nieważne, czy przekręcił twoje słowa, czy nie; teraz stanowią już one część przepowiedni. To, co przepowiedziałaś, zdarzy się.

„Apollo łupem padnie większych graczy". Głos węża wydawał się wić w mojej głowie. „Samotnie musi zejść w podziemi mroki". *Zamknij się*, wydałem głosowi polecenie, ale nie byłem Meg, a Pyton nie był moim Lesterem.

– No cóż – powiedziała Rachel zza moich pleców – wobec tego będziemy musieli zrobić wszystko, żeby proroctwo spełniło się w taki sposób, byś nie zniknął.

Kiedy o tym mówiła, wszystko to brzmiało... wykonalnie.

– Nie zasługuję na kapłankę taką jak ty – wyznałem.

– To prawda – potwierdziła Rachel. – Możesz mi odpłacić, zabijając Pytona i oczyszczając moją głowę z gadzinowych oparów.

– Umowa stoi – odpowiedziałem, usiłując wierzyć, że zdołam dotrzymać obietnicy.

W końcu dotarliśmy do masztu dźwigu, a Nico sprowadził nas po szczeblach drabiny. Mięśnie drżały mi z wysiłku i naprawdę czułem pokusę, by spytać Meg, czy nie mogłaby stworzyć podobnej roślinnej siatki jak ta, dzięki której dostaliśmy się na dół wieży Sutro. Uznałem, że tego nie zrobię, z dwóch powodów. Po pierwsze, nie chciałem, żeby zemdlała z wysiłku, po drugie, nienawidzę, kiedy rzucają mną rośliny. Kiedy w końcu znaleźliśmy się na poziomie gruntu, czułem się osłabiony i miałem mdłości. Nico wyglądał niewiele lepiej. Nie miałem pojęcia, skąd chciał wziąć dość energii, by przenieść nas cieniem w bezpieczne miejsce. Z góry, zgromadzone wokół krawędzi wykopu, patrzyły na nas taurosy, a ich niebieskie oczy połyskiwały jak wściekłe światełka chanukowe. Meg patrzyła na nie podejrzliwie.

– Nico, jak szybko możesz nas stąd zabrać? – spytała.

– Daj... mi... złapać oddech – jęknął, dysząc ciężko.

– Słuchajcie, jeżeli on się nie skupi, to równie dobrze możemy wylądować w kotle pełnym sosu serowego w Wenezueli – ostrzegł Will.

– Ej! – zaprotestował Nico – Wcale nie wylądowaliśmy w tym kotle.

– Ale prawie – powiedział Will. – Na pewno w samym środku największej wenezuelskiej fabryki sosu serowego.

– Jeden raz tak wyszło! – mruknął kwaśno Nico.

– Chłopaki? – Rachel wskazała na krawędź wykopu, gdzie krowy robiły się coraz bardziej nerwowe. Przepychały się i trącały nawzajem, aż w końcu jedna z nich, czy to z własnej woli, czy to pod naciskiem reszty – zsunęła się do jamy. Obserwowanie, jak leci w dół, kopiąc nogami i skręcając całe ciało, przypomniało mi o sytuacji, kiedy Ares zrzucił z Olimpu kota, żeby udowodnić, że spadnie na cztery łapy na Manhattanie. Atena teleportowała kociaka w bezpieczne miejsce, a potem sprawiła Aresowi lanie drzewcem włóczni za narażenie zwierzęcia na niebezpieczeństwo, ale przyglądanie się, jak zwierzak spada, było straszne.

Ten byk nie miał tyle szczęścia, co kot. Wylądował na boku z głuchym stęknięciem. Po takim upadku większość żywych istot zginęłaby na miejscu, ale byk tylko rozprostował nogi, wstał i potrząsnął rogami, po czym spojrzał na nas wzrokiem mówiącym: „No, to teraz zobaczycie…".

– Hej? – Will cofnął się o parę kroków – Ten stwór jest w jamie. Czemu nie dławi się własną wściekłością?

– Bo my też tu jesteśmy? – powiedziałem piskliwym głosem, jakbym się nałykał helu. – Bardziej mu zależy na zabiciu nas niż na tym, żeby umrzeć z wściekłości?

– Dobra – powiedziała Meg. – Nico, cienie, już!

Nico skrzywił się boleśnie.

– Nie dam rady zabrać wszystkich naraz! Ja plus dwie osoby to już i tak dużo! Ostatnio, z Ateną Partenos, omal nie zginąłem, a miałem przecież Reynę do pomocy!

Byk ruszył do ataku.

– Bierz Willa i Rachel – powiedziałem, sam nie wierząc w słowa, które właśnie wymknęły mi się z ust. – Wróć po mnie i Meg, jak tylko zdołasz.

Nico zaczął protestować, ale Meg uciszyła go, wołając:

– Apollo ma rację! Idźcie!

Nie czekaliśmy na odpowiedź. Wyciągnąłem łuk, a Meg przywołała szable i razem ruszyliśmy do walki.

Jest takie przysłowie: „Definicja szaleństwa to wielokrotne strzelanie z łuku do niezwyciężonej krowy i oczekiwanie, że za którymś razem wynik będzie inny". Oszalałem. Strzelałem do byka raz za razem, celując to w oczy, to w pysk, to w nozdrza, próbując znaleźć słabą stronę potwora. Meg w tym czasie cięła go i kłuła, skacząc wokół jak bokser, żeby nie znaleźć się w zasięgu rogów bestii. Jej broń była bezużyteczna – czerwona skóra byka wiła się i falowała, odbijając każde trafienie. Żyliśmy jeszcze tylko dlatego, że potwór nie mógł się zdecydować, od którego z nas zacząć zabijanie. Zmieniał opinię w tej sprawie co chwilę, a my prowokowaliśmy go naprzemiennie.

Może gdyby udało nam się utrzymać presję, w końcu zmęczylibyśmy zwierza. Niestety, my sami też byliśmy coraz bardziej wyczerpani, a na górze czekały kolejne gromady byków, gotowych zobaczyć, jak idzie kumplowi, zanim same zaryzykują skok.

– Śliczna krówka! – zawołała Meg, dźgając byka w pysk i odskakując poza zasięg rogów. – Ale idź już sobie!

– Za dobrze się bawi! – odparłem.

Mój następny cios to było słynne potrójne P: Porażający Przebijacz Pośladków. Nie zraniło byka, ale z pewnością zwróciło jego uwagę. Stwór ryknął i skierował się w moją stronę, a w jego niebieskich oczach płonęła furia. Kiedy byk gapił się na mnie, usiłując zdecydować, którą kończynę mi wyrwie, by jej użyć jako maczugi, Meg podniosła wzrok na krawędź wykopu.

– Ej, Apollo? – spytała.

Zaryzykowałem zerknięcie. Do dołu wpadł drugi tauros. Wylądował na przenośnej toalecie, zgniótł ją na naleśnik z włókna szklanego, po czym wyplątał się z resztek i ryknął:

– Muuu!

W języku tauryjskim znaczyło to zapewne: „Taki był plan!".

– Biorę na siebie Kiblową Krowę – powiedziałem do Meg. – A ty odwróć uwagę tego tu.

Podział obowiązków był czysto arbitralny, w ogóle nie związany z faktem, że wcale nie miałem ochoty na konfrontację z bykiem, którego właśnie dźgnąłem w zadek.

Meg zaczęła swój taniec z Bykiem Pierwszym, a ja zaatakowałem Kiblową Krowę. Czułem się dzielny i bohaterski, póki nie sięgnąłem do kołczanu i nie zrozumiałem, że nie mam już strzał – poza Wieczną Rezerwistką, Starą Strzałą z Dodony, która zapewne nie doceniłaby faktu, że użyłem jej, by zaatakować krowi tyłek. Byłem już jednak w trakcie szarży, więc rzuciłem się na Kiblową Krowę z wielką odwagą i zerem planów, jak walczyć.

– Hej! – wrzasnąłem, machając rękoma w naiwnej nadziei, że wyglądam groźnie. – Ple, ple, ple, idź so-bie!

Krowa ruszyła do ataku. Byłby to znakomity moment na powrót mojej boskiej siły, więc oczywiście nic takiego nie zaszło. Byk już, już miał mnie stratować, kiedy uskoczyłem z krzykiem. W tej sytuacji stwór powinien był wykonać powolną korektę kierunku i obiec całą arenę, by dać mi moment wytchnienia. Randkowałem kiedyś z matadorem z Madrytu, który wyjaśnił mi, że byki robią tak z dwóch powodów: są rycerskimi zwierzętami oraz nie znoszą ostrych zakrętów. Albo mój matador łgał w żywe oczy, albo nigdy nie walczył z taurosem. Byk wykonał w miejscu piruet, zakręcił o sto osiemdziesiąt stopni i ruszył na mnie. Potoczyłem się na bok, desperacko szukając czegokolwiek, co mogłoby się przydać. Wstałem, trzymając w dłoniach róg niebieskiej plandeki, której reszta leżała u moich stóp. Była to najgorsza tarcza w historii – byk natychmiast rozerwał materiał rogami. Odskoczyłem, kiedy zwierz wbiegł na plandekę i wywrócił się o własne nogi, jak ktoś, kto sam nadepnie sobie na togę (mnie się to nigdy nie zdarzyło, ale słyszałem podobne historie). Byk ryknął, potrząsając rogami i usiłując uwolnić się od materiału, przez co tylko bardziej się w niego zaplątał. Cofnąłem się, próbując złapać oddech. Jakieś piętnaście metrów na lewo ode mnie Meg grała w morderczego berka z Bykiem Pierwszym. Wyglądała na całą i zdrową, ale widziałem, że jest coraz bardziej zmęczona, a jej reakcje – spowolnione.

Do wykopu spadły kolejne krowy, jak wielcy i niezgrabni nurkowie skaczący z klifu. Przypomniało mi się coś, co Dionizos opowiadał mi kiedyś o swoich bliźniakach, Kastorze i Polluksie – było to w czasach, kiedy przez krótką chwilę żył w małżeńskim szczęściu ze swoją śmiertelną małżonką. Głosił wtedy, że najlepiej mieć dwoje dzieci, bo jeśli jest ich więcej, mają nad rodzicami przewagę liczebną. To samo tyczyło się morderczych krów – ja i Meg nie mogliśmy liczyć, że damy radę z więcej niż dwiema. Naszą jedyną nadzieją było... Spojrzałem na maszt dźwigu.

– Meg! – zawołałem – Właź z powrotem na drabinę!

Próbowała to zrobić, ale Byk Pierwszy stał między nią a dźwigiem. Wyciągnąłem ukulele i puściłem się biegiem w stronę stwora.

– Czarna krowa, raczej bordo! – śpiewałem, desperacko uderzając w struny. – Wszystkie byczki śpią w wilczym dole! Idź, krowo, idź, krowo, stąd!

Raczej nie dostanę nagrody Grammy za tę piosenkę, ale miałem nadzieję, że przynajmniej uda mi się odwrócić uwagę Byka Pierwszego na tyle, żeby Meg mogła przebiec obok.

Zwierz uparcie stał w miejscu, podobnie jak Meg. Podbiegłem do niej i w tej samej chwili zobaczyłem, że Kiblowa Krowa wyplątała się z plandeki i właśnie ruszyła do ataku na nas. Taurosy, które dopiero co spadły do wykopu, też zaczynały podnosić się na nogi. Oceniłem, że zostało nam jakieś dziesięć sekund życia.

– Ruszaj! – powiedziałem do Meg. – Przeskocz nad tą krową i biegnij na drabinę. Ja…

Nie bardzo wiedziałem, jak skończyć to zdanie. „Zostanę tu i zginę"? „Skomponuję kolejną zwrotkę piosenki *Wszystkie krówki śpią w jeziorze*"?

Byk Pierwszy schylił łeb i ruszył do ataku. W tej samej chwili czyjaś dłoń złapała mnie za ramię, a głos Nica di Angelo powiedział:

– Mam cię!

Cały świat zatonął w ciemności i chłodzie.

16

Will Solace, uzdrowiciel
Heros, na którego nie zasługujemy
Ma przy sobie batoniki

– **PRZESKOCZ NAD KROWĄ?** – zapytała Meg. – Taki miałeś plan?

Całą piątką usiedliśmy w kanale ściekowym – coś, do czego zdążyłem się przyzwyczaić. Meg najwyraźniej odzyskiwała szybko siły po podróży cieniem, wszystko dzięki temu, że Will na czas podał jej nektar i batoniki. Ja natomiast nadal czułem się tak, jakby łapała mnie grypa: dreszcze, bóle mięśni, dezorientacja. Nie byłem gotowy na mierzenie się z krytyką mojej strategii.

– Improwizowałem – odparłem. – Nie chciałem, żebyś zginęła.

Meg uniosła w górę ręce.

– A ja nie chciałam, żebyś *ty* zginął, głupku. Nie przyszło ci to do głowy?

– Ludzie – wtrąciła się Rachel, trzymająca przy czole zimny okład. – A może ustalimy, że nie pozwolimy nikomu z nas umrzeć? Zgoda?

Will przyglądał się jej posiniaczonej skroni.

– Czujesz się lepiej?

– Jest okej – odparła Rachel, po czym wytłumaczyła mi: – Udało mi się wpaść na ścianę podczas teleportacji.

Nico miał zawstydzoną minę.

– Przepraszam.

– Ej, nie narzekam – powiedziała Rachel. – To lepsze niż stratowanie.

– Tak się domyślam – odrzekł. – Jak już…

Powieki Nica zamrugały, głowa pochyliła się i chłopak opadł na ramię Willa. Niezła wymówka, żeby się znaleźć w ramionach ukochanego – sam wiele razy używałem takiej sztuczki: „Łap mnie, przystojniaku" z omdleniem – ale ponieważ Nico natychmiast zaczął chrapać, uznałem, że nie udawał.

– Nico mówi dobranoc. – Will wyciągnął podróżną poduszkę z torby z zapasami. Podejrzewam, że miał ją przy sobie właśnie na takie okazje. Ułożył syna Hadesa w wygodnej pozycji i posłał nam zmęczony uśmiech. – Będzie potrzebował około pół godziny, żeby odzyskać siły. W tym czasie my też możemy trochę odpocząć.

Dobra wiadomość była taka, że miałem mnóstwo doświadczenia w odpoczywaniu w ściekach, a Nico przeprawił nas cieniem do odpowiednika apartamentu prezydenckiego w systemie ściekowym Nowego Jorku.

Sklepienie ozdabiały żebrowania z czerwonej cegły. Wzdłuż obu ścian gliniane rury wypluwały jedynie najznakomitszy gnój do kanału biegnącego przez środek podłogi. Betonowa platforma, na której usiedliśmy, była tapicerowana wspaniałymi porostami i pianą. Marna złota poświata szabel Meg – nasze jedyne światło – sprawiała, że mroczny tunel wyglądał niemal romantycznie.

Zważywszy, jak kształtują się ceny wynajmu w Nowym Jorku, wyobraziłem sobie, że takie miejsce mogłoby być całkiem drogie. Bieżąca woda. Prywatność. Mnóstwo miejsca.

Wspaniałe kości: mysie, kurze i jeszcze jakieś, których nie rozpoznawałem. Dodatek w postaci smrodu za darmo.

Will zajął się naszymi licznymi skaleczeniami i zadrapaniami, które były zaskakująco lekkie, biorąc pod uwagę nasze poranne przygody. Uparł się też, żebyśmy korzystali obficie z jego medycznego zapasu batoników.

– To najlepsze dla pozbierania się po podróży cieniem – zapewnił nas.

Chyba nikt nie polemizowałby z uzdrowicielską mocą czekolady i wafelków?

Jedliśmy przez chwilę w milczeniu. Rachel trzymała zimny okład przy głowie i wpatrywała się ponuro w wody ścieku, jakby czekała, aż przepłyną kawałki rodzinnego domu. Meg rozsypała nasiona na pianie wokół siebie, co spowodowało wyrośnięcie świecących grzybów, wyglądających jak malutkie parasolki. Kiedy życie daje ci tylko szumowiny, zrób trochę grzybów, tak to chyba szło.

– Te leśne byki były niesamowite – oznajmiła po chwili. – Gdyby dało się je wytresować, żeby nosiły…

Jęknąłem.

– Wystarczy mi, że zamieniłaś jednorożce w zwierzęta bojowe.

– Aha. To było super. – Rozglądała się po tunelu we wszystkich kierunkach. – Czy ktoś wie, jak się stąd wydostać?

– Nico wie. – Will zamrugał. – Aczkolwiek zamierza nas poprowadzić raczej na dół niż na zewnątrz.

– Do troglodytów – domyśliła się Rachel. – Jacy oni są?

Will pomachał rękami, jakby usiłował uformować coś z gliny albo pokazać, jaką wielką rybę złowił.

– Nie jestem w stanie ich opisać – oznajmił w końcu.

Nie było to szczególnie pomocne. Jako moje dziecko Will powinien mieć jakieś ślady moich poetyckich zdolności. Jeśli troglodyci byli nieopisywalni w sonecie czy limeryku, nie miałem ochoty ich spotykać.

– Mam nadzieję, że nam pomogą. – Rachel uniosła dłoń, żeby powstrzymać Willa, który chciał znów obejrzeć jej siniaki. – Nic mi nie jest, dziękuję.

Uśmiechnęła się, ale w jej głosie słyszałem napięcie. Wiedziałem, że lubiła Willa. Wiedziałem też, że miała problemy z przestrzenią osobistą. Bycie Pytią ma z tym coś wspólnego. Moc delficka przejmuje twoje ciało i duszę w przypadkowych momentach, co może sprawić, że zbytnia bliskość ludzi bez twojej zgody czyni cię nerwowym. A Pyton szepczący ci w głowie raczej też nie pomaga.

– Rozumiem. – Will usiadł. – Miałaś trudny ranek. Przepraszam, że narobiliśmy ci takich kłopotów.

Rachel wzruszyła ramionami.

– Jak mówiłam, mam wrażenie, że *powinnam* znaleźć się w tych kłopotach. To nie wasza wina. „Nieznana droga darem będzie w darze!" Po raz pierwszy jestem częścią przepowiedni.

Sprawiała wrażenie dziwnie dumnej z tego faktu. Może po tym, jak wysłała tylu ludzi na niebezpieczne misje, uznała, że miło będzie zostać częścią naszej zbiorowej wyprawy na spotkanie ze śmiercią. Ludzie lubią być w świetle reflektorów – nawet jeśli są to zimne, okrutne oczy przeznaczenia.

– Czy to bezpieczne, żebyś z nami szła? – zapytała Meg. – Wiesz… skoro masz w głowie Pytona i tak dalej? Czy on nie zobaczy, co robimy?

Rachel ścisnęła mocniej skrzyżowane kolana.

– Nie sądzę, żeby on widział *przeze mnie*. A przynajmniej… jeszcze nie.

Pozwoliła, żeby myśl o tym rozpostarła się wokół nas niczym wyziewy z bagien.

– A w każdym razie nie pozbędziecie się mnie. Pyton sprawił, że to dla mnie osobista sprawa.

Zerknęła na mnie, a ja nie mogłem pozbyć się wrażenia, że obwiniała za to nie tylko Pytona. To było osobiste, od kiedy uznałem Rachel za moją kapłankę. Od kiedy... no, od kiedy byłem Apollinem. Jeśli moje próby w śmiertelnym ciele cokolwiek mi dały, to pokazały, jak wiele razy przez stulecia porzucałem, zapominałem i zawodziłem moje Wyrocznie. Nie mogłem tak samo potraktować Rachel. Zapomniałem o podstawowej prawdzie: że one mi nie służą, że to ja powinienem służyć *im*.

– Dobrze, że cię mamy – powiedziałem. – Chciałbym tylko mieć więcej czasu, żeby obmyślić jakiś plan.

Rachel zerknęła na zegarek – zwykły nakręcany, który zapewne wybrała, widząc, jak bardzo łatwo technologia zawodzi w okolicy herosów, potworów i innych magicznych osób, z jakimi miała do czynienia.

– Pora obiadowa. Macie poddać się Neronowi przed wieczorem. To nie daje nam zbyt wielkiego pola do manewru.

– Och, pora obiadowa – powiedziała Meg, jak to zwykle ona. – Will, masz może coś oprócz batoników? Umie... – Cofnęła rękę od plecaka Willa, jakby coś ją obrzydziło. – Czemu tu sterczy ogon?

Will zmarszczył brwi.

– Eee. Och, tak. – Wyciągnął coś, co wyglądało jak trzydziestocentymetrowa wysuszona jaszczurka owinięta w chusteczkę.

– Fuj! – wrzasnęła Meg z entuzjazmem. – To jakieś lekarstwo?

– Yyy, nie – odparł Will. – Pamiętasz, jak razem z Nikiem szukaliśmy prezentu dla trogów? Więc...

– Błee. – Rachel odsunęła się. – Po co im *coś takiego*?

Will rzucił mi spojrzenie pod tytułem: „Proszę, nie każcie mi tego mówić".

Wzdrygnąłem się.

– Troglodyci... jeśli legendy mówią prawdę... oni uważają jaszczurki za wielki, no wiecie... – Udałem, że wkładam coś do ust. – Przysmak.

Rachel chwyciła się za brzuch.

– Żałuję, że zapytałam.

– Super – powiedziała Meg. – Czyli jeśli znajdziemy trogów, damy im jaszczurkę, a oni nam pomogą?

– Wątpię, żeby to było takie proste – odparłem. – Meg, czy ktoś kiedykolwiek postanowił ci pomóc tylko dlatego, że dałaś mu martwą jaszczurkę?

Roztrząsała to pytanie tak długo, że zacząłem się zastanawiać nad jej zwyczajami prezentowymi w przeszłości.

– Chyba nie?

Will wsunął wysuszone zwierzę z powrotem do torby.

– No, ta jest najwyraźniej rzadka i specjalna. Nie chcecie wiedzieć, jak trudno ją znaleźć. Mam nadzieję…

Nico zachrapał i zaczął się ruszać.

– C-co…?

– Wszystko w porządku – uspokoił go Will. – Jesteś wśród przyjaciół.

– Przyjaciół? – Nico usiadł z zaczerwienionymi oczami.

– Przyjaciół. – Will rzucił nam ostrzegawcze spojrzenie, jakby dając do zrozumienia, że nie powinniśmy przestraszyć Nica żadnymi nagłymi ruchami.

Uznałem, że Nico musi budzić się z drzemek w złym humorze, zupełnie jak jego tato, Hades. Zbudź Hadesa za wcześnie, to masz szanse skończyć jako cień po wybuchu nuklearnym na ścianie jego sypialni.

Nico przetarł oczy i zmarszczył brwi na mój widok. Usiłowałem nie wyglądać niebezpiecznie.

– Apollo – powiedział. – Tak, pamiętam.

– Doskonale – odparł Will. – Ale nadal jesteś półprzytomny. Zjedz batonik.

– Tak, panie doktorze – wymamrotał Nico.

Czekaliśmy, aż dojdzie do siebie dzięki czekoladzie i odrobinie nektaru.

– Już mi lepiej. – Wstał, choć nadal wyglądał marnie. – Dobra, ludziki. Poprowadzę was do grot troglodytów. Pamiętajcie, żeby pod żadnym pozorem nie kłaść rąk na broni. Ja pójdę pierwszy i będę z nimi gadał. Troglodyci bywają trochę… nerwowi.

– Przez „nerwowi" – dopowiedział Will – Nico rozumie „mogą nas zamordować bez powodu".

– To właśnie powiedziałem. – Nico wpakował sobie ostatni kawałek batonika do ust. – Gotowi? To do dzieła.

Chcecie, żeby wam wskazać drogę do jaskiń troglodytów? Nie ma problemu! Najpierw w dół. Potem jeszcze trochę w dół. Potem trzy następne zakręty w dół. Zobaczycie ścieżkę idącą nieco w górę. Olejcie ją. Idźcie dalej w dół, aż wam eksplodują bębenki. A potem jeszcze trochę w dół.

Czołgaliśmy się przez rury. Brodziliśmy w kałużach szlamu. Brnęliśmy przez tunele z cegły, kamienia i ziemi; te ostatnie wyglądały jak wydrążone metodą na przeżuwającą dżdżownicę. W pewnym momencie czołgaliśmy się przez miedzianą rurę tak wąską, że bałem się wylądowania w osobistej toalecie Nerona niczym gromadka królowych piękności wynurzających się z wielkiego urodzinowego tortu.

Wyobraziłem sobie siebie śpiewającego: „Sto lat, sto lat niech żyje Neron nam", ale szybko stłumiłem tę myśl. Wyziewy ścieków chyba powodowały u mnie delirium.

Po, wydawałoby się, godzinach zabawy w ściekowy park tematyczny znaleźliśmy się w okrągłym pomieszczeniu wykładanym panelami z ledwie ociosanej skały. W samym centrum z podłogi wystrzelał potężny stalagmit, który przebijał sklepienie niczym centralny słup karuzeli. (Po przeżyciu karuzelowego grobowca Tarkwiniusza w parku Tilden nie było to moje ulubione porównanie).

– Dotarliśmy – oznajmił Nico.

Poprowadził nas do bazy stalagmitu. W podłodze wycięto dziurę, dość dużą, żeby ktoś mógł się przecisnąć na czworakach. W sam stalagmit były wbite uchwyty dla rąk, ciągnące się w dół w ciemności.

– Czy to część Labiryntu? – zapytałem.

To miejsce miało podobną atmosferę. Powietrze dochodzące z dołu było ciepłe i w pewien sposób żywe, niczym oddech śpiącego lewiatana. Miałem wrażenie, że coś śledzi nasze ruchy – coś inteligentnego, choć niekoniecznie przyjaznego.

Nico pokręcił głową.

– Proszę, nie wspominaj o Labiryncie. Trogowie *nienawidzą* dzieła Dedala. Nazywają je *płytkim*. Stąd w dół to wszystko robota trogów. Jesteśmy głębiej, niż Labirynt kiedykolwiek sięgnął.

– Rewelacja – oznajmiła Meg.

– W takim razie idziesz przede mną – powiedziałem.

Ruszyliśmy za Nikiem w dół po stalagmicie, aż do wielkiej naturalnej groty. Nie widziałem jej granic ani nawet podłogi, aczkolwiek po echu zgadywałem, że jest większa niż moja stara świątynia w Didymie. (Nie chcę się chwalić rozmiarami świątyni, ale to miejsce było OGROMNE).

Uchwyty, małe i śliskie, oświetlały jedynie słabo połyskujące plamy porostów na kamieniu. Potrzebowałem pełnej koncentracji, żeby nie spaść. Podejrzewałem, że trogowie zaprojektowali wejście do swojego królestwa celowo w taki sposób, żeby każdy, kto byłby na tyle głupi, by usiłować ich napaść, musiał schodzić pojedynczym szeregiem – i być może nigdy nie dotarł na sam dół. Odgłosy naszych oddechów i pobrzękujących bagaży niosły się echem po jaskini. Mogła nas obserwować dowolnie duża grupa nieprzyjaciół z wycelowanymi wszelkimi wspaniałymi broniami miotającymi.

W końcu dotarliśmy na dół. Nogi mnie bolały. Palce skręcały się w artretyczne szpony.

Rachel zmrużyła oczy, usiłując dostrzec coś w mroku.

– Co dalej?

– Wy idziecie za mną – oznajmił Nico. – Will, możesz zrobić to swoje? Najmniejsze minimum, proszę.

– Chwila – wtrąciłem się. – Co to jest „to" Willa?

Will nie spuszczał oczu z Nica.

– Muszę?

– Nie możemy posłużyć się bronią, żeby mieć światło – przypomniał mu Nico. – A będziemy go trochę potrzebować, ponieważ trogowie nie mają żadnego. A wolałbym ich widzieć.

Will zmarszczył nos.

– Dobra.

Położył plecak na ziemi i zdjął lnianą koszulę, zostając w samym podkoszulku bez rękawów.

Nadal nie miałem pojęcia, co robił, choć dziewczyny wydawały się nie mieć nic przeciwko „temu". Czyżby Will miał pod koszulką ukrytą latarkę? Czy zamierzał wytworzyć światło, wcierając w skórę porosty i uśmiechając się promiennie?

O cokolwiek chodziło, nie byłem pewny, czy ja *wolałbym* widzieć trogów. Jak przez mgłę przypomniałem sobie brytyjski zespół z lat sześćdziesiątych o nazwie The Troggs. Nie byłem w stanie odpędzić od siebie wrażenia, że wszyscy podziemni ludzie będą mieć fryzury *à la* mop, czarne golfy i będą używać bez przerwy słowa „byczo". Nie potrzebowałem tak przerażających wizji w życiu.

Will odetchnął głęboko. A kiedy wypuścił powietrze z płuc…

Myślałem, że wzrok płata mi figle. Przebywaliśmy tak długo w prawie całkowitej ciemności, że nie byłem pewny, dlaczego sylwetka Willa nagle wydała się wyraźniejsza. Widziałem fakturę jego dżinsów, pojedyncze kosmyki włosów, błękit oczu. Jego skóra świeciła miękkim, ciepłym złotym światłem, jakby połknął blask słońca.

– Łał – powiedziała Meg.

Brwi Rachel podskoczyły ku linii włosów.

Nico prychnął.

– Przyjaciele, poznajcie mojego świecącego w ciemności chłopaka.

– Mógłbyś nie robić wokół tego halo? – zapytał Will.

Zaniemówiłem. Czy ktokolwiek mógł *nie* robić wokół tego halo? Jeśli chodzi o moce herosów, świecenie w ciemności nie jest może tak efektowne jak przywoływanie szkieletów albo mistrzowska hodowla pomidorów, niemniej pozostaje imponujące. W dodatku podobnie jak talent lekarski Willa było miłe, pożyteczne i stanowiło dokładnie to, czego nam akurat było potrzeba.

– Jestem bardzo dumny – powiedziałem.

Twarz Willa przybrała barwę światła słonecznego przefiltrowanego przez szklankę soku z żurawiny.

– Tato, ja tylko *świecę*. Nie zdałem matury na maksimum punktów.

– Wtedy też będę dumny – zapewniłem go.

– No dobra. – Usta Nica drżały, jakby usiłował się nie roześmiać. – Zawołam teraz jaskinnych biegaczy. Wszyscy zachowujemy spokój, zgoda?

– Dlaczego ich się nazywa jaskinnymi biegaczami? – zapytała Rachel.

Nico uniósł rękę, jakby mówił: „Zaczekaj” albo „Zaraz się przekonasz”.

Zwrócił się ku ciemności i zawołał:

– Troglodyci! Jestem Nico di Angelo, syn Hadesa! Wróciłem z czwórką towarzyszy!

Jaskinie wypełniło szuranie i klekot, jakby głos Nica obudził milion nietoperzy. Dopiero co byliśmy tu sami. Chwilę później przed nami stała armia troglodytów, jakby przybyli tu z nadprzestrzeni. Z niepokojącą pewnością uświadomiłem sobie, że oni tu *przybiegli* – gdziekolwiek wcześniej byli: metry stąd? kilometry? – z prędkością godną samego Hermesa.

Ostrzeżenia Nica nagle nabrały sensu. Te stworzenia były tak szybkie, że istotnie mogłyby nas zabić, zanim zdążylibyśmy wziąć oddech. Gdybym miał broń w ręce i uniósł ją odruchowo, przypadkiem... byłbym teraz tłustą plamą znaną wcześniej jako Lester znany wcześniej jako Apollo.

Troglodyci wyglądali jeszcze dziwniej niż zespół z lat sześćdziesiątych, który przyjął ich imię. Były to małe humanoidy – najwyższy ledwie wzrostu Meg – o lekko żabim wyglądzie: szerokich cienkich wargach, płaskich nosach i ogromnych, brązowych, wyłupiastych oczach z ciężkimi powiekami. Ich skóra miała wszelkie odcienie od obsydianu do kredy. Kawałki kamieni i mchu ozdabiały ich ciemne, zaplecione włosy. Ubrani byli w najróżniejsze rzeczy: od współczesnych dżinsów i podkoszulków po garnitury z lat dwudziestych ubiegłego stulecia czy też staroświeckie plisowane koszule i jedwabne kamizelki. Autentycznie zróżnicowana była natomiast ich kolekcja nakryć głowy – niektórzy nosili aż trzy albo cztery. Trójgraniaste kapelusze, meloniki, dżokejki, cylindry, kapelusze korkowe, czapki narciarskie i bejsbolówki.

Trogowie wyglądali jak grupa nieznośnej dzieciarni, którą ktoś wpuścił do wypożyczalni kostiumów, kazał przymierzać wszystko, czego zapragnie, a następnie pozwolił czołgać się w błocie w tych nowych strojach.

– Widzimy cię, Nico di Angelo! – zawołał trog w miniaturowym kostiumie Jerzego Waszyngtona. Jego mowa była przerywana mlaskami, piskami i warkotami, a zatem brzmiała mniej więcej tak:

– MLASK. Widzi... GRR... my... PIII... Nico... MLASK... di Angelo... GRR. – Jerzy Waszyngtrog ukazał w uśmiechu rząd ostrych zębów. – Czy to są ofiary, które obiecałeś? Trogowie są głodni!

17

Zachwalam zupę
Wytrawny wywar
O smaku scynka

ŻYCIE NIE PRZEPŁYNĘŁO MI PRZED OCZYMA, ale owszem, przebiegłem myślą przeszłość, szukając, czym mogłem urazić Nica di Angelo. Wyobraziłem sobie, jak mówi: „Tak, oto ofiary", po czym bierze Willa za rękę i oddala się w ciemność, zostawiając Rachel, Meg i mnie na pożarcie poprzebieranym miniżaboludom.

– To nie są ofiary – powiedział Nico, dzięki czemu mogłem odetchnąć. – Ale przyniosłem lepszą. Widzę cię, o wielki Z.I.I. Złotku!

Nico nie powiedział: „Z.I.I.", absolutnie; po prostu zaskrzeczał *zii* w sposób, który zdradził, że intensywnie uczył się troglodyckiego. Mówił z pięknym, raniącym uszy akcentem.

Trogowie podeszli bliżej, niuchając w oczekiwaniu, a Nico wyciągnął do Willa dłoń gestem mówiącym: „No, dawaj".

Will sięgnął do torby i wyjął z niej zasuszoną jaszczurkę – podał ją Nicowi, a ten odwinął ją jak świętą relikwię i uniósł w górę. Tłum westchnął unisono.

– Oooooch!

Nozdrza Z.I.I. Złotka poruszyły się nerwowo; byłem pewien, że trójgraniasty kapelusz zaraz spadnie mu z głowy z podniecenia.

– Czy to jest… GRRR… scynk… MLASK… nadrzewny? – zapytał.

– Tak… GRRR… właśnie jest – odparł Nico. – Niełatwo było go znaleźć, o Z.I.I. Złotku, Nosicielu Najszykowniejszych Kapeluszy!

Z.I.I. Złotek oblizał usta. Ślina kapała mu na fular.

– To rzadki dar – powiedział. – W naszej krainie często znajdujemy jaszczurki sycylijskie. Żółwie. Żaby leśne. Węże Eskulapa. Czasami, jeśli mamy wiele szczęścia, grzechotniki rogate.

– Pycha! – zawołał ktoś z tłumu. – Pyszne grzechotniki!

Kilku innych trogów potwierdziło, kiwając głowami.

– Scynk nadrzewny jednak – kontynuował Z.I.I. Złotek – to przysmak, z jakim rzadko mamy do czynienia.

– To mój dar dla was – powiedział Nico. – Podarunek z nadziejami na pokój i współpracę.

Z.I.I. Złotek uniósł scynka dłonią o długich, zakończonych szponami palcach. Byłem pewien, że wepchnie sobie gada do ust i na tym zakończy sprawę. Tak zrobiłby każdy król czy bóg, gdyby dostał ulubiony przysmak. On jednak odwrócił się do swoich ludzi i wygłosił krótką mowę w ich języku. Trogowie zaczęli bić brawo i wymachiwać kapeluszami. Jeden z nich, w zachlapanej błotem czapce kucharza, przepchnął się przez tłum, ukląkł przed Z.I.I. Złotkiem i przyjął z jego rąk scynka. Wódz odwrócił się do nas z uśmiechem.

– Podzielimy się tą zdobyczą! Ja, Z.I.I. Złotek, pierwszy prezes… MLASK… troglodytów… nakazałem, by przyszykowano wielki gar zupy, tak by każdy z moich akcjonariuszy mógł skosztować cudownego scynka!

Słowa te powitało jeszcze więcej braw troglodytów. *Oczywiście*, pomyślałem; jeżeli Z.I.I. Złotek stylizował się na Waszyngtona, to przecież nie mógł ogłosić się królem (ale już pierwszym prezesem jak najbardziej).

– Za ten wielki dar – kontynuował – nie zabijemy i nie zjemy ciebie, Nico di Angelo, nawet mimo że jesteś Włochem i ciekawi nas, czy smakujesz równie dobrze jak jaszczurka sycylijska!

– To bardzo miłe z waszej strony – potwierdził Nico z ukłonem.

– Łaskawie powstrzymamy się również od zjedzenia twoich towarzyszy! – dodał Z.I.I. Złotek, a kilku z udziałowców mruknęło z rozczarowaniem: „Eee... że co?". – Zrobimy to, mimo że nie nosicie kapeluszy, a żadna nacja, która tego nie robi, nie może nazywać się cywilizowaną!

Rachel i Meg wyglądały na zaniepokojone, może dlatego że z ust Z.I.I. Złotka obiecującego, że nas nie pożre, nadal kapała ślina. Może jednak żałowały tych wszystkich wspaniałych kapeluszy, które mogły założyć, gdyby tylko przyszło im to do głowy.

Świecący w ciemnościach Will skinął na nas uspokajająco i wymruczał: „Wszystko w porządku". Najwyraźniej wręczenie darów i obietnica niezabicia i niezjedzenia gości stanowiły stały element protokołu dyplomatycznego troglodytów.

– Doceniamy twą szczodrobliwość, o Z.I.I. Złotku – oznajmił Nico. – Wnoszę o zawarcie między nami paktu, dzięki któremu wszyscy zyskamy wiele kapeluszy, a także gadów, pięknych strojów i kamieni.

Przez tłum przeszedł pomruk ekscytacji. Nico najwyraźniej trafił w pełną listę gwiazdkowych marzeń troglodytów.

Z.I.I. Złotek wezwał do siebie kilku przedstawicieli starszyzny – podejrzewałem, że musieli stanowić zarząd. Jednym z nich był kucharz. Pozostali nosili nakrycia głowy policjanta, strażaka i kowboja. Po krótkich konsultacjach Z.I.I. Złotek spojrzał na nas i znowu się uśmiechnął, pokazując szpiczaste zęby.

– Doskonale! – powiedział. – Zabierzemy was teraz do głównej siedziby korporacji i tam, przy zupie ze scynka, GRR... MLASK, porozmawiamy o tych sprawach.

Otoczył nas tłum wiwatujących, warczących udziałowców. Kompletnie nie przejmując się ideą przestrzeni osobistej – w końcu czego innego można się spodziewać po mieszkańcach tuneli! – unieśli nas na ramionach i wytransportowali z jaskini w samo serce labiryntu korytarzy. Zrobili to z szybkością, której mogłyby im pozazdrościć taurosy.

– Oni są super – stwierdziła Meg. – Jedzą węże.

Znałem osobiście kilka węży, w tym Grega i Marthę, przyjaciół Hermesa, którym chyba nie spodobałaby się zaproponowana przez Meg definicja bycia super. Ponieważ jednak byliśmy już w samym środku obozowiska trogów, uznałem, że nie będę poruszać tego tematu.

Na pierwszy rzut oka siedziba korporacji troglodytów przypominała opuszczoną stację metra. Rodzaj szerokiego peronu otoczony był kolumnami, podtrzymującymi wysokie beczkowe sklepienie z czarnych płyt – pochłaniało ono blade światło płynące z rozstawionych po całej powierzchni peronu koszy z bioluminescencyjnymi grzybami. Po lewej, zamiast torów, mieściła się sporo niżej położona droga z ubitej ziemi – to tędy trogowie nas przynieśli, a zrobili to z szybkością, przy której pociągi wydają się zbędne. Po prawej stronie z kolei płynęła bystra podziemna rzeka.

Trogowie napełnili tykwy i kotły wodą z niej pochodzącą, wylali też do niej swoje nocniki, choć, jako lud cywilizowany i noszący kapelusze, zrobili to poniżej miejsca, z którego zaczerpnęli wodę pitną. Inaczej niż na stacji metra tutaj nie było widać żadnych schodów prowadzących w górę ani oznaczonych wyjść – była jedynie rzeka i droga, którą nas przyniesiono.

Na peronie wrzała praca. Biegały po nim dziesiątki trogów, jakimś cudem radzących sobie z codziennymi obowiązkami i niegubiących przy tym stosów kapeluszy. Niektórzy pilnowali garnków zawieszonych na rozstawionych nad ogniskami trójnogach. Inni, zapewne kupcy, targowali się o kosze pełne kamieni. Dzieci trogów, wzrostu ludzkich niemowląt, bawiły się wśród tego tłumu, grając w zbijanego kawałkami kryształu.

Trogowie mieszkali w namiotach, z których większość trafiła tutaj z ludzkiego świata; miałem niemiły przebłysk wspomnień z ekspozycji sprzętu kampingowego w Militarnej Makromanii w Palm Springs. Część jednak ewidentnie została zaprojektowana tutaj i uszyta starannie z włochatych skór leśnych byków. Nie miałem pojęcia, jak trogom udało się obedrzeć je ze skóry, a potem wykonać z niej namioty, ale najwyraźniej, jako ich śmiertelni wrogowie, znaleźli jakiś sposób. Zastanawiała mnie sama ich wrogość. Jakim cudem podziemne żaboludy, uwielbiające kapelusze i jaszczurki, stały się nemezis jaskrawoczerwonych byków potworów? Być może kiedyś, u początku czasów, pradawni bogowie rzekli do trogów: „Nadeszła pora wybrać arcywroga!", a pierwsi trogowie wskazali na pola nowo stworzonych istot i zawołali: „Nienawidzimy tych tu krów!". Pocieszało mnie, że choć trogowie nie byli jeszcze naszymi przyjaciółmi, przynajmniej mieliśmy wspólnego wroga.

Z.I.I. Złotek dał nam gościnny namiot i dół, w którym mogliśmy rozpalić ognisko, po czym powiedział, że mamy czuć się jak u siebie w domu, podczas gdy on pójdzie pilnować przygotowań do obiadu. Konkretniej, powiedział to wszystko do Nica, bo na mnie, Meg i Rachel pierwszy prezes patrzył na razie jak na kawałki wołowiny wystawione na sprzedaż w sklepie. Co do Willa, troglodyci wyraźnie go ignorowali; ponieważ błyszczał, uważali go za ruchome źródło światła, tak jakby Nico przywiózł ze sobą własny kosz luminescencyjnych grzybów. Mina Willa wyraźnie świadczyła, że wcale mu się to nie podoba.

Może byłoby nam łatwiej się zrelaksować, gdyby Rachel co chwilę nie zerkała na zegarek, przypominając nam, że jest szesnasta, potem szesnasta trzydzieści i że ja i Meg musimy się poddać do zachodu słońca. Miałem tylko nadzieję, że trogowie są jak seniorzy i jadają obiadokolacje wcześnie. Meg zajęła się zbieraniem zarodników z najbliższego kosza z grzybami i najwyraźniej uznała, że jest to prawie tak super jak jedzenie węży. Will i Nico w tym czasie usiedli po drugiej stronie dołu przeznaczonego na ognisko i odbywali jakąś pełną napięcia dyskusję. Nie słyszałem, co mówili, ale po wyrazie ich twarzy odtworzyłem rozmowę następująco:

Will: „Boję się, boję, boję".

Nico: „Spoko, raczej nie umrę".

Will: „Boję się, trogowie, niebezpieczeństwo, błe".

Nico: „Trogowie spoko, fajne kapelusze".

No, mniej więcej coś w tym stylu.

Po chwili w naszym obozowisku pojawił się trog w kucharskiej czapie i z chochlą.

– Z.I.I. Złotek chce porozmawiać – powiedział po angielsku z mocnym troglodyckim akcentem. Zaczęliśmy wstawać, ale powstrzymał nas gestem chochli. – Tylko z Nico Sycylijską Jaszcz… znaczy PIIISK… Nico synem Hadesa. Reszta tu zaczeka.

Błysk w jego oczach wydawał się dopowiadać: „Zaczeka, czy trafią do menu, czy nie".

Nico uścisnął dłoń Willa.

– Wszystko będzie dobrze, niedługo wrócę – obiecał, po czym on i kucharz oddalili się.

Zdesperowany Will rzucił się na legowisko i ukrył twarz pod plecakiem, co nam zmniejszyło ilość światła o jakieś pięćdziesiąt procent. Rachel rozglądała się po obozowisku błyszczącymi w ciemności oczyma. Zastanawiałem się, co widzi swoim superwzrokiem. Być może troglodyci byli jeszcze okropniejsi, niż zdawali się w moich oczach, a ich kapelusze – jeszcze bardziej efektowne. Jakakolwiek była prawda, ramiona Rachel napięły się jak cięciwa łuku, a palce przesuwały po brudnej od sadzy podłodze, jakby tęskniły za pędzlem.

– Kiedy się poddasz Neronowi – powiedziała – po pierwsze musisz grać na zwłokę.

Jej ton zaniepokoił mnie równie mocno jak słowa: „Kiedy się poddasz", nie „jeśli". Rachel akceptowała fakt, że nie ma innego sposobu. Świadomość, że czeka mnie to naprawdę, podpełzła mi do gardła jak scynk nadrzewny na gałąź.

– GRRR…ać na zwłokę. Okej – wykrztusiłem.

– Neron będzie chciał spalić Nowy Jork, kiedy tylko cię schwyta – zauważyła Rachel. – Nie ma na co czekać… no chyba że dasz mu powód.

Tak coś czułem, że nie spodoba mi się następna sugestia Rachel. Nie bardzo wiedziałem, co takiego Neron mógł dla mnie zaplanować po tym, jak się poddam – znaczy, oczywiście, tortury i śmierć, ale szczegółów nie znałem. Luguselwa była przekonana, że cesarz zechce zachować mnie i Meg przy życiu przynajmniej przez jakiś czas, ale nie ujawniała, co wie o jego planach. Kommodus chciał zmienić moją śmierć w przedstawienie, a Kaligula – wydobyć ze mnie resztki boskości i wzmocnić nimi własną za pomocą czarów Medei. Być może Neron miał coś podobnego na myśli. Albo też, i to niestety wydawało mi się najbardziej prawdopodobne, kiedy skończy mnie torturować, odda mnie Pytonowi i tak potwierdzi przymierze z nim. Niewątpliwie mój stary wróg gad chętnie by mnie połknął i pozwolił długo a koszmarnie konać w swoim żołądku, trawiąc mnie przez wiele dni. Naprawdę bardzo na to czekałem (tylko że nie).

– A… jak mógłbym zmusić Nerona, by poczekał? – spytałem. Chyba zaczynałem łapać troglodycki, bo w moim głosie było mnóstwo przerw i mlasków.

Rachel rysowała w sadzy fantazyjne zawijasy: jakieś linie, może ludzkie głowy?

– Powiedziałeś, że Obóz Herosów jest gotowy do pomocy? – spytała.

– Owszem – potaknąłem. – Kayla i Austin zapewnili, że będą czuwać. Chejron też niedługo wróci. Jednak atak na Nerona to samobójstwo, przecież mamy się poddać po to, żeby…

– Żeby odwrócić uwagę cesarza od tego, co będziemy robić ja, Nico i Will z pomocą, miejmy nadzieję, trogów, czyli od unieszkodliwienia zasobów greckiego ognia. Ale ty musisz dać Neronowi dodatkowy powód, by nie nacisnął tego przycisku w momencie, kiedy będzie cię miał w swoich rękach. Inaczej nigdy nam się nie uda rozbroić jego broni ostatecznej zagłady, niezależnie od tego, jak szybko biegają albo kopią trogowie.

Zrozumiałem, co sugerowała. Nadrzewny scynk rzeczywistości zaczął powoli a boleśnie ześlizgiwać się w dół mojego przełyku.

– Chcesz wezwać obozowiczów – powiedziałem – i kazać, żeby i tak zaatakowali. Mimo ryzyka.

– Wcale nie chcę – zaprotestowała – ale nie widzę innego sposobu. To musi być idealnie zgrane w czasie. Ty i Meg się poddajecie, my pracujemy z troglodytami, a Obóz Herosów rusza do ataku. Jeżeli Neron będzie przekonany, że wszyscy herosi ruszyli przeciwko niemu… to będzie warte zaczekania: zabicie całej tej grupy plus zniszczenie miasta dzięki jednemu gigantycznemu pożarowi.

Przełknąłem ślinę.

– Mogę spróbować blefu – zaproponowałem. – Powiedzieć, że nadciągają posiłki.

– Nie – powiedziała Rachel. – To musi dziać się naprawdę. Neron ma po swojej stronie Pytona, a Pyton będzie wiedział, jak się sprawy mają.

Nie zapytałem, skąd ta pewność. Może potwór nie widział jeszcze jej oczyma, ale pamiętałem aż za dobrze jego głos rozbrzmiewający z jej ust. Byli połączeni, i to połączenie z każdą chwilą stawało się silniejsze. Nie chciałem nawet rozważać szczegółów tego szalonego planu, ale i tak zapytałem:

– Jak dasz znać obozowiczom?

Uśmiechnęła się blado.

– *Ja* mogę używać komórki – wyjaśniła. – Normalnie jej nie noszę, ale nie jestem herosem. Jeżeli uda mi się wrócić na powierzchnię, gdzie telefony działają, mogę kupić tani aparat. Chejron ma w Wielkim Domu beznadziejny stary komputer, którego prawie nie używa, ale jakby co, umie wysłać maila. Jestem prawie pewna, że uda mi się zwrócić jego uwagę, jeśli tylko jest w obozie.

Jej ton był spokojny, co tylko jeszcze bardziej mnie nakręciło.

– Rachel, boję się – wyznałem. – Wystawienie na niebezpieczeństwo siebie samego to jedna sprawa, ale cały obóz? Wszyscy?

W dziwny sposób moje słowa wydawały się ją cieszyć. Wzięła mnie za rękę.

– Rozumiem, Apollinie – powiedziała. – A to, że się martwisz o innych? To piękne. Ale będziesz musiał mi zaufać. Ta nieznana droga… to, co mam ci dać w darze? Jestem przekonana, że to właśnie o to chodzi. Tylko tak możemy wszystko naprawić.

„Naprawić". Jak w ogóle to wszystko mogło się skończyć? Pół roku temu, kiedy spadłem na Manhattan, odpowiedź wydałaby mi się oczywista. Wrócę na Olimp, z powrotem nieśmiertelny, i będzie bosko. Po paru miesiącach bycia Lesterem mógłbym dodać, że zniszczenie Triumwiratu i uwolnienie starożytnych Wyroczni też by było fajne, ale głównie dlatego że to dzięki tym czynom mógłbym odzyskać boskość. Teraz, po tym, jak widziałem poświęcenie innych i ból tak wielu osób… Co w ogóle mogłoby to wszystko „naprawić"?

Żaden sukces nie przywróci nam Jasona, Dakoty, Dona ani Riffa, ani Pieniążki, ani Heloizy, ani wielu innych poległych. Tych tragedii nie da się cofnąć. Bogowie i śmiertelnicy mają jedną cechę wspólną: uwielbiają tęsknić za starymi dobrymi czasami. Zawsze wspominamy jakiś magiczny złoty wiek, zanim wszystko się popsuło. Pamiętam taki moment około 425 p.n.e., kiedy siedzieliśmy z Sokratesem i narzekaliśmy na to, jak młodsze pokolenia niszczą naszą cywilizację. Jako nieśmiertelny powinienem oczywiście wiedzieć, że żadnych starych dobrych czasów nie było. Ludzie zawsze mają te same problemy, bo zawsze są tacy sami, i z bogami jest podobnie. Tak, chciałbym wrócić do chwili, zanim te wszystkie ofiary okazały się konieczne, zanim poczułem cały ten ból. Ale naprawa sytuacji nie może oznaczać cofnięcia czasu; tyle władzy nad nim nie ma nawet sam Kronos. Podejrzewałem, że Jason Grace też by tego nie chciał. Kiedy mnie prosił, bym pamiętał, co to znaczy być człowiekiem, miał na myśli przyjęcie do wiadomości cierpienia i bólu. Bogowie nigdy tego nie umieli. My potrafimy tylko narzekać, podczas gdy człowieczeństwo oznacza drogę do przodu, przystosowanie, wiarę w to, że złu można zaradzić. Tylko tak można sprawić, że ból i cierpienie coś znaczą.

Spojrzałem na Rachel.

– Ufam ci – powiedziałem. – Naprawię wszystko albo umrę, próbując.

Co dziwne, wierzyłem w swoje słowa. Świat, w którym przyszłość jest pod całkowitą kontrolą ogromnego gada, gdzie nie ma nadziei, gdzie poświęcenie herosów było na darmo, a ból i cierpienie nie dają szansy na lepsze życie… ten świat byłby gorszy niż świat bez Apollina.

Rachel pocałowała mnie w policzek siostrzanym gestem (którego jakoś nie umiałem sobie wyobrazić w wykonaniu mojej prawdziwej siostry Artemidy).

– Jestem z ciebie dumna – powiedziała.– Pamiętaj o tym, cokolwiek się wydarzy.

Zabrakło mi słów. Meg odwróciła się do nas z dłońmi pełnymi mchu i grzybów.

– Rachel, czy ty go właśnie pocałowałaś? Błe. Czemu? – zapytała.

Ale zanim Rachel mogła cokolwiek powiedzieć, w obozie z powrotem pojawił się kucharz, w fartuchu zachlapanym gorącą zupą. W oczach ciągle miał głodny błysk.

– Goście...PIIISK... chodźcie. Pora na ucztę!

18

Danie dnia:
Pyszny pieczony Apollo
Garnirowany czapeczką Metsów

DOBRA RADA: jeżeli kiedyś dostaniecie wybór między skosztowaniem zupy ze scynka a byciem daniem głównym na uczcie troglodytów, po prostu rzućcie monetą – żadnej z tych opcji nie da się przeżyć.

Siedzieliśmy na poduszkach dookoła wspólnego dołu pełnego grzybów razem z jakąś setką troglodytów. Jako barbarzyńcy dostaliśmy nakrycia głowy, żeby nie urażać uczuć naszych gospodarzy. Meg nosiła kapelusz pszczelarza, Rachel – hełm korkowy, a ja – czapeczkę bejsbolową klubu New York Mets. Przypadła mnie, gdyż, jak mi powiedziano, nikt inny jej nie chciał. Uznałem to za obrazę i dla siebie, i dla klubu. Nico i Will siedzieli po prawej ręce Z.I.I. Złotka. Syn Hadesa miał na sobie cylinder, co nieźle pasowało do jego czarno-białego stroju. Will, biedactwo, dostał abażur; zero szacunku dla tych, którzy niosą światu światło.

Po mojej lewej ręce zasiadał kucharz, który przedstawił się jako N.I.I. Taki (ostatni inicjał wymawia się „je"). Przy tym imieniu zastanawiałem się, czy rodzice nie mieli co do niego jakichś fundamentalnych wątpliwości, ale uznałem, że dopytywanie się o to byłoby niegrzeczne.

Jedzenie serwowały dzieci trogów. Malutki chłopczyk w czapeczce z wiatrakiem podał mi czarny kamienny puchar pełen aż po brzegi, po czym odbiegł z chichotem. Zupa miała intensywny brązowy kolor.

– Sekretem jest dodanie mnóstwa kurkumy – wyznał N.I.I. Taki.

– Och – powiedziałem i uniosłem puchar, biorąc przykład z trogów dookoła mnie, którzy sączyli zupę, mlaskając, powarkując i głośno oblizując usta. Pachniało nie najgorzej, jak mocny wywar z kurczaka, ale potem zobaczyłem, że w piance na powierzchni pływa łapka jaszczurki, i uznałem, że nie dam rady. Przycisnąłem wargi do pucharu i udałem, że piję, a następnie odczekałem na tyle długo, żeby trogowie zdążyli dokończyć swoje porcje.

– Mniam! – powiedziałem. – N.I.I. Taki, twój kulinarny talent mnie olśniewa! Skosztowanie tej zupy to prawdziwy zaszczyt. Ba, spożycie jej większej ilości byłoby zaszczytem aż za dużym jak dla mnie. Czy mogę ofiarować resztę mojej porcji komuś, kto lepiej doceni jej esencjonalny smak?

– Daj mnie! – zawołał najbliższy trog.

– Mnie! – krzyknął inny.

Podałem zupę dalej i wkrótce puchar został całkowicie opróżniony przez szczęśliwych troglodytów. N.I.I. Taki nie wydawał się urażony. Poklepał mnie po ramieniu z pobłażaniem.

– Pamiętam mojego pierwszego scynka – powiedział. – To jest bardzo wyrazista zupa! Następnym razem zdołasz zjeść więcej!

Z przyjemnością usłyszałem, że w planach jest jakiś następny raz, gdyż oznaczało to, że tym razem może mnie nie zabiją.

Rachel z ulgą oświadczyła, że ona także czuje się przytłoczona zaszczytem, jaki ją spotkał, i że chętnie podzieli się resztą zupy. Spojrzałem na miskę Meg, która była już pusta.

– Czy ty naprawdę... – zacząłem.

– Czy ja co? – spytała. Z jej twarzy, ukrytej pod siatką kapelusza pszczelarza, nie mogłem odczytać emocji.

– Nic – westchnąłem.

Żołądek skręcał mi się z mdłości i głodu. Zastanawiałem się, czy spotka nas łaska drugiego dania. Może na przykład bułeczki. Albo w ogóle cokolwiek, do czego nie dołożono jaszczurczych łapek.

Z.I.I. Złotek podniósł ręce i kilkakrotnie mlasnął, by przyciągnąć uwagę.

– Przyjaciele! Akcjonariusze! Widzę was wszystkich! – zawołał.

Trogowie zaczęli stukać łyżkami o kamienne naczynia – brzmiało to jak tysiące stukających o siebie kości.

– Ze względu na naszych niecywilizowanych gości – kontynuował Z.I.I. Złotek – przemówię w barbarzyńskim narzeczu mieszkańców Powierzchni.

Nico uchylił cylindra.

– Doceniam zaszczyt, jaki nas spotyka – odparł. – Dziękujemy ci, prezesie, za to, że nie kazałeś nas zjeść, a także za to, że mówisz w naszym języku.

Z.I.I. Złotek skinął głową z przemądrzałym wyrazem twarzy, jakby chciał powiedzieć: „Tacy super jesteśmy".

– Sycylijska Jaszczurka powiedziała nam wiele rzeczy! – kontynuował prezes.

Akcjonariusz w kowbojskim kapeluszu, stojący za nim, wyszeptał coś do ucha przywódcy.

– To znaczy włoski syn Hadesa! – poprawił się Z.I.I. Złotek. – Wyjaśnił perfidne plany cesarza Nerona!

Trogowie zaczęli mamrotać i syczeć. Najwyraźniej reputacja Nerona dotarła nawet w najgłębsze czeluści zamieszkiwane przez korporację nosicieli nakryć głowy.

Z.I.I. Złotek wymawiał imię „Neron" z dodatkowym czknięciem w środku: „Ne-HIIII-ron"; brzmiało to jak dławiący się kot i całkiem pasowało do Nerona.

– Syn Hadesa prosi nas o pomoc – kontynuował prezes. – Cesarz ma zbiorniki z ognistą cieczą. Wielu z was wie, o czym mówię. Głośno i nieudolnie kopano, gdy przeprowadzano ich montaż! Niestaranna była to praca!

– Niestaranna! – zgodziło się wielu trogów.

– Wkrótce – mówił dalej Z.I.I. Złotek – Ne-HIIII-ron zaleje Powierzchnię płomieniami śmierci! Syn Hadesa prosi nas o pomoc w dokopaniu się do tych zbiorników i ich pożarciu!

– Masz na myśli powstrzymanie pożaru? – spytał Nico uprzejmie.

– Tak, tak! – zgodził się Z.I.I. Złotek. – Trudny i mało precyzyjny ten wasz język!

Po drugiej stronie kręgu akcjonariusz w czapce policjanta wydał pomruk mający zwrócić na niego uwagę wodza.

– O Z.I.I. Złotku – powiedział – ten ogień nas nie dosięgnie, bo jesteśmy zbyt głęboko! Czy nie lepiej pozwolić Powierzchni spłonąć?

– Ej! – Will odezwał się po raz pierwszy, starając się wyglądać tak poważnie, jak tylko jest to możliwe, gdy człowiek ma na głowie abażur. – Mówimy o milionach niewinnych ofiar.

Trog w czapce policjanta prychnął.

– Trogów jest raptem parę setek. Nie rozmnażamy się bez umiaru, aż zapchamy cały świat naszymi odpadami. Każde życie troga jest rzadkie i cenne, nie to, co u was. Poza tym nawet nie wiecie o naszym istnieniu i wy nam na pewno byście nie pomogli.

– W.R.R. Fredzio ma rację – oświadczył typ w kapeluszu kowbojskim. – Z całym szacunkiem dla naszych gości.

Dzieciak w czapeczce z wiatraczkiem akurat teraz musiał podejść i zapytać z uśmiechem, pokazując na przykryty serwetką wiklinowy kosz:

– Bułeczkę?

Byłem tak zdenerwowany, że odmówiłem.

– ...uspokoić naszych gości – kontynuował Z.I.I. Złotek. – Usiedliśmy z wami przy jednym stole. Postrzegamy was jako istoty inteligentne. Nie powinniście nas za to winić. Nie życzymy wam źle. Po prostu kompletnie nas nie obchodzi, czy przeżyjecie, czy nie.

Rozległ się ogólny pomruk zgody. N.I.I. Taki spojrzał na mnie wzrokiem mówiącym: „Z tą logiką nie podyskutujesz!".

Naprawdę straszne było to, że w czasach kiedy byłem bogiem, mógłbym się zgodzić z trogami. Ludzie rosną jak chwasty, po co się przejmować jedną małą apokalipsą w Nowym Jorku? Ale teraz jednym z tych nieznaczących przypadków była Estelle Blofis, rozchichotana przyszła władczyni Powierzchni, i jej rodzice, Sally i Paul... W sumie nikogo ze śmiertelnych nie uważałem już za możliwego do zastąpienia. Nikt nie zasługiwał na śmierć z powodu okrucieństwa Nerona.

Olśniło mnie to odkrycie. Zostałem mistrzem świata w trosce o ludzkie losy!

– Nie chodzi tylko o ludzkich mieszkańców Powierzchni – tłumaczył Nico spokojnym głosem. – Jaszczurki, scynki, żaby, węże... Wasze pożywienie spłonie!

Ta uwaga spowodowała pełne zaniepokojenia pomruki, ale czułem, że trogowie nie zostali jeszcze przekonani. Równie dobrze mogli szukać swoich gadów aż na Long Island lub w New Jersey. Przez jakiś czas pewnie poradzą sobie, żywiąc się wyłącznie bułeczkami. Ale co to dla nich za problem? Sytuacja nie zagrażała ani ich życiu, ani cenom ich aktywów.

– A kapelusze? – spytał Will. – Wiecie, ile sklepów modystek spłonie, jeśli nie powstrzymamy Nerona? Martwe modystki nie wykonają dla trogów ich nakryć głowy...

Kolejne pomruki, ale najwyraźniej ten argument też nie był wystarczający. Z coraz mocniejszym poczuciem bezsilności uświadomiłem sobie, że nie przekonamy troglodytów apelami do ich własnego dobra. Było ich raptem paruset – czemu mieliby ryzykować życie, przekopując się do piekielnych zbiorników Nerona? Żadne bóstwo ani korporacja nie mogła pozwolić sobie na tak wielkie ryzyko.

Zanim zrozumiałem, co właściwie chcę zrobić, zerwałem się na równe nogi.

– Wysłuchajcie mnie, o troglodyci! – zawołałem.

Tłum zamarł w groźnym milczeniu. Setki wielkich brązowych oczu wbiły się we mnie. Jeden z trogów wyszeptał:

– Kto to taki?

– Nie mam pojęcia – odpowiedział jego towarzysz – ale nikt ważny, skoro nosi czapeczkę Metsów!

Nico rzucił mi spojrzenie mówiące: „Siadaj, zanim nas wszystkich pozabijasz!".

– Przyjaciele! – oznajmiłem – nie chodzi o gady czy kapelusze.

Tłum trogów wstrzymał oddech. Właśnie zasugerowałem, że dwie rzeczy najważniejsze w ich życiu nie mają większego znaczenia niż życie jakichś tam powierzchniowców.

– Trogowie są cywilizowani! – kontynuowałem. – Ale co definiuje cywilizację?

– Nakrycia głowy! – krzyknął jeden z troglodytów.

– Język! – zawołał inny.

– Może… zupa? – spytał trzeci.

– Wy widzicie – powiedziałem. – Tak nas powitaliście. Zobaczyliście syna Hadesa. Ale nie chodzi mi tylko o widzenie oczyma. Dostrzegacie wartość. Honor. Znaczenie. Widzicie rzeczy takimi, jakie są. Czyż to nie jest prawda?

Trogowie niepewnie pokiwali głowami, potwierdzając, że, faktycznie, gdy chodzi o cywilizację, widzenie było prawie tak ważne jak gady i nakrycia głowy.

– Macie rację: mieszkańcy Powierzchni są ślepi – przyznałem. – Ja też byłem, przez długie stulecia.

– Stulecia? – N.I.I. Taki odsunął się ode mnie, jakby właśnie do niego dotarło, że dawno przekroczyłem datę przydatności do spożycia. – A kto ty w ogóle jesteś?

– Kiedyś nazywałem się Apollo – wyjaśniłem – i byłem bogiem słońca. Obecnie jestem śmiertelnikiem o imieniu Lester.

Trogowie nie wydawali się ani przejęci, ani pełni niedowierzania – nie bardzo rozumieli, o co chodzi. Któryś wyszeptał do towarzysza:

– Co to jest słońce?

Inny zapytał:

– Co to jest Lester?

– Myślałem, że znam wszystkie ludy świata – kontynuowałem – ale w istnienie troglodytów nawet nie wierzyłem, póki Nico mnie do was nie przyprowadził. Teraz widzę, jak ważni jesteście! Jak wy sądziłem kiedyś, że mieszkańcy Powierzchni i ich życie są zwykli i nieważni. Przekonałem się, że jest inaczej. Chciałbym pomóc wam spojrzeć na nich tak, jak ja to czynię. Ich wartość nie ma nic wspólnego z kapeluszami.

Z.I.I. Złotek spojrzał na mnie zmrużonymi brązowymi oczyma.

– Nic wspólnego z kapeluszami? – spytał.

– Mogę? – odpowiedziałem pytaniem.

Wolno i demonstrując, że jestem niegroźny, wydobyłem ukulele. Wyraz twarzy Nica z ostrzegawczego stał się desperacki, jakbym właśnie podpisał wyroki śmierci na nas wszystkich. Przywykłem już do podobnej milczącej krytyki w wykonaniu jego ojca – Hades w ogóle nie ma zrozumienia dla sztuk pięknych.

Zagrałem akord C-dur. Dźwięk rozszedł się po jaskini jak uderzenie muzycznego gromu. Trogowie zakryli uszy, szczęki im opadły i wbili we mnie pełen zdumienia wzrok, a ja zacząłem śpiewać.

Podobnie jak w Obozie Jupiter improwizowałem tekst w trakcie śpiewania. Opiewałem moje próby, wędrówki z Meg i wszystkich herosów, którzy udzielali nam pomocy. Śpiewałem o poświęceniu i triumfach. Opisywałem w pieśni Jasona, naszego poległego akcjonariusza, choć może troszkę nakłamałem w kwestii tego, ile wspaniałych nakryć głowy nosił. Poświęciłem sporo czasu na nasze obecne wyzwania: ultimatum Nerona i konieczność mojego poddania się, ogniste zniszczenie Nowego Jorku, jakie zaplanował, a także gorsze od tego wszystkiego zagrożenie, jakim był Pyton, czekający w jaskini w Delfach i gotowy stłamsić całą przyszłość świata.

Trogowie siedzieli zasłuchani, nikt nawet nie chrupał bułeczek. Jeżeli mieli blade pojęcie o tym, że przerobiłem do tej pieśni melodię przeboju Julia Iglesiasa, nie dali po sobie tego poznać. (Cóż, muszę to przyznać: w sytuacjach stresowych zdarza mi się korzystać z piosenek Iglesiasa).

Kiedy echo ostatnich akordów zamarło w jaskini, nikt się nie poruszył. Z.I.I. Złotek otarł łzy z oczu i powiedział:

– To był najbardziej odrażający dźwięk, jaki... GRR... słyszałem w życiu. Czy słowa były prawdziwe?

– Były – potwierdziłem. Założyłem, że prezes pomylił słowa „odrażający" i „porażający", tak jak wcześniej pomieszał mu się pożar z pożeraniem. – Wiem o tym, bo moja przyjaciółka, Rachel Elizabeth Dare, widzi przyszłość. Jest wieszczką i ma dar jasnowidzenia.

Rachel pomachała do nas, choć nie widziałem wyrazu jej twarzy, ukrytej pod korkowym hełmem.

– Jeżeli nie powstrzymamy Nerona – powiedziała – on nie skończy na przejęciu świata... znaczy Powierzchni. W końcu przyjdzie i po trogów, i po wszystkie inne ludy nosicieli nakryć głowy. A Pyton zrobi jeszcze gorsze rzeczy: zabierze przyszłość nam wszystkim. Stanie się tylko to, o czym on zdecyduje. Wyobraźcie sobie świat kontrolowany przez gigantycznego gada.

To ostatnie zdanie trafiło tłum jak uderzenie lodowatego wiatru. Matki przytuliły dzieci, a dzieci – koszyki z bułeczkami. Kapelusze zadrżały na głowach troglodytów. Trogowie, pożeracze gadów, zapewne nieźle potrafili sobie wyobrazić, co olbrzymi gad mógłby zrobić im samym.

– Ale to nie dlatego powinniście nam pomóc – dodałem. – Nie dlatego, że tego wymaga dobro trogów, ale że wszyscy musimy sobie nawzajem pomagać. To właśnie jest miara cywilizacji: musimy dostrzec właściwą drogę i to ją wybrać.

Nico zamknął oczy, jakby odmawiał ostatnią w życiu modlitwę. Will, ukryty pod abażurem, promieniował słabym światłem. Meg w sekrecie pokazała mi uniesiony w górę kciuk, co mnie trochę zmartwiło. Trogowie czekali na decyzję Z.I.I. Złotka, czy dołączyć nas do menu.

Ja sam byłem dziwnie spokojny i przekonany, że zaprezentowaliśmy się najlepiej, jak się dało. Odwołałem się do ich altruizmu, podczas gdy Rachel użyła lęku przed olbrzymim gadem, pożeraczem przyszłości. Nie da się ocenić, który z tych argumentów był mocniejszy.

Z.I.I. Złotek przyglądał się mojej osobie i czapeczce Metsów.

– Co powinienem zrobić, A.P.O. Lesterze? – spytał. Użył imienia „Apollo" w taki sposób, jak mlasków i pomruków przed innymi imionami. Może chciał okazać mi szacunek?

– Dacie radę podkopać się w tajemnicy pod wieżę cesarza? – spytałem. – I dzięki temu pozwolić moim przyjaciołom rozprawić się z zasobami greckiego ognia?

– Da się zrobić. – Skinął głową.

– Wobec tego poproszę was, byście wzięli Willa i Nica...

Rachel odchrząknęła.

– I Rachel – dodałem, mając nadzieję, że nie skazuję mojej ulubionej kapłanki na śmierć w hełmie korkowym. – W tym czasie Meg i ja udamy się przed główne drzwi cesarza, żeby się poddać.

Trogowie zaczęli wiercić się niepewnie. Albo nie podobało im się to, co powiedziałem, albo zupa ze scynka właśnie dotarła do ich jelit.

W.R.R. Fredzio rzucił mi spojrzenie spod daszka policyjnej czapki.

– Ja tam ci nie ufam – powiedział. – Czemu miałbyś się poddać Neronowi?

– Widzę cię, o wielki W.R.R. Fredziu – wtrącił się Nico. – O Bogata w Nakrycia Głowy Głowo Ochrony Korporacji! Twoja ostrożność przynosi ci chlubę, ale poddanie się Apollina to tylko podstęp, sztuczka. Dzięki niej cesarz nie zwróci uwagi na nasz podkop. Jeżeli uda się nam oszukać Nerona i zmusić do osłabienia czujności…

Urwał. Spojrzał na sufit, jakby coś usłyszał. Sekundę później trogów ogarnął niepokój – zerwali się na równe nogi, przewracając miski i kosze z bułeczkami, a wielu sięgało po obsydianowe noże oraz włócznie.

Z.I.I. Złotek warknął do Nica:

– Nadchodzą *tauri silvestres*! Coś ty narobił, synu Hadesa?!

Nico wyglądał na oszołomionego.

– Nic! – odpowiedział. – Walczyliśmy z ich stadem na Powierzchni, ale udało nam się uciec cieniem. Nie ma szans, żeby…

– Durni powierzchniowcy! – ryknął W.R.R. Fredzio. – Taurosy umieją wytropić swoją zdobycz absolutnie wszędzie! Przyprowadziliście nam wrogów do głównej siedziby korporacji! B.R.R. Murek, zabieraj małe tunelaczki w bezpieczne miejsce!

B.R.R. Murek zaczął gromadzić wokół siebie dzieci. Reszta dorosłych zabrała się do składania namiotów, zbierania ulubionych kamieni, nakryć głowy i innych zasobów.

– Dobrze, że przynajmniej jesteśmy najszybszymi biegaczami na świecie! – warknął N.I.I. Taki; jego czapka kucharska aż się trzęsła, taki był zły. – Naraziliście nas wszystkich na niebezpieczeństwo!

Zarzucił sobie na plecy pusty kocioł po zupie, zeskoczył na drogę i z głośnym *ziuuu!* zniknął, zostawiając za sobą tylko smugę zapachu scynka.

– Co robimy z tymi powierzchniowcami? – W.R.R. Fredzio spytał prezesa. – Zabijamy czy zostawiamy bykom?

Z.I.I. Złotek rzucił mi ponure spojrzenie.

– W.R.R. Fredziu, zabierz A.P.O. Lestera i O.N.A. Meg do wieży Nerona. Skoro chcą się poddać, nie będziemy ich powstrzymywać. A co do tej pozostałej trójki, ja sam…

Peron zadrżał, sufit pękł i spadł na nas deszcz krów.

19

Płyń dalej, rzeko Au!
Zabierz mnie – au! – z dala od – au!
Błogosławionej rzeki – au!

NASTĘPNE PIĘĆ MINUT nie było po prostu chaotyczne. To był chaos taki, jak Chaos wtedy, kiedy chce rozpuścić włosy i zwariować. A wierzcie mi, nie lubicie oglądać pierwotnej bogini w szale.

Tauri silvestres spadły ze szczelin w suficie – lądując na namiotach, miażdżąc troglodytów, rozrzucając ich kapelusze, miski na zupę i kosze z grzybami. Niemal natychmiast straciłem z oczu Willa, Rachel i Nica w tym pandemonium.

Mogłem jedynie mieć nadzieję, że Z.I.I. Złotek i jego pomocnicy odciągnęli ich w bezpieczne miejsce.

Naprzeciwko wylądował na zadzie byk, między mną a Meg i W.R.R. Fredziem. Kiedy zwierz usiłował stanąć na nogi (racice), obiegłem go dookoła, ponieważ nie zamierzałem zostać rozdzielony z moją młodą panią.

Dostrzegłem ją – jakieś trzy metry ode mnie. Z niewiadomych powodów W.R.R. Fredzio ciągnął ją szybko ku rzece. Niewielka przestrzeń i przeszkody na peronie zmniejszały naturalną sprawność trogów w biegu, ale W.R.R. Fredzio nadal poruszał się bardzo szybko. Gdyby Meg nie potykała się cały czas, kiedy przedzierali się przez obraz zniszczenia, nie miałbym żadnych szans ich dogonić.

Przeskoczyłem nad drugim bykiem. Kolejny przegnał na oślep obok mnie, rycząc panicznie i próbując zedrzeć namiot z byczej skóry ze swych rogów. Prawdę mówiąc, ja też bym spanikował, gdybym miał głowę owiniętą skórą mojego pobratymca.

Prawie dobiegłem do Meg, kiedy zobaczyłem kolejną kryzysową sytuację na peronie. Trog w czapeczce z wiatraczkiem, ten, który podawał mi do obiadu, został rozdzielony z pozostałymi dziećmi. Niepomny niebezpieczeństwa gnał teraz za swoją kryształową kulą toczącą się po peronie prosto na szarżującego byka.

Sięgnąłem po łuk, po czym przypomniałem sobie, że kołczan jest pusty. Klnąc pod nosem, chwyciłem pierwszy przedmiot, jaki miałem pod ręką – obsydianowy sztylet – i cisnąłem nim w łeb byka.

– HEJ! – wrzasnąłem.

To przyniosło podwójny efekt: zatrzymało troga i spowodowało, że byk odwrócił się w moim kierunku dokładnie na czas, żeby sztylet wbił mu się w nozdrze.

– Muu! – powiedział byk.

– Moja kula! – krzyknął Wiatraczkowy Chłopiec, kiedy kryształ potoczył się między nogi byka, kierując się ku mnie.

– Oddam ci ją! – powiedziałem, co było trochę głupią obietnicą, zważywszy na okoliczności. – Uciekaj! Schowaj się bezpiecznie!

Wiatraczkowy Chłopiec rzucił ostatnie tęskne spojrzenie na kulę, po czym zeskoczył z peronu i zniknął na drodze.

Byk wydmuchnął sztylet z nozdrzy. Rzucił mi wściekłe spojrzenie oczu błękitnych i płonących niczym płomień gazowy w ciemności jaskini. A następnie ruszył do ataku.

Niczym dawni herosi zrobiłem krok do tyłu, potknąłem się na garnku i upadłem z całej siły na tyłek. Zanim jednak byk zdążył zrobić ze mnie konfiturę apollinową, wokół jego głowy wybuchły jaskrawe grzyby. Oślepiony zwierz ryknął i wpadł w popłoch.

– Chodź! – Meg stała metr dalej, zdoławszy jakoś przekonać W.R.R. Fredzia do powrotu. – Lester, musimy uciekać!

Chwyciłem kryształową kulę Wiatraczkowego Chłopca, podniosłem się na nogi i popędziłem za W.R.R. Fredziem i Meg ku brzegowi rzeki.

– Wskakujcie! – rozkazał W.R.R. Fredzio.

– Przecież tam jest znakomita droga! – Usiłowałem schować bezpiecznie kryształową kulę w plecaku. – A do tej wody opróżniacie nocniki!

– Taurosy pobiegną za nami drogą! – krzyknął W.R.R. Fredzio. – Nie dasz rady biec dostatecznie szybko.

– One umieją pływać? – zapytałem.

– Nie tak szybko jak biegać! Skacz lub giń!

Lubię porządny prosty wybór. Chwyciłem Meg za rękę. Skoczyliśmy razem.

Ach, te podziemne rzeki. Takie zimne. Takie wartkie. Takie pełne skał.

Można by myśleć, że wszystkie te poszarpane, ostre kamienie powinny przez tak długi czas zerodować w rwącym prądzie rzeki, ale nie. Wszystkie uwzięły się, żeby mnie bić, gryźć i dźgać. Pędziliśmy w ciemności, wirując i podskakując wedle kaprysów nurtu. Moja głowa zanurzała się i wynurzała w nieregularnych odstępach czasu. Zawsze wybierałem nieodpowiedni moment na próbę zaczerpnięcia powietrza. A mimo to nie wypuszczałem z ręki dłoni Meg.

Nie mam pojęcia, jak długo trwała ta wodna tortura. Wydawała się dłuższa niż większość stuleci, które przeżyłem – może z wyjątkiem wieku czternastego naszej (na pewno nie mojej!)

ery, wyjątkowo paskudnego czasu na życie. Zaczynałem się właśnie zastanawiać, czy umrę z powodu wyziębienia, utonięcia, czy też może uderzenia tępym narzędziem, kiedy poczułem, że palce Meg zaciskają się na mojej dłoni. Kiedy się nagle zatrzymaliśmy, omal nie wyrwało mi ręki ze stawu. Jakaś nadludzka siła wyciągnęła mnie z rzeki niczym diugonia w sieci.

Wylądowałem na śliskim kamiennym stopniu. Zwinąłem się, plując wodą, dygocząc i ogólnie stanowiąc kupkę nieszczęścia. Jak przez mgłę widziałem, że Meg kaszle i wymiotuje tuż obok mnie. Czyjaś obuta w spiczasty bucik stopa kopnęła mnie między łopatki.

– Wstawaj, wstawaj! – krzyknął W.R.R. Fredzio. – Nie czas na drzemki!

Jęknąłem.

– Czy na waszej planecie tak wyglądają drzemki?

Pochylił się nade mną – w cudownie nietkniętej policyjnej czapce, z pięściami opartymi na kolanach. Przyszło mi do głowy, że to pewnie *on* wyciągnął nas z rzeki, kiedy zobaczył ten kamień, wydawało się to jednak niemożliwe. W.R.R. Fredzio musiałby na to mieć dość siły fizycznej, żeby zgnieść pralkę.

– Leśne byki umieją pływać! – przypomniał mi. – Musimy się zmyć, zanim wyczują ten kamień. Masz.

Podał mi porcję suchej kiełbasy. A w każdym razie czegoś, co pachniało, jakby *było* suchą kiełbasą, zanim zanurkowaliśmy w rzece Au. Teraz wyglądało bardziej jak pokrojona na plasterki morska gąbka.

– Zjedz to – rozkazał.

Podał też porcję Meg. Jej pszczelarski kapelusz został zmyty przez rzekę, a fryzura przypominała martwego, mokrego borsuka. Okulary przekrzywiły się. Na rękach miała zadrapania. Kilka saszetek z nasionami eksplodowało w kieszonkach ogrodniczego pasa, w związku z czym miała teraz wokół talii żywopłot z kabaczków. Poza tym wyglądała zupełnie nieźle. Wsadziła sobie kiełbasę do ust i zaczęła żuć.

– Niezłe – oznajmiła, co nie zdziwiło mnie w ustach dziewczyny, która piła zupę ze scynka.

W.R.R. Fredzio wpatrywał się we mnie ze złością, aż uległem i spróbowałem kiełbasy. Nie była dobra. Była bez smaku, ale jadalna. Kiedy pierwszy kęs powędrował do gardła, poczułem ciepło rozchodzące się w ciele. Krew szumiała. Uszy się zatykały. Przysiągłbym, że czułem, jak trądzik znika z policzków.

– Łał – powiedziałem. – Sprzedajecie ten specyfik?

– Daj mi pracować – warknął nasz przewodnik. – Zmarnowałem już dość czasu.

Odwrócił się i przyjrzał ścianie tunelu.

Kiedy mój wzrok się wyostrzył, a zęby przestały szczękać aż tak mocno, zacząłem się rozglądać po naszym schronieniu. U stóp rzeka nadal grzmiała, dzika i głośna. Dalej strop kanału obniżał się, aż nie pozostało wiele miejsca u góry – co oznaczało, że W.R.R. Fredzio wyciągnął nas z wody w samą porę, jeśli chcieliśmy nadal oddychać. Nasz kamień był dość szeroki, by na nim usiąść całą trójką, sklepienie jednak było tak nisko, że nawet W.R.R. Fredzio musiał się nieco pochylić.

Nie widziałem innej drogi poza rzeką – otaczała nas lita skała, w którą teraz wpatrywał się W.R.R. Fredzio.

– Jest tu jakieś tajne przejście? – zapytałem.

Rzucił mi spojrzenie mówiące, że nie jestem godny tego kawałka gąbczastej kiełbasy, którą mi dał.

– Nie ma *jeszcze* przejścia, powierzchniowcy.

Zacisnął palce, strzelił kłykciami i zaczął kopać. Pod jego dotykiem skała rozpadała się na małe kawałki niczym beza. W.R.R. Fredzio zbierał je w dłonie i wrzucał do rzeki. W kilka minut przerobił kilkaset litrów kamienia z równą łatwością, jak człowiek wyciągałby ubrania z szafy. I kopał dalej.

Wziąłem do ręki kawałek gruzu, zastanawiając się, czy nadal jest krucha. Ścisnąłem ją i natychmiast rozciąłem palec.

Meg wskazała na moją częściowo zjedzoną kiełbasę.

– Zamierzasz to skończyć?

Zamierzałem zachować trochę kiełbasy na później – na wypadek gdybym zgłodniał, potrzebował więcej siły albo dostał nagłego ataku acne – ale Meg wyglądała na tak wygłodniałą, że podałem jej resztę.

Przez następne kilka minut wylewałem wodę z ukulele, kołczanów i butów, podczas gdy W.R.R. Fredzio nie przestawał kopać.

W końcu z jego wykopu uniosła się chmura pyłu. Trog warknął z zadowolenia. Wyszedł z dziury, ukazując przejście głębokie na dwa metry, kończące się w innej jaskini.

– Szybko – powiedział. – Zamknę tunel za nami. Jeśli będziemy mieli szczęście, to wystarczy, żeby taurosy zgubiły nasz trop na jakiś czas.

Szczęście nadal nam towarzyszyło. Rozkoszuj się tym zdaniem, drogi czytelniku, ponieważ nie mam okazji używać go zbyt często. Kiedy szukaliśmy drogi w następnej jaskini, zerkałem za siebie na ścianę, którą W.R.R. Fredzio zamknął, jakbym czekał na to, że przebije się przez nią stado mokrych, wrednych czerwonych krów, ale tak się nie stało.

W.R.R. Fredzio prowadził nas w górę krętym labiryntem tuneli, aż wreszcie wychynęliśmy na zbudowany z cegieł korytarz, gdzie powietrze cuchnęło znacznie gorzej, jakby był to miejski ściek.

W.R.R. Fredzio powąchał powietrze z dezaprobatą.

– Ludzkie posiadłości.

Poczułem taką ulgę, że mógłbym uściskać szczura.

– Którędy na światło dzienne?

W.R.R. Fredzio wyszczerzył zęby.

– Nie używaj przy mnie takich słów.

– Jakich słów? Światło…?

Syknął.

– Gdybyś był tunelaczkiem, nasmarowałbym ci twarz bazaltem!

Meg zaśmiała się pod nosem.

– W sumie chciałabym to zobaczyć.

– Hmm – powiedział W.R.R. Fredzio. – Tędy.

Poprowadził nas dalej w mrok.

Straciłem poczucie czasu, wyobrażałem sobie jednak Rachel Elizabeth Dare stukającą w zegarek i przypominającą mi, że jestem spóźniony, spóźniony, spóźniony. Mogłem mieć jedynie nadzieję, że dotrzemy do wieży Nerona przed zachodem słońca.

Równie mocno miałem nadzieję, że Nico, Will i Rachel przeżyli atak byków. Nasi przyjaciele byli pomysłowi i odważni, tak. Może oni też otrzymali pomoc od troglodytów. Zbyt często jednak przeżycie zależało od zwykłego łuta szczęścia. To jest coś, o czym my, bogowie, nie mówimy głośno, ponieważ to może wpłynąć na spadek donacji dla naszych świątyń.

– W.R.R. Fredziu…? – zacząłem.

– To się wymawia *W.R.R.* Fredzio – poprawił.

– W.r.r. Fredzio?

– *W.R.R.* Fredzio.

– W.r.R. Fredzio?

– *W.R.R.* Fredzio!

Można by pomyśleć, że z moimi zdolnościami muzycznymi będę lepszy w wyłapywaniu niuansów wymowy, ale najwyraźniej nie miałem talentu Nica do języka troglodyckiego.

– Szlachetny przewodniku – powiedziałem – co z naszymi przyjaciółmi? Myślisz, że *Z.I.I.* Złotek dotrzyma obietnicy i pomoże im przebić się do ogniowych kadzi cesarza?

W.R.R. Fredzio prychnął pogardliwie.

– Czyżby prezes złożył taką obietnicę? Nic takiego nie słyszałem.

– Ale…

– Jesteśmy na miejscu. – Zatrzymał się na końcu korytarza, gdzie wąskie stopnie z cegieł prowadziły do góry. – Dalej nie mogę iść. Te schody zaprowadzą was na jedną z ludzkich stacji metra. Stamtąd znajdziecie drogę na Powierzchnię. Wynurzycie się jakieś dwadzieścia metrów od wieży Nerona.

Zamrugałem powiekami.

– Skąd tak dokładnie wiesz?

– Jestem trogiem – odparł, jakby tłumaczył coś wyjątkowo niekumatemu tunelaczkowi.

Meg skłoniła się, aż kabaczki uderzyły o siebie.

– Dziękuję, *W.R.R.* Fredziu.

Skinął głową szorstko. Zauważyłem, że nie poprawił *jej* wymowy.

– Wykonałem moje zadanie – odrzekł. – Co się stanie z waszymi przyjaciółmi, zależy od Z.I.I. Złotka, zakładając, że prezes w ogóle żyje po tej katastrofie, jaką wy, bezkapeluszowi barbarzyńcy, ściągnęliście na naszą siedzibę. Gdyby to ode mnie zależało… – Nie zawracał sobie głowy kończeniem tej myśli.

Uznałem, że W.R.R. Fredzio *nie* zagłosuje za podarowaniem nam udziałów na kolejnym zgromadzeniu troglodyckich akcjonariuszy.

Wyjąłem z mokrego plecaka kryształową kulę Wiatraczkowego Chłopca i podałem ją W.R.R. Fredziowi.

– Mógłbyś, proszę, oddać to właścicielowi? I dziękuję za to, że nas prowadziłeś. Może to niewiele warte, ale mówię to szczerze. Musimy sobie wzajemnie pomagać. To jedyna przyszłość, o jaką warto walczyć.

W.R.R. Fredzio obracał kryształową kulę w palcach. Jego brązowe oczy były równie nieprzeniknione jak ściany groty. Może były twarde i nieruchome, może zmieniające się w bezę, a może na granicy rozbicia przez wściekłe krowy.

– Dobre kopanie – powiedział w końcu. Po czym zniknął.

Meg zajrzała w górę schodów. Ręce jej drżały, a ja nie sądziłem, żeby winne było zimno.

– Jesteś pewna? – zapytałem.

Podskoczyła, jakby zapomniała, że tam jestem.

– Jak powiedziałeś: albo pomożemy sobie wzajemnie, albo pozwolimy gadowi zjeść przyszłość.

– Niedokładnie to miałem...

– Daj spokój, Lester. – Wzięła głęboki oddech. – Chodźmy.

Ponieważ zabrzmiało to jak rozkaz, nie mogłem się sprzeciwić, czułem jednak, że Meg powiedziała to, by wzmocnić swoje przekonanie w równym stopniu jak moje.

Razem zaczęliśmy wspinaczkę z powrotem ku Powierzchni.

20

Jedliście już?
Tego, co jest dalej
Nie czytajcie przy posiłku

SPODZIEWAŁEM SIĘ FOSY PEŁNEJ ALIGATORÓW, kraty z kutego żelaza, może nawet jednego czy drugiego gara z wrzącym olejem. Wydawało mi się, że wieża Nerona powinna wyglądać jak mroczna twierdza ze wszystkimi kojarzącymi się z tym gadżetami. W rzeczywistości był to jednak po prostu gigantyczny drapacz chmur ze szkła i stali, nieróżniący się od innych budynków w centrum miasta.

Meg i ja wyszliśmy z metra na jakąś godzinę przed zachodem słońca – jak na nas mieliśmy luksusowy zapas czasu. Zatrzymaliśmy się przy Siódmej Alei, naprzeciwko wieży, żeby się jej przyjrzeć i zebrać siły.

To, co działo się przed wejściem, mogłoby mieć miejsce gdziekolwiek na Manhattanie: zirytowani nowojorczycy przepychali się obok grupki gapiących się z otwartymi ustami turystów. Z food trucka dobiegał zapach kebabu, a z samochodu lodziarza ryczała głośna muzyka. Obok uliczny artysta rysował na poczekaniu portreciki celebrytów i nikt nie zwracał uwagi na wyglądający na siedzibę korporacji budynek, w którym mieściły się biura Holdingu Triumwirat, a także – przycisk, który za jakieś pięćdziesiąt osiem minut zniszczy miasto.

Stojąc po drugiej stronie ulicy, nie zauważyłem ani patroli strażników, ani potworów, ani Germanów: ot, czarne marmurowe filary po obu stronach przy wejściu, a w środku – typowe ogromne lobby, na ścianach abstrakcyjne obrazy, stanowisko ochrony i szklane bramki broniące dostępu do wind. Było już po siódmej wieczorem, ale pracownicy ciągle jeszcze wychodzili małymi grupkami z budynku. Ludzie w biznesowych ciuchach, z teczkami i telefonami, ruszali w stronę stacji metra. Niektórzy, wychodząc, wymieniali uprzejmości z ochroniarzem. „Cześć, Caleb. Pozdrów rodzinę. Do zobaczenia jutro, w kolejnym dniu czynienia korpozła!" Nagle poczułem się, jakbym miał iść się poddać firmie brokerskiej.

Meg i ja przeszliśmy przez ulicę po pasach – nie mogliśmy ryzykować, że przy nielegalnym przebiegnięciu w drodze po bolesną śmierć wpadniemy pod auto! Kilka osób dziwnie się na nas patrzyło – w sumie nic dziwnego, bo dalej byliśmy mokrzy jak szczury i śmierdzący jak pachy troglodyty. Jako że jednak byliśmy w Nowym Jorku, większość ludzi i tak nas olała. Nie rozmawialiśmy, idąc po schodach do głównego wejścia, ale w cichym porozumieniu mocno trzymaliśmy się za ręce, jakby za chwilę miała nas porwać kolejna rzeka. Nie było alarmów. Z kątów nie wyskoczyli strażnicy ani nie uruchomiły się pułapki. Popchnęliśmy ciężkie szklane drzwi, by wejść do holu.

W zimnym, klimatyzowanym powietrzu pobrzmiewała cichutka muzyka klasyczna, a nad biurkiem ochroniarza wisiała obracająca się metalowa rzeźba, zdobiona wolno wirującymi spiralami podstawowych kolorów. Ochroniarz siedział wygodnie na krześle, pogrążony w lekturze książki; na jego twarz padało niebieskie światło monitorów.

– W czym mogę pomóc? – spytał, nawet nie podnosząc na nas wzroku.

Spojrzałem na Meg, upewniając się bez słów, że jesteśmy we właściwym budynku.

– Przyszliśmy się poddać – powiedziałem ochroniarzowi.

Jak to usłyszy, na pewno na nas popatrzy. Ale nie. Nie mógł wyglądać na bardziej znudzonego naszą obecnością. Przypomniało mi się wejście na Olimp, to dla gości, od strony Empire State Building. Normalnie nigdy tamtędy nie wchodzę, ale wiem, że Zeus wynajął najbardziej znudzone i nieciekawe istoty, jakie udało mu się znaleźć, by pracowały tam jako ochrona i zniechęcały ewentualnych gości. Zastanawiałem się, czy Neron celowo powtórzył tę strategię.

– Jestem Apollo – powiedziałem – a to Meg. Mamy nieprzekraczalny termin pod karą spalenia miasta. Na pewno jesteśmy umówieni.

Strażnik westchnął ciężko, jakby bolała go sama myśl, że musi się ruszyć. Przytrzymując palcem miejsce w książce, sięgnął po długopis i położył go obok rejestru wejść i wyjść.

– Nazwiska i dowody tożsamości – mruknął.

– Potrzebuje pan naszych dowodów tożsamości, żeby nas pojmać jako jeńców? – zapytałem.

Ochroniarz przewrócił stronę w książce i wrócił do lektury.

Z westchnieniem wydobyłem moje tymczasowe prawo jazdy, wydane przez stan Nowy Jork. W sumie nie powinienem był się dziwić, że muszę je znów zaprezentować dla ostatecznego upokorzenia. Położyłem dokument na biurku i przesunąłem w stronę ochroniarza, a następnie podpisałem się w rejestrze za nas oboje: *NAZWISKO/-A: Lester (Apollo) i Meg. OSOBA ODWIEDZANA: Neron. CEL WIZYTY: Kapitulacja. GODZINA WEJŚCIA: 19.16. GODZINA WYJŚCIA: zapewne nigdy*. Ponieważ Meg była nieletnia, podejrzewałem, że nie ma żadnego dowodu tożsamości, ona jednak zdjęła swoje złote pierścienie-szable i położyła je obok mojego prawka. Stłumiłem chęć krzyknięcia: „Oszalałaś?!". Meg jednak oddała je, jakby robiła to już milion razy, a strażnik podniósł pierścienie i przyjrzał się im bez słowa. Przytrzymał mój dokument i porównał zdjęcie z twarzą. Oczy miał w kolorze kostek starego lodu. Uznał, że, niestety, w realnym życiu wyglądam równie tragicznie jak na fotografii, i oddał nam zarówno prawo jazdy, jak i pierścienie Meg.

– Dziewiąta winda po prawej – oznajmił.

Omal mu nie podziękowałem, ale potem uznałem, że lepiej nie.

Meg złapała mnie za rękaw.

– Chodź, Lester – powiedziała i przeprowadziła mnie przez bramkę do windy numer dziewięć.

W środku klatki z nierdzewnej stali nie było przycisków – winda ruszyła sama, kiedy tylko zamknęły się drzwi. Na szczęście przynajmniej nie było muzyki, tylko cichy szum maszynerii, lśniącej i skutecznej jak przemysłowa krajalnica do mięsa.

– Czego mam się spodziewać na górze? – spytałem Meg.

Byłem przekonany, że winda jest pod obserwacją, ale nie mogłem się powstrzymać. Chciałem usłyszeć jej głos, a także powstrzymać ją przed całkowitym zatonięciem w ponurych myślach. Jej twarz przybrała ten sam wyraz wycofania i pustki, który często towarzyszył myślom o koszmarnym ojczymie – jakby mózg Meg wyłączał wszystkie zbędne funkcje i blokował się, szykując na atak huraganu.

Meg założyła pierścienie z powrotem na palce.

– Wyobraź sobie wszystko, co się może stać – powiedziała – a potem to przewróć na drugą stronę i postaw na głowie.

Nie brzmiało to jak pociecha, na którą liczyłem. Czułem się, jakby moją klatkę piersiową już ktoś przewrócił na drugą stronę. Przerażało mnie wejście do wieży Nerona z dwoma pustymi kołczanami i przemoczonym ukulele. Stresował fakt, że nie zostaliśmy natychmiast zatrzymani i że strażnik oddał Meg pierścienie, jakby para magicznych szabel i tak nie mogła mieć żadnego wpływu na nasz dalszy los.

Mimo to wyprostowałem się i ścisnąłem dłoń Meg jeszcze raz.

– Zrobimy, co musimy – powiedziałem.

Drzwi windy otwarły się i weszliśmy do cesarskiej poczekalni.

– Witamy!

Młoda kobieta, która to powiedziała, nosiła czarny kostium, szpilki i słuchawkę w lewym uchu. Gęste zielone włosy związała w kucyk. Na twarzy miała makijaż, by jej cera wydawała się bardziej różowa, ale zielone oczy i szpiczaste uszy zdradzały, że była driadą.

– Nazywam się Areka. Zanim spotkacie się z cesarzem, może życzycie sobie coś do picia? Wodę, kawę, herbatę?

Mówiła z wymuszonym uśmiechem, a jej oczy krzyczały: „Pomocy, jestem zakładniczką!".

– Nie, dziękuję, nic mi nie trzeba – skłamałem niepewnie. Meg pokręciła głową.

– To świetne! – skłamała w odpowiedzi Areka. – Chodźcie za mną.

Przetłumaczyłem to sobie w myślach na: „Uciekajcie, póki jeszcze możecie!".

Driada zawahała się, dając nam moment na przemyślenie naszych życiowych decyzji. Kiedy nie uciekliśmy z krzykiem z powrotem do windy, poprowadziła nas ku podwójnym złotym drzwiom na końcu korytarza. Ich skrzydła otwarły się od środka, ukazując znaną mi z koszmarów sennych salę tronową w stylu loftu.

Okna zajmujące całą ścianę pozwalały na panoramiczny widok zachodu słońca nad Manhattanem. Od zachodu niebo nad New Jersey płonęło czerwienią, a rzeka Hudson toczyła się jak arteria pełna jaskrawoczerwonej krwi. Od wschodu kaniony miasta wypełniały się cieniem. Przy oknach stało kilka rzędów drzew w donicach, co mnie zaskoczyło, bo gust

Nerona zwykle obejmował raczej złote dekoracje i ucięte głowy. Miękkie perskie dywany leżały rozłożone w niesymetryczną szachownicę na podłodze z drogiego drewna. Sufit podtrzymywały filary z czarnego marmuru, trochę za bardzo kojarzące mi się z pałacem Kronosa. On i tytani mieli fioła na punkcie czarnego marmuru i właśnie dlatego Zeus nalegał, żeby przepisy budowlane ściśle stosowane na Olimpie zakładały użycie wyłącznie olśniewającej bieli.

Pomieszczenie było wypełnione ludźmi, starannie rozstawionymi i zamarłymi w bezruchu, jakby ćwiczyli ustawianie się na miejscach miesiącami i ledwie co usłyszeli komendę Nerona: „Już tu są! Zająć pozycje!". Jeżeli zaczną tańczyć układ taneczny, wyskoczę przez najbliższe okno. Po lewej stronie Nerona stała w rządku jedenastka młodych herosów z domu cesarskiego jak upiorna wersja dzieci z *Dźwięków muzyki*. Wszyscy mieli na sobie obramowane purpurą togi, założone na modne wytarte dżinsy i koszulki polo – być może T-shirty były wbrew rodzinnemu protokołowi obowiązującemu przy spotkaniach z ważnymi więźniami oczekującymi egzekucji. Sporo spośród starszych herosów wpatrywało się w Meg.

Po prawej ręce cesarza stało dwunastu służących: młode kobiety z tacami i dzbankami napojów oraz postawni młodzieńcy z wachlarzami z palmowych gałązek, choć klimatyzacja w pomieszczeniu nastawiona była na poziom „zima w Arktyce". Jeden z chłopaków, który zapewne przegrał zakład, masował stopy cesarza.

Wokół samego tronu stało sześciu Germanów, w tym Gunther, nasz kumpel poznany podczas podróży do Nowego Jorku. Wpatrywał się we mnie, jakby szukał sposobów na wyjątkowo bolesne usunięcie mi głowy z ramion. Obok niego, po prawicy cesarza, stała Luguselwa. Z trudem powstrzymałem westchnienie ulgi. Oczywiście, wyglądała strasznie: nogi w stalowych ortezach, kule pod obojgiem ramion i kołnierz ortopedyczny na szyi. Jej cerę wokół oczu znaczyły tak liczne ciemne plamy sińców, że wyglądała jak szop pracz. Jedyną nieuszkodzoną częścią jej ciała wydawała się fryzura. Zważywszy jednak, że ledwie trzy dni temu zrzuciłem ją z dachu budynku, sam fakt, że była w stanie ustać na własnych nogach, był godny podziwu. Potrzebowaliśmy jej w naszych planach, a poza tym gdyby Lu umarła od ran, Meg zabiłaby mnie, nie czekając, aż zrobi to Neron.

Sam cesarz zasiadał na jaskrawofioletowej sofie. Zmienił szlafrok na tunikę i tradycyjną rzymską togę, która, jak podejrzewałem, niespecjalnie różniła się od jego nocnego stroju. Złoty wieniec laurowy, który nosił, niedawno został wypolerowany, a broda na szyi połyskiwała od oliwy. Gdyby mógł wyglądać na bardziej z siebie zadowolonego, cały gatunek kota domowego mógłby pozwać go o plagiat.

– Wasza Cesarska Mość! – nasza przewodniczka, Areka, próbowała brzmieć radośnie, ale głos jej drżał ze strachu. – Przybyli twoi goście!

Neron odpędził ją gestem. Areka szybko stanęła z boku, obok jednej z doniczkowych roślin, która... Och. Oczywiście. Serce zabiło mi mocniej ze współczucia. Areka stała obok palmy areki, źródła swojej siły życiowej. Cesarz udekorował salę tronową zniewolonymi driadami w donicach. Wyraźnie słyszałem zgrzytanie zębów stojącej obok mnie Meg. Uznałem, że driady to nowy dodatek, być może służący do pokazania Meg, jak wielka jest potęga Nerona.

– No, no! – Neron kopniakiem odgonił młodzieńca, który masował mu stopy. – Apollo. Jestem pod wrażeniem.

Luguselwa, wsparta o kule, zmieniła pozycję, a na jej ogolonej głowie żyły sterczały jak korzenie drzewa.

– Widzisz, panie? Mówiłam, że przybędą – powiedziała.

– Owszem, mówiłaś.

Głos Nerona był zimny i głęboki. Cesarz schylił się do przodu i zaplótł palce na opinającym tunikę brzuchu. Pomyślałem o Dionizosie, który przyjął postać zapuszczonego tatuśka w proteście przeciw Zeusowi, i zadałem sobie pytanie, jaką wymówkę ma Neron.

– Lesterze? Po tych wszystkich kłopotach, jakich mi narobiłeś, co cię przekonało, by spokornieć i się poddać? – zapytał cesarz.

Zamrugałem.

– Zagroziłeś, że spalisz całe miasto – odpowiedziałem.

Neron posłał mi uśmieszek współspiskowca.

– Ależ daj spokój! – zawołał. – Wielokrotnie patrzyliśmy razem na płonące miasta. – Natomiast moja kochana Meg... – Spojrzał na nią z takim ciepłem i troską, że omal nie zwymiotowałem na perski dywan. – Co do niej, mogę uwierzyć, że chciałaby ocalić miasto. To taka mała bohaterka! – dodał.

Pozostali herosi wymienili zdegustowane spojrzenia. Najwyraźniej Meg była ulubienicą Nerona, co czyniło ją wrogiem całej reszty w tej uroczej adopcyjnej rodzinie socjopatów.

– Ale ty, Lesterze? – kontynuował Neron. – Nie, nie wierzę, że nagle nabrałeś szlachetności. Nie da się tak szybko przekreślić tysiąca lat natury, prawda? Nie byłoby cię tutaj, gdyby nie leżało to w najlepszym interesie... twoim własnym.

Wycelował palec w moją pierś. Prawie czułem nacisk jego dotyku. Próbowałem wyglądać na zestresowanego, co nie było trudne.

– Chcesz, żebym się poddał, czy nie? – spytałem.

Neron uśmiechnął się do Luguselwy, a potem do Meg.

– Wiesz, Apollinie – powiedział leniwie – to fascynujące, jak złe czyny mogą zaowocować dobrem, i *vice versa*. Pamiętasz moją matkę, Agrypinę? To była okropna kobieta. Zawsze próbowała rządzić za mnie i wydawać mi polecenia. W końcu musiałem ją zabić. No dobrze, nie osobiście, posłałem swojego człowieka, Anicetusa, żeby to zrobił.

Spojrzał na mnie i wzruszył ramionami, jakby mówił: „Ech, te matki".

– W każdym razie – kontynuował – matkobójstwo było dla Rzymian najgorszą zbrodnią. Ale kiedy ją zabiłem, ludzie pokochali mnie nawet bardziej! Postawiłem się i udowodniłem własną niezależność. Stałem się bohaterem zwykłych ludzi! A potem były te historyjki o paleniu chrześcijan żywcem...

Nie miałem pojęcia, dokąd Neron zmierza. Najpierw była mowa o mojej kapitulacji. Teraz opowiadał mi o matce i imprezach z paleniem chrześcijan. Chciałem już po prostu znaleźć się w celi, razem z Meg i najlepiej bez poprzedzających tortur, żeby Lu mogła przyjść, wypuścić nas i pomóc zniszczyć całą wieżę. Naprawdę żądałem tak dużo? Kiedy jednak cesarz zaczyna gadać o sobie, trzeba mu pozwolić. To mogło jeszcze trochę potrwać.

– Twierdzisz, że te historyjki o paleniu chrześcijan są fałszywe? – spytałem.

Zaśmiał się.

– No nie, są prawdziwe, jak najbardziej. Chrześcijanie byli terrorystami i chcieli zniszczyć tradycyjne rzymskie wartości. Och, oczywiście, że nazywali się religią pokoju, ale nikt się na to nie nabrał. Chodzi mi o to, że tradycyjni Rzymianie mnie kochali za to, że twardo z nimi postąpiłem. Po mojej śmierci... wiedziałeś o tym, że prosty lud się zbuntował? Nie uwierzyli, że nie żyję! Była cała fala rebelii, a każdy przywódca twierdził, że jest odrodzonym mną!

W oczach cesarza pojawiło się rozmarzenie.

– Kochano mnie! – mówił dalej. – Moje złe czyny przyniosły mi ogromną popularność, a te dobre, jak wybaczenie wrogom albo troska o pokój i stabilność cesarstwa... cóż, przez nie wyglądałem na słabeusza i to kosztowało mnie życie. Tym razem będzie inaczej. Przywrócę tradycyjne rzymskie wartości i przestanę się martwić, co jest dobre, a co złe. Ci, którzy przeżyją tę zmianę, pokochają mnie jak ojca.

Wskazał na swoje adoptowane dzieci; wszystkie były na tyle dobrze wyuczone, by zachować miny starannie wyprane z emocji.

Scynk z mojej przeżutej metafory powoli podchodził mi do gardła. Fakt, że to Neron, zabójca własnej matki, mówił o przywróceniu tradycyjnych rzymskich wartości, był… no, był najbardziej rzymską rzeczą pod słońcem. A na samą myśl, że cesarz chce zostać tatusiem dla całego świata, robiło mi się słabo. Wyobraziłem sobie przyjaciół z Obozu Herosów stojących karnie za tronem i Meg posłusznie dołączającą do reszty cesarskiej rodziny. *Byłaby dwunasta*, pomyślałem. Dwanaścioro przybranych dzieci Nerona, jak dwunastka bogów olimpijskich. To nie mógł być przypadek. Neron hodował ich na przyszłych bogów swojego koszmarnego nowego świata. W tym układzie cesarz musiał przyjąć rolę Kronosa, wszechpotężnego ojca, który albo obsypuje swoje dzieci błogosławieństwami, albo je pożera, kiedy zechce. Zdecydowanie nie doceniłem megalomanii Nerona.

– Na czym skończyłem? – spytał cesarz.

– W połowie monologu czarnego charakteru – podsunąłem uprzejmie.

– Ach, już pamiętam! Czyny dobre i złe! Apollinie, jesteś tu, by się poddać i przez swoje poświęcenie ocalić miasto. Wygląda to na szlachetny czyn i właśnie dlatego podejrzewam, że nim nie jest. Luguselwo!

Galijka nie zrobiła na mnie wrażenia osoby, którą łatwo wystraszyć, ale kiedy Neron wykrzyknął jej imię, metalowa orteza skrzypnęła.

– Tak, panie? – zapytała.

– Jaki był plan? – spytał cesarz.

Moje płuca zaczęły zarastać szronem.

– Panie? – Lu bardzo się starała wyglądać, jakby nic nie rozumiała.

– Plan! – warknął Neron. – Celowo pozwoliłaś uciec tej dwójce. Poddali się tuż przed upływem ultimatum. Co chciałaś zyskać, zdradzając mnie?

– Ależ nie, panie, ja...

– Brać ich! – przerwał jej cesarz.

Choreografia sali tronowej nagle się wyjaśniła. Wszyscy świetnie odegrali swoje role. Słudzy się cofnęli, a herosi z domu cesarskiego wystąpili o krok do przodu i dobyli broni. Nie zauważyłem, że Germanowie po cichu przemieścili się za nas, póki nie schwytały mnie dwie ogromne łapy. Dwie inne złapały Meg. Gunther z kumplem schwycili Luguselwę tak, że jej kule z hukiem poleciały na podłogę. Gdyby była w pełni zdrowia, Lu pewnie byłaby dla nich niezłym wyzwaniem, ale w obecnej sytuacji nie miała szans. Rzucili ją twarzą ku ziemi do stóp cesarza, ignorując jej krzyk i skrzypienie ortez.

– Przestańcie! – krzyknęła Meg i usiłowała się wyrwać, ale trzymający ją Germanowie byli w sumie cięższi o jakieś dwieście kilogramów. Ja sam kopnąłem mojego pogromcę w kostkę, ale równie dobrze mógłbym kopać leśnego byka.

W oczach Nerona błyszczała radość.

– Widzicie, dzieci – zwrócił się do swojej gromadki wychowanków – jeżeli kiedyś postanowicie mnie obalić, będziecie musiały bardziej się postarać. Naprawdę, jestem zawiedziony.

Zakręcił na palcach kilka pasemek brody, pewnie dlatego że nie miał typowego dla czarnych charakterów wąsika.

– Zobaczmy, czy dobrze to rozgryzłem – powiedział. – Apollinie, twoim zadaniem było poddać się w mojej wieży. Łudziłeś się, że zdołasz odwieść mnie od spalenia miasta, a jednocześnie osłabić moją czujność. W tym czasie twoja mała armia herosów miała zebrać się w obozie... – Uśmiechnął się okrutnie.

– Tak, mam pewną informację, że szykują się do walki. Jakie to ekscytujące! Podczas ich ataku Luguselwa miała uwolnić was z celi i razem, w całym tym zamieszaniu, planowaliście jakoś mnie zabić. Tak to wygląda?

Serce tłukło mi o żebra jak młot troglodyty o skalną ścianę. Jeżeli obozowicze rzeczywiście wyruszyli, to znaczyło, że Rachel udało się dotrzeć na powierzchnię i skontaktować z obozem. To by z kolei oznaczało, że Nico z Willem przeżyli i wciąż pozostawali wśród troglodytów. Chyba że Neron kłamał. Albo wiedział więcej, niż ujawniał. W każdym razie rola Luguselwy została odkryta, a to oznaczało, że nie możemy liczyć na jej pomoc w uwolnieniu nas ani w zniszczeniu cesarskich *fasces*. Niezależnie od tego, czy sabotaż zaplanowany przez Nica i trogów się powiedzie, moi przyjaciele z obozu maszerowali na pewną śmierć. Aha, ja też zginę.

Neron zaśmiał się radośnie.

– Tak jest! – zawołał. – To ten wyraz twarzy! Zrozumienie, że śmierć jest nieunikniona! Tego się nie da udać. Cóż za cudowna uczciwość! No i nie mylisz się, oczywiście.

– Neronie, nie rób tego! – krzyknęła Meg. – O… ojcze!

To słowo wydawało się sprawiać jej ból, jakby musiała wykaszleć kawałek szkła. Neron wydął wargi i rozłożył ramiona, jakby chciał przytulić Meg z miłością i nie robił tego tylko ze względu na dwóch wielkich typów, którzy ją trzymali.

– Moja kochana, droga córeczko! Tak mi przykro, że postanowiłaś również wziąć w tym udział! Szkoda, że nie mogę oszczędzić ci czekającego cię bólu. Ale przecież wiesz dobrze… nigdy nie należy prowokować gniewu Bestii.

Meg wrzasnęła i usiłowała ugryźć jednego z gwardzistów. Żałowałem, że nie jestem równie zawzięty – koszmarny strach zamienił moje mięśnie w galaretę.

– Kasjuszu – powiedział Neron. – Wystąp, synu!

Najmłodszy z herosów podszedł do tronu. Mógł mieć najwyżej osiem lat. Neron poklepał go po policzku.

– Grzeczny chłopczyk – zamruczał. – Idź i zabierz siostrze pierścienie, dobrze? Mam nadzieję, że posłużą ci lepiej niż jej.

Po chwili wahania, jakby musiał najpierw przetłumaczyć sobie w głowie instrukcje z Neronowego na coś zrozumiałego dla siebie, Kasjusz szybko podszedł do Meg. Starannie unikał patrzenia jej w oczy, kiedy ściągał z palców siostry pierścienie.

– Kas? – Meg płakała. – Nie rób tego. Nie słuchaj go.

Chłopczyk się zaczerwienił, ale nadal bez słowa walczył z oporną biżuterią Meg. Wokół ust miał różowe plamy od czegoś, co pił – jakiejś oranżady albo soku? Jego jasne, kręcone włoski przypominały mi… nie, nie będę o tym myślał! Walczyłem ze sobą, ale było już za późno. Do diabła z moją wyobraźnią! Chłopiec bardzo przypominał mi małego Jasona Grace.

Kiedy tylko Kasjusz zdjął oba pierścienie, szybko zaniósł je ojczymowi.

– No dobrze, dobrze – powiedział Neron ze śladem niecierpliwości w głosie. – Załóż je. Ćwiczyłeś walkę szablami, prawda?

Kasjusz potwierdził skinieniem głowy, usiłując wcisnąć pierścienie na palce. Neron uśmiechnął się do mnie jak konferansjer na imprezie mówiący: „Dziękujemy za cierpliwość, mamy drobne techniczne kłopoty".

– Wiesz, Apollinie – powiedział – jest takie jedno chrześcijańskie powiedzenie, które lubię. Jak to leciało? „Jeżeli twoja ręka jest dla ciebie powodem kłopotu, to ją utnij"… czy coś w tym stylu.

Spojrzał na Lu.

– Och, Lu, obawiam się, że twoje ręce narobiły mi kłopotów. Kasjuszu, czyń honory.

Luguselwa szarpała się i krzyczała, kiedy strażnicy złapali ją za ręce i wyciągnęli je do przodu, ale była osłabiona i już mocno obolała. Kasjusz przełknął ślinę. Na jego twarzy głód mieszał się z przerażeniem. Oczy Nerona – lodowate oczy Bestii – wbiły się w chłopca.

– Już, dziecko – rozkazał z mrożącym krew w żyłach spokojem.

Kasjusz przywołał złote ostrza. Kiedy opuścił je na nadgarstki Lu, całe pomieszczenie zachwiało mi się i zamazało przed oczyma. Nie wiem, kto krzyczał. Lu? Meg? Ja sam?

Przez mgłę bólu i mdłości usłyszałem ostry rozkaz Nerona.

– Opatrzcie ją! Nie umrze tak łatwo.

Następnie spojrzenie Bestii spoczęło na mnie.

– A teraz, Apollinie, pozwól, że przedstawię ci nowy plan. Wrzucę cię do celi z tą zdrajczynią, Luguselwą. A co do Meg, mojej słodkiej Meg… zaczniemy twoją resocjalizację. Witaj w domu!

21

Strzeż się miękkiej sofy
Strzeż owoców strażnika
I złotego kibelka

CELA NERONA była najprzyjemniejszym miejscem, w jakim mnie kiedykolwiek uwięziono. Dałbym pięć gwiazdek, absolutny luksus, przyjadę umrzeć tu jeszcze raz!

Z wysokiego sufitu zwisał żyrandol – niestety, dużo za wysoko, by więzień mógł się go uchwycić. Kryształowe wisiorki tańczyły w świetle LED-owych żarówek, rzucając odblaski na ściany w kolorze złamanej bieli. W głębi pomieszczenia znajdowała się umywalka ze złotą armaturą i samospłukiwalna toaleta z bidetem, a wszystko to ukryte za parawanem dla zachowania prywatności. Cóż za wygody! Na podłodze leżał jeden z perskich dywanów Nerona, a przy niskim stoliku ustawiono pod kątem dwie miękkie sofy w rzymskim stylu. Stolik był pełny talerzy z serem, krakersami i owocami; obok stał też srebrny dzbanek z wodą i dwa kielichy, na wypadek gdyby więźniowie chcieli jednak zaryzykować życie i się napić.

Tylko od przodu pokój wyglądał jak więzienie, gdyż był tam jedynie rząd grubych metalowych prętów, ale nawet te były pokryte cesarskim złotem – a może z niego wykonane.

Spędziłem w celi samotnie jakieś dwadzieścia–trzydzieści minut. Trudno było mi ocenić upływ czasu: chodziłem w kółko, krzyczałem, domagałem się widzenia z Meg, tłukłem srebrnym dzbankiem w pręty i wyłem, aż echo niosło się po korytarzu.

W końcu strach i słabość wygrały i odkryłem przyjemność wymiotowania do eleganckiej toalety z podgrzewanym siedzeniem i licznymi opcjami autoczyszczenia. Luguselwa na pewno umarła, bo inaczej czemu nie było jej ze mną w celi, jak obiecał Neron? Jak zresztą mogłaby przetrwać szok po podwójnej amputacji, skoro i tak była już ciężko ranna? Kiedy byłem już na wpół przekonany, że umrę samotnie w tym więzieniu i nikt mi nie pomoże zjeść krakersów i sera, gdzieś w korytarzu z hukiem otwarły się drzwi, a potem rozległy się ciężkie kroki i pomrukiwanie. Przed moimi oczyma pojawili się Gunther i jeszcze jeden Germanin, wlekący między sobą Luguselwę. Trzy środkowe pręty kraty wsunęły się w odpowiednie otwory w podłodze niczym ostrza noży do pochew. Strażnicy wrzucili Lu do środka i z powrotem zamknęli celę.

Podbiegłem do niej. Dygotała, cała zalana krwią, zwinięta na perskim dywanie. Jej twarz była bledsza niż ściany naszej celi. Zabrano jej ortezy, nadgarstki zabandażowano, ale opatrunki już teraz przesiąkły czerwienią. Miała wysoką gorączkę.

– Ona potrzebuje lekarza! – krzyknąłem.

Gunther uśmiechnął się paskudnie.

– Jesteś bogiem uzdrowień, co nie? – zapytał.

Jego kumpel zachichotał i obaj odmaszerowali.

Lu jęknęła.

– Trzymaj się! – zawołałem, po czym zdałem sobie sprawę, że to może nie był najwłaściwszy tekst w obecnej sytuacji. Skoczyłem z powrotem do mej wygodnej sofy i zacząłem grzebać w plecaku. Strażnicy zabrali mi łuk i kołczany, w tym – Strzałę z Dodony, ale zostawili mi to, co na pierwszy rzut oka nie było bronią: przemoczone ukulele i plecak, gdzie miałem trochę leków i opatrunków, które dał mi Will. Były tam bandaże, maści, tabletki, nektar i ambrozja. Czy Galom można podawać ambrozję? A aspirynę? Nie miałem czasu się o to martwić. Zanurzyłem lniane serwetki w zimnej wodzie z dzbanka i położyłem na czole Lu, by obniżyć jej temperaturę. Wymieszałem kilka zgniecionych tabletek przeciwbólowych z ambrozją i nektarem, po czym nakarmiłem ją częścią tej mieszanki, choć ledwie była w stanie przełykać. Nie mogła skupić wzroku i drżała coraz mocniej.

– Meg? – wychrypiała.

– Ciii – opowiedziałem, powstrzymując łzy. – Uratujemy ją, obiecuję. Ale najpierw musisz wyzdrowieć.

Jęknęła, a potem z jej ust wyrwał się cienki pisk, coś jak krzyk, któremu zabrakło energii. Musiała koszmarnie cierpieć. Powinna była już nie żyć, ale ta Galijka to solidna twardzielka.

– Zanim będę kontynuował, muszę cię uśpić – ostrzegłem ją. – Bardzo mi przykro, ale muszę zerknąć na twoje nadgarstki. Trzeba oczyścić rany i zabandażować na nowo, bo jak nie, to umrzesz na sepsę.

Nie miałem pojęcia, jak to zrobić i jednocześnie nie spowodować jej śmierci z powodu szoku czy upływu krwi, ale musiałem spróbować. Strażnicy opatrzyli rany byle jak i zapewne nie chciało im się ich wysterylizować. Owszem, spowolnili upływ krwi, ale Lu i tak umarłaby bez mojej pomocy.

Wziąłem kolejną serwetkę i fiolkę chloroformu – jednej z najniebezpieczniejszych substancji w zasobach Willa. Użycie jej było ryzykowne, ale w tej rozpaczliwej sytuacji nie bardzo miałem wyjście – pozostała mi co najwyżej próba ogłuszenia Lu przez uderzenie jej w głowę talerzem do serów.

Położyłem nasączoną chloroformem serwetkę na twarzy Lu.

– Nie – zaprotestowała słabo. – Nie mogę…

– Masz wybór: to albo omdlenie z bólu, gdy tylko dotknę twoich przegubów – ostrzegłem.

Skrzywiła się, a potem skinęła głową. Przycisnąłem tkaninę do jej nosa i ust. Dwa wdechy i straciła świadomość. Modliłem się, dla jej dobra, by jej prędko nie odzyskała.

Działałem najszybciej, jak umiałem. Ręce miałem zaskakująco pewne, a wiedza medyczna przychodziła mi na pamięć instynktownie. Nie przerażała mnie skala ran, na które patrzyłem, ani upływ krwi… po prostu robiłem swoje. Usztywnić. Wysterylizować. Spróbowałbym nawet przyszyć jej dłonie, choć szanse ich przyjęcia się były niewielkie, ale mi ich nie dostarczono. Jasne, dajcie mi żyrandol i tacę z owocami, ale kończyny po amputacji olejcie.

– Przypalić ranę – mruknąłem. – Potrzebne mi…

Moja prawa dłoń stanęła w ogniu, a mnie nawet nie wydało się to dziwne. Iskra dawnych mocy boga słońca? Czemu nie?

Zamknąłem rany na nadgarstkach biednej Lu, posmarowałem leczniczą maścią, po czym porządnie zabandażowałem. Wyglądała teraz, jakby zamiast rąk miała dwa wielkie patyczki do uszu.

– Tak mi przykro – powiedziałem.

Poczucie winy przygniatało mnie jak zbroja płytowa. Nie ufałem Lu, a ona przez cały czas ryzykowała życie, by nam pomóc. Jej jedynym przestępstwem było niedocenianie Nerona, ale tego byliśmy winni wszyscy. A jaką cenę musiała zapłacić… Musicie zrozumieć: kiedy jest się muzykiem, jak ja, żadna kara nie wydaje się równie straszna jak utrata dłoni. Nie móc nigdy więcej dotknąć klawiatury ani gryfu gitary, nigdy już nie poczuć pod palcami muzyki, której tworzenie to osobny rodzaj boskości… Przypuszczałem, że dla Lu podobnie ważne były jej umiejętności walki. Już nigdy nie będzie trzymać w rękach broni.

Okrucieństwo Nerona było nieopisane. Miałem ochotę wypalić z jego twarzy ten uśmieszek samozadowolenia.

Skup się na pacjentce, powtórzyłem sobie. Wziąłem poduszki z sofy i ułożyłem je wokół Lu, starając się, by miała jak najwygodniej na podłodze. Nawet gdybym chciał zaryzykować i przenieść ją na sofę, raczej nie starczyłoby mi sił. Otarłem jej czoło kolejną zmoczoną w zimnej wodzie serwetką, a do ust wlałem odrobinę wody z nektarem. Następnie położyłem dłoń na tętnicy szyjnej i skupiłem się z całych sił. *Zdrowiej, zdrowiej, zdrowiej*, powtarzałem. Może tylko mi się wydawało, ale czułem lekkie poruszenia dawnej boskiej mocy. Moje palce, spoczywające na jej skórze, były ciepłe. Puls Lu zaczął się stabilizować, oddech uspokajać, a gorączka spadać.

Zrobiłem, co mogłem. Przepełzłem po podłodze i padłem na sofę, z wyczerpania czując zawroty głowy. Ile czasu minęło? Nie miałem pojęcia, czy Neron zdecydował się zniszczyć Nowy Jork, czy zaczekać, aż w zasięgu rażenia znajdą się siły Obozu Herosów. Być może miasto dookoła mnie właśnie płonęło, a ja nie miałem o tym pojęcia, zamknięty w celi bez okien w stanowiącej miasto w mieście wieży Nerona. Klimatyzacja dalej by działała, żyrandol połyskiwał, a toaleta sama się spłukiwała.

A Meg? Bogowie, w jaki sposób Neron zamierzał ją poddać „resocjalizacji"? Nie mogłem tego znieść. Musiałem wstać i ratować przyjaciółkę. Moje wyczerpane ciało miało jednak inny plan. Świat zaczął mi pływać przed oczyma i poczułem, jak moje myśli toną w oceanie ciemności.

– Cześć, stary.

Głos wydawał się dobiegać z drugiego końca globu przez złe połączenie satelitarne. Kiedy świat z powrotem nabrał kolorów, stałem przy stole piknikowym na plaży w Santa Barbara. Obok była budka z rybnymi tacos, gdzie Jason, Piper, Meg i ja jedliśmy ostatni posiłek przed zinfiltrowaniem floty jachtów Kaliguli. Naprzeciwko mnie siedział Jason Grace, bezcielesny i świetlisty, jak film wyświetlony na chmurze.

– Jason – jęknąłem łamiącym się głosem. – Jesteś tu?

Uśmiech na jego twarzy mrugał jak obraz telewizyjny, oczy chłopaka były jak smugi zielononiebieskiej farby. Mimo to czułem cichą moc jego obecności, a w jego głosie usłyszałem ciepło.

– Tak naprawdę mnie tu nie ma, Apollinie – powiedział. – Umarłem, a ty śnisz. Ale dobrze cię widzieć.

Spuściłem głowę, bojąc się, że zawiodą mnie słowa. Przede mną stała porcja jedzenia zmienionego w złoto, jak pod dotykiem króla Midasa. Nie miałem pojęcia, co to oznacza, i wcale mi się to nie podobało.

– Tak mi przykro – wykrztusiłem w końcu.

– Nie, nie – powiedział Jason. – Sam podjąłem decyzję. To nie twoja wina. Jesteś mi winien jedynie pamięć o moich ostatnich słowach. Pamiętaj, co jest ważne.

– Ty jesteś ważny! – krzyknąłem – Ty i twoje życie!

Jason schylił głowę.

– No jasne – powiedział – ale jeśli heros nie jest gotowy, by poświęcić wszystko dla większego dobra, to czy taka osoba w ogóle zasługuje na to miano?

Lekko podkreślił słowo „osoba", jakby chciał zaakcentować, że może chodzić i o człowieka, i o fauna, driadę, gryfa czy pandosa… nawet o boga.

Tak bardzo chciałem sięgnąć przez stół, złapać Jasona za ręce i przeciągnąć go z powrotem do świata żywych! Ale nawet gdybym mógł, wiedziałem, że Jason nie byłby z tego zadowolony. Pogodził się z konsekwencjami swojego wyboru i przywrócenie go żywym byłoby tylko realizacją moich własnych egoistycznych marzeń, bo przecież nie chciałem radzić sobie z bólem i smutkiem po jego stracie.

– Dobrze – powiedziałem. Ból, od tygodni zaciśnięty jak pięść w mojej piersi, zaczął w końcu słabnąć. – Dobrze, Jasonie. Ale wiesz, bardzo za tobą tęsknimy.

Jego twarz rozmyła się w smugi kolorowego dymu.

– Ja też tęsknię – wyznał. – Za wszystkimi. Apollinie, mam do ciebie prośbę. Uważaj na sługę Mitry, lwa oplecionego wężem. Wiesz, co to za istota i co może zrobić.

– Ja... co? Nie mam pojęcia! Powiedz mi, o co chodzi! – błagałem.

Jason uśmiechnął się blado, ostatni raz.

– Ja ci się tylko śnię – przypomniał. – Już masz wszystkie niezbędne informacje. Mówię ci tylko... za układy ze strażnikiem gwiazd trzeba zapłacić. Czasem masz to być ty... a czasem to ty musisz pozwolić, by zrobił to ktoś inny.

Zupełnie nic mi to nie wyjaśniło, ale sen nie dał mi więcej czasu na pytania. Jason zniknął, a moje złote danie zmieniło się w pył. Wybrzeże w Santa Barbara rozpłynęło się w nicość, a ja zerwałem się ze snu na wygodnej sofie.

– Żyjesz? – spytał zachrypnięty głos.

Lu leżała na drugiej sofie naprzeciwko mnie. Nie miałem pojęcia, jak w ogóle dała radę wstać z podłogi. Oczy i policzki miała zapadnięte, a bandaże na kikutach rąk upstrzone brązowawymi plamkami w miejscach, gdzie przesączyła się krew. Była jednak nieco mniej blada i patrzyła na mnie przytomnym spojrzeniem. Wywnioskowałem z tego, że moje boskie moce leczenia, skądkolwiek wtedy się pojawiły, choć trochę pomogły. Byłem tak zaskoczony, że na chwilę zabrakło mi słów.

– Chyba powinienem zapytać... – wykrztusiłem w końcu – jak bardzo cię boli?

Podniosła niepewnie kikut ręki.

– A, o to chodzi! Bywało gorzej.

– Bogowie! – wymamrotałem – Próbujesz być zabawna. Naprawdę, ciebie nie da się zniszczyć!

Mięśnie na jej twarzy drgnęły – czyżby próbowała się uśmiechnąć? A może tylko nieświadomie reagowała na ciągle koszmarnie silny ból?

– Co z Meg? Jak ją znajdziemy? – spytała.

Podziwiałem jej determinację. Cierpiała, została niesłusznie ukarana, a mimo to cały czas myślała tylko o tym, jak pomóc naszej młodej przyjaciółce.

– Nie jestem pewien – wyznałem. – Odszukamy ją, ale najpierw musisz odzyskać siły. Kiedy się stąd wyrwiemy, musisz być w stanie sama iść, bo ja raczej cię nie uniosę.

– Serio? – spytała Lu. – A miałam taką nadzieję na przejażdżkę na barana!

Łał. Galowie ewidentnie nabierają poczucia humoru po odniesieniu zagrażających życiu obrażeń.

Oczywiście cały pomysł z ucieczką z celi był absurdalny. Nawet gdyby nam się udało, bylibyśmy zbyt słabi, by ocalić Meg albo walczyć z siłami cesarza. Nie mogłem jednak stracić nadziei, zwłaszcza że moja bezręka towarzyszka demonstrowała poczucie humoru. Poza tym sen o Jasonie przypomniał mi, że gdzieś na tym piętrze wieży ukryte są *fasces* Nerona, strzeżone przez lwa oplecionego wężem. Strażnik gwiazd, sługa Mitry – cokolwiek to wszystko znaczyło – musiał być niedaleko, a jeżeli zażąda zapłaty za to, że będziemy mogli zdeptać i połamać Neronową różdżkę nieśmiertelności, byłem gotowy ją uiścić.

– Mam jeszcze trochę ambrozji. – Zacząłem grzebać w plecaku. – Powinnaś coś zjeść…

Drzwi na końcu korytarza z hukiem się otwarły, a przed naszą celą pojawił się Gunther ze srebrną tacą pełną kanapek i puszek z napojami. Pokazał w uśmiechu wszystkie trzy posiadane zęby.

– Lunch – oznajmił.

Trzy środkowe pręty opadły szybko niczym gilotyna. Gunther wsunął tacę do środka, po czym wejście zatrzasnęło się ponownie tak szybko, że nie zdążyłem nawet pomyśleć o zaatakowaniu naszego strażnika.

Potrzebowałem jedzenia, ale na sam widok tych kanapek robiło mi się słabo. Od chleba odcięto skórkę, a kanapki pokrojono nie w trójkąty, lecz w kwadraty. Od razu było widać, że ten posiłek przygotowali barbarzyńcy.

– Nabierzcie sił! – zawołał Gunther z radochą w głosie. – Żebyście nie umarli przed imprezą!

– Imprezą? – spytałem, czując maleńką iskierkę nadziei. Nie dlatego, że lubię imprezować albo że przepadam za ciastem (choć oba te stwierdzenia są prawdziwe), ale dlatego, że jeśli Neron przesunął na później swoje wielkie święto, to być może jeszcze nie nacisnął przycisku zniszczenia.

– Tak! – potwierdził Gunther. – Dziś wieczorem! Najpierw będziemy was torturować, a potem palić miasto!

Skupiony na tej szczęśliwej myśli odmaszerował, chichocząc i zostawiając nas z tacą barbarzyńskich kanapek.

22

Położę się spać
Aby ocalić tych, których kocham
Nie dziękujcie. Jest super

BOGOWIE NIE SĄ mistrzami dotrzymywania terminów.

Idea, że ma się ograniczony czas na zrobienie czegoś, dla nieśmiertelnych po prostu nie ma sensu. Od kiedy zamieniłem się w Lestera Papadopoulosa, przyzwyczaiłem się do czegoś takiego: „Idź tam teraz, bo po tej dacie nastąpi koniec świata. Zdobądź ten przedmiot do przyszłego tygodnia, inaczej wszyscy twoi kumple umrą".

A mimo to wciąż szokiem była dla mnie świadomość, że Neron zamierza spalić Nowy Jork tego wieczora – z tortem, świętowaniem i solidną dawką tortur – a ja nic nie mogę w tej sprawie zrobić.

Po wyjściu Gunthera gapiłem się przez pręty. Czekałem, że może pojawi się znów w polu widzenia i wrzaśnie: „Żartowałem!", ale korytarz pozostawał pusty. Widziałem niewielki jego wycinek z białą ścianą i jedną kamerą przemysłową zamontowaną na suficie, wpatrzoną we mnie połyskującym czarnym okiem.

Odwróciłem się do Lu.

– Oceniłem, że nasza sytuacja jest beznadziejna.

– Dzięki. – Skrzyżowała kikuty na piersi jak faraon. – To bardzo przydatna perspektywa.

– Tam jest kamera przemysłowa.

– Owszem.

– Jak w takim razie zamierzałaś nas stąd uwolnić? Zobaczyliby cię.

Lu jęknęła.

– To tylko *jedna* kamera. Łatwo ją ominąć. Część mieszkalna? Całkowicie pokryta monitoringiem z każdego kąta, naszpikowana mikrofonami i czujnikami ruchu przy wejściach…

– Rozumiem.

Wściekało mnie to, choć nie dziwiło, że rodzina Nerona była pod większym nadzorem niż jego więźniowie. To przecież był człowiek, który zabił własną matkę.

A teraz hodował własne stado młodych tyranów. *Musiałem* odzyskać Meg.

Potrząsnąłem prętami, żebym mógł powiedzieć, że próbowałem. Nie poruszyły się. Przydałby mi się niezły kop boskiej energii, żeby wyapollinować się stąd, ale nie mogłem polegać na tym, że moja moc pojawi się wtedy, kiedy będę jej potrzebował.

Powlokłem się na sofę, rzucając gniewne spojrzenia na obrażające moją dumę kanapki i napoje.

Usiłowałem sobie wyobrazić, co działo się teraz z Meg.

Widziałem ją w bogato urządzonym pokoju, podobnym do tego – być może oprócz krat, choć i tak była to cela więzienna. Jej wszystkie ruchy były nagrywane, każda rozmowa podsłuchiwana. Nic dziwnego, że w dawnych czasach wolała włóczyć się po zaułkach Hell's Kitchen, zaczepiać bandziorów z workami zgniłych jarzyn i przyjmować na swoją służbę byłych bogów.

Teraz nie będzie miała takiego wyjścia. Nie będzie miała u swego boku mnie ani Luguselwy. Będzie całkowicie otoczona i całkowicie samotna.

Zaczynałem wyobrażać sobie, jak działały mentalne gry. Jako bóg uzdrawiania znam się co nieco na psychologii i zdrowiu psychicznym, aczkolwiek przyznaję, że nie zawsze potrafię zastosować najlepsze terapie do samego siebie.

Skoro Neron spuścił ze smyczy Bestię, będzie udawał łagodność. Będzie się starał przekonać Meg, że jest w domu. Jeśli tylko pozwoli mu „pomóc" sobie, otrzyma przebaczenie. Neron był jednocześnie dobrym gliną i złym gliną – ostatecznym manipulatorem.

Myśl o tym, że będzie usiłował pocieszyć małą dziewczynkę, którą wcześniej straumatyzował, przyprawiała mnie o mdłości. Meg raz już uciekła od Nerona. Sprzeciwienie się jego woli musiało wymagać więcej siły i odwagi, niż którykolwiek ze znanych mi bogów kiedykolwiek posiadał. Ale teraz… wrzucona z powrotem w dawne przemocowe środowisko, które Neron wmówił jej w dzieciństwie jako normę, będzie potrzebowała jeszcze więcej siły, żeby się nie załamać. Tak łatwo będzie zapomnieć, co zdołała osiągnąć.

„Pamiętaj, co jest ważne" – rozbrzmiał w mojej głowie głos Jasona, ale to, co powiedział Neron, też się tam błąkało. „Nie da się tak szybko przekreślić tysiąca lat natury, prawda?" Wiedziałem, że moja niepewność związana z własnymi słabymi punktami mieszała się z troską o Meg. Nawet gdybym jakoś zdołał wrócić na Olimp, nie udałoby mi się pewnie zatrzymać wszystkich tych ważnych rzeczy, których nauczyłem się jako śmiertelnik. Przez to zacząłem wątpić w to, czy Meg uda się zachować wolę, by być mocną w jej własnym toksycznym domu.

Podobieństwa między domem Nerona a moim rodzinnym na Olimpie wprawiały mnie w rosnący niepokój. Poczucie, że my, bogowie, jesteśmy równie manipulatorscy i przemocowi jak najgorszy z rzymskich cesarzy… Nie, to nie mogło być prawdą.

Zaraz. Owszem, mogło. Uch. Potrzebowałem świeżego spojrzenia. Wolałem miększy filtr instagramowy – może Amaro, może Perpetuę.

– Wydostaniemy się stąd. – Głos Lu wyrwał mnie z żałośliwych myśli. – A potem pomożemy Meg.

Zważywszy na jej stan, było to mocne stwierdzenie. Uświadomiłem sobie, że usiłowała mnie pocieszyć. To było nieuczciwe, że ona musiała... a jeszcze bardziej, że ja tego tak bardzo potrzebowałem.

Jedyna odpowiedź, jaka przyszła mi do głowy, brzmiała:

– Masz ochotę na kanapkę?

Spojrzała na tacę.

– Tak. Z twarożkiem ogórkowym, jeśli taka jest. Kucharz robi dobry twarożek z ogórkiem.

Znalazłem właściwy smak. Zastanawiałem się, czy w dawnych czasach wędrowne grupki celtyckich wojowników szły do walki z plecakami pełnymi kanapek z ogórkowym twarożkiem. Może to była tajemnica ich sukcesu.

Nakarmiłem ją kilkoma kęsami, ale ona stała się niespokojna.

– Po prostu połóż mi kanapkę na piersi. Jakoś sobie poradzę. Muszę zacząć sobie radzić.

Użyła kikutów do przesunięcia jedzenia ku ustom. Nie miałem pojęcia, jak zdołała tego dokonać, nie mdlejąc z bólu, ale nie oponowałem. Mój syn Asklepios, bóg medycyny, wyśmiewał się ze mnie w kwestii pomagania osobom niepełnosprawnym. „Pomagaj im, jeśli o to proszą. Ale zaczekaj, aż poproszą. To ich wybór, nie twój".

Dla boga nie było to łatwe do zrozumienia, zupełnie jak terminy, ale pozwoliłem Lu jeść o własnych siłach. Wybrałem dla siebie kilka kanapek: szynka z serem, sałatka jajeczna. Od dawna nic nie jadłem. Nie miałem apetytu, ale potrzebowałem energii, skoro mieliśmy się stąd wydostać. Energii… i informacji.

Zerknąłem na Lu.

– Wspominałaś o mikrofonach.

Kanapka wypadła jej spomiędzy kikutów i wylądowała na brzuchu. Z ledwie zauważalnym zmarszczeniem brwi Lu zaczęła znów ją chwytać.

– Konkretnie mikrofonach monitoringu. Co z nimi?

– Czy są w tej celi?

Lu miała niepewną minę.

– Chcesz wiedzieć, czy strażnicy nas podsłuchują? Nie sądzę. Chyba że zainstalowali mikrofony w ciągu ostatniej doby. Nerona nie obchodzi, o czym gadają więźniowie. Nie znosi ludzi, którzy narzekają i jęczą. Tylko jemu wolno to robić.

To bardzo pasowało do Nerona.

Chciałem przedyskutować plany z Lu – chociażby po to, żeby ją pocieszyć, dać jej do zrozumienia, że moja wspaniała troglodycka drużyna kopaczy tuneli może już być w drodze, żeby przedziurawić Złowieszcze Zasoby Zagłady, co będzie oznaczało, że poświęcenie Galijki nie pójdzie całkowicie na marne. A mimo to zamierzałem być ostrożny z tym, co mówię. Nie chciałem przyjmować, że mamy tu prywatność. Już dostatecznie wiele razy nie doceniliśmy Nerona.

– Cesarz chyba nie wiedział o… *tym drugim* – powiedziałem.

Kanapka Lu znów wylądowała na jej brzuchu.

– Masz na myśli tę drugą rzecz, która *się dzieje*? Udało ci się to zorganizować?

Mogłem jedynie żywić nadzieję, że oboje mówimy o tej samej „drugiej rzeczy". Lu kazała nam zorganizować pewnego rodzaju podziemny sabotaż, ale z oczywistych powodów nie miałem okazji opowiedzieć jej szczegółów o Nicu, Willu, Rachel i troglodytach. (Skądinąd Nico, Will, Rachel i Troglodyci to byłaby najgorsza pod słońcem nazwa dla zespołu rockowego).

– Mam taką nadzieję – powiedziałem. – Zakładając, że wszystko pójdzie według planu. – Nie dodałem „a troglodyci nie zjedli moich przyjaciół, ponieważ przyprowadziliśmy wredne czerwone bydło do ich obozu". – Ale bądźmy szczerzy, dotychczas sprawy nie szły zgodnie z planem.

Lu podniosła ponownie kanapkę – tym razem nieco sprawniej.

– Nie wiem, jak ty, ale ja mam Nerona dokładnie tam, gdzie planowałam go mieć.

Nie sposób było się nie uśmiechnąć. Bogowie, ta Galijka... Przebyłem drogę od nielubienia i nieufania jej do bycia gotowym bronić jej własną piersią. Chciałem, żeby stała przy moim boku, z rękami lub bez nich, kiedy będziemy pokonywać cesarza i ratować Meg. Bo *zrobimy* to, jeśli zdołam wydobyć z Lu choćby małą cząstkę jej siły.

– Neron powinien się ciebie bać – potaknąłem. – Załóżmy, że *to drugie* się dzieje. Załóżmy też, że możemy się stąd wydostać i zająć... eee, tą *drugą* drugą sprawą.

Lu przewróciła oczami.

– Masz na myśli *fasces* cesarza.

Skrzywiłem się.

– Tak, dobra. To. Byłoby dobrze, gdybym dostał trochę więcej informacji o ich strażniku. Jason nazwał go strażnikiem gwiazd, stworzeniem Mitry, ale...

– Czekaj. Kim jest Jason?

Nie chciałem wracać do tego bolesnego tematu, ale wyjaśniłem jej podstawy, a następnie wytłumaczyłem, o czym rozmawiałem z synem Jowisza we śnie.

Lu usiłowała usiąść. Jej twarz przybrała kolor kitu, przez co tatuaże pociemniały w fiolet.

– Uch. – Oparła się znowu. – Mitra mówisz? Nie słyszałam tego imienia od bardzo dawna. Mnóstwo rzymskich oficerów było dawniej jego wyznawcami, ale ja nigdy nie przepadałam za tymi perskimi bogami. Trzeba było dołączyć do kultu, żeby poznać te wszystkie tajne uściski ręki i tak dalej. Elita, klub dla wybranych, ple, ple. Cesarz był członkiem z automatu, oczywiście, co ma sens…

– Ponieważ?

Przeżuwała kanapkę z ogórkiem.

– Tłumaczy, jak Neron znalazł tego strażnika. Ja… ja nie wiem, co to jest. Widziałam to tylko raz, kiedy Neron to… zainstalował, jak byś zapewne powiedział. Wiele lat temu. – Wzdrygnęła się. – Nie chcę tego nigdy więcej oglądać. Ta lwia twarz, te oczy… jakby przeszywały mnie na wylot, jakby rzucały mi wyzwanie… – Pokręciła głową. – Masz rację. Potrzebujemy więcej informacji, jeśli masz to pokonać. I musimy wiedzieć, jak się ma Meg.

Dlaczego wpatrywała się we mnie z taką nadzieją?

– To byłoby super – przytaknąłem. – Ale skoro jesteśmy zamknięci w celi…

– Właśnie powiedziałeś mi, że miałeś wizję we śnie. Zdarza ci się to często?

– No, tak. Ale nie mam nad tym kontroli. W każdym razie niezbyt wielką.

Lu prychnęła.

– Typowy Rzymianin.

– Grek.

– Nieważne. Sny są pojazdem, jak rydwan. Musisz nimi kierować. Nie możesz pozwolić, żeby one kierowały tobą.

– Chcesz, żebym co… poszedł znów spać? Zebrał we śnie informacje?

Jej powieki zaczęły opadać. Może słowo „spać" przypomniało jej ciału, że to superpomysł. W jej stanie samo to, że czuwała przez kilka godzin i zjadła kanapkę, stanowiło równowartość przebiegnięcia maratonu.

– To brzmi jak plan – przyznała. – Teraz jest pora obiadowa, a to daje nam co… siedem, osiem godzin do zachodu słońca? Neron urządzi swoją imprezę o zachodzie słońca, jestem tego pewna. Najlepsza godzina, by oglądać pożar miasta. Obudź mnie, jak dowiesz się czegoś więcej.

– A co jeśli nie zdołam zasnąć? A jeśli zasnę, kto obudzi *mnie?*

Lu zaczęła chrapać.

Do jej podbródka przykleił się malutki kawałeczek ogórka, ale postanowiłem go tam zostawić. Może później będzie miała na niego ochotę.

Usiadłem z powrotem na sofie i wpatrywałem się w żyrandol połyskujący radośnie nad moją głową.

Dziś wieczorem impra z okazji spalenia Manhattanu. Neron będzie nas torturował. A potem, wyobraziłem sobie, złoży mnie w jakiś sposób w ofierze, żeby udobruchać Pytona i przypieczętować sojusz.

Musiałem myśleć szybko, a poruszać się jeszcze szybciej.

Potrzebowałem moich *mocy* – siły, żeby wygiąć pręty lub przebić się przez ściany, ognia, żeby spalić twarz Gunthera, kiedy znów przyniesie nam pozbawione chrupiącej skórki kanapki.

Nie potrzebowałem drzemki.

A jednak… Lu miała rację. Sny mogą być pojazdami.

Jako bóg proroctw często zsyłam wizje tym, którzy ich potrzebują: ostrzeżenia, przebłyski z przyszłości, sugestie, jakie kadzidło lubię najbardziej. Wpycham ludziom sny prosto do głowy. Ale od kiedy zostałem śmiertelnikiem, straciłem tę pewność siebie. Pozwoliłem, by sny mną kierowały, zamiast brać lejce w ręce, jak wtedy, kiedy kierowałem słonecznym rydwanem. Mój zaprzęg ognistych koni zawsze wyczuwał słabość lub niepewność woźnicy. (Biedny Faeton przekonał się o tym bardzo boleśnie). Sny są nie mniej wredne.

Musiałem zobaczyć, co się dzieje z Meg. Musiałem zobaczyć strażnika pilnującego cesarskich *fasces*, żeby wymyślić, jak je zniszczyć. Musiałem dowiedzieć się, czy Nico, Will i Rachel są bezpieczni.

Co się stanie, jeśli chwycę lejce snów i wrzasnę: „Wio!"? W najlepszym razie wyzwolę koszmary senne. W najgorszym mogę popchnąć mój umysł w dół Klifów Szaleństwa i nigdy się nie obudzić.

Przyjaciele na mnie liczyli.

Zdobyłem się więc na heroiczny czyn – zamknąłem oczy i poszedłem spać.

23

Pędź, rydwanie snów!
Z drogi, jestem bogiem!
Biip! Biip! Łup!

JAZDA RYDWANEM SNÓW kiepsko mi poszła. Gdyby policja marzeń sennych była na patrolu, walnęłaby mi mandat.

Moją świadomość natychmiast porwał mistyczny wicher. Potoczyłem się po podłodze, spadłem ze schodów, przeleciałem przez klatki schodowe, biura i schowki na miotły, wpadając do wnętrza wieży, jakby spłukała mnie tam wielka kosmiczna toaleta (która, skądinąd, jest wyjątkowo ohydnym przykładem instalacji sanitarnej; nikt jej nigdy nie czyści). *DO GÓRY, DO GÓRY!*, zachęcałem sen, ale jakoś nie mogłem znaleźć lejców. Przetoczyłem się przez zbiorniki greckiego ognia (to było dziwne), a następnie trafiłem do tuneli pod Manhattanem, desperacko szukając jakiegokolwiek śladu po moich przyjaciołach albo po troglodytach, pędziłem jednak za szybko, obracając się jak bączek.

Wpadłem do Labiryntu i zarzuciło mnie na bok pod wpływem powiewu nadnaturalnego eteru. *Dam radę*, powiedziałem sobie. To jak jazda rydwanem… poza tym że nie ma koni. Ani rydwanu. Ani ciała.

Poleciłem, by sen zabrał mnie do Meg, którą najbardziej chciałem zobaczyć. Wyobraziłem sobie, że sięgam przed siebie i łapię lejce. I kiedy już byłem pewien, że się udało, krajobraz snu się ustabilizował. Znalazłem się z powrotem w jaskini pod Delfami, gdzie powietrze wypełniały wulkaniczne wyziewy, a w mroku wił się ciężki kształt Pytona.

– Znów cię mam! – powiedział z zadowoleniem. – Upadniesz...

– Nie mam teraz dla ciebie czasu! – odparowałem, zaskakując siebie samego równie mocno jak Pytona.

– Że co? – spytał.

– Muszę lecieć! – Chwyciłem mocniej lejce snu.

– Jak śmiesz! Nie możesz...

Szarpnęło mnie do tyłu, jakbym był uwiązany na gumce. Czemu do tyłu?! Nienawidzę poruszać się tyłem do kierunku jazdy, ale sen chyba dalej usiłował mi pokazać, kto tu rządzi. Przewinęło mnie w pędzie z powrotem przez Labirynt, tunele śmiertelników, schody wieży... W końcu się zatrzymałem; ścisnęło mnie w żołądku, a potem zwymiotowałem... no, to widmowe coś, co można zwymiotować w świecie snów. Moja głowa i żołądek krążyły wokół siebie jak trzęsące się kule lawy.

Znalazłem się w eleganckiej sypialni. Zajmujące całą ścianę okno pokazywało panoramę miasta aż po rzekę Hudson. Krajobraz na szczęście nie nosił żadnych śladów ognia. Meg McCaffrey była zajęta demolowaniem pomieszczenia. Nawet bez szabel szło jej to wręcz rewelacyjnie – używała połamanej nogi od krzesła, którą waliła na oślep we wszystko, co się napatoczyło. Jedyne drzwi do pokoju blokował Germanin, stojący ze skrzyżowanymi ramionami i obojętnym wyrazem twarzy, podczas gdy kobieta w staroświeckim, czarno-białym stroju pokojówki krzywiła się i załamywała ręce za każdym razem, kiedy coś pękało z hukiem. Trzymała naręcze czegoś, co wyglądało jak sukienki na imprezę.

– Panno Meg, może zechce panienka po prostu wybrać strój na dzisiejsze przyjęcie – mówiła. – I może gdyby panienka nie… Oj. Ojej. To był antyk. Nie, nie, wszystko w porządku. Przyniosę inne. Oj! No cóż, panienko, jeżeli panience nie podoba się ta pościel, to mogę… Naprawdę nie trzeba jej targać na strzępy!

Atak wściekłości Meg poprawił mi humor. *Tak jest, moja droga* – pomyślałem. – *Daj im przedsmak Tartaru!*

Meg cisnęła połamanym krzesłem w lampę, po czym porwała kolejne, jeszcze całe, i zamierzyła się, by nim rzucić w okno. Ciche pukanie do drzwi sprawiło, że zamarła. Germanin cofnął się o krok, otworzył drzwi i skłonił się, gdy do pokoju wszedł Neron.

– Moja droga, tak mi przykro! – Głos cesarza wręcz ociekał współczuciem. – Chodź, usiądź tu koło mnie.

Podszedł do łóżka i usiadł na jego brzegu. Poklepał potarganą przez Meg narzutę. Po cichu trzymałem kciuki, by Meg rozbiła mu głowę krzesłem – w końcu był tu, w zasięgu jej rąk! – ale po chwili zrozumiałem, że o to właśnie mu chodziło. Chciał zrobić wrażenie, że Meg ma nad nim władzę, i sprawić, by poczuła się odpowiedzialna za to, że wybrała przemoc. Gdyby to zrobiła, mógłby ją ukarać, jak chciał.

Meg odstawiła krzesło, ale nie podeszła do cesarza. Odwróciła się tyłem i splotła ramiona przed sobą. Jej usta drżały. Tak bardzo chciałem podbiec do niej, osłonić ją, wjechać moim rydwanem snów prosto w gębę Nerona – ale mogłem tylko obserwować.

– Wiem, że czujesz się okropnie – zaczął cesarz – po tym, co zrobiłaś swojej przyjaciółce.

Meg odwróciła się do niego.

– Co JA jej zrobiłam?! – krzyknęła.

Porwała krzesło i rzuciła nim, ale nie w Nerona. Rąbnęło w okno, zostawiając ślad, ale nie rozbijając szyby. Przez moment widziałem na twarzy cesarza uśmieszek satysfakcji, który jednak zaraz zniknął, zastąpiony maską współczucia.

– Tak, drogie dziecko. Ten gniew to wyraz poczucia winy. To ty przyprowadziłaś tu Apollina. Wiedziałaś, co to znaczy i co się musi stać, ale i tak to zrobiłaś. To musi być bolesne, zdawać sobie sprawę, że wydałaś go na śmierć.

Ramiona Meg zadrżały.

– Ale ja… Ja nie… To ty odciąłeś… – urwała, ewidentnie niezdolna, by powiedzieć coś więcej. Wbiła wzrok w swoje dłonie, zaciśnięte w pięści, jakby miały zerwać się i same uciec z jej nadgarstków, gdyby przestała na nie patrzeć.

– Nie możesz się za to winić – powiedział Neron tonem oznaczającym: „To wszystko twoja wina". – Luguselwa dokonała złego wyboru. Wiesz o tym i na pewno rozumiałaś, jak to się musi skończyć. Jesteś zbyt bystra, by nie dostrzec konsekwencji. Tak wiele razy o nich rozmawialiśmy!

Westchnął z ubolewaniem.

– Być może Kasjusz przesadził, odcinając jej dłonie. Jeśli chcesz, mogę go za to ukarać – powiedział, pochylając głowę.

– Co? – Meg dygotała, jakby już nie wiedziała, w którą stronę skierować armatę swojej wściekłości. – Nie! To nie była jego wina, tylko…

Urwała, zanim padło oczywiste słowo: „twoja". Kiedy Neron siedział obok niej, łagodnie z nią rozmawiał i skupiał się tylko na niej, zabrakło jej sił.

Meg! – krzyknąłem, ale z moich ust nie wydobył się żaden dźwięk – *Demoluj dalej!*

– Masz dobre serce – kontynuował z westchnieniem cesarz. – Troszczysz się o Apollina i o Lu. Rozumiem to. A kiedy uwalniasz Bestię… – rozłożył ręce – ja wiem, to jest stresujące. Ale to nie koniec, Meg. Może usiądziesz koło mnie? Nie proszę, żebyś mnie przytuliła albo przestała się złościć. Mam jednak wiadomości, które cię ucieszą.

Znowu poklepał materac. Pokojówka załamała ręce, a Germanin zajął się dłubaniem w zębach.

Meg się zawahała. Wyobrażałem sobie galopadę myśli w jej głowie: *Chodzi o Apollina? Wypuścisz go, jeśli będę współpracować? Czy Lu żyje? Zostanie uwolniona? A jeśli zbuntuję się przeciwko twoim planom, to czy narażę ich na niebezpieczeństwo?* W powietrzu ciągle wisiały niewypowiedziane słowa Nerona: „To wszystko twoja wina, ale ciągle możesz to naprawić".

Meg powoli podeszła do łóżka. Usiadła, sztywna i niepewna. Chciałem rzucić się między nią a Nerona i zablokować tę przestrzeń, by cesarz nie mógł już się do niej zbliżyć, ale się bałem, że jego wpływ sięga poza zwykłą fizyczną sferę. Cesarz jak robak wpychał się prosto w jej umysł.

– Dobra wiadomość jest taka – powiedział – że zawsze będziemy mieć siebie. Nigdy cię nie opuszczę. Nigdy nie zdołasz zrobić błędu tak wielkiego, żebym cię odrzucił. Lu, zdradzając mnie, zdradziła i ciebie. Apollo z kolei był nieodpowiedzialnym egoistą i wręcz, jak sądzę, osobowością narcystyczną. Ale ja cię znam. Ja cię wychowałem. Tu jest twój dom.

Bogowie, pomyślałem. Neron był tak dobry w byciu złym i tak zły, gdy grał dobrego, że słowa w jego ustach traciły znaczenie. Mógłby powiedzieć, że sufit to podłoga, i zrobić to z takim przekonaniem, że każdy zacząłby mu wierzyć – zwłaszcza gdyby niezgoda miała uwolnić Bestię. Zastanawiałem się, jak ktoś taki zdołał zostać cesarzem Rzymu, a potem – jakim cudem w ogóle swoją władzę stracił. Łatwo było sobie wyobrazić, w jaki sposób zyskiwał poklask tłumu.

Meg dygotała, ale czy z wściekłości, czy z rozpaczy, nie byłem pewien.

– No już. – Neron objął ją ramieniem. – Popłacz sobie. Wszystko w porządku. Jestem przy tobie.

Poczułem zimną kulę w żołądku. Podejrzewałem, że kiedy tylko Meg się rozpłacze, będzie po zabawie. Załamie się cała niezależność, którą w sobie budowała i o którą walczyła. Meg rzuci się cesarzowi na szyję, tak jak robiła to jako mała dziewczynka, po tym jak Neron zabił jej prawdziwego ojca. Meg, którą znałem, zniknie pod udręczoną, zdeprawowaną osobowością, którą cesarz przez lata kształtował.

Scena zaczęła się rozwiewać, może dlatego że byłem zbyt zdenerwowany, by kontrolować sen, albo po prostu nie mogłem patrzeć na to, co miało się stać. Rydwan pędził przez całą wieżę, piętro po piętrze, podczas gdy ja rozpaczliwie próbowałem złapać lejce. *Jeszcze nie!* – upierałem się. – *Potrzebuję więcej informacji!*

Niestety, dostałem je.

Zatrzymałem się przed drzwiami ze złota – to nigdy nie jest dobry znak. Sen wepchnął mnie do niewielkiego skarbca. Czułem się, jakbym wszedł do rdzenia reaktora atomowego. Wściekłe gorąco groziło, że moja senna postać zaraz spłonie na widmowy popiół. Przede mną, wznosząc się nad piedestałem ze stygijskiego żelaza, stały *fasces* Nerona: wysoki na półtora metra złoty topór, otoczony drewnianymi rózgami i związany z nimi złotymi sznurami. Ceremonialna broń pulsowała mocą o wiele mocniej niż te *fasces*, które Meg i ja zniszczyliśmy w wieży Sutro.

Zaczęło mi świtać, co to musi znaczyć… coś szeptało to w mojej głowie jak zatrutą przepowiednię Pytona. Trzech cesarzy Triumwiratu nie założyło po prostu wspólnej korporacji. Ich siła życiowa, ambicje, chciwość i zło połączyły się przez wieki. Kiedy zabiłem Kommodusa i Kaligulę, jednocześnie przelałem całą moc triumwiratu w *fasces* Nerona. Sprawiłem, że cesarz, który przeżył, stał się trzy razy potężniejszy i trudniejszy do zabicia. Nawet gdyby *fasces* były niestrzeżone, ciężko by je było zniszczyć.

A *fasces*, owszem, miały strażnika. Stał za złotym toporem, z rękami rozłożonymi w geście błogosławieństwa. Jego ciało było ludzkie, wysokie na ponad dwa metry. Muskularną pierś, ramiona i nogi porastało złote futro, a białe skrzydła istoty kojarzyły mi się z jednym ze służących Zeusowi duchów wiatru albo z aniołami, które tak lubili malować chrześcijanie. Oblicze strażnika jednak nie było anielskie. Miał otoczoną potarganą grzywą głowę lwa, z uszami otoczonymi czarnym futrem i pyskiem, który, otwarty, odsłaniał kły i czerwony jęzor. Z jego wielkich, złotych oczu emanowała senna, świadoma swej potęgi siła. Ale najdziwniejszą rzeczą był wąż, który otaczał ciało strażnika od kostek nóg po szyję, wąż bez głowy ani ogona, spirala zielonego ciała wijąca się wokół niego jak niekończąca się serpentyna.

Człowiek lew spojrzał na mnie, a fakt, że śniłem, nic dla niego nie znaczył. Złote oczy wbiły się we mnie i nie chciały mnie puścić; badały mnie wzrokiem, jakbym był kryształkiem małego troga.

Strażnik mówił bez słów. Powiedział mi, że jest leontocefalinem, tworem Mitry, perskiego boga tak tajemniczego, że my, bóstwa Olimpu, nigdy go tak naprawdę nie rozumieliśmy. W imieniu Mitry leontocefalin strzegł ruchów gwiazd i przemian znaków zodiaku, a także należącego do boga wielkiego berła nieśmiertelności. Stracił je eony temu, a teraz zyskał nowe zadanie i nowy symbol władzy do strzeżenia.

Samo patrzenie na tę istotę groziło mi pomieszaniem zmysłów. Próbowałem zadawać jej pytania. Zrozumiałem, że walka z nią nie ma sensu, bo była wieczna i nie dało się jej zabić, tak jak nie da się zabić czasu. Strzegła nieśmiertelności Nerona, ale czy nie było jakiegoś sposobu, żeby... Och, tak. Można z nią pertraktować. Zobaczyłem, czego pragnie. Kiedy to zrozumiałem, moja dusza zwinęła się w kłębek jak martwy pająk. Neron był sprytny. Obrzydliwie, diabelsko sprytny. Zastawił na mnie pułapkę za pomocą symbolu własnej potęgi i cynicznie zakładał, że nie zechcę zapłacić tej ceny.

W końcu, kiedy przekazał mi, co miał do powiedzenia, leontocefalin mnie wypuścił. Moja senna postać wróciła do ciała. Usiadłem, łapiąc gwałtownie powietrze w płuca, cały zlany potem.

– Pora wstawać – powiedziała Lu. Chodziła po celi, co mnie zszokowało; moja moc leczenia musiała zrobić coś więcej, niż tylko zacząć gojenie ran po amputacji. Galijka stała trochę niepewnie, ale nie wyglądała na osobę, która jeszcze wczoraj musiała używać kul i ortez. Nawet sińce na jej twarzy zbladły.

– Wyglądasz… lepiej – powiedziałem. – Jak długo spałem?

– Za długo. Gunther godzinę temu przyniósł obiad. – Wskazała na nową tacę jedzenia na podłodze. – Powiedział, że niedługo wróci i zabierze nas na przyjęcie. Ale dureń był nieostrożny, zostawił sztućce!

Uniosła kikuty. O bogowie. Co ona narobiła? Jakimś cudem zdołała przymocować widelec do jednego z nich, a nóż do drugiego. Wsunęła rączki sztućców między bandaże, a potem okleiła je… Zaraz. Czy to moja taśma chirurgiczna?

Spojrzałem na podłogę obok mojej sofy. Jako żywo plecak leżał otwarty, a jego zawartość była rozrzucona po podłodze. Próbowałem jednocześnie zapytać: „Jak?" i „Dlaczego?", w rezultacie wyszło mi coś w rodzaju: „Jakczego?".

– Jeśli masz czas, działające zęby i trochę taśmy, możesz dokonać cudów – powiedziała Lu z dumą. – Nie chciałam czekać, aż się obudzisz, bo nie wiedziałam, kiedy wróci Gunther. Przepraszam za bałagan.

– Ja… – zacząłem.

– Potrzebuję pomocy – przerwała mi Lu. Wykonała kilka testowych ruchów nowymi ersatzami dłoni, jak zawodniczka kung-fu. – Przymocowałam je najmocniej, jak umiałam, ale możesz je owinąć taśmą jeszcze raz. Muszę móc posługiwać się nimi w walce.

– Ale… – znowu zacząłem.

Lu opadła na sofę koło mnie.

– Podczas pracy – powiedziała – możesz mi opowiedzieć, czego się dowiedziałeś.

Nie zamierzałem kłócić się z osobą, która mogła wykłuć mi oko widelcem. Miałem wątpliwości, czy jej nowa broń będzie skuteczna, ale nic nie powiedziałem. Rozumiałem, że chodzi w tym wszystkim o to, by Luguselwa wzięła sprawy w swoje ręce, nie poddała się i zrobiła wszystko, co się da w takiej sytuacji. Kiedy przeszło się przez szok, który zmienia całe życie, pozytywne myślenie to najlepsza broń.

Umocowałem nóż i widelec mocniej, jednocześnie opowiadając, co widziałem w sennej podróży. Mówiłem o Meg, która próbowała nie załamać się pod wpływem Nerona, o *fasces* w radioaktywnym pomieszczeniu i o leontocefalinie, który tam czeka, żebyśmy tylko spróbowali sięgnąć po symboliczną broń Nerona.

– Pospieszmy się. – Lu skrzywiła się. – Mocuj to ciaśniej.

Moje działania najwyraźniej sprawiały jej ból, jeśli mogłem ocenić po tym, jak mruży oczy, ale wykonałem jej polecenie.

– Okej – powiedziała, machając utensyliami. – Tak musi wystarczyć.

Próbowałem uśmiechnąć się wspierająco. Nie byłem pewien, czy nasza kapitan Nóż-Widelec da sobie radę z Guntherem albo leontocefalinem, ale gdybyśmy przypadkiem spotkali na swojej drodze wrogi stek wołowy, wygra z całą pewnością.

– A co do tej *drugiej rzeczy* nic? – spytała.

Żałowałem, że nie mogę powiedzieć czegoś innego. Tak bardzo pragnąłem zobaczyć całą korporację troglodytów ryjącą w piwnicy Nerona i demontującą jego zbiorniki. Wystarczyłby mi nawet sen, w którym Nico, Will i Rachel pędzą nam na pomoc, krzycząc i wymachując wuwuzelami.

– Na razie nic – odpowiedziałem. – Ale mamy czas.

– No – zgodziła się Lu. – Całe minuty. Potem zacznie się impreza i pożar miasta. Ale okej, skupmy się na tym, co możemy zrobić. Mam plan, jak nas stąd wydostać.

Poczułem lodowaty dreszcz, jak podczas milczącej rozmowy ze strażnikiem *fasces*.

– A ja mam plan, co robić potem – wyznałem.

Po czym oboje powiedzieliśmy jednocześnie:

– Nie spodoba ci się to.

– Super – westchnąłem. – Mów pierwsza.

24

Dunder na Nerona!
Ktoś nie lubi przemów mojej strzały?
Mnie w sumie pasują

LU MIAŁA RACJĘ: jej plan mi się bardzo nie podobał, ale nie mieliśmy czasu – w każdej chwili mógł przyjść Gunther, niosąc nam imprezowe kapelusiki i szeroki wybór narzędzi tortur. Zgodziłem się zagrać wyznaczoną rolę. Szczerze mówiąc, własny plan nie podobał mi się mniej więcej tak samo.

Wyjaśniłem Lu, czego leontocefalin może zażądać w zamian za *fasces*. Lu rzuciła mi spojrzenie godne wściekłego bawołu.

– Jesteś pewien? – spytała.

– Niestety tak. Strażnik pilnuje nieśmiertelności, więc…

– Oczekuje, że ktoś poświęci własną nieśmiertelność – dokończyła.

Te słowa zawisły w powietrzu jak dym z cygara, mdlący i dławiący. To do tego wyboru prowadziły wszystkie moje próby. To z tego Pyton śmiał się od miesięcy w moich snach. Z woli Nerona ceną za ocalenie miasta była rezygnacja z tej jednej rzeczy, której najbardziej pragnąłem. Aby zniszczyć cesarza, musiałem na zawsze zrezygnować z boskości.

Lu podrapała się widelcem po podbródku.

– Za wszelką cenę musimy pomóc Meg – oznajmiła.

– Zgadzam się – powiedziałem.

– Dobrze, to tak zrobimy – podsumowała ponuro.

Przełknąłem gorzki smak w ustach. Byłem gotowy zapłacić tę cenę. Jeśli miało to oznaczać uwolnienie Meg od Bestii, uwolnienie świata, wyzwolenie Delf… byłem gotowy. Ale naprawdę byłoby mi miło, gdyby Lu zaprotestowała choć odrobinkę, gdyby powiedziała: „O nie, Apollinie, nie możesz tego zrobić!". Podejrzewałem, że nasza znajomość przeszła już poza fazę bycia powierzchownie miłymi. Lu miała w sobie za dużo praktycyzmu. Była tym typem kobiety, który nie płacze nad odciętymi rękami, ale przymocowuje sobie sztućce do kikutów i zajmuje się rozwiązywaniem problemów. Raczej nie należała do osób, które będą mnie poklepywać po plecach za podjęcie właściwej decyzji, jakkolwiek bolesna by ona była.

Tylko… nie byłem pewien, czy czegoś nie przegapiam i czy oboje rozumowaliśmy tak samo. Lu była zadumana, jakby liczyła straty na polu walki.

Może to, co czułem, to była troska o Meg? Oboje wiedzieliśmy, że w większości wypadków Meg świetnie radzi sobie sama i nie wymaga ratunku. Ale przy Neronie… Podejrzewałem, że Lu, podobnie jak ja, chciała, by Meg okazała się dość silna i sama zdołała się uratować. Nie mogliśmy podjąć za nią trudnych decyzji. Mimo to stanie obok i przyglądanie się, jak cesarz testuje niezależność naszej przyjaciółki, było straszne. Lu i ja zachowywaliśmy się jak nerwowi rodzice zostawiający dziecko pierwszy raz w przedszkolu, tyle że w roli pani przedszkolanki występował cesarz morderca i megaloman. Może i przesadzaliśmy, ale jakoś nie mieliśmy zaufania do rzeczy, których Meg mogła nauczyć się w tym przedszkolu.

Lu spojrzała mi w oczy ostatni raz. Wyobraziłem sobie, jak upycha gdzieś w mentalnych jukach wszelkie wątpliwości i lęki – na później, kiedy będzie mieć na to czas – razem z kanapkami z serem i ogórkiem.

– Bierzmy się do roboty – powiedziała.

Chwilę potem usłyszeliśmy otwierające się drzwi na końcu korytarza i ciężkie kroki zbliżające się do celi.

– Wyglądaj normalnie – rzuciła Lu, wyciągając się na kanapie.

Oparłem się o ścianę i zagwizdałem piosenkę Julia Iglesiasa, tę o byciu szalonym.

Pojawił się Gunther z garścią żółtych opasek zaciskowych. Wycelowałem w niego palce jak pistolet.

– Co tam? – spytałem.

Zmarszczył czoło, a potem spojrzał na Lu i jej nowe „dłonie" ze sztućców. Gębę wykrzywił mu uśmiech.

– A to niby co ma być?! – spytał i ryknął śmiechem.

Lu podniosła nóż i widelec.

– Pomyślałam, że pokroję cię jak drób, do którego się zaliczasz – powiedziała.

Gunther zaczął chichotać, co brzmiało dziwacznie u kogoś jego rozmiarów.

– Aleś ty głupia, Lu. Masz nóż i widelec zamiast dłoni, he, he, he, he! – Znowu wybuchnął głośnym śmiechem.

Rzucił opaski do celi.

– Te, brzydal, weź ją skuj za plecami – rozkazał. – Potem wejdę i zwiążę ciebie.

– Nie wydaje mi się – odparłem.

Jego radość wyparowała jak piana na powierzchni zupy ze scynka.

– Sam będziesz musiał to zrobić – dokończyłem.

Skrzywił się, usiłując wydobyć jakiś sens ze słów nastolatka. Najwyraźniej nigdy nie miał dzieci.

– Zawołam innych strażników! – zagroził.

– Jasne, zrób to – prychnęła Lu. – Sam sobie z nami nie poradzisz. Jestem zbyt niebezpieczna.

Podniosła nóż w czymś, co równie dobrze mogło być obraźliwym gestem.

Na twarz Gunthera wystąpiły czerwone plamy.

– Ej, Luguselwa, już nie jesteś moją szefową! – warknął.

– Nie jestem szefową, jasne – powiedziała Lu, przedrzeźniając go. – No to idź po pomoc i przyznaj się, że nie poradziłeś sobie z jednym małolatem słabeuszem i jedną kobietą bez rąk. Albo chodź do środka, a już ja cię zwiążę.

Plan Lu zakładał, że Gunther złapie przynętę. Musiał wejść do środka. Nie zawiódł nas – jego barbarzyńska męskość została podana w wątpliwość, a honor narażony na szwank przez bezczelne sztućce.

Środkowe pręty wsunęły się w swoje miejsce i Gunther wszedł do celi. Nie zauważył, że wysmarowałem próg maścią, a zapewniam was, maść Willa Solace'a na oparzenia jest paskudnie śliska.

Zastanawiałem się, w którą stronę Gunther poleci. Jak się okazało, upadł na plecy. Noga mu się powinęła, kolana zgięły, a głowa uderzyła z hukiem o próg. Padł na wznak, jęcząc, połową ciała w celi.

– Teraz! – krzyknęła Lu.

Pognałem w stronę wyjścia.

Lu powiedziała, że te pręty są wrażliwe na ruch. Wyskoczyły do góry, chcąc mnie powstrzymać, ale ich projektant nie brał pod uwagę ciężaru Germanina leżącego w progu.

Pręty podniosły Gunthera i uderzyły nim o sufit jak zbyt mocno działający wózek widłowy, a potem obniżyły go z powrotem. Mechanizm chowający je w podłodze głośno skrzypiał i zgrzytał, jakby protestował przeciw takiemu traktowaniu. Gunther jęknął z bólu. Miał zgniecioną całą zbroję, a i żebra pewnie w nie lepszym stanie. Przynajmniej żaden z prętów nie przebił go na wylot.

Nie miałem ochoty ani na to patrzeć, ani przekraczać leżącego.

– Zabierz mu miecz! – zakomenderowała Lu.

Zrobiłem to. Potem, używając ciała Gunthera jako mostu nad śliską maścią, uciekliśmy na korytarz. Cały czas śledziło nas oko kamery.

– Tu! – Lu wskazała na coś w rodzaju drzwiczek do schowka.

Kopnąłem je i dopiero po chwili zrozumiałem, że, po pierwsze, nie mam pojęcia dlaczego, po drugie, ufam Lu dość mocno, by nie pytać o szczegóły. W środku były całe stosy przedmiotów: plecaki, ubrania, broń, tarcze. Zastanawiałem się, kim byli nieszczęśnicy, do których kiedyś należały. W kącie, oparty o ścianę, stał mój łuk i kołczany.

– Aha! – Złapałem je i z zachwytem wydobyłem z pustego poza tym kołczanu Strzałę z Dodony. – Dzięki bogom. Jeszcze tu jesteś!

RADOŚCIĄ-Ś ZDJĘTY, ŻEŚ MIĘ ZOCZYŁ – zauważyła strzała.

– No cóż, myślałem, że cesarz cię zabrał albo zrobił z ciebie podpałkę! – wyjaśniłem.

MĄDROŚĆ NERONA ZA JAJE! – prychnęła strzała. – *ŚLEPYM ON JEST NA MÓJ GENIUSZ!*

Gdzieś na dole zaczął wyć alarm, a światła zmieniły kolor z czerwonych na białe.

– A możesz pogadać z tym pociskiem później? – spytała Lu. – Musimy iść!

– Dobra – powiedziałem – którędy do *fasces*?

– Na lewo – odparła Lu – czyli idź w prawo…

– Że co? Mówiłaś, że na lewo! – zaprotestowałem.

– Praw…

– Co?

A NIECH CIĘ DUNDER ŚWIŚNIE! SŁUCHAJŻE GALIJKI!! – Strzała zawibrowała mi w dłoni.

– Prawidłowy kierunek to lewy. Tam pójdę ja. A ty idziesz ratować Meg – wyjaśniła Lu.

– Ale… – Zakręciło mi się w głowie. Czy to była sztuczka? Chyba się zgodziliśmy? Byłem gotowy na ostatnie heroiczne ujęcie, wielkie bohaterskie poświęcenie. – Leontocefalin żąda nieśmiertelności na wymianę za nieśmiertelność. Muszę… – zacząłem.

– Mam na to plan – przerwała mi Lu. – Nie martw się. Poza tym my, Celtowie, straciliśmy większość naszych bóstw dawno temu. Nie zamierzam stać i patrzeć, jak kolejny bóg umiera.

– Ale ty nie jesteś… – Urwałem, po czym przypomniałem sobie, ile stuleci przeżyła Lu. Czy leontocefalin przyjmie jej życie jako zapłatę?

Moje oczy wypełniły się łzami.

– Nie – powiedziałem. – Meg nie może cię stracić.

– Nie dam się zabić, jeśli nie będę musiała – prychnęła Lu. – Mam plan, ale ty musisz już iść. Meg jest w niebezpieczeństwie. Jej pokój jest sześć pięter w górę stąd, najdalej na południowy wschód. Idź schodami na końcu holu.

Zacząłem protestować, ale Strzała z Dodony zawibrowała mi w dłoni. Ostrzegała, że muszę zaufać Lu i zostawić walkę lepszej wojowniczce.

– Dobrze – zgodziłem się. – Mogę przynajmniej przymocować ci miecz do ramienia?

– Nie ma czasu – odparła. – I to zbyt niewygodne w obsłudze. Ale wiesz co? Weź ten sztylet, wyjmij z pochwy i włóż mi między zęby.

– To ma do czegoś służyć? – spytałem z powątpiewaniem.

– Raczej nie – odparła – ale będzie czadowo wyglądać.

Zrobiłem, jak kazała. Stała teraz przede mną jako piratka Lugubroda, mistrzyni sztućca i postrach siedmiu mórz.

– Powozenia – wymamrotała przez zęby zaciśnięte na sztylecie, po czym odwróciła się i ruszyła pędem.

– Co tu zaszło? – zapytałem oszołomiony.

ZYSKAŁŻEŚ PRZYJACIÓŁKĘ – odparła strzała. – *TERAZ ZAŚ WYPEŁNIJ SWE KOŁCZANY, BYŚ PRZEZ PRZYPADEK MNĄ NIE STRZELIŁ.*

– Okej – powiedziałem.

Drżącymi rękami wybrałem z przechowalni rzeczy więźniów jak najwięcej nietkniętych strzał i dodałem do własnych zasobów broni. Alarm ciągle wył, a krwawoczerwone światła nie zmniejszały mojego poziomu paniki.

Pobiegłem wzdłuż korytarza. Nie byłem nawet w połowie, kiedy strzała ostrzegła:

MIEJ BACZENIE!

Zza rogu wypadł śmiertelny ochroniarz w bojowym rynsztunku i pędził na mnie z wyciągniętą bronią. Nie byłem specjalnie gotowy, więc wrzasnąłem i rzuciłem w niego mieczem Gunthera. Jakimś cudem trafiłem go w twarz i znokautowałem.

NIE TAK WINIEN SZERMIERZ MIECZEM WALCZYĆ! – upomniała mnie strzała.

– Tylko krytykować umiesz – mruknąłem.

MEG W NIEBEZPIECZEŃSTWIE – oznajmiła strzała.

– Meg w niebezpieczeństwie – potwierdziłem.

Przekroczyłem śmiertelnika ochroniarza, zwiniętego na podłodze i jęczącego.

– Przykro mi – oświadczyłem, po czym kopnąłem go w twarz. Przestał się ruszać, za to zaczął chrapać. Pobiegłem dalej.

Wypadłem na klatkę schodową i ruszyłem w górę, przeskakując po dwa schody. Strzała cały czas tkwiła w mojej dłoni. Powinienem był pewnie ją odłożyć i być gotowy do sięgnięcia po normalne strzały, ale, ku mojemu zdumieniu, przekonałem się, że jej ciągły strumień archaicznego komentarza poprawia moje chwiejne morale.

Z piętra wyżej zbiegło dwóch Germanów. Ruszyli z wymierzonymi we mnie włóczniami. Teraz już nie miałem miecza

Gunthera, wyciągnąłem więc przed siebie ręce, zamknąłem oczy i wrzasnąłem głośno, tak jakby to miało wystarczyć, by ich odpędzić albo przynajmniej uczynić moją śmierć mniej bolesną. Palce mnie paliły, a wokół słyszałem ryk płomieni. Z gardeł Germanów wyrwał się okrzyk przerażenia, a potem zapadła cisza.

Kiedy otwarłem oczy, moja ręka dymiła, ale była nieuszkodzona. Płomienie lizały za to odpadającą farbę na ścianach. Przede mną, w miejscu, gdzie stali Germanowie, piętrzyły się dwa stosiki popiołu.

CZĘŚCIEJ BYŚ PODOBNE RZECZY CZYNIŁ! – podpowiedziała strzała.

Na samą myśl zrobiło mi się niedobrze. Kiedyś byłbym najszczęśliwszy pod słońcem, mogąc wezwać moce i unicestwić wrogów. Dzisiaj, kiedy już poznałem Lu, zastanawiałem się, ilu z tych Germanów rzeczywiście chce służyć Neronowi, a ilu zostało powołanych do służby, bo nie dano im wyboru. Dość ludzi już umarło. Toczyłem wojnę tylko z jednym człowiekiem, Neronem, i jednym gadem, Pytonem.

POSPIESZAJ! – powiedziała strzała z nagłą nerwowością. – *CZUJĘ... OCH, TAK. GWARDZISTÓW POSŁAŁ NERON, ABY MEG ZABRALI!*

Nie miałem pojęcia, skąd strzała to wiedziała – czy monitorowała system ochrony budynku, czy też podsłuchiwała parapsychiczne przekazy od samego Nerona – ale zgrzytnąłem zębami na tę wieść.

– Żadnego zabierania Meg, kiedy ja tu jestem! – warknąłem.

Wsunąłem Strzałę z Dodony do jednego z kołczanów i wyciągnąłem mniej rozmowny pocisk. Ruszyłem po schodach. Martwiłem się o Luguselwę, która pewnie właśnie stała przed leontocefalinem, o Nica, Willa i Rachel, o których nic nie wiedziałem ze snu, i o siły Obozu Herosów, które mogły właśnie teraz rozpoczynać samobójczą misję ratunkową. Najbardziej jednak martwiłem się o Meg. Aby ją znaleźć, mógłbym sam stoczyć pojedynek z całą wieżą, gdybym musiał.

Dotarłem na kolejne półpiętro. Czy Lu mówiła o pięciu piętrach? A może to było sześć? Ile w ogóle już przebiegłem? Ech, nienawidzę liczb!

Wpadłem na kolejny identyczny nijaki korytarz i pognałem w kierunku, który mógł być południowym wschodem. Kopnąłem w drzwi i przekonałem się (nie bądźcie zbytnio zszokowani!), że zupełnie nie jestem tam, gdzie chciałem się znaleźć. Ogromne pomieszczenie kontrolne połyskiwało dziesiątkami monitorów. Na wielu z nich widać było przekaz na żywo z wielkich metalowych zbiorników – to były cesarskie zasoby greckiego ognia.

Śmiertelni technicy patrzyli na mnie w osłupieniu. Germanin, który musiał być dowódcą – zważywszy na jakość zbroi i ilość błyszczących paciorków powplatanych w brodę – skrzywił się i popatrzył na mnie z pogardą.

– Słyszeliście rozkaz cesarza! – warknął do techników. – Zapalać ognie, JUŻ. Strażnicy, zabijcie tego głupca.

25

Uwaga, technicy!
Nie naciskać tych paskudnych przycisków
Ups. Nacisnęli

ILE RAZY TO JA WYPOWIADAŁEM TE SŁOWA? „Zabijcie tego głupca". My, bogowie, rzucamy takimi hasłami cały czas, ale nigdy nie zastanawiamy się nad ich znaczeniem. Na przykład nad tym, że jakiś głupiec faktycznie może umrzeć. Tym razem głupcem byłem ja.

W ułamku sekundy przeskanowałem całe pomieszczenie i przekonałem się, że wrogów jest dziesiątka, w różnym stadium gotowości. W najdalszym kącie pokoju czterech Germanów rozparło się na sofie, zajadając się chińskim jedzeniem z pudełek na wynos. Trzech techników siedziało na fotelach komputerowych przy panelach kontrolnych. Choć stanowili oni także ludzką ochronę – wszyscy mieli broń – zbyt skupiali się na swoich obowiązkach, by stanowić bezpośrednie zagrożenie. Jeden śmiertelny strażnik stał obok mnie, ciężko zaskoczony faktem, że właśnie wpadłem przez drzwi, których pilnował. „O, cześć!" Drugi pilnował przeciwległej strony pomieszczenia, blokując znajdujące się tam drzwi. Poza tym był tylko dowódca Germanów, który właśnie zamierzał zerwać się z fotela i wyciągnąć miecz.

Przez myśl przeleciało mi mnóstwo pytań. *Co właściwie ci śmiertelni technicy widzą przez Mgłę? Jak mam stąd wyjść cały i zdrowy? Jakim cudem szef Germanów siedzi na krześle komputerowym z mieczem i czy jest mu wygodnie? Czy właśnie czuję zapach kurczaka w sosie cytrynowym i czy starczy go dla mnie?*

Miałem ochotę powiedzieć: „Sorry, pomyłka", zatrzasnąć drzwi i pognać przed siebie korytarzem, ale ponieważ technicy właśnie dostali polecenie spalenia miasta, niestety nie miałem takiej opcji.

– STOP – zaśpiewałem instynktownie – AUTOSTOP! AUTOSTOP! WSIADAJ, BRACIE, DALEJ, HOP!

Wszyscy zamarli. Albo mój głos miał magiczną moc, albo aż tak koszmarnie fałszowałem. Uderzyłem typa obok mnie łukiem w twarz. Jeżeli nigdy nie oberwaliście pięścią trzymającą łuk, nie polecam. To trochę jak uderzenie kastetem, tylko łucznika po tym też bolą palce. Koleś przy drzwiach numer jeden padł.

Po drugiej stronie pomieszczenia koleś przy drzwiach numer dwa uniósł broń i wypalił. Pocisk uderzył w drzwi tuż przy mojej głowie.

Ciekawostka od byłego boga, który zna się na akustyce: jeżeli wypalisz z broni w małym pomieszczeniu, ogłuszysz wszystkie znajdujące się w nim osoby. Technicy skulili się i zakryli uszy. Pudełka z chińskim jedzeniem poleciały na podłogę. Nawet Kolo Dowodzący zerwał się w końcu z fotela.

Choć dzwoniło mi w uszach, porwałem łuk i wystrzeliłem dwie strzały jednocześnie. Pierwsza wybiła broń z ręki kolesia przy drzwiach numer dwa, druga przybiła mu rękaw do ściany. Tak jest, ten były bóg łucznik jeszcze co nieco pamięta!

Technicy wrócili do swoich paneli kontrolnych. Gang Pożeraczy Chińszczyzny usiłował wstać z kanapy, a Kolo Dowodzący rzucił się na mnie z mieczem w obu dłoniach, celując prosto w moje podbrzusze.

– Ha, ha! – zaśmiałem się i rozpocząłem manewr taktycznego uślizgu.

W mojej wyobraźni wyglądało to prosto: przepłynę ślizgiem przez całą podłogę, unikając ciosów Dowodzącego i przemykając mu między nogami, jednocześnie zaś z pozycji leżącej będę razić liczne cele strzałami. Skoro Orlando Bloom mógł to zrobić we *Władcy pierścieni*, to co, ja sobie nie poradzę?

Nie wziąłem pod uwagę, że na podłodze jest wykładzina. Padłem na plecy, a Kolo Dowodzący potknął się o mnie i z całej siły rąbnął głową w ścianę. Udało mi się raz wystrzelić. Moja strzała przemknęła nad panelem najbliższego technika i zrzuciła go z fotela siłą zaskoczenia.

Odtoczyłem się na bok, kiedy Kolo Dowodzący odwrócił się i zamierzył na mnie mieczem. Nie miałem czasu na nałożenie kolejnej strzały na cięciwę, więc po prostu dźgnąłem go nią w goleń. Kolo zawył, a ja zerwałem się i wskoczyłem na panele kontrolne.

– Cofnąć się! – ryknąłem do techników, usiłując wycelować jedną strzałą w całą trójkę.

W tym czasie Gang Chińszczyzny próbował wydobyć miecze, koleś od drzwi numer dwa oderwał rękaw od ściany i szukał na podłodze broni, a jeden z techników sięgnął po pistolet.

– NIE! – wrzasnąłem i oddałem strzałę ostrzegawczą, która wbiła się w siedzenie fotela milimetr od krocza technika. Bardzo nie chciałem krzywdzić niewinnych śmiertelników (łał, serio napisałem to zdanie!), ale musiałem utrzymać ich z daleka od paskudnych przycisków, gotowych zniszczyć Nowy Jork.

Założyłem trzy kolejne strzały i zrobiłem wszystko, by wyglądać groźnie.

– Wynocha stąd! Ale już! – krzyknąłem do techników.

Wyglądali, jakby kusiła ich ta opcja, ale mnie bali się chyba jednak mniej niż Germanów. Kolo Dowodzący, ciągle jęczący z bólu z powodu strzały w nodze, wrzasnął:

– Wykonać rozkaz!

Technicy ruszyli w kierunku paskudnych przycisków, a czterech Germanów pędem rzuciło się na mnie.

– Sorry, ludzie! – powiedziałem i wystrzeliłem, trafiając każdego z techników w stopę. Miałem nadzieję, że to ich powstrzyma choć na tyle, żebym miał czas poradzić sobie z Germanami.

Rozsypałem jednego w proch, trafiając go strzałą w serce, ale pozostali trzej nadal atakowali. Wskoczyłem między nich: waliłem na odlew łukiem, wbijałem łokcie, kłułem strzałami jak szalony. Drugim szczęśliwym strzałem odesłałem w zaświaty kolejnego członka Gangu Pożeraczy Chińszczyzny, po czym wyplątałem się na tyle, by zdołać trafić krzesłem kolesia od drzwi numer dwa, który właśnie znalazł swoją broń. Metalowa noga posłała go na podłogę, nieprzytomnego.

Zostało jeszcze dwóch Pożeraczy Kurczaka. Zaatakowali mnie, a ja wbiegłem między nich, trzymając łuk poziomo na wysokości twarzy, waląc jednego i drugiego w nos. Zachwiali się, a ja wystrzeliłem dwa razy, niespecjalnie zgodnie z fair play, za to skutecznie – Germanowie rozpadli się na pył, udekorowany lepkimi kawałkami kurczaka w sosie z ryżem.

Czułem się bardzo z siebie zadowolony, póki ktoś od tyłu nie rąbnął mnie z całych sił w głowę. Pokój zawirował mi przed oczyma czerwienią i purpurą. Osunąłem się na czworaki i przetoczyłem na plecy, by móc się bronić, po czym zobaczyłem pochylającego się nade mną Kola Dowodzącego z mieczem niemal dotykającym mojej twarzy.

– Dość tego – warknął. Nogę miał całą zakrwawioną, a moja strzała ciągle tkwiła w jego goleni jak element halloweenowego kostiumu. – Włączyć pompy! – ryknął do techników.

– Nie! Nie! Nie! Przyszedł już czas, najwyższy czas, nienawiść zniszczyć w sobie! – zaśpiewałem głosem, od którego brzmienia Czesławowi Niemenowi zrobiłoby się słabo.

Kolo Dowodzący wbił mi końcówkę miecza w jabłko Adama.

– Jeszcze jedna nutka, a wytnę ci struny głosowe! – zagroził.

Rozpaczliwie usiłowałem wymyślić jeszcze jakąś sztuczkę. Szło mi dotąd tak dobrze! Nie mogłem się teraz poddać! Jednak leżąc na podłodze, wyczerpany, posiniaczony, dygoczący z nadmiaru adrenaliny zacząłem odczuwać zawroty głowy i dwoiło mi się przed oczyma. Dwóch Kolów Dowodzących chwiało się nade mną, a sześciu rozmytych techników ze strzałami sterczącymi z butów pokuśtykało z powrotem do swoich paneli kontrolnych.

– Co tak wolno?! – wrzasnął Kolo Dowodzący.

– Staramy się, sir! – wybełkotał jeden z nich – Tyle że system kontroli… Nie widzę odczytów!

Obie rozmazane gęby Kola Dowodzącego zawisły tuż nad moją twarzą.

– Bardzo się cieszę, że jeszcze żyjesz – oświadczył. – Ponieważ zamierzam cię zabić osobiście, i to powoli.

To dziwne, ale poczułem się szczęśliwy, może nawet się uśmiechnąłem. Czy udało mi się jakoś doprowadzić do zwarcia w obwodach, kiedy wskoczyłem na panele? Super! Może i umrę, ale zdołałem ocalić Nowy Jork!

– Może odłącz, a potem podłącz z powrotem? – zaproponował drugi z techników. Ewidentnie to on był specjalistą od rozwiązywania problemów IT na stronie www.spytajzłola.com.

Technik numer trzy wpełzł pod biurko i zaczął grzebać między kablami.

– Nie działa! – zawołałem zachrypniętym głosem. – Wasz szatański plan się nie powiódł!

– A nie, teraz już działa! – oznajmił technik numer jeden. – Odczyty są normalne. Czy mam…

– PO CO SIĘ W OGÓLE PYTASZ?! – ryknął Kolo Dowodzący. – WŁĄCZAJ!

– Nieeee! – krzyknąłem, a Kolo Dowodzący wbił mi miecz w gardło nieco głębiej, ale nie na tyle, by zabić. Chyba faktycznie chciał mnie uśmiercić powoli a boleśnie.

Technicy nacisnęli paskudne przyciski i wyczekująco wpatrywali się w monitory. Wyszeptałem cichą modlitwę, łudząc się, że Nowy Jork i okolice wybaczą mi tę ostatnią koszmarną porażkę.

Technicy znowu zaczęli grzebać przy przyciskach.

– Wszystko wygląda normalnie – powiedział pierwszy z nich niepewnym tonem sugerującym, że absolutnie nic nie wygląda normalnie.

– Nie widzę, żeby coś się działo – oznajmił Kolo Dowodzący. – Gdzie płomienie? Eksplozje?

– Ja... nic nie rozumiem! – Drugi z techników stuknął w monitor. – Paliwo... ono nie płynie.

Nie wytrzymałem i zacząłem chichotać. Kolo Dowodzący kopnął mnie w twarz. Zabolało tak, że musiałem jeszcze trochę pochichotać.

– Coś ty zrobił ze zbiornikami ognia? – warknął Kolo. – Coś ty narobił?!

– Ja? – Zachichotałem. Miałem chyba złamany nos, krew i śluz uchodziły z niego bąbelkami, co musiało wyglądać naprawdę uroczo. – Nic!

Zaśmiałem mu się w twarz. To wszystko było po prostu boskie. Myśl o tym, że mam tu umrzeć, otoczony barbarzyńcami i chińskim żarciem, zupełnie mi nie przeszkadzała. Albo machina Nerona po prostu się zepsuła, albo ja narobiłem więcej szkód, niż mi się wydawało, albo też głęboko pod budynkiem coś w końcu poszło właściwie i wisiałem każdemu z troglodytów nowy kapelusz. Sama idea zmusiła mnie do histerycznego – i bardzo bolesnego śmiechu.

Kolo Dowodzący splunął.

– Teraz cię zabiję – zapowiedział i uniósł miecz.

Nagle zamarł. Zbladł, po skórze przebiegł mu dreszcz, a broda wypadła, włosek po włosku, jak igły opadające z uschniętej sosnowej gałęzi. W końcu rozsypała się i jego skóra, a wraz z nią ubranie i mięśnie, aż w końcu z Kola został tylko biały szkielet z mieczem w kościanych dłoniach.

Za nim, z dłonią na jego ramieniu, stał Nico di Angelo.

– Tak lepiej – powiedział. – A teraz się cofnij.

Szkielet posłuchał – opuścił miecz i odszedł parę kroków dalej.

Technicy zaczęli jęczeć z przerażenia. Byli śmiertelnikami, więc nie jestem pewien, co tak naprawdę zobaczyli, ale pewnie nic dobrego.

Nico spojrzał na nich.

– Uciekajcie stąd – rozkazał.

Potykając się o siebie nawzajem, wykonali polecenie. Niby nie mogli iść zbyt szybko ze strzałami w stopach, ale i tak znaleźli się za drzwiami w czasie krótszym, niż zajmuje powiedzenie: „Na Hadesa, on właśnie zamienił dowódcę w szkielet!".

Nico spojrzał na mnie spod zmrużonych powiek.

– Wyglądasz okropnie – zauważył.

Zaśmiałem się słabo, a na nosie pojawiły mi się kolejne bąbelki ze śluzu.

– Prawda? – spytałem.

Moje poczucie humoru jakoś do niego nie przemówiło.

– Zabieramy cię stąd – rozkazał Nico. – Cały budynek to teraz pole bitwy, a myśmy jeszcze nie skończyli.

26

Wieża śmiechu
Chichraj się ze mną na schodach
Za Meg! Chwałę! Kapelusze!

KIEDY NICO POMAGAŁ MI WSTAĆ, dowódca zamienił się w stertę kości.

Podejrzewam, że kontrolowanie ożywionego szkieletu i jednoczesne wleczenie mojego żałosnego tyłka po podłodze było zbyt wielkim wysiłkiem nawet dla Nica.

Syn Hadesa okazał się zaskakująco silny. Musiałem się opierać o niego większością ciężaru, ponieważ pokój nadal wirował, twarz mi pulsowała, no i cierpiałem na atak przedśmiertnego chichotu.

– Gdzie… gdzie jest Will? – zapytałem.

– Nie jestem pewny. – Nico założył sobie moje ramię mocniej na barki. – Nagle powiedział: „Jestem potrzebny" i pobiegł w przeciwnym kierunku. Znajdziemy go. – W głosie Nica dał się jednak wyczuć niepokój. – A co z tobą? Jak dokładnie zdołałeś… eee… dokonać tego wszystkiego?

Myślę, że mówił o stertach popiołu i ryżu, połamanych krzesłach i tablicach rozdzielczych, a także krwi nieprzyjaciół ozdabiającej ściany i dywan.

Usiłowałem nie śmiać się jak obłąkany.

– Zwykłe szczęście?

– Nikt nie ma takiego szczęścia. Myślę, że twoje boskie moce znów zaczynają wracać. Znacznie bardziej.

– Super! – Kolana się pode mną ugięły. – Gdzie jest Rachel?

Nico jęknął, usiłując utrzymać mnie na nogach.

– Kiedy ostatnio ją widziałem, miała się dobrze. To ona przysłała mnie tutaj, żebym cię wyciągnął… Miała wizje jak szalona przez cały ostatni dzień. Jest z trogami.

– Mamy trogów! Hurra!

Oparłem głowę o ramię Nica i westchnąłem z zadowoleniem. Jego włosy pachniały jak deszcz na kamieniu… bardzo przyjemny zapach.

– Czy ty wąchasz moją głowę? – zapytał.

– Eee…

– Możesz przestać? Rozmażesz na mnie całą krew z nosa.

– Przepraszam.

Zaśmiałem się znowu.

Łał, pomyślałem obojętnie. Ten kop w twarz musiał mi nieźle poprzestawiać mózg.

Nico ciągnął mnie korytarzem, informując przy okazji o ich przygodach od opuszczenia obozu trogów. Nie byłem w stanie się skupić i chichotałem w niewłaściwych momentach, ale zdołałem z tego zrozumieć, że tak, trogowie pomogli im rozbroić kadzie z greckim ogniem, Rachel zdołała wezwać pomoc z Obozu Herosów, a wieża Nerona stała się w tej chwili miejscem największej wojennej gry miejskiej.

W zamian ja opowiedziałem mu, że Lu ma teraz sztućce zamiast rąk…

– Hę?

I poszła odebrać Neronowe *fasces* leontocefalinowi…

– Komu?

Musiałem się też dostać do południowo-wschodniego kąta rezydencji, żeby znaleźć Meg.

To przynajmniej Nico zrozumiał.

– Jesteś o trzy piętra za nisko.

– Wiedziałem, że coś nie gra!

– Nie będzie łatwo przedrzeć się przez bitwę. Wszystkie poziomy są, no…

Dotarliśmy do końca korytarza. Nico otworzył kopniakiem drzwi i wmaszerowaliśmy do Sali Narad Samych Nieszczęść.

Pół tuzina troglodytów skakało po pomieszczeniu, walcząc z podobną liczbą śmiertelnych strażników. Oprócz drogich ubrań i kapeluszy wszyscy trogowie nosili grube gogle z ciemnymi szkłami, żeby chronić oczy przed światłem, wyglądali więc jak malutcy staroświeccy lotnicy na balu przebierańców. Część strażników usiłowała do nich strzelać, ale trogowie byli mali i szybcy. Nawet jeśli kula ich trafiała, odbijała się po prostu od ich skałopodobnej skóry, wywołując syki poirytowania. Inni strażnicy używali pałek, które nie były bardziej skuteczne. Trogowie skakali wokół ludzi, bijąc ich maczugami, kradnąc im kapelusze i ogólnie świetnie się bawiąc.

Mój stary kumpel W.R.R. Fredzio, Potężny Władca Kapeluszy i Szef Bezpieczeństwa Korporacyjnego, zeskoczył z lampy, walnął w głowę strażnika, po czym wylądował na stole konferencyjnym i puścił do mnie oko. Nałożył na swoją policyjną czapkę bejsbolówkę z napisem: „HOLDING TRIUMWIRAT".

– ŚWIETNA WALKA, A.P.O. Lester! – Uderzył się pięstkami w pierś, po czym wyrwał mikrofon ze stołu i cisnął nim w zbliżającego się strażnika.

Nico prowadził mnie przez chaos. Zanurkowaliśmy w następne drzwi i wpadliśmy prosto na Germanina, którego Nico nabił na miecz ze stygijskiego żelaza, nie zwalniając nawet kroku.

– Strefa lądowania Obozu Herosów jest tuż przed nami – oznajmił jak gdyby nigdy nic.

– Strefa lądowania?

– Aha. Prawie wszyscy przybyli na pomoc.

– Nawet Dionizos?

Chętnie zapłaciłbym prawdziwą drachmę, byle zobaczyć, jak zamienia naszych nieprzyjaciół w winogrona i rozdeptuje. To *zawsze* działa rozweselająco.

– Nie, nie Pan D. – odparł Nico. – Wiesz, jak to jest. Bogowie nie walczą w bitwach herosów. Z wyjątkiem tu obecnego.

– Jestem wyjątkiem! – Pocałowałem Nica w czubek głowy z zachwytu.

– Proszę, nie rób tego.

– Okej! Kto tam jeszcze jest? Powiedz! Powiedz! – Czułem się, jakbym szedł na własne przyjęcie urodzinowe, i umierałem z ciekawości, żeby zobaczyć listę gości. No i czułem, że umieram!

– Yyy, no...

Dotarliśmy przed potężne mahoniowe, rozsuwane drzwi. Nico odsunął jedno skrzydło, a zachodzące słońce omal mnie nie oślepiło.

– Jesteśmy na miejscu.

Wzdłuż całej ściany budynku biegł szeroki taras, ukazując wart wielu milionów dolarów widok na rzekę Hudson i wznoszące się za nią klify New Jersey, malujące się na ciemnoczerwono w zachodzącym słońcu.

Na tarasie panował jeszcze większy chaos niż w sali narad. Pegazy krążyły w powietrzu niczym ogromne mewy, raz za razem lądując na pokładzie, żeby wyładować kolejne posiłki herosów w pomarańczowych podkoszulkach Obozu Herosów. Wzdłuż barierek stały paskudnie wyglądające wyrzutnie harpunów, ale większość z nich została wysadzona lub zmiażdżona. Leżaki stały w ogniu. Nasi przyjaciele z obozu walczyli wręcz z dziesiątkami sługusów Nerona: kilkoma starszymi herosami z cesarskiego domu, oddziałem Germanów, śmiertelnymi ochroniarzami, a nawet kilkoma kynokefalami

– wojownikami o wilczych głowach, paskudnych pazurach i wściekłych, śliniących się pyskach.

Pod ścianą stał rząd drzew w doniczkach, podobnych do tych z sali tronowej. Ich driady walczyły teraz po stronie Obozu Herosów przeciwko opresji Nerona.

– Dalej, siostry! – krzyknęła nimfa fikusa, wymachując ostro zakończonym kijkiem. – Nie mamy do stracenia nic oprócz naszej ziemi w doniczkach!

W samym centrum chaosu Chejron osobiście dreptał tam i z powrotem. Jego dolna część, będąca ciałem białego ogiera, była obwieszona dodatkowymi kołczanami, bronią, tarczami i butelkami z wodą, niczym kombinacja nadopiekuńczej mamusi i furgonetki dostawczej. Trzymał łuk równie dobrze jak ja w najlepszych czasach (ale ten komentarz powinien pozostać nieoficjalny) i wykrzykiwał słowa zachęty oraz polecenia do swoich młodych podwładnych.

– Dennis, staraj się nie zabijać herosów i ludzi! Dobrze, tak, od teraz, niech będzie! Evette, uważaj na lewą flankę! Ben... ej, uważaj, Ben!

Ten ostatni rozkaz był skierowany do młodego człowieka na poruszanym ręcznie wózku inwalidzkim. Jego muskularny tors był ubrany w podkoszulek, a kolarskie rękawice nabijane ćwiekami. Rozczochrane czarne włosy rozwiewały się na wszystkie strony, a kiedy się obracał, z felg kół wystrzelały ostrza, siekając każdego, kto usiłował się zbliżyć. Ostatni obrót omal nie zahaczył o tylne nogi Chejrona, na szczęście jednak stary centaur był zwinny.

– Wybacz! – Ben uśmiechnął się, wcale nie wyglądając na proszącego o wybaczenie, po czym zakręcił prosto na stado kynokefalów.

– Tato! – Kayla podbiegła do mnie. – Och, bogowie, co ci się stało? Nico, gdzie jest Will?

– To dobre pytanie – odparł Nico. – Kaylo, możesz zająć się Apollinem, żebym mógł go poszukać?

– Jasne, leć!

Nico pobiegł, a Kayla zaciągnęła mnie do najbezpieczniejszego kąta, jaki dało się znaleźć. Oparła mnie o jedyny niepotrzaskany leżak i zaczęła grzebać w swojej apteczce.

Miałem wspaniały widok na zachód słońca i jatkę. Zastanawiałem się, czy byłbym w stanie przekonać któregoś z pomagierów Nerona, żeby przyniósł mi drinka z parasolką. Zacząłem znów się chichrać, aczkolwiek pozostałości zdrowego rozsądku szeptały: *Przestań, przestań, to nie jest zabawne.*

Kayla zmarszczyła czoło, najwyraźniej zaniepokojona moim radosnym nastrojem. Posmarowała mój rozbity nos jakimś pachnącym mentolowo uzdrawiającym mazidłem.

– Och, tato. Obawiam się, że będziesz miał bliznę.

– Wiem. – Zachichotałem. – Tak się cieszę, że cię widzę.

Kayla uśmiechnęła się blado.

– Ja cię też. To było szalone popołudnie. Nico i ci trogowie weszli do budynku od dołu. Reszta z nas uderzyła w wieżę na kilku poziomach naraz, żeby przebić się przez zabezpieczenia. Domek Hermesa rozbroił mnóstwo pułapek, wyrzutni i czego tam jeszcze, ale nadal w wielu miejscach trwają poważne walki.

– Wygrywamy? – zapytałem.

Jakiś Germanin krzyknął, kiedy Sherman Yang, główny doradca domku Aresa, zrzucił go z tarasu.

– Trudno stwierdzić – odparła Kayla. – Chejron powiedział nowicjuszom, że to praktyka terenowa. Coś w rodzaju ćwiczeń. Muszą się w końcu nauczyć.

Rozejrzałem się po tarasie. Wielu nowych obozowiczów, część najwyżej jedenasto- czy dwunastoletnia, walczyło u boku swoich współmieszkańców, usiłując naśladować to, co robili doradcy. Wyglądali bardzo młodo, ale byli to herosi. Zapewne już zdążyli przeżyć wiele przerażających zdarzeń. A Kayla miała rację – przygody nie będą czekać, aż oni będą gotowi. Musieli skoczyć na główkę, im szybciej, tym lepiej.

– Rosamie! – zawołał Chejron. – Trzymaj miecz wyżej, kochana!

Młoda dziewczyna uśmiechnęła się i uniosła głownię, przyjmując uderzenie pałki ochroniarza. Następnie walnęła przeciwnika płazem w twarz.

– Czy ćwiczenia terenowe są co tydzień? Ale super!

Chejron uśmiechnął się do niej z wysiłkiem, po czym wrócił do strzelania do wrogów.

Kayla zabandażowała mi twarz najlepiej, jak zdołała – owijając nos białą gazą i zmuszając mnie do zeza. Wyobraziłem sobie, że wyglądam jak Częściowo Niewidzialny Człowiek, co wprawiło mnie z powrotem w chichot.

Kayla skrzywiła się.

– Dobra, musimy zająć się twoją głową. Wypij to. – Przytknęła mi do ust buteleczkę.

– Nektar?

– Zdecydowanie *nie* nektar.

Smak eksplodował mi w ustach. Natychmiast zrozumiałem, co mi dała i dlaczego: napój energetyzujący, jaskrawozielony eliksir idealnej trzeźwości. Nie wiem, jaki ma on wpływ na śmiertelników, ale zapytajcie kogokolwiek nadprzyrodzonego, a on wam powie, że kombinacja słodyczy, kofeiny i nieziemskiego *je-ne-sais-quoi-peut-être-radioactif* smaku wystarcza, by przywrócić koncentrację i powagę każdemu bogu. Mój wzrok stał się jaśniejszy. Zawroty głowy znikły. Nie miałem najmniejszej ochoty się chichrać. Posępne przeczucie zagrożenia i śmierci niechybnej zmroziło moje serce. Napój energetyzujący jest odpowiednikiem niewolnika jadącego za cesarzem podczas parady triumfalnej i szepczącego: „Pamiętaj, że jesteś człowiekiem i umrzesz", żeby nie wpadł w pychę.

– Meg – powiedziałem, przypominając sobie o najważniejszym. – Muszę znaleźć Meg.

Kayla potaknęła ponuro.

– Czyli tym musimy się zająć. Przyniosłam ci trochę strzał. Pomyślałam, że mogą ci się przydać.

– Jesteś bardzo przezorną córką.

Zarumieniła się aż po cebulki rudych włosów.

– Dasz radę chodzić? Musimy ruszać.

Wbiegliśmy do środka i skręciliśmy w korytarz, który zdaniem Kayli mógł prowadzić na klatkę schodową. Przeszliśmy przez kolejne drzwi i znaleźliśmy się w Pokoju Jadalnym Potworów.

W innych okolicznościach mogłoby to być cudne miejsce na uroczystą kolację: stół zdolny pomieścić dwadzieścioro gości, żyrandol Tiffany'ego, ogromny marmurowy kominek i ściany wykładane boazerią z niszami na marmurowe popiersia – wszystkie przedstawiające tego samego rzymskiego cesarza. (Jeśli obstawiliście Nerona, to wygrywacie napój energetyzujący).

W planach kolacji nie było tego, że czerwony leśny byk jakoś znalazł tu drogę i w tej chwili gonił wokół stołu grupę młodych herosów, którzy wykrzykiwali obraźliwe słowa i ciskali w bydlę należącymi do Nerona złotymi talerzami, kubkami i sztućcami. Byk najwyraźniej nie zdawał sobie sprawy, że mógłby po prostu rozwalić stół i rozdeptać herosów, podejrzewałem jednak, że w końcu to wymyśli.

– Uch, to – powiedziała Kayla na widok byka.

Uznałem, że ten opis świetnie by się nadał do obozowej encyklopedii potworów. „Uch, to" stanowi kwintesencję, co należy wiedzieć o *tauri silvestres*.

– Nie da się ich zabić – ostrzegłem, kiedy dołączyliśmy do herosów w zabawie w koło młyńskie wokół stołu.

– Ta, wiem. – Ton Kayli jasno wskazywał, że odbyła już bliskie spotkania z leśnymi bykami podczas tej uroczej wycieczki.

– Hej, ludzie – powiedziała do młodszych. – Musimy wywabić tę bestię na zewnątrz. Jeśli zdołamy zrzucić ją z tarasu...

Po drugiej stronie otwarły się drzwi i pojawił się w nich mój syn Austin, trzymając w ręce saksofon tenorowy. Kiedy znalazł się tuż obok łba byka, wrzasnął: „Haaa!", po czym wykonał na saksofonie dysonansowe glissando, z którego byłby dumny John Coltrane. Byk odskoczył, potrząsając z niesmakiem głową, Austin zaś zrobił salto nad stołem i zsunął się na naszą stronę.

– Hejka – powiedział. – Dobrze się bawimy?

– Austin – odparła Kayla z ulgą. – Muszę wywabić tego byka na zewnątrz. Mógłbyś...? – Wskazała na mnie.

– Gramy w „podaj dalej Apollina"? – Austin rozpromienił się. – Jasne. Chodź, tatku. Zajmę się tobą.

Kiedy Kayla instruowała młodszych herosów i zaczęła posyłać strzały, by zmusić byka do gonienia jej, Austin wypchnął mnie przez boczne drzwi.

– Dokąd, tato? – Uprzejmie nie zapytał, dlaczego mam zabandażowany nos i dlaczego mój oddech pachnie napojem energetyzującym.

– Muszę znaleźć Meg – odparłem. – Trzy piętra wyżej? Południowo-wschodni róg?

Austin pobiegł ze mną korytarzem, ale jego usta zasznurowały się w grymas zamyślenia.

– Nie wiem, czy komukolwiek udało się już dostać na ten poziom, ale spróbujmy.

Trafiliśmy na wielką okrągłą klatkę schodową, która zaprowadziła nas piętro wyżej. Usiłowaliśmy znaleźć drogę w labiryncie korytarzy, po czym otwarliśmy wąskie drzwiczki prowadzące do Kantorka Szalonego Kapelusznika.

Troglodyci odkryli pasmanteryjny raj. Ogromna garderoba musiała służyć Neronowi za sezonową przymierzalnię płaszczy, ponieważ wzdłuż ścian wisiały jesienne i zimowe okrycia. Na półkach przelewały się szaliki, rękawiczki oraz, tak, wszelkie możliwe rodzaje kapeluszy i czapek. Trogowie buszowali radośnie w tej kolekcji, pakując sobie po sześć czy siedem kapeluszy na głowy, przymierzając szaliki i kalosze, aby dać wyraz swemu niezwykle cywilizowanemu wyczuciu mody.

Jeden z trogów spojrzał na mnie przez ciemne gogle. Z jego warg spływała ślina.

– Czaaaapki!

W odpowiedzi mogłem jedynie się uśmiechnąć i obejść ostrożnie garderobę, w nadziei że żaden z trogów nie uzna nas za kapeluszniczych kłusowników.

Na szczęście trogowie nie zwracali na nas uwagi. Wynurzyliśmy się z drugiej strony schowka w wykładanym marmurem holu z kilkoma windami.

Poczułem przypływ nadziei. Zakładając, że to główne wejście do części mieszkalnej wieży Nerona, gdzie byli przyjmowani goście znajdujący się w szczególnych łaskach, przybliżaliśmy się do Meg.

Austin zatrzymał się przed klawiaturą ze złotym napisem: „SPQR".

– Mam wrażenie, że ta winda zawiezie cię prosto do cesarskich apartamentów. Potrzebowalibyśmy jednak karty.

– Schody? – zapytałem.

– Nie wiem – odparł. – Idę o zakład, że tak blisko kwatery cesarza wszystkie przejścia będą zamknięte i zaopatrzone w pułapki. Domek Hermesa przeczesał pod tym kątem niższe poziomy, ale wątpię, żeby dotarli tak wysoko. Jesteśmy tu pierwsi. – Przebiegł palcami po klawiszach saksofonu. – Może zdołam otworzyć windę odpowiednią sekwencją dźwięków...?

Jego głos ucichł, kiedy drzwi windy otworzyły się same z siebie.

W środku stał mały heros ze zmierzwionymi jasnymi włosami i w wymiętych ciuchach ulicznych. Na jego środkowych palcach połyskiwały złote pierścienie.

Kasjusz zrobił wielkie oczy na mój widok. Najwyraźniej nie spodziewał się wpaść znów na mnie. Wyglądał, jakby jego ostatnia doba była niemal równie koszmarna jak moja. Miał poszarzałą twarz i oczy czerwone i zapuchnięte od płaczu. Sprawiał wrażenie, że nabył nerwowego tiku, pojawiającego się przypadkowo w różnych częściach ciała.

– Ja… – Głos mu się załamał. – Nie chciałem… – Drżącymi rękami zdjął pierścienie Meg i podał je mnie. – Proszę…

Nie patrzył na mnie. Chyba po prostu chciał uciec, wydostać się z tej wieży.

Przyznaję, że poczułem przypływ gniewu. Ten dzieciak uciął dłonie Luguselwy szablami Meg. Był jednak taki mały i taki przerażony. Wyglądał, jakby spodziewał się, że się zamienię w Bestię, podobnie jak Neron, i ukarzę go za to, co Neron kazał mu zrobić.

Gniew ustąpił. Pierścienie Meg wpadły do mojej dłoni.

– Idź.

Austin odchrząknął.

– Tak, ale najpierw… co z tą kartą?

Wskazał na plastikowy prostokąt na smyczy zawieszonej na szyi Kasjusza. Wyglądał tak bardzo jak szkolny identyfikator, który mogłoby nosić dowolne dziecko, że nawet go nie zauważyłem.

Kasjusz powoli zdjął go z szyi i podał Austinowi. A następnie ruszył biegiem.

Austin usiłował odczytać mój wyraz twarzy.

– Rozumiem, że spotkałeś już wcześniej tego dzieciaka.

– Długa, niemiła historia – powiedziałem. – Czy użycie jego karty będzie dla nas bezpieczne?

– Może tak, może nie – odparł Austin. – Przekonajmy się.

27

Nie możesz walczyć osobiście?
Zrobimy wideokonferencję
Zabiję cię online

CUDA DZIAŁY SIĘ NA NASZYCH OCZACH.

Karta zadziałała. Winda nie spaliła nas ani nie zgniotła, spadając. Inaczej jednak niż w poprzedniej w tej grała muzyka. Jechaliśmy wolno i spokojnie, jakby Neron chciał, żebyśmy się zdążyli nią nacieszyć.

Zawsze miałem poczucie, że klasę czarnego charakteru można ocenić po jakości muzyki w windzie. Instrumentalne melodyjki? Byle jaki złol bez wyobraźni. Smooth jazz? Przeciwnik sprytny, ale z kompleksem niższości. Przeboje pop? Podstarzały czarny charakter bezskutecznie usiłujący nadążyć za modą.

Neron wybrał łagodną muzykę klasyczną, taką, jaka grała w holu na dole. Dobry ruch! Sugerował wroga pewnego siebie, mówiącego przez swój wybór: „Mam już wszystko i posiadłem pełną moc. Spokojnie. I tak zaraz umrzecie, więc możecie w ostatnich chwilach posłuchać przyjemnych dźwięków kwartetu smyczkowego".

Stojący obok mnie Austin bawił się klawiszami saksofonu, jakby i jego niepokoiła ta ścieżka dźwiękowa.

– Szkoda, że to nie Miles Davis – powiedział.

– Byłoby miło – przyznałem.

– Wiesz, jeżeli nie wyjdziemy z tego cało…

– Skończ z tą gadką! – przerwałem mu.

– Dobra, ale chciałem tylko powiedzieć, że się cieszę, że udało nam się spędzić razem trochę czasu. Znaczy… ważnego czasu – wyznał.

Jego słowa rozgrzały mi serce nawet bardziej niż lasagne Paula Blofisa. Wiedziałem, co ma na myśli. Jako Lester Papadopoulos wcale nie spędziłem szczególnie dużo czasu z Austinem ani z innymi osobami, u których się zatrzymałem – ale i tak było to dużo więcej, niż kiedykolwiek poświęciłem im jako bóg. Austin i ja mieliśmy okazję się poznać, nie jak bóstwo i śmiertelnik albo ojciec i syn, ale jak dwóch ludzi, współpracujących i pomagających sobie przejść przez zakręty i kłopoty życiowe. To był bezcenny dar.

Kusiło mnie, by mu obiecać, że jeśli przeżyjemy, wrócimy do tego, ale nauczyłem się, że obietnice mają swoją wartość. Jeśli nie jest się absolutnie pewnym, że się następnie wszystko zrobi dobrze, lepiej nie obiecywać – to tak jak z pieczeniem dla kogoś ciasteczek.

Nic więc nie powiedziałem, tylko uścisnąłem jego rękę.

Nie mogłem też przestać myśleć o Meg. Jeśli ten krótki czas aż tak wiele znaczył dla Austina, to jak w ogóle mogłem ocenić, jaką wagę mają dla mnie przygody przeżyte wspólnie z nią? Niemal całą moją podróż dzieliłem z tą postrzeloną, odważną, irytującą i cudowną dziewczyną. *Musiałem* ją odnaleźć.

Drzwi windy otworzyły się i wyszliśmy z niej do holu z podłogą wyłożoną mozaiką. Ukazywała ona procesję triumfalną idącą przez płonący Nowy Jork. Neron najwyraźniej planował atak od miesięcy, może lat, niezależnie od moich działań. Uznałem, że to ohydne, a jednocześnie tak doskonale pasujące do cesarza, że nawet się nie rozgniewałem.

Zatrzymaliśmy się przy końcu korytarza, gdzie rozdzielał się on na kształt litery T. Z odnogi po prawej dobiegały liczne głosy osób pogrążonych w rozmowie, brzęk kieliszków, nawet co jakiś czas śmiech. Z tej po lewej – nic.

Austin gestem nakazał mi czekać. Od saksofonu powoli odłączył długi spiżowy pręt. Do jego instrumentu doczepiona była ogromna ilość nietypowych dodatków: paczka eksplodujących piszczałek, czyściki, które jednocześnie mogły służyć jako opaski zaciskowe, oraz sztylet do zabijania potworów i niedoceniających dobrej muzyki krytyków. Pręt, który teraz wydobył, miał na końcu niewielkie, lekko wygięte lusterko. Austin wysunął go w głąb korytarza jak peryskop, przyjrzał się odbiciom, po czym wycofał narzędzie i szepnął mi do ucha:

– Sala z imprezą na prawo. Pełno strażników plus grupa osób wyglądających na gości. Na lewo biblioteka, wygląda na pustą. Jeżeli musisz dostać się do południowo-wschodniego narożnika, żeby znaleźć Meg, to musisz przepchnąć się przez ten tłum.

Zacisnąłem pięści, gotowy zrobić to, co konieczne.

Z pomieszczenia, w którym trwała impreza, dobiegł głos młodej kobiety czytającej jakieś ogłoszenie. Wydawało mi się, że rozpoznaję uprzejmy, ale przerażony głos driady Areki.

– Dziękuję za cierpliwość! – zwróciła się do tłumu. – Cesarz ma jeszcze drobiazgi do skończenia w sali tronowej. Natomiast te… drobne problemy na niższych piętrach zostaną za moment rozwiązane. Zapraszamy na ciasto i napoje podczas oczekiwania na… – głos się jej załamał – pożar.

Goście nagrodzili ją niemrawymi brawami.

Naszykowałem łuk. Chciałem wpaść w tłum, uwolnić Arekę, zastrzelić całą resztę i rozdeptać im tort.

Austin jednak złapał mnie za ramię i pociągnął kilka kroków w kierunku windy.

– Jest ich za dużo – powiedział. – Ja zrobię dywersję: zwabię tylu, ile się da, do biblioteki, i pociągnę w pościg za sobą. Miejmy nadzieję, że to otworzy ci drogę do Meg.

Potrząsnąłem głową.

– To zbyt niebezpieczne – zaprotestowałem. – Nie mogę…

– Hej! – Austin uśmiechnął się i przez moment widziałem w nim własną boską pewność siebie z dawnych czasów. Miał to samo spojrzenie, które mówiło: „Jestem muzykiem, zaufaj mi". – Niebezpieczeństwo to część zadania – rzucił. – Daj mi szansę. Zaczekaj, aż ich odciągnę, i znajdź naszą dziewczynkę. Do zobaczenia po drugiej stronie!

Zanim zdążyłem zaprotestować, Austin podbiegł do miejsca, gdzie łączyły się lewy i prawy korytarz, i krzyknął:

– Hej, durnie! Wszyscy *zginiecie*!

Następnie przyłożył do warg ustnik instrumentu i zagrał na cały głos *Stary niedźwiedź mocno śpi*.

Nawet gdyby ich nie obraził, to ten konkretny utwór, grany przez syna Apollina, miał sto procent szans narobić zamieszania w każdych możliwych warunkach. Przycisnąłem się do ściany koło windy, a Austin pognał w kierunku biblioteki, ścigany przez jakieś pięćdziesięcioro–sześćdziesięcioro wściekłych, krzyczących gości Nerona oraz Germanów. Miałem tylko nadzieję, że mój syn znajdzie drugie wyjście z biblioteki, bo jak nie, to pościg potrwa naprawdę krótko.

Zmusiłem się do zrobienia kroku. „Znajdź naszą dziewczynkę", powiedział Austin. Tak. Taki był plan.

Rzuciłem się biegiem w prawo, w kierunku pomieszczenia, gdzie trwała impreza.

Austin wyciągnął stąd wszystkich – nawet Areka dołączyła do wściekłego tłumu nakręconego piosenką o starym niedźwiedziu. Ścigający porzucili wysokie stoły, nakryte obrusami i ozdobione brokatem oraz płatkami róż. W centrum każdego stała drewniana rzeźba przedstawiająca Manhattan z wymalowanymi dookoła płomieniami. To było przesadzone, nawet jak na Nerona.

Na bocznym stole stały wszelkie możliwe przekąski oraz wielopiętrowy tort udekorowany w żółto-czerwone płomienie. Na ścianie wisiał baner z napisem: „MIŁEGO POŻARU!". Na przeciwległej mieściły się duże okna (na pewno starannie zaizolowane). Dawały one znakomity widok na ewentualny pożar, który teraz – błogosławieni niech będą trogowie i ich kapelusze – już się nie zdarzy. W kącie zaaranżowano niewielką scenę, z pojedynczym mikrofonem i miejscami dla instrumentów: gitary, liry i skrzypiec. Doprawdy, Neronie! Cesarz najwyraźniej, w ramach chorego żartu, zamierzał grać, podczas gdy Nowy Jork płonie. Goście na pewno śmialiby się i uprzejmie bili brawo podczas agonii miasta, kiedy miliony ginęłyby w takt melodii *Born in the USA*. A kim byli ci goście? Milionerami kumplami Nerona od golfa? Dorosłymi herosami, zwerbowanymi do przyszłego postapo imperium cesarza? Kimkolwiek byli, miałem nadzieję, że Austin zaprowadzi ich wprost w środek tłumu wściekłych troglodyckich akcjonariuszy.

Na szczęście w pokoju nikogo nie było, bo musiałby stanąć twarzą w twarz z mym gniewem. W obecnej sytuacji zadowoliłem się wystrzeleniem strzały w środek tortu, co nie było specjalnie satysfakcjonujące. Przemaszerowałem przez salę, po czym, nie mając cierpliwości do tych wszystkich ogromnych przestrzeni, ruszyłem biegiem. Kopniakiem otwarłem drzwi na drugim końcu pomieszczenia, cały czas z gotowym do strzału łukiem w dłoni, ale po drugiej stronie był jedynie pusty korytarz. Rozpoznałem jednak tę część budynku dzięki snom. W końcu dotarłem do prywatnych kwater cesarskiej rodziny. Ale gdzie byli strażnicy? Gdzie służba? Uznałem, że nic mnie to nie obchodzi – drzwi do pokoju Meg powinny być tuż przede mną. Zerwałem się do biegu.

– Meg! – krzyknąłem, wpadając do jej sypialni. Nikogo tam nie było. Łóżko idealnie zaścielono i przykryto nową narzutą. Wymieniono również połamane krzesła. Pomieszczenie pachniało zapachem płynu do mycia, więc nawet zapach Meg znikł wraz ze wszystkimi śladami jej buntu.

Nigdy nie czułem się tak przybity i samotny.

– Witam – powiedział raczej cichy, pozbawiony wyrazu głos po mojej lewej.

Wystrzeliłem w kierunku nocnego stolika i rozbiłem strzałą ekran laptopa, na którym w programie do wideokonferencji widoczna była twarz Nerona.

– O, nie! – powiedział cesarz, którego obraz stał się nagle sfragmentowany i rozmyty – Trafiłeś.

Obraz się trząsł – był za duży i źle wykadrowany, tak jakby Neron sam trzymał smartfona z kamerą, do której nie był przyzwyczajony. Zastanawiałem się, czy cesarz miał podobne problemy z niedziałającymi komórkami jak herosi albo czy przez komórkę mogłyby go wytropić potwory. Sekundę potem zrozumiałem, że w promieniu pięciuset kilometrów nie ma gorszego potwora niż Neron.

Opuściłem łuk. Musiałem najpierw przestać zaciskać zęby, żeby w ogóle móc się odezwać.

– Gdzie jest Meg?

– Ma się nieźle – odpowiedział. – Jest tu ze mną w sali tronowej. Miałem nadzieję, że w końcu dowleczesz się przed ten monitor i będziemy mogli pogadać o twojej sytuacji.

– Mojej? – spytałem. – To ty jesteś oblężony. Popsuliśmy ci imprezę pożarową. Twoje siły właśnie przegrywają. A ja idę po ciebie i jeżeli dotkniesz choćby jednej cyrkonii na okularach Meg, to cię zabiję.

Neron zaśmiał się lekko, jakby nie miał żadnych problemów. Nie dosłyszałem pierwszej części jego wypowiedzi, ponieważ Z.I.I. Złotek, pierwszy prezes troglodytów, właśnie zmaterializował się w drzwiach sypialni. Uśmiechał się z zadowoleniem. Jego osiemnastowieczny strój pokrywał pył z pokonanych potworów i kłaki czerwonej krowiej sierści, a nad trójgraniastym kapeluszem sterczało kilka nowych nabytków z branży nakryć głowy.

Zanim Z.I.I. Złotek zdołał powiedzieć cokolwiek, co by zdradziło jego obecność, spojrzałem na niego i lekko pokręciłem głową, ostrzegając, by się nie ruszał i pozostał poza zasięgiem kamerki laptopa. Nie chciałem, żeby Neron wiedział cokolwiek więcej niż koniecznie minimum o naszych sojusznikach.

Nie dało się odgadnąć wyrazu oczu Z.I.I. Złotka pod ciemnymi goglami, ale ponieważ był bystrym trogiem, to chyba zrozumiał.

Neron tymczasem mówił dalej:

– ...była zupełnie inna sytuacja. Słyszałeś o sasanidzkim gazie, Apollinie?

Nie miałem pojęcia, co to takiego, ale Z.I.I. Złotek omal nie wyskoczył ze skóry, a jego usta wygięły się w sarkastycznym, paskudnym uśmiechu.

– To pomysłowe – kontynuował Neron. – Persowie używali tego przeciw naszym wojskom w Syrii. Siarka, smoła i kilka tajnych składników. To jest koszmarnie wręcz trujące i powoduje śmierć w mękach, a szczególnie skutecznie działa w zamkniętych przestrzeniach, na przykład w tunelach albo budynkach.

Poczułem gęsią skórkę na szyi.

– Neronie, proszę, nie – zacząłem.

– Ależ tak! – przerwał mi, nadal miłym głosem. – Pozbawiłeś mnie szans na spalenie miasta, ale chyba nie sądziłeś, że moje plany ograniczają się do tego jednego pomysłu? System awaryjny działa znakomicie, a ty zrobiłeś mi tę przyjemność i zgromadziłeś cały grecki obóz w jednym miejscu. Teraz, kiedy tylko nacisnę przycisk, wszystko poniżej sali tronowej...

– Przecież tam są twoi ludzie! – krzyknąłem, trzęsąc się z wściekłości.

– No, niestety. Ale to ty mnie do tego zmusiłeś. Przynajmniej mam ze sobą moją drogą Meg i kilkoro innych ulubieńców. Damy sobie radę – powiedział. – Apollinie, nie rozumiesz, że za pomocą łuku i strzał nie da się zniszczyć kont bankowych. Mój majątek, potęga, którą gromadziłem przez wieki, to wszystko jest bezpieczne, a Pyton ciągle czeka, aż mu dostarczę twojego trupa. Zawrzyjmy więc umowę, dobrze? Ja wstrzymam się z moją sasanidzką niespodzianką na jakieś, powiedzmy, piętnaście minut. Powinno ci to dać dość czasu na dotarcie do sali tronowej. Wpuszczę tam ciebie i nikogo innego.

– A Meg? – spytałem.

Neron wyglądał na zaskoczonego.

– Jak już mówiłem, Meg miewa się nieźle. Nigdy bym jej nie skrzywdził.

– Przecież… – omal nie udławiłem się gniewem – ty ją ciągle krzywdzisz.

Cesarz przewrócił oczyma.

– Przyjdź tu, to pogadamy. Może nawet… – Urwał, po czym się zaśmiał, jakby nagle coś go olśniło. – Pozwolę Meg zdecydować, co z tobą zrobić! To co najmniej uczciwa propozycja, prawda? Druga opcja to natychmiastowe wypuszczenie gazu, a następnie wycieczka na dół, żeby w spokoju zebrać ciała, twoje i kumpli.

– Nie! – Usiłowałem powściągnąć rozpacz w głosie. – Nie, już idę!

– Znakomicie – rzucił Neron z zadowolonym z siebie uśmiechem. – To pa!

Ekran zgasł. Spojrzałem na Z.I.I. Złotka, a on odpowiedział mi ponurym wzrokiem.

– Gaz sasanidzki to samo… GRR… zło – oświadczył. – Już wiem, czemu Czerwona Kapłanka mnie tu przysłała.

– Czerwona… Masz na myśli Rachel? To ona kazała ci mnie znaleźć?

Z.I.I. Złotek pokiwał głową.

– Ona widzi różne rzeczy, tak jak mówiłeś. Przyszłość. Najgorszych wrogów. Najlepsze kapelusze. Posłała mnie w to miejsce.

W jego głosie było tyle szacunku, jakby Rachel Elizabeth Dare zasłużyła według niego na darmową zupę ze scynka przez resztę życia.

Tęskniłem za moją Pytią i żałowałem, że to nie ona osobiście przyszła mi na pomoc, zamiast posyłać Z.I.I. Złotka, ale ponieważ to trog potrafił biegać z prędkością ponaddźwiękową i przeryć się przez litą skałę, rozumiałem, że wysłanie go miało więcej sensu.

Prezes popatrzył krzywo na ciemny, popękany ekran laptopa.

– Czy jest możliwe, że Ne-EHE-ron blefuje w kwestii gazu? – spytał.

– Nie – odparłem. – Neron nigdy nie blefuje. Uwielbia się przechwalać, ale zawsze realizuje groźby. Wypuści gaz, kiedy tylko znajdę się w sali tronowej.

– Piętnaście minut – powiedział zamyślonym tonem Z.I.I. Złotek. – Nie za dużo czasu. Spróbuj odwlec jego decyzję, a ja zbiorę trogów. Unieszkodliwimy ten gaz albo zobaczymy się w Podniebie!

– Ale... – zacząłem.

Z.I.I. Złotek zniknął w chmurze pyłu i byczej sierści.

Usiłowałem uspokoić oddech. Trogom już raz udała się ratująca nas misja, w której sukces nie wierzyłem. Teraz jednak nie byliśmy pod ziemią. Cesarz nie powiedziałby mi o systemie dostarczania trującego gazu, gdyby było go łatwo znaleźć lub rozbroić. Jeżeli Neron był w stanie zagazować cały drapacz chmur jednym przyciskiem, to naprawdę nie mogłem sobie wyobrazić, jak trogowie mogliby go powstrzymać na czas albo nawet bezpiecznie wyprowadzić nasze siły z budynku. A kiedy stanę przed cesarzem, nie będę mieć żadnych szans na pokonanie go, chyba że Lu udało się uzyskać *fasces* od leontocefalina, a to z kolei wydawało mi się misją niemożliwą do wypełnienia.

Z drugiej strony – nie miałem wyboru, miałem tylko nadzieję. Ciągle czekało na mnie zadanie: powtrzymać Nerona. Odnaleźć Meg.

Wyszedłem z sypialni. Miałem piętnaście minut. Po ich upływie albo ja zakończę żywot Nerona, albo on – mój.

28

Znaki końca czasów:
Pochodnie, toczące się owoce, brody na szyi
Meg zostaje wyszorowana

DRZWI ANTYWYBUCHOWE były uroczym pomysłem.

Bez problemu dotarłem z powrotem na poziom sali tronowej. Windy okazały się pomocne, a korytarze – przeraźliwie puste. Tym razem nikt nie przywitał mnie w poczekalni.

Tam, gdzie wcześniej były ozdobne złote drzwi, teraz znajdowały się ogromne panele z tytanu i cesarskiego złota, blokujące dostęp do najświętszego miejsca Nerona. Na ich widok Hefajstos rozpłakałby się z zachwytu: cóż za fantastyczna kowalska robota, a do tego magiczne zaklęcia ochronne godne Hekate! A wszystko to, żeby jeden obleśny cesarzyna mógł czuć się bezpiecznie w domowym schronie.

Ponieważ nie znalazłem dzwonka, wystukałem na tytanowym panelu rytm, krzycząc jednocześnie: „Ene due rike fake!". Nikt nie dokończył wyliczanki prawidłowo – jasne, barbarzyńcy nie znajo. Zamiast usłyszeć właściwą odpowiedź, zobaczyłem, jak kamera w lewym kącie pod sufitem zmienia światełko z czerwonego na zielone.

– Dobrze – usłyszałem z wiszącego obok głośnika zniekształcony głos Nerona. – Jesteś sam. Mądry chłopczyk.

Mogłem poczuć się urażony tą uwagą o chłopczyku, ale ponieważ i tak miałem sporo powodów do obrazy, uznałem, że lepiej się pospieszyć. Drzwi z głośnym skrzypieniem otwarły się tylko na tyle, żebym zdołał się wcisnąć do środka.

Rozejrzałem się po pomieszczeniu, szukając Meg. Nigdzie jej nie było, co sprawiło, że zachciało mi się zagrać w kręgle głową Nerona.

Sala niewiele się zmieniła. Wymieniono dywany przed podwyższeniem, na którym stał tron, żeby pozbyć się irytujących plam krwi z podwójnej amputacji dłoni Luguselwy. Nie było już sług, a wokół tronu stało dwunastu Germanów, ustawionych w półkole. Część z nich wyglądała, jakby stanowili tarcze strzelnicze podczas zajęć praktycznych w Obozie Herosów. Po prawej stronie cesarza, tam gdzie wcześniej stali Lu i Gunther, teraz znajdował się nowy Germanin. Miał białą brodę, głęboką pionową bliznę na twarzy i zbroję zszytą z kawałków włochatych zwierzęcych skór – raczej nie przysporzyłaby mu przyjaciół wśród działaczy na rzecz praw zwierząt.

We wszystkich oknach opuszczono kraty z cesarskiego złota, dzięki czemu sala tronowa wyglądała, bardzo odpowiednio, jak więzienna cela. Zniewolone driady ustawiły się nerwowo w pobliżu swoich drzew w donicach. Obok każdej z roślin stało jedno z dzieci domu cesarskiego – teraz zostało ich tylko siedmioro – z płonącą pochodnią w dłoniach. Ponieważ Neron wychował je na potwory, podejrzewałem, że spalą driady, jeżeli nie będą chętne do współpracy.

Położyłem dłoń na kieszeni spodni, gdzie ukryłem złote pierścienie Meg. Ulżyło mi, gdy zobaczyłem, że nie ma jej wśród rodzeństwa, i cieszyłem się, że mały Kasjusz stąd uciekł. Zastanawiałem się, gdzie podziała się pozostała trójka. Może ich schwytano albo zginęli w walce z Obozem Herosów? Próbowałem nie czuć żadnej satysfakcji na myśl o tym, ale kiepsko mi szło.

– Witam! – Neron naprawdę sprawiał wrażenie, jakby się ucieszył na mój widok. Leżał na sofie i wrzucał sobie do ust winogrona ze stojącego obok srebrnego talerza. – Broń na podłogę, proszę.

– Gdzie Meg? – spytałem zdecydowanym tonem.

– Meg? – Neron udał niepewność. Przyjrzał się grupce swoich dzieci, stojących z pochodniami. – Meg… Hmmm… Gdzie ja ją zostawiłem? Która to w ogóle jest Meg?

Pozostali herosi odpowiedzieli na jego słowa wymuszonymi uśmiechami, jakby się zastanawiali, czy kochany tatuńcio żartuje.

– Jest niedaleko. – Uśmiech znikł z twarzy cesarza. – Ale najpierw: broń na podłogę. Nie zaryzykuję, że skrzywdzisz moją córkę.

– Ty… – Byłem tak wściekły, że nie mogłem dokończyć zdania. Jak to możliwe, że ktoś tak bezczelnie manipuluje prawdą, zaprzecza jasnym i oczywistym faktom, a jednocześnie ciągle wygląda, jakby szczerze wierzył we własne słowa? Jak się bronić przed kłamstwami tak oczywistymi i zuchwałymi, że nawet nie bardzo dało się podać je w wątpliwość?

Odłożyłem łuk i strzały – nie sądziłem, by mogły mi się przydać do czegokolwiek. Neron nawet by mnie nie dopuścił przed swoje oblicze, gdyby mogły go zranić.

– Ukulele też – rzucił cesarz. – I plecak.

Dobry był, drań. Postawiłem bagaż i instrument obok broni. Zrozumiałem, że nawet gdybym czegoś spróbował – gdyby udało mi się trafić Nerona ogniem albo zdemolować mu ohydną fioletową kanapę – nie miałoby to znaczenia, jeżeli *fasces* cesarza pozostawały nietknięte. A Neron wyglądał na spokojnego, jakby wiedział, że jest nietykalny. Jedyne, co mogłem osiągnąć, stawiając się, to gwarancja krzywdy innych. Driady spłoną, a jeżeli herosi odmówią ich podpalenia, cesarz zmusi Germanów, by ich ukarali. Gdyby z kolei Germanowie rozważali złamanie rozkazu... Cóż, po tym, co się stało z Luguselwą, wątpiłem, czy którykolwiek z nich odważy się rzucić wyzwanie Neronowi. Cesarz schwytał wszystkie osoby w tym pomieszczeniu w sieć strachu i gróźb. Tylko co z Meg? Była jedyną dziką kartą, na którą mogłem liczyć.

Cesarz jakby czytał mi w myślach, uśmiechnął się bowiem blado.

– Meg, kochanie! – zawołał – Już jest bezpiecznie, możesz wyjść!

Meg wyszła zza jednej z kolumn w tylnej części sali. Po jej obu stronach kroczyło dwóch kynokefalów. Mężczyźni o wilczych głowach nie dotykali jej, ale szli tak blisko, że skojarzyli mi się z psami pasterskimi prowadzącymi nieposłuszne jagniątko.

Meg wyglądała na całą i zdrową, choć morderczo doczyszczoną. Całe starannie przez nią gromadzone brud, kurz i błoto, których nazbierała w drodze do wieży, zdrapano z niej szczotkami. Fryzurę na pazia ułożono na nowo, w elegantszą i wycieniowaną wersję z przedziałkiem w środku, przez co wyglądała podejrzanie jak driada. No i ubrania: zniknęła walentynkowa sukienka Sally Jackson, a zamiast niej Meg miała na sobie purpurową szatę bez rękawów, przepasaną złotym sznurem. Tenisówki z kolei zmieniła na złote sandały. Jedyne, co zostało z jej dawnego wyglądu, to okulary, bez których niewiele widziała, ale i tak zaskoczyło mnie, że Neron pozwolił je zatrzymać.

Jej widok złamał mi serce. Meg wyglądała doroślej, elegancko i naprawdę ładnie. Jednocześnie zupełnie, absolutnie nie była sobą. Neron starał się odebrać jej wszystko, czym się stała, każdy wybór, i zastąpić ją kimś innym – dobrze wychowaną młodą damą z cesarskiego dworu.

Przybrane rodzeństwo przyglądało się jej nadejściu z nieukrywaną złością i niechęcią.

– Jesteś, kochanie! – powiedział Neron z zadowoleniem. – Chodź tu do mnie!

Meg spojrzała mi w oczy. Starałem się przekazać jej wzrokiem, jak bardzo mnie zmartwiło i wystraszyło to, co ją spotkało, ale wyraz jej twarzy pozostał doskonale obojętny. Podeszła do cesarza, bardzo ostrożnie, jakby najmniejszy fałszywy krok albo ujawnienie choćby śladu emocji mogło sprawić, że wokół niej wybuchną bomby.

Neron poklepał poduszki obok siebie, ale Meg zatrzymała się przed podwyższeniem. Zdecydowałem, że uznam to za dobry znak. Twarz cesarza wykrzywił gniew, Neron jednak szybko go ukrył. Podejrzewałem, że, jak przystało na profesjonalistę dręczyciela, postanowił zastosować tylko tyle nacisku, ile trzeba, i trzymać linę napiętą bez jej zrywania.

– No to jesteśmy wszyscy! – Cesarz rozłożył ramiona, podkreślając, cóż to za specjalna okazja. – Lesterze, jaka szkoda, że nam popsułeś fajerwerki! Mogliśmy być teraz w salonie i wraz z gośćmi przyglądać się pięknemu zachodowi słońca na tle płonącego miasta. W planach były kanapeczki i tort… No nic. Ciągle mamy co świętować: nasza Meg wróciła do domu!

Odwrócił się do białobrodego Germanina.

– Werkoryksie, podaj mi pilota, proszę.

Wskazał w kierunku stoliczka, na którym stała czarna taca z laki, pełna technogadżetów. Werkoryks pochylił się nad nią i wybrał jeden przedmiot.

– Nie, ten jest do telewizora! – powiedział Neron. – A ten do nagrywarki. Tak, o tamten chodzi.

W moim gardle zaczęła nabrzmiewać panika, gdyż zrozumiałem, czego chce cesarz – chodziło o urządzenie do wypuszczenia sasanidzkiego gazu. Oczywiście, że coś takiego leżało u niego obok pilota do telewizora.

– Przestań! – krzyknąłem. – Powiedziałeś, że dasz Meg zdecydować!

Meg otwarła szeroko oczy – najwyraźniej ona sama nie znała planu Nerona. Patrzyła to na mnie, to na niego, jakby się bała, który z nas pierwszy ją zaatakuje. Obserwowanie, jak się męczy, sprawiało, że chciało mi się płakać.

Neron uśmiechnął się wrednie.

– Ależ oczywiście! Meg, słoneczko, znasz sytuację – powiedział. – Apollo znów cię zawiódł. Jego plany legły w ruinach, na dodatek poświęcił swoich sprzymierzeńców, by tu dotrzeć...

– Nieprawda! – zaprotestowałem.

Neron uniósł brew.

– Nie? Kiedy cię ostrzegłem, że ta wieża to śmiertelna pułapka dla twoich przyjaciół herosów, to co, pobiegłeś ich ratować? Wyprowadzać z budynku? Dałem ci na to dość czasu. Ale nie. Wykorzystałeś ich. Pozwoliłeś im dalej walczyć z moimi strażnikami, żeby odwrócić ich uwagę i pozwolić ci zakraść się tutaj i odzyskać twoją bezcenną nieśmiertelność.

– Ja... Że co? Ja nie...

Neron zrzucił z sofy talerz z owocami, który z hukiem uderzył o podłogę. Winogrona potoczyły się we wszystkie strony. Wszyscy w sali tronowej podskoczyli, włącznie ze mną, a najwyraźniej cesarzowi właśnie o to chodziło. Był mistrzem pozerstwa, wiedział, jak kontrolować tłum i trzymać nas w napięciu. Jego głos wyrażał w tym momencie tak wiele świętego oburzenia, że nawet ja się zastanawiałem, czy mu nie uwierzyć.

– Wykorzystujesz wszystkich, Apollinie! Zawsze taki byłeś! Wszędzie zostawiasz za sobą zrujnowane żywoty ludzi. Hiakintos. Dafne. Marsjasz. Koronis. A nawet twoje wyrocznie: Trofonios. Herofile, Sybilla Kumańska...

Odwrócił się ku Meg.

– Widziałaś to na własne oczy, kochanie. Wiesz, co mam na myśli. Och, Lesterze! Żyłem wśród śmiertelnych przez tysiące lat. Wiesz, ilu osobom zrujnowałem życie? Nikomu. Ba, wychowałem całą rodzinę sierot!

Wskazał na swoje adoptowane dzieci. Niektóre z nich skrzywiły się, jakby miał rzucić w nie talerzem winogron.

– Dałem im luksus, bezpieczeństwo i miłość! – kontynuował. – Dawałem pracę tysiącom osób! Uczyniłem świat lepszym! A ty, Apollinie? Jesteś na ziemi ledwie pół roku i ile osób skrzywdziłeś? Ile zginęło, walcząc za ciebie? Ten biedny gryf, Heloiza. Driada Pieniążka. Pandos Riff. No i oczywiście Jason Grace.

– Nie waż się! – warknąłem.

Neron rozłożył ręce.

– Mam wymieniać dalej? – spytał. – Don i Dakota, polegli w Obozie Jupiter. Rodzice tej biednej małej Julii. A wszystko to dlaczego? Dlatego że zachciało ci się znów zostać bogiem. Płakałeś i jęczałeś na ten temat wszędzie, dokądkolwiek w tym kraju cię poniosło. Ale ja cię pytam: czy ty w ogóle jesteś *godny* boskości?

Odrobił lekcje, drań. To było zupełnie nietypowe dla Nerona, żeby zapamiętać tyle imion osób, które go zupełnie nie obchodziły. Ale ta scena była ważna: odgrywał dramat przed nami, a przede wszystkim – przed Meg.

– Jak zwykle wszystko przekręcasz i zmieniasz w kłamstwa – powiedziałem. – Zawsze to robiłeś wobec Meg i reszty tych nieszczęsnych dzieci.

Nie trzeba ich było nazywać nieszczęsnymi. Cała siódemka z pochodniami spojrzała na mnie z pogardą. Najwyraźniej nie chciały mojej litości. Twarz Meg pozostała bez wyrazu, ale jej wzrok uciekł przed moim; zamiast tego wbiła spojrzenie we wzory na dywanie. To chyba nie był dobry znak.

Neron zachichotał.

– Ech, Apollinie, Apollinie... Chcesz mi udzielać lekcji na temat moich dzieci? A jak traktujesz własne?

Zaczął wyliczać kolejne moje rodzicielskie błędy. Było ich wiele, ale i tak słuchałem tylko półuchem. Zastanawiałem się, ile czasu minęło, od kiedy widziałem Z.I.I. Złotka. Jak długo dam radę zachęcać Nerona do rozmowy i czy starczy tego czasu, by trogowie zdołali zatrzymać trujący gaz, a przynajmniej ewakuować budynek?

Jakkolwiek by było, Meg i ja pozostaliśmy zdani sami na siebie, ponieważ okna i drzwi były zamknięte. Musieliśmy ocalić się nawzajem, bo nie miał kto nam pomóc. Musiałem wierzyć, że nadal jesteśmy drużyną.

– Nawet teraz – kontynuował Neron – twoje dzieci walczą i giną tam na dole, a ty jesteś tutaj.

Potrząsnął głową z obrzydzeniem.

– Wiesz co, Apollinie? Odłóżmy na chwilę kwestię zagazowania budynku.

Położył pilota na sofie obok siebie, jakby robił nam nie wiadomo jakie ustępstwo i łaskę, zgadzając się na odwleczenie o parę minut aktu wymordowania wszystkich moich przyjaciół trującym gazem.

– Moja droga – zwrócił się do Meg. – Możesz wybrać, tak jak obiecałem. Które z naszych duchów natury otrzymają zaszczyt zabicia tego żałosnego eksboga? Tym razem będzie musiał sam walczyć o swoją sprawę.

Meg spojrzała na Nerona, jakby powiedział coś kompletnie niezrozumiałego.

– Ja… Ja nie mogę!

Załamała ręce, na których nosiła kiedyś złote pierścienie. Marzyłem, by jej je oddać, ale bałem się nawet oddychać. Meg wyglądała, jakby stała na skraju przepaści. Bałem się, że jakakolwiek zmiana w pomieszczeniu – drobna wibracja podłogi, migające światło, kaszlnięcie, westchnienie – może zepchnąć ją w otchłań.

– Nie możesz się zdecydować? – zapytał Neron głosem, który ociekał współczuciem. – Rozumiem cię. Tyle tu driad, a wszystkie zasługują na zemstę. Ich gatunek ma przecież tylko jednego przeciwnika drapieżcę: bogów olimpijskich!

Spojrzał na mnie z wykrzywioną twarzą.

– Meg ma rację! Nie będziemy wybierać! Apollinie, w imieniu Dafne i innych driad, które dręczyłeś przez stulecia, oświadczam, że wszystkie obecne tu nasze przyjaciółki driady mają moją zgodę, by cię rozedrzeć na strzępy. Zobaczmy, jak sobie poradzisz z obroną, kiedy nie będzie herosów, za których plecami możesz się schować!

Pstryknął palcami. Driady nie wyglądały na specjalnie chętne do rozdzierania mnie na strzępy, ale cesarskie dzieci przysunęły pochodnie bliżej roślin w donicach. Wtedy w driadach coś pękło, zalała je rozpacz, strach i wściekłość. Może i chętniej zaatakowałyby Nerona, ale że nie mogły, zrobiły, co kazał. Rzuciły się na mnie.

29

Jeśli palisz drzewa
I jest sezon alergii
Popłyną łzy

GDYBY IM NA TYM ZALEŻAŁO, już bym nie żył. Widywałem ataki autentycznych tłumów wściekłych driad i żaden śmiertelnik nie ma szans tego przetrwać. Te duchy drzew jednak chyba bardziej chciały odegrać swoje role. Ruszyły na mnie niepewnie, krzycząc: „Aaaaaa!" i zerkając przez ramię na herosów z pochodniami, żeby się upewnić, że nie podpalili ich źródeł życia.

Uchyliłem się przed pierwszymi dwiema driadami palm, które się na mnie rzuciły.

– Nie będę z wami walczył! – krzyknąłem.

Od tyłu skoczyła na mnie solidnie zbudowana driada fikusa – musiałem ją siłą zrzucić z siebie.

– Nie jesteśmy wrogami! – zawołałem.

Driada figowca czaiła się z boku, może czekając na okazję, by zaatakować, albo licząc na to, że nikt nie zwróci na nią uwagi. Pilnujący jej heros jednak zauważył. Schylił pochodnię i drzewo figowe zapłonęło jak zlane benzyną. Driada wrzasnęła i spłonęła, upadając na ziemię i zmieniając się w kupkę popiołu.

– Przestańcie – powiedziała Meg, ale jej głos był tak słaby, że ledwie słyszalny.

Pozostałe driady rzuciły się do poważniejszego ataku. Paznokcie zmieniły im się w szpony. Całe ciało driady cytryny porosły kolce, a wtedy ona złapała mnie w bolesny uścisk.

– Przestańcie! – powtórzyła Meg, tym razem głośniej.

– Pozwól im spróbować, kochanie – powiedział Neron, kiedy duchy drzew grupą rzuciły mi się na plecy. – Zasłużyły na zemstę.

Driada fikusa zaczęła mnie podduszać. Moje kolana ugięły się pod ciężarem sześciu atakujących, a ich kolce i szpony szarpały każdy kawałek odsłoniętej skóry.

– Meg! – zachrypiałem. Oczy wychodziły mi z orbit, a wzrok tracił ostrość.

– PRZESTAŃCIE! – rozkazała Meg.

Driady ustąpiły. Ta fikusowa rozpłakała się z ulgi i puściła moją szyję, a pozostałe cofnęły się o parę kroków. Klęczałem, ciężko dysząc, posiniaczony i zakrwawiony.

Meg podbiegła do mnie. Uklękła i położyła mi dłoń na ramieniu, z bólem na twarzy przyglądając się rozcięciom, skaleczeniom i mojemu rozbitemu, zabandażowanemu nosowi. Normalnie byłbym zachwycony, że mi poświęca tyle uwagi, ale niestety, byliśmy w sali tronowej Nerona, a ja ledwie mogłem, no wiecie, oddychać.

Pierwsze pytanie, które do mnie wyszeptała, nie było tym, którego oczekiwałem:

– Czy Lu żyje?

Skinąłem głową, usiłując powstrzymać łzy bólu.

– Jak ją ostatnio widziałem – szepnąłem – dalej walczyła.

Meg zmarszczyła brwi. Na chwilę odzyskała dawną naturę, ale trudno mi było wyobrazić sobie tamtą Meg. Musiałem skupić się na jej oczach, obramowanych przez cudownie paskudne okulary z cyrkoniami, i ignorować nową staranną fryzurę, perfumy o zapachu bzu, purpurową suknię, złote sandały i… O BOGOWIE, ktoś zrobił Meg pedikiur! Usiłowałem jakoś zapanować nad ogarniającą mnie zgrozą.

– Meg – powiedziałem – jest tylko jedna osoba, której musisz słuchać: ty sama. Zaufaj sobie.

Mówiłem prawdę, niezależnie od lęków i wątpliwości i od wszystkich narzekań z tych wszystkich miesięcy, kiedy była moją panią. Wybrała mnie, ale i ja wybrałem ją. *Ufałem* jej – nie pomimo przeszłości, jaka łączyła ją z Neronem, ale właśnie ze względu na nią. Widziałem, jak walczy, i podziwiałem postępy, okupione ciężką pracą. Musiałem w nią wierzyć dla własnego dobra. Była dla mnie – bogowie, ratunku! – wzorcem.

Wyciągnąłem z kieszeni złote pierścienie. Cofnęła się na ich widok, ale wcisnąłem jej biżuterię w dłonie.

– Jesteś od niego silniejsza – zapewniłem.

Gdybym mógł jakoś utrzymać jej wzrok tylko na mnie, może byśmy przetrwali w bańce naszej dawnej przyjaźni nawet w toksycznym otoczeniu Nerona. Ale cesarz nie mógł na to pozwolić.

– Oj, kochanie! – westchnął. – Doceniam twoje dobre serce, naprawdę! Ale nie możemy przeszkadzać sprawiedliwości!

Meg wstała i spojrzała mu w oczy.

– To nie jest sprawiedliwość – powiedziała.

Uśmiech Nerona zbladł. Cesarz spojrzał na mnie z mieszaniną rozbawienia i politowania, jakby mówił: „No i zobacz, co narobiłeś".

– Może i masz rację, Meg – przyznał. – Te driady nie mają ani odwagi, ani serca, by zrobić to, co konieczne.

Meg zesztywniała, jakby wyczuła, co Neron chce zrobić.

– Nie – szepnęła.

– Musimy spróbować czegoś innego. – Cesarz skinął na herosów, którzy schylili pochodnie ku roślinom.

– NIE! – krzyknęła Meg.

Sala tronowa zatonęła w zielonej barwie. Z ciała Meg wytrysnęła burza alergenów, jakby za jednym zamachem wypuściła roczny zapas pyłku dębowego. Pył w barwach zieleni pokrył całe pomieszczenie: Nerona, jego kanapę, strażników, dywany, okna, wychowanków. Płomienie pochodni herosów zadymiły i zgasły.

Drzewa driad zaczęły rosnąć: ich korzenie rozbijały doniczki i wrastały w podłogę, a rozwijające się nowe liście zastępowały te nadpalone. Gałęzie grubiały i wyciągały się, gotowe oplątać pilnujących ich herosów. Dzieci Nerona, które nie były kompletnie głupie, wycofały się jak najdalej od nagle agresywnych roślin.

Meg odwróciła się w kierunku driad. Stały stłoczone razem, drżące, z dymiącymi poparzeniami na ramionach.

– Idźcie i się uleczcie – rozkazała. – Ja zadbam o nasze bezpieczeństwo.

Z pełnym wdzięczności westchnieniem driady zniknęły.

Neron spokojnie strzepnął pyłek z twarzy i stroju. Germanowie nie wydawali się zaskoczeni, jakby takie rzeczy były w tym miejscu normą. Jeden z kynokefalów kichnął, a kolega o wilczej głowie podał mu chusteczkę higieniczną.

– Droga Meg – powiedział Neron bez emocji – już o tym rozmawialiśmy. Musisz się kontrolować.

Meg zacisnęła pięści.

– Nie miałeś prawa – powiedziała. – To nie było w porządku...

– Meg, przestań. – Głos Nerona był surowszy, jakby chciał pokazać mojej przyjaciółce, że kończy mu się cierpliwość. – Ciągle mogę darować Apollinowi życie, jeśli naprawdę tego chcesz. *Nie musimy* oddać go Pytonowi. Ale jeżeli mamy podjąć to ryzyko, to ty, z twoimi cudownymi mocami, musisz stać po mojej stronie. Znów być moją córką. Pozwól, że ocalę Apollina dla ciebie.

Nic nie powiedziała, a z jej postawy promieniował upór. Wyobrażałem sobie, jak zapuszcza korzenie i trwa nieporuszona.

Neron westchnął.

– Wszystko robi się znacznie trudniejsze, kiedy budzisz Bestię. Nie chcesz znów dokonać złego wyboru, prawda? I stracić kogoś tak, jak straciłaś ojca?

Wskazał na dwunastu pokrytych pyłkiem Germanów, parę kynokefalów, siódemkę wychowanków herosów; wszyscy patrzyli na nas tak, jakby w odróżnieniu od driad mieli szczerą ochotę rozszarpać nas na strzępy.

Zastanawiałem się, jak szybko zdołałbym sięgnąć po łuk, choć nie bardzo nadawałem się do walki. Myślałem też, z iloma wrogami Meg zdoła poradzić sobie za pomocą szabel. Była świetna, ale wątpiłem, czy da radę dwudziestu jeden przeciwnikom. No i był jeszcze sam Neron, o naturze i sile pomniejszego boga. Meg, mimo gniewu, jakoś nie mogła spojrzeć mu w oczy.

Wyobraziłem sobie, że Meg robi w myślach te same kalkulacje i decyduje, że nie ma żadnych szans i że może mi ocalić życie, jedynie będąc posłuszną Neronowi.

– To nie ja zabiłam ojca – powiedziała cicho i z uporem. – Ani nie odcięłam dłoni Lu, ani nie zniewoliłam tych driad. I to nie ja zrobiłam z nas wszystkich potwory. – Szerokim gestem wskazała na resztę herosów z cesarskiego domu. – Ty to zrobiłeś, Neronie. Nienawidzę cię.

Twarz cesarza przybrała smutny, zmęczony wyraz.

– No cóż – powiedział – skoro tak czujesz…

– Tu nie chodzi o *uczucia* – warknęła Meg – ale o prawdę. Nie będę cię więcej słuchać ani używać *twojej* broni w walce.

Rzuciła pierścienie na podłogę.

Jęknąłem cicho i z rozpaczą.

Neron zachichotał.

– To akurat, moja droga, było głupie – powiedział.

Wyjątkowo miałem ochotę się z nim zgodzić. Nieważne, jak doskonale moja młoda przyjaciółka radziła sobie z dyniami i pyłkiem, niezależnie od tego, jak się cieszyłem, że jest po mojej stronie, nie mogłem sobie wyobrazić, jak moglibyśmy wyjść z tego cało bez broni.

Germanowie sięgnęli po włócznie, herosi dobyli mieczy, a wojownicy o wilczych głowach warknęli.

Neron uniósł dłoń, gotowy wydać rozkaz zabicia nas, kiedy nagle pomieszczeniem wstrząsnął głośny wybuch.

Połowa z naszych wrogów straciła grunt pod nogami. W oknach i na kolumnach z marmuru pojawiły się głębokie rysy. Płytki pokrywające sufit pękły i zasypały nas białym pyłem, gęstym jak mąka z rozdartego worka.

Odwróciłem się i zobaczyłem, że potężne antywybuchowe drzwi leżą na podłodze, połamane i powykręcane, a w powstałym wejściu czeka dziwacznie wychudzony czerwony byk. Za nim stał Nico di Angelo.

Muszę przyznać, że takiego nagłego wjazdu na imprezę to się nie spodziewałem.

Neron i jego świta najwyraźniej też nie. Gapili się w zdumieniu na taurosa przekraczającego próg. W miejscu błękitnych oczu byka ziały czarne dziury, a zmatowiała czerwona sierść wisiała na ożywionym szkielecie jak koc. To był ożywieniec bez ciała czy duszy, kierowany wyłącznie wolą swego pana.

Nico rozejrzał się po sali. Wyglądał jeszcze gorzej, niż gdy ostatnio go widziałem. Twarz miał pokrytą sadzą, a jedno oko zapuchnięte tak, że nie mógł go otworzyć. Koszula była w strzępach, a z czarnego miecza kapała krew potworów. Co jednak najgorsze, ktoś (podejrzewam jakiegoś troga) wcisnął mu na głowę biały kowbojski kapelusz. Prawie się spodziewałem, że powie: „Juhuu!" najmniej entuzjastycznym głosem na świecie.

Wskazał palcem na Nerona i powiedział do szkieletowego byka:

– Zabij go.

Byk zaszarżował. Ludzie Nerona ruszyli szaleńczo do walki. Germanowie pognali za bykiem jak zdesperowani obrońcy za napastnikiem pędzącym z piłką w pole karne. Kynokefalowie zawyli i rzucili się ku nam, a cesarscy herosi stali niepewnie, wymieniając spojrzenia: „Kogo atakujemy? Byka? Emo-chłoptasia? Tatę? Siebie nawzajem?". Tak to się kończy, jak się wychowuje dzieci na paranoidalnych morderców.

– Werkoryksie! – wrzasnął Neron głosem o pół oktawy wyższym niż normalnie. Wskoczył na kanapę i zaczął na oślep naciskać przyciski na pilocie do sasanidzkiego gazu, po czym stwierdził, że to jednak nie ten pilot. – Dawaj resztę urządzeń! I to już!

Werkoryks, w połowie drogi do byka, potknął się i zawrócił w kierunku stolika, być może zastanawiając się, po co przyjął ten awans i czy naprawdę Neron nie może sam sięgnąć po cholernego pilota.

Meg szarpnęła mnie za ramię, wyrywając z osłupienia.

– Wstawaj! – krzyknęła.

Odciągnęła mnie z zasięgu kynokefala, który wylądował obok nas na czterech kończynach, warcząc i śliniąc się. Zanim zdecydowałem, czy lepiej walczyć z nim gołymi rękami, czy odorem niemytych zębów, wskoczył między nas Nico z mieczem już gotowym do walki. Jednym ciosem zmienił człekopsa w chmurę pyłu i sierści.

– Cześć – powiedział. Z zapuchniętym okiem wyglądał jeszcze bardziej bojowo niż zwykle. – Chyba musicie poszukać jakiejś broni.

Usiłowałem sobie przypomnieć, na czym polega mówienie.

– Jak… Czekaj, niech zgadnę: Rachel cię przysłała – powiedziałem.

– Aha – mruknął Nico.

Konwersację przerwał nam drugi kynokefal, który ruszył na nas ostrożniej od kompana, zbliżając się bokiem i czekając na okazję. Nico odpędził go mieczem i straszliwym kowbojskim kapeluszem, ale miałem przeczucie, że zaraz znowu będziemy mieć towarzystwo.

Tymczasem Neron ciągle wydzierał się na sofie, a Werkoryks grzebał po tacy pełnej pilotów. Parę kroków od nas Germanowie rzucili się grupą na szkieletowego byka. Część cesarskich herosów pobiegła im na pomoc, ale co sprytniejsi członkowie rodziny zwlekali, zerkając na nas. Na pewno zastanawiali się, jak by tu nas zabić i zyskać złotą gwiazdkę od tatusia na tygodniowej rozpisce obowiązków.

– Co z gazem sasanidzkim? – spytałem Nica.

– Trogowie usiłują coś zrobić – odpowiedział.

Wymamrotałem pod nosem przekleństwo, które byłoby nieodpowiednie dla uszu kogoś tak młodego jak Meg, tyle że to właśnie od niej się tego konkretnego przekleństwa nauczyłem.

– Ewakuowaliście Obóz Herosów? – spytała Meg.

Z ulgą przyjąłem fakt, że się włączyła do rozmowy. Poczułem, że dalej jest jedną z nas.

Nico pokręcił głową.

– Nie. Obozowicze walczą przeciwko siłom Nerona na innych piętrach. Ostrzegliśmy ich przed gazem, ale nie wyjdą stąd bez was.

Poczułem falę wdzięczności i desperacji. Ci głupi, cudowni greccy herosi, odważni i szlachetni durnie. Miałem ochotę im przyłożyć i uściskać ich jednocześnie.

Kynokefal skoczył.

– Lećcie – zawołał Nico.

Rzuciłem się ku wejściu, tam, gdzie zostawiłem moje zasoby. Nade mną przeleciał Germanin, kopnięty i rozsypany w proch przez byka. Potwór zombie był już o parę kroków od podwyższenia dla cesarza, do którego zmierzał, ale szedł coraz wolniej, obciążony przez tłum Germanów. Trójka knujących herosów zmierzała teraz w naszą stronę, idąc równolegle z nami wzdłuż pomieszczenia. Kiedy dotarłem do moich rzeczy, ciężko dyszałem i byłem spocony, jakbym przebiegł maraton. Podniosłem ukulele, nałożyłem strzałę na cięciwę i wymierzyłem w zbliżających się herosów, ale dwójka z nich zdążyła tajemniczo zniknąć. Strzeliłem do jedynej, która pozostała – jak ona miała na imię, Elia? – ale albo ja byłem słaby i powolny, albo ona naprawdę rewelacyjnie wytrenowana. Uchyliła się przed moją strzałą i nadal parła w naszym kierunku.

– A broń dla ciebie? – spytałem Meg, zakładając kolejną strzałę.

Wskazała gestem głowy na przybraną siostrę.

– Wezmę jej broń. Ty się skup na Neronie – powiedziała i odbiegła w jedwabnej sukni i sandałach, jakby miała w planach zrujnowanie uroczystej kolacji.

Nico ciągle walczył z człekowilkiem. Byk zombie w końcu upadł pod ciężarem Drużyny Nerona, co znaczyło, że za chwilę Germanowie zaczną rozglądać się za nowym celem. Werkoryks potknął się, kiedy był już tuż przy sofie, i rozsypał po jej powierzchni wszystkie piloty.

– To ten! To ten! – krzyczał Neron, co było mało pomocne, bo wskazywał na wszystkie urządzenia po kolei.

Wymierzyłem w pierś cesarza. Właśnie myślałem o tym, jaką przyjemność sprawiłby mi celny strzał, kiedy ktoś wyskoczył nie wiadomo skąd i wbił mi sztylet między żebra.

Brawo, Apollinie! Znalazłeś jednego z herosów, którzy zniknęli!

Był to jeden ze starszych chłopców Nerona – może Lucjusz? Przeprosiłbym za zapomnienie jego imienia, ale ponieważ właśnie dźgnął mnie ostrzem, a teraz trzymał w morderczym uścisku, uznałem, że nie ma co przejmować się wymaganiami formalnej grzeczności. Świat zasnuwał się mgłą przed moimi oczami, a płuca nie chciały napełnić się powietrzem.

Po drugiej stronie sali Meg gołymi rękami walczyła z Elią i trzecim brakującym herosem, który najwyraźniej też czaił się w pułapce.

Lucjusz wbił sztylet jeszcze głębiej. Szarpnąłem się, zauważając z chłodnym, medycznym zainteresowaniem, że żebra spełniły swoją funkcję – powstrzymały ostrze od zranienia kluczowych organów. Była to doskonała wiadomość, poza drobnym faktem, że, po pierwsze, czułem paskudny ból z powodu noża wbitego między skórę a klatkę piersiową, a po drugie, moja koszula przesiąkła ogromną ilością krwi.

Nie mogłem pozbyć się Lucjusza. Był za silny i znajdował się zbyt blisko. W desperacji zacisnąłem dłoń w pięść i rąbnąłem go prosto w oko.

Krzyknął i cofnął się. Obrażenia oka są zdecydowanie najgorsze. Jestem bogiem medycyny, a od tych konkretnych nawet mnie robi się niedobrze.

Nie miałem siły, by nałożyć kolejną strzałę. Chwiałem się na nogach i usiłowałem zachować przytomność, ślizgając się we własnej krwi. Zawsze jest fajnie, kiedy Apollo wybiera się na wojnę.

Półprzytomny z bólu zobaczyłem, jak Neron uśmiecha się z triumfem i podnosi w górę pilota.

– Nareszcie!

Nie, modliłem się w duchu. *Zeusie, Latono, Artemido… ktokolwiek. NIE!*

Nie byłem w stanie powstrzymać cesarza. Meg znajdowała się zbyt daleko, z trudem radząc sobie z dwójką rodzeństwa. Byk rozsypał się w proch. Nico pokonał kynokefala, ale teraz czekała go rozprawa z grupą wściekłych Germanów, stojących na drodze do tronu.

– To już koniec! – zawołał cesarz. – Śmierć moim wrogom!

Po czym nacisnął przycisk.

30

Przeżycie bywa
Naprawdę trudne, kiedy
Wszyscy usiłują mnie zabić

„ŚMIERĆ MOIM WROGOM!" było doskonałym okrzykiem bitewnym. Prawdziwy klasyk, wykrzyczany z przekonaniem!

Część dramatyzmu wzięła jednak w łeb, kiedy Neron nacisnął przycisk i żaluzje w oknach zaczęły opadać. Cesarz wymamrotał przekleństwo – pewnie Meg go nauczyła – i zaczął grzebać wśród poduszek na sofie, zapewne szukając *właściwego* właściwego pilota.

Meg rozbroiła Elię, jak obiecała, i teraz wymachiwała pożyczonym mieczem, podczas gdy jej przybrane rodzeństwo otaczało ją, w nadziei że weźmie udział w pokonaniu siostry.

Nico brnął przez masę Germanów. Były ich krocie, szybko jednak wyrobili w sobie zdrowy szacunek dla jego miecza ze stygijskiego żelaza. Nawet barbarzyńcy są w stanie opanować krzywą wzrostu uczenia się, jeśli metody są dostatecznie ostre i bolesne. Nico nie miał jednak szans opierać się takiej masie w nieskończoność, zwłaszcza że ich włócznie miały większy zasięg, a on widział tylko prawym okiem. Werkoryks warknął na swoich ludzi, każąc im otoczyć di Angelo. Niestety zaprawiony w bojach wojownik sprawiał wrażenie znacznie lepiej dającego sobie radę z rozkazywaniem podwładnym niż z obsługą pilotów.

Jeśli chodzi o mnie, jak mam wytłumaczyć problemy z posługiwaniem się łukiem po tym, jak się zostało dźgniętym w bok? Jeszcze nie byłem martwy, co upewniało mnie, że ostrze ominęło wszystkie ważne tętnice i narządy wewnętrzne, ale samo podnoszenie ręki sprawiało, że chciałem wrzeszczeć z bólu. Celowanie i naciąganie łuku było męką większą niż wszystko, co wymyślono na Polach Kar, i pozwalam Hadesowi na cytowanie.

Straciłem sporo krwi. Byłem spocony, miałem dreszcze. Niemniej przyjaciele potrzebowali mnie. Musiałem coś zrobić.

– Napój energetyzujący, napój energetyzujący – wymruczałem, usiłując osiągnąć jasność myśli.

Najpierw kopnąłem Lucjusza w twarz i ogłuszyłem go, ponieważ ten krętacz zasłużył na to. Następnie wystrzeliłem strzałę w innego z cesarskich herosów, który właśnie zamierzał wbić Meg sztylet w plecy. Nie chciałem zabijać – pamiętałem przerażoną twarz Kasjusza w windzie, ale trafiłem ofiarę w kostkę. Chłopak wrzasnął i zaczął skakać po całej sali tronowej. To mnie zadowoliło.

Moim głównym problemem był Neron. Meg i Nico walczyli z przeważającym wrogiem, cesarz miał więc mnóstwo czasu, żeby szukać na sofie pilota. To, że jego pancerne drzwi zostały zniszczone, nie zniweczyło jego entuzjazmu dla wypełnienia wieży trującym gazem. Może jako pomniejszy bóg był odporny. A może co rano płukał gardło sasanidzkim gazem.

Wystrzeliłem w sam środek masy cesarskiego ciała – był to strzał, który powinien rozwalić mu mostek. Strzała jednak tylko roztrzaskała się na todze. Ubranie było zapewne zaprawione jakąś magią ochronną. Albo to, albo uszył je naprawdę dobry krawiec.

Z wielkim wysiłkiem założyłem kolejną strzałę. Tym razem wycelowałem w głowę Nerona. Przeładowywałem zdecydowanie za wolno. Każdy strzał był koszmarem dla mojego umęczonego ciała, ale celowałem dobrze. Strzała trafiła go dokładnie między oczy. I rozpadła się, nie czyniąc żadnych szkód.

Neron rzucił mi krzywe spojrzenie z drugiej strony pokoju.

– Przestań!

Po czym wrócił do szukania pilota.

Podupadłem na duchu. Najwyraźniej Neron był nadal nietykalny. Luguselwa nie zdołała zniszczyć jego *fasces*. To oznaczało, że mieliśmy przed sobą cesarza trzykrotnie potężniejszego niż Kaligula czy Kommodus, a oni też nie byli bułką z masłem. Jeśli Neron kiedykolwiek przestanie się skupiać na swoim gadżecie z trującym gazem i postanowi nas naprawdę zaatakować, umrzemy.

Nowa strategia. Mierzyłem w piloty do sterowania. Kiedy cesarz wziął kolejny do ręki, wytrąciłem mu go z dłoni. Neron warknął i chwycił następny. Nie byłem w stanie dość szybko strzelać.

Wycelował we mnie gadżetem i zmiażdżył przyciski, jakby w ten sposób mógł zakończyć moje istnienie. To nie nastąpiło, za to z sufitu zjechały trzy wielkie ekrany telewizyjne i rozbłysły obrazem.

Jeden pokazywał lokalne wiadomości – przekaz na żywo z helikoptera, który zataczał kręgi nad tą dokładnie wieżą. Najwyraźniej mieliśmy tu pożar. To by było tyle w kwestii niezniszczalności wieży. Drugi ekran pokazywał turniej golfa. Trzeci był podzielony między republikańskie Fox News a demokratyczne MSNBC, które zestawione obok siebie powinny wystarczyć do spowodowania anihilacji przez zderzenie materii i antymaterii. Myślę, że oglądanie obu jednocześnie było znakiem apolityczności Nerona, a może jego wielokrotnej osobowości.

Cesarz warknął z frustracją i odrzucił pilota.

– Przestań ze mną walczyć, Apollinie! I tak *umrzesz*. Nie rozumiesz tego? Albo ja, albo gad!

To oświadczenie wybiło mnie z rytmu, więc następna strzała chybiła. Wbiła się w krocze już cierpiącego Werkoryksa, który zwinął się z bólu, a pocisk rozsypał jego ciało w proch.

– *Bardzo* przepraszam, chłopie – mruknąłem.

Po drugiej stronie sali, za podwyższeniem Nerona, pojawili się kolejni barbarzyńcy, maszerujący na pomoc cesarzowi z uniesionymi włóczniami. Czy Neron miał schowek na miotły wypełniony posiłkami? To było bardzo nie w porządku.

Meg była nadal otoczona przez przybrane rodzeństwo. Zdołała zdobyć tarczę, ale ich było dużo więcej. Rozumiałem jej chęć porzucenia pary szabel, które były prezentem od Nerona, ale zaczynałem wątpić w wybór momentu na tę decyzję. Poza tym ona najwyraźniej nie zamierzała zabijać atakujących, podczas gdy jej rodzeństwo nie miało takich zastrzeżeń.

Pozostali herosi stłoczyli się wokół niej, a ich zadufane uśmieszki wskazywały, że są pewni szybkiego zwycięstwa.

Nico słabł w obliczu Germanów. Jego miecz jakby stawał się o kilka kilogramów cięższy za każdym zamachem.

Sięgnąłem do kołczanów i uświadomiłem sobie, że została mi tylko jedna strzała, nie licząc szekspirowskiego trenera rozwoju osobistego z Dodony.

Neron wyciągnął kolejnego pilota. Zanim zdążyłem wycelować, nacisnął przycisk. Z sufitu zjechała lustrzana kula. Rozbłysły światła. Rozległy się dźwięki *Stayin' Alive* zespołu Bee Gees, co, jak każdy wie, jest jednym z Dziesięciu Najważniejszych Znaków Nadchodzącej Apokalipsy w podręczniku *Przepowiednie dla opornych*.

Neron odrzucił pilota i podniósł… och, bogowie. *Ostatniego* z kolekcji. Ostatni jest *zawsze* tym właściwym.

– Nico! – wrzasnąłem.

Nie miałem szans na pokonanie Nerona. Wystrzeliłem więc w Germanina, który stał dokładnie między synem Hadesa a tronem, i rozwiałem go w pył.

Chwała niech będzie fantazyjnemu kowbojskiemu kapeluszowi – Nico zrozumiał. Zaatakował, wyrywając się z kręgu Germanów i skacząc prosto na cesarza z całą pozostałą mu siłą.

Cios Nica powinien był rozszczepić Nerona od głowy do kości ogonowej, ale cesarz wolną ręką chwycił ostrze i zatrzymał je. Stygijskie żelazo zasyczało i zaczęło dymić w jego uścisku. Spomiędzy palców kapała złota krew. Wyrwał miecz Nicowi i rzucił go na drugą stronę sali. Nico skoczył Neronowi do gardła, gotów go udusić lub zamienić w halloweenowy szkielet. Cesarz uderzył go na odlew z taką mocą, że syn Hadesa poleciał siedem metrów i uderzył w najbliższy filar.

– Nie możecie mnie zabić, głupcy! – ryknął Neron w rytm Bee Gees. – Jestem nieśmiertelny!

Pstryknął w pilota. Nie wydarzyło się nic zauważalnego, ale cesarz kwiknął z zachwytu.

– To ten! To ten właściwy! Wasi kumple są martwi. HA-HA-HA-HA-HA!

Meg wrzasnęła z wściekłością. Usiłowała wyrwać się z kręgu napastników, podobnie jak wcześniej Nico, ale jeden z herosów podłożył jej nogę. Upadła twarzą na dywan. Pożyczony miecz wypadł z brzękiem z jej ręki.

Chciałem pobiec jej na pomoc, wiedziałem jednak, że jestem za daleko. Nawet gdybym wystrzelił Strzałę z Dodony, nie pokonałbym całej gromady herosów.

Ponieśliśmy klęskę. W wieży pod nami nasi przyjaciele dusili się teraz gazem – cały obóz zmieciony z powierzchni ziemi jednym naciśnięciem guzika na pilocie Nerona.

Germanowie zaciągnęli Nica przed tron. Cesarscy herosi wycelowali broń w Meg, stojącą bezsilnie z opuszczoną głową.

– Doskonale! – Neron rozpromienił się. – Ale najpierw najważniejsze. Straż, zabić Apollina!

Posiłki Germanów ruszyły zwartym szykiem na mnie.

Szukałem ukulele, rozpaczliwie przeglądając w myślach repertuar piosenek w poszukiwaniu tej, która mogła wyprodukować zadziwiający zwrot losu. Życie cudem jest? *Mam tę moc?*

Za mną znajomy głos ryknął:

– STOP!

Ton był tak władczy, że nawet strażnicy i członkowie rodziny Nerona zwrócili się ku rozwalonym drzwiom pancernym.

Na progu stał Will Solace świecący jasno. Po jego lewej zobaczyłem Luguselwę, żywą i zdrową, z kikutami uzbrojonymi w sztylety zamiast sztućców. A po prawej pojawiła się Rachel Elizabeth Dare, trzymając wielki topór otoczony wiązką złotych rózg – *fasces* Nerona.

– Nie wolno bić mojego chłopaka – zagrzmiał Will. – I zabijać mojego taty.

Gwardziści Nerona stanęli w gotowości do ataku, ale cesarz krzyknął:

– NIE RUSZAĆ SIĘ!

Jego głos zabrzmiał tak przeraźliwie, że kilku Germanów obejrzało się, żeby sprawdzić, czy to na pewno jego słowa. Herosi z rodziny cesarskiej nie wyglądali na zadowolonych. Właśnie zamierzali zgotować Meg los Juliusza Cezara w Senacie, ale na rozkaz Nerona cofnęli broń.

Rachel Dare rozglądała się po sali: pokrytych pyłkiem meblach i barbarzyńcach, przerośniętych drzewach driad, stercie byczych kości, popękanych oknach i kolumnach, żaluzjach wciąż podnoszących się i opadających, ryczących telewizorach, dyskotekowej kuli kręcącej się do przebojów Bee Gees.

– Co wyście tu wyprawiali? – mruknęła.

Will Solace ruszył pewnym krokiem przez salę, warcząc: „Z drogi!" do Germanów. Maszerował prosto do Nica i pomógł synowi Hadesa podnieść się na nogi. Następnie pociągnął go do drzwi. Nikt nie śmiał ich zatrzymać.

Cesarz cofnął się na podwyższeniu. Sięgnął jedną ręką za siebie, jakby chciał się upewnić, czy sofa nadal tam jest, na wypadek gdyby zamierzał teatralnie zemdleć. Zignorował Willa i Nica. Oczy miał utkwione w Rachel i *fasces*.

– Ty. – Neron wyciągnął palec w stronę mojej czerwonowłosej przyjaciółki. – Ty jesteś Pytią.

Rachel tuliła *fasces* w ramionach niczym niemowlę – bardzo ciężkie i kłujące złote dziecko.

– Rachel Elizabeth Dare – przedstawiła się. – A póki co jestem dziewczyną trzymającą twoje życie w rękach.

Neron oblizał wargi. Zmarszczył brwi, po czym skrzywił się, jakby ćwiczył mięśnie twarzy przed monologiem scenicznym.

– Ty, ach, wy wszyscy powinniście nie żyć.

Sprawiał wrażenie uprzejmego i zdumionego, jakby beształ naszych przyjaciół za to, że nie zadzwonili, że zamierzają wpaść na obiad.

Zza pleców Luguselwy wynurzyła się mniejsza postać – Z.I.I. Złotek, prezes Troglodyta Sp. z o.o., przyozdobiony sześcioma nowymi nakryciami głowy tkwiącymi na szczycie trójgraniastego kapelusza. Uśmiechał się niemal równie promiennie jak Will Solace.

– Pułapki gazowe są... MLASK... kapryśne! – oznajmił. – Trzeba mieć pewność, że detonatory działają. – Otwarł dłoń, z której wypadły na podłogę cztery dziewięciowoltowe baterie.

Neron patrzył gniewnie na swoje przybrane dzieci, jakby mówił: „Mieliście jedno zadanie".

– A jak dokładnie...? – Neron zamrugał i zmrużył powieki. Blask własnych *fasces* najwyraźniej oślepiał go. – Leontocefalin... Nie mogliście go pokonać.

– Nie pokonałam go. – Lu wystąpiła do przodu, pozwalając mi lepiej przyjrzeć się jej nowym kończynom. Ktoś (zapewne Will) zabandażował jej na nowo ręce, zaaplikował więcej plastra i przyczepił lepszą broń, co nadało jej wyglądu niskobudżetowego Wolverine'a. – Oddałam strażnikowi to, czego żądał: moją nieśmiertelność.

– Ale ty nie masz… – Odniosłem wrażenie, że gardło Nerona zacisnęło się. Na jego twarzy pojawił się wyraz lęku, co wyglądało, jakby ktoś naciskał na mokry piasek i wyżymał z niego wodę.

Nie powstrzymałem śmiechu. Był on zupełnie nie na miejscu, ale wydawał się okej.

– Lu ma nieśmiertelność – powiedziałem – ponieważ *ty* jesteś nieśmiertelny. Byliście związani przez stulecia.

Powieka Nerona zadrgała.

– Ale to *moje* życie wieczne! Nie możesz oddać mojego życia za moje życie!

Lu wzruszyła ramionami.

– To trochę szara strefa, przyznaję. Ale leontocefalin sprawiał wrażenie… rozbawionego.

Neron wbił w nią pełen niedowierzania wzrok.

– Postanowiłaś zabić siebie po to tylko, żeby zabić mnie?

– Bez wahania – odparła Lu. – Ale to nie będzie potrzebne. Teraz jestem po prostu zwykłą śmiertelniczką. Zniszczenie *fasces* zrobi to samo z tobą. – Wskazała na swoich byłych germańskich towarzyszy broni. – I wszystkimi twoimi pozostałymi gwardzistami. Uwolnią się z twoich więzów. A wtedy… zobaczymy, jak długo przeżyjesz.

Neron roześmiał się równie niespodziewanie, jak wcześniej zrobiłem to ja.

– Nie możesz! Czy nikt z was nie rozumie? Cała potęga Triumwiratu jest teraz moja. Moje *fasces*… – Jego oczy rozbłysły nagłą nadzieją. – Nie zniszczyliście ich jeszcze, ponieważ nie potraficie. Nawet gdyby wam się to udało, uwolnilibyście tyle mocy, że spłonęlibyście na popiół. A nawet jeśli nie zależy wam na życiu, to moc… *cała* ta moc, którą gromadziłem przez stulecia, po prostu wsiąkłaby w Delfy… w… w *niego*. A tego nie chcecie, wierzcie mi!

Przerażenie w jego głosie było absolutnie prawdziwe. Zrozumiałem wreszcie, w jakim lęku musiał żyć. Prawdziwą siłą stojącą za tronem był zawsze Pyton – większy władca marionetek niż kiedykolwiek matka Nerona. Podobnie jak większość przemocowców Neron został ukształtowany i zmanipulowany przez jeszcze gorszego przemocowca.

– Ty… Pytio – powiedział. – Raquel…

– Rachel.

– Tak powiedziałem! Mogę *wpłynąć* na gada. Przekonać go, żeby oddał ci twoją moc. Ale jeśli mnie zabijesz, wszystko przepadnie. On… on nie myśli jak człowiek. Nie zna litości, współczucia. On zniszczy przyszłość naszego rodzaju!

Rachel wzruszyła oczami.

– Mam wrażenie, że ty wybrałeś swój rodzaj, Neronie. I że nie jest to ludzkość.

Neron rozglądał się desperacko po sali. Utkwił wzrok w Meg, która wstała chwiejnie na nogi, otoczona przez swe cesarskie rodzeństwo.

– Meg, kochanie. Powiedz im! Obiecałem, że pozwolę ci wybrać. Wierzę w twoją łagodną naturę, twój rozsądek!

Meg spojrzała na niego, jakby był paskudnym malowidłem ściennym.

Po czym zwróciła się do swego przybranego rodzeństwa.

– To, co robiliście dotychczas… to nie wasza wina. To wina Nerona. Teraz jednak macie przed sobą wybór. Możecie się mu postawić, jak ja. Rzućcie broń.

Neron syknął.

– Niewdzięczne dziecko. Bestia…

– Bestia nie żyje. – Meg dotknęła palcem skroni. – Zabiłam ją. Poddaj się, Neronie. Moi przyjaciele pozwolą ci żyć w jakimś miłym więzieniu. Nie zasłużyłeś na taką łaskę.

– To – powiedziała Lu – jest najlepszy układ, na jaki masz szanse, cesarzu. Powiedz swoim podwładnym, żeby ustąpili.

Neron był na skraju płaczu. Wyglądał, jakby był gotowy odłożyć na bok stulecia tyranii i walk o władzę i zdradzić swojego gadziego pana. Łajdactwo, poza wszystkim, to niewdzięczna, wyczerpująca robota.

Wziął głęboki oddech.

Po czym wrzasnął:

– ZABIĆ ICH WSZYSTKICH!

Tuzin Germanów rzucił się na mnie.

31

Boskie przeciąganie liny
Niepolecane dla dzieci
Ani Lesterów

WSZYSCY DOKONUJEMY WYBORÓW.

Mój był następujący: w tył zwrot i uciekaj.

Nie dlatego, że przerażał mnie tuzin Germanów usiłujących mnie zabić. Dobra, tak, przerażał mnie tuzin Germanów usiłujących mnie zabić. Ale poza tym nie miałem już strzał ani siły. Bardzo chciałem ukryć się za plecami – to znaczy stanąć u boku Rachel, Z.I.I. Złotka i starego kumpla niskobudżetowego Wolverine'a.

No i… *no i*. Słowa Nerona rozbrzmiewały w mojej głowie. Zniszczenie *fasces* będzie fatalne. Nie mogłem nikomu pozwolić na to ryzyko. Może leontocefalin był rozbawiony z powodów, które umknęły Lu? Może moja ofiara nie była do uniknięcia tak łatwo, jak mi się wydawało?

Wpadłem na Luguselwę, która zdołała złapać mnie w objęcia, nie robiąc ze mnie siekaniny. Will, nadal jaśniejący jak nocna lampka rekordzistka, oparł Nica o ścianę i opatrywał jego rany. Z.I.I. Złotek zagwizdał przenikliwie; do sali wpadli kolejni troglodyci i zaatakowali siły cesarskie wrzaskiem, kilofami i stylowymi nakryciami głowy.

Z trudem złapałem powietrze i wyciągnąłem rękę do Rachel.

– Daj mi *fasces*.

– Proszę? – podpowiedziała. – Plus: „Rany, sorry, Rachel, nie doceniłem cię, czyżbyś naprawdę była wojowniczą królową?".

– Tak, proszę i dziękuję, i wszystko inne!

Lu rzuciła mi spojrzenie spode łba.

– Jesteś pewny, Apollinie, że zdołasz je zniszczyć? Znaczy nie zabijając samego siebie?

– Nie i nie – odparłem.

Rachel gapiła się przed siebie, jakby czytała przepowiednię zapisaną w tańczących światłach kuli dyskotekowej.

– Nie widzę wyniku – powiedziała. – Ale on musi spróbować.

Wziąłem od niej *fasces*, starając się nie paść pod ich ciężarem. Ceremonialna broń mruczała i drżała niczym przegrzany bolid wyścigowy. Jej aura sprawiała, że otwierały mi się pory w skórze, a w uszach dzwoniło. Mój bok zaczął znów krwawić, jeśli w ogóle kiedykolwiek przestał. Nie zachwycała mnie krew kapiąca po piersi i na bieliznę, kiedy miałem do wykonania ważną robotę. Wybacz ponownie, bielizno.

– Kryjcie mnie – powiedziałem damom.

Lu skoczyła do bitwy, dźgając, tnąc i kopiąc wszystkich Germanów, którzy zdołali przedostać się za linie troglodytów. Rachel wyciągnęła niebieską plastikową szczotkę do włosów i rzuciła nią w najbliższego barbarzyńcę, wbijając mu ją w oko, aż zawył.

Wybacz, że cię nie doceniałem, Rachel, pomyślałem niezbyt przytomnie. *Jesteś jakąś fryzjerską ninją.*

Rzuciłem zatroskane spojrzenie w głąb sali. Meg miała się dobrze. Lepiej niż dobrze. Przekonała całe pozostałe rodzeństwo do rzucenia broni. Teraz stała przed nimi niczym generał usiłujący przywołać do porządku zdemoralizowane wojsko. Albo – mniej pochlebne porównanie – przypominała mi trenera psów Hadesa pracującego ze stadem nowych ogarów piekielnych. W tej chwili herosi słuchali jej rozkazów i byli spokojni, ale wystarczy jedna oznaka słabości z jej strony, jedna zmiana sił w bitwie, i oni się wyrwą, by zabijać wszystko na swej drodze.

Nie pomagało to, że Neron skakał po kanapie, wrzeszcząc: „Zabić Apollina! Zabić Apollina!", jakbym był karaluchem, którego właśnie zobaczył na podłodze.

Ze względu na Meg musiałem się pospieszyć.

Ująłem *fasces* w obie ręce i spróbowałem je rozłamać. Złota wiązka rózg rozbłysła jaśniej i cieplej, oświetlając kości i czerwone ciało moich palców, ale ani drgnęła.

– No, już – wymamrotałem, próbując ponownie w nadziei na przypływ boskiej siły. – Jeśli potrzebujesz kolejnego nieśmiertelnego życia jako ofiary, to jestem!

Może powinienem czuć się głupkowato, negocjując z ceremonialnym rzymskim toporem, ale po rozmowach ze Strzałą z Dodony wydawało się to całkiem rozsądnym zajęciem.

Troglodyci sprawili, że Germanowie wyglądali jak niewydarzona drużyna, którą zawsze odgrywali Harlem Globetrotters. (Sorry, Washington Generals.) Lu cięła, dźgała i parowała sztyletowymi dłońmi. Rachel stała opiekuńczo przede mną i od czasu do czasu mruczała: „Apollinie, może już?", co nie było szczególnie pomocne.

Meg na razie wciąż miała pod kontrolą przybrane rodzeństwo, ale to mogło się zmienić. Mówiła do nich zachęcająco, wskazując na mnie z miną sugerującą, że „Apollo ma wszystko pod kontrolą. Za chwilę zniszczy tatę. Tylko patrzcie".

Zazdrościłem jej pewności siebie.

Niepewnie odetchnąłem.

– Dam radę. Muszę tylko się skupić. Jak trudno może być zniszczyć samego siebie?

Spróbowałem złamać *fasces* na kolanie, co omal nie złamało mi kolana.

W końcu Neron stracił cierpliwość. Podejrzewam, że tupanie po sofie i wrzeszczenie na podwładnych mogło dać mu jedynie krótkotrwałą satysfakcję.

– Czy muszę wszystko robić sam?! – ryknął. – Czy ja muszę was wszystkich pozabijać? Zapominacie, że JESTEM BOGIEM!

Zeskoczył z kanapy i pomaszerował prosto ku mnie, a całe jego ciało zaczęło świecić, ponieważ Will Solace nie mógł mieć niczego na własność. Och, nie, Neron też musiał świecić.

Trogowie ruszyli masą na cesarza, a on odrzucił ich na bok. Germanowie, którzy nie zdążyli uskoczyć dość szybko z drogi, zostali również przerzuceni w inną strefę czasową. Meg sprawiała wrażenie, jakby chciała osobiście rzucić wyzwanie Neronowi, ale gdyby oddaliła się od rodzeństwa, podważyłaby swoją niepewną pozycję. Nico był nadal tylko półprzytomny. Will zajmował się próbami ocucenia go.

To pozostawiało Lu i Rachel jako moją ostatnią linię obrony. Nie mogłem sobie na to pozwolić. One obie już wystarczająco się dla mnie narażały.

Neron mógł być najbardziej pomniejszym z pomniejszych bogów, ale i tak posiadał boską siłę. Jego blask robił się coraz jaśniejszy, w miarę jak cesarz zbliżał się do *fasces* – jak Will, jak moje własne boskie chwile gniewu…

Przyszła mi do głowy pewna myśl – a może coś głębiej zakorzenionego niż myśl, jakieś instynktowne rozpoznanie. Podobnie jak Kaligula Neron zawsze chciał być nowym bogiem słońca. Zaprojektował swojego złotego Kolosa, żeby wyglądał jak ja z jego głową. Te *fasces* nie były po prostu symbolem jego władzy i nieśmiertelności – były jego przepustką do boskości.

O co to on mnie wcześniej zapytał? „Czy ty w ogóle jesteś godny boskości?”

To było kluczowe pytanie. Neron wierzył, że jest lepszym materiałem na bóstwo niż ja. Pewnie miał rację, a może żaden z nas nie był tego godny. Istniał tylko jeden sposób, żeby to sprawdzić. Skoro nie byłem w stanie zniszczyć *fasces* sam, może z niewielką boską pomocą...

– Z drogi! – rozkazałem Lu i Rachel.

Spojrzały na mnie, jakbym był szalony.

– BIEGIEM! – wrzasnąłem.

Uskoczyły w obie strony tuż przed tym, jak wrył się między nie Neron.

Cesarz zatrzymał się przede mną, w jego oczach płonęła moc.

– Przegrałeś – powiedział. – Oddaj mi to.

– Weź sam, jeśli zdołasz.

I sam też zacząłem świecić. Blask wokół mnie wzmagał się, podobnie jak wiele miesięcy temu w Indianapolis, ale tym razem wolniej, crescendo. *Fasces* pulsowały światłem w odpowiedzi i zaczynały się przegrzewać. Neron warknął i chwycił za trzonek topora.

Ku naszemu wspólnemu zaskoczeniu siła mojego uścisku była równa jego. Graliśmy w przeciąganie liny, szarpiąc ostrze w tę i we w tę, usiłując się wzajemnie pozabijać, ale żaden z nas nie był w stanie wygrać. Blask wokół nas narastał jak sprzężenie zwrotne, wybielając dywan pod naszymi stopami i czarne marmurowe kolumny. Germanowie musieli zaprzestać walki, by osłaniać oczy. Trogowie cofali się z wrzaskiem, bo ciemne gogle nie dawały im dostatecznej ochrony.

– Nie... możesz... tego... zabrać... Lesterze! – wysyczał Neron przez zaciśnięte zęby, ciągnąc z całej siły.

– Jestem Apollinem – odparłem, ciągnąc w drugą stronę. – Bogiem słońca. I ja... odbieram ci... boskość!

Fasces pękły na pół – trzonek rozpadł się na drzazgi, a rózgi i złote ostrze eksplodowały jak bomba ogniowa. Ogarnęło mnie tsunami płomieni połączone z tysiącami lat tłumionego gniewu Nerona, jego strachu i nienasyconej chciwości

– pokrętnych źródeł jego mocy. Utrzymałem się na nogach, on zaś poleciał w tył i wylądował na dywanie w dymiących szatach i z plamami poparzeń na skórze.

Mój blask zaczął przygasać. Byłem nieuszkodzony… a przynajmniej nie bardziej niż byłem już uszkodzony wcześniej. *Fasces* zostały złamane, Neron jednak pozostał żywy i nietknięty. Czy to wszystko było po nic?

Przynajmniej już się nie przechwalał. Wręcz przeciwnie, łkał w rozpaczy.

– Co ty zrobiłeś? Nie rozumiesz?

Dopiero wtedy zaczął się rozpadać. Jego palce rozsypały się w proch. Toga spruła się w dym. Z ust i nosa wypłynęła połyskująca chmura, jakby wydychał siłę życiową wraz z ostatnimi oddechami. I najgorsze ze wszystkiego: ten blask nie znikł po prostu. Popłynął w dół, wnikając w perski dywan, wijąc się w szparach między płytkami podłogowymi, prawie jakby Neron był wciągany po kawałeczku – za pomocą zębów i pazurów – w otchłań.

– Dałeś mu zwycięstwo – jęknął. – Ty…

Ostatek jego śmiertelnej formy rozpłynął się i wsiąkł w podłogę.

Wszystkie oczy w sali były wbite we mnie. Germanowie rzucali broń.

Neron był skończony.

Chciałem czuć radość i ulgę, ale czułem wyłącznie zmęczenie.

– Już po wszystkim? – zapytała Lu.

Rachel stanęła koło mnie, lecz jej głos zdawał się dobiegać z bardzo daleka.

– Jeszcze nie. To nawet nie początek końca.

Moja świadomość odpływała, ale wiedziałem, że Rachel miała rację. Teraz zrozumiałem prawdziwe zagrożenie. Musiałem iść dalej. Nie było czasu do stracenia.

Tylko że zemdlałem i padłem w ramiona Rachel.

* * *

Unosiłem się w powietrzu w innej sali tronowej – rady bogów na Olimpie. Trony otaczały wielkie palenisko Hestii, tworząc kształt litery U. Moja rodzina, jakakolwiek by była, siedziała wpatrzona w hologram zawieszony nad ogniem. To byłem ja, zemdlony w ramionach Rachel w wieży Nerona.

No... Ja patrzyłem na nich patrzących na mnie...

Nie. To zbytnio meta.

– To krytyczny moment – powiedziała Atena. Była ubrana w codzienną zbroję i za duży hełm, który wyglądał jak ukradziony Marsjaninowi Marvinowi z Looney Tunes. – Apollo jest niebezpiecznie bliski porażki.

– Hm. – Ares rozparł się w fotelu ze skrzyżowanymi na piersi rękami. – Lepiej, żeby dał sobie radę. Postawiłem na niego dwadzieścia złotych drachm.

– Ależ to gruboskórne – zbeształ go Hermes. – A poza tym to trzydzieści drachm, a ja dałem ci dobre szanse. – Wyciągnął oprawny w skórę notatnik i ołówek. – Ktoś jeszcze chce obstawić?

– Dość! – ryknął Zeus. Miał na sobie ponury trzyczęściowy garnitur, jakby gotował się na mój pogrzeb. Jego zwykle potargana czarna broda była świeżo uczesana i napomadowana. W oczach iskrzyły stłumione błyskawice. Wyglądał niemalże na przejętego moją sytuacją.

Tylko że on był równie dobrym aktorem jak Neron.

– Musimy zaczekać na ostateczne starcie – oznajmił. – Najgorsze dopiero przed nim.

– Czy on już się nie wykazał? – zapytała Artemida. Serce mnie zabolało na widok siostry. – Wycierpiał przez te ostatnie miesiące więcej, niż można się było spodziewać. Czegokolwiek chciałeś go nauczyć, drogi ojcze, on się tego nauczył!

Zeus rzucił jej gniewne spojrzenie.

– Nie rozumiesz wszystkiego, co się tutaj dzieje, córko. Apollo *musi* się zmierzyć z ostatecznym wyzwaniem ze względu na nas wszystkich.

Hefajstos wychylił się do przodu w mechanicznym fotelu, poprawiając ortezy na nogach.

– A jeśli poniesie porażkę, to co? Jedenaścioro bogów olimpijskich? To koszmarnie nieharmonijna liczba.

– Powinno wystarczyć – stwierdziła Afrodyta.

– Nie zaczynaj! – warknęła Artemida.

Afrodyta zatrzepotała rzęsami, udając niewinność.

– O co chodzi? Mówię tylko, że niektóre panteony liczą mniej niż dwunastkę. No i możemy też wybrać dwunastego.

– Boga katastrof klimatycznych! – zasugerował Ares. – To byłoby ekstra. Moglibyśmy współpracować!

– Przestańcie, wszyscy. – Królowa Hera siedziała wyprostowana, w ciemnej zasłonie na twarzy. Teraz ją podniosła. Ku mojemu zaskoczeniu bogini miała czerwone, zapuchnięte oczy. Musiała płakać. – To trwa już za długo. Za dużo strat. Za dużo cierpienia. Ale skoro mój *małżonek* upiera się, że musimy to doprowadzić do końca, to przynajmniej nie mówcie o Apollinie, jakby już był martwy!

Łał, pomyślałem. *Kim jest ta kobieta i co zrobiła z moją macochą?*

– Raczej nieistniejący – poprawiła ją Atena. – Jeśli Apollo polegnie, jego los będzie znacznie gorszy od śmierci. Ale cokolwiek się zdarzy, właśnie teraz się zaczyna.

Wszyscy pochylili się do przodu, wpatrzeni w wizję w płomieniach, a moje ciało zaczęło się poruszać.

I znalazłem się znów w mej śmiertelnej powłoce, patrząc nie na oblicza Olimpijczyków, ale w twarze moich przyjaciół.

32

Jeszcze krok, misiaczki
Ja nie stracę swej szansy na strzał
Zaraz. Skąd ten strzał?

– **MIAŁEM SEN.** – Wskazałem słabym ruchem ręki na Meg. – A ciebie w nim nie było. Ciebie też, Lu. Ani Nica, ani Willa…

Nico i Will wymienili zaniepokojone spojrzenia, jakby podejrzewali, że doznałem urazu mózgu.

– Musimy cię zabrać do obozu – powiedział Will. – Zaraz sprowadzę pegaza…

– Nie. – Z trudem usiadłem. – Ja… muszę iść.

Lu prychnęła.

– Apollinie, popatrz na siebie, co? Jesteś w gorszym stanie niż ja.

Oczywiście miała rację. W tej chwili nie byłem pewien, czy moje ręce działają równie sprawnie, jak przymocowane do kikutów Lu sztylety. Całe moje ciało dygotało z wyczerpania, a mięśnie były jak stare, sprane gumy. Miałem więcej siniaków i skaleczeń niż przeciętna drużyna rugby. Mimo to…

– Nie mam wyboru – powiedziałem. – Dajcie mi nektar, dobrze? I zapasy. Więcej strzał. Mój łuk.

– Niestety, Apollo ma rację – powiedziała Rachel. – Pyton… – Zacisnęła zęby, jakby chciała powstrzymać chmurę żmijowego gazu proroczego przed wydostaniem się z ust. – Pyton z każdą chwilą staje się silniejszy – dokończyła.

Wszyscy wyglądali ponuro, ale nikt nie zaprotestował. Po tym, przez co przeszliśmy, jak mogliby? Moja konfrontacja z Pytonem była tylko kolejnym zadaniem nie do wykonania w dniu pełnym zadań nie do wykonania.

– Przygotuję zapasy – powiedziała Rachel, pocałowała mnie w czoło i odbiegła.

– Już niosę łuk i strzały – oznajmił Nico.

– I ukulele – dorzucił Will.

Nico skrzywił się boleśnie.

– Aż tak nienawidzimy Pytona? – spytał.

Will uniósł brew.

– No dobrze. – Nico westchnął i oddalił się bez całowania mnie w czoło. W sumie lepiej, bo i tak by mu się to nie udało przez ogromne rondo kowbojskiego kapelusza.

Lu spojrzała na mnie ponuro.

– Dałeś radę, kumplu z celi – mruknęła.

Czy ja płakałem? Czy w ogóle był jakiś moment w ciągu ostatnich dwudziestu czterech godzin, kiedy nie płakałem?

– Lu... dobry z ciebie człowiek. Wybacz, że ci nie ufałem – powiedziałem.

Lu machnęła sztyletem.

– Spoko. Ja też myślałam, że jesteś do niczego – wyznała.

– Ja... nie powiedziałem „do niczego" – zaprotestowałem.

– Muszę iść zobaczyć, co tam u byłej cesarskiej rodziny – powiedziała. – Wyglądają mi na trochę zagubionych bez generał Gałązki.

Mrugnęła do Meg, po czym wyszła.

Will wcisnął mi w dłoń fiolkę nektaru.

– Wypij to. I to. – Podał mi puszkę napoju energetyzującego. – A tu masz maść na rany. – Wręczył słoik Meg. – Czyń honory, dobrze? – powiedział. – Muszę znaleźć więcej bandaży. Zużyłem wszystkie zasoby, montując Luguselwie dłonie sztylety.

Oddalił się szybkim krokiem, zostawiając mnie samego z Meg. Usiadła obok mnie po turecku i za pomocą palców zaczęła pokrywać moje boli-boli leczniczą maścią. Popijałem na zmianę nektar i napój energetyzujący, co było jak popijanie benzyny 98 benzyną zwyczajną.

Meg zrzuciła sandały, ryzykując chodzenie boso, mimo że po podłodze walały się strzały, kości, ostrza i gruz. Ktoś dał jej pomarańczowy podkoszulek Obozu Herosów, który nałożyła na sukienkę, żeby było oczywiste, po której jest stronie.

– Jestem z ciebie taki dumny – powiedziałem, w ogóle nie szlochając przy tym jak bóbr. – Jesteś taka silna. Tak błyskotliwa. Taka... ała!

Meg wbiła palec w ranę od sztyletu w moim boku, przez co skutecznie uciszyła moje komplementy.

– Wiem – powiedziała. – Nie miałam wyjścia. To było dla nich.

Skinęła głową w kierunku swoich marnotrawnych braci i sióstr, którzy załamali się po śmierci Nerona. Część z nich biegała po pokoju, rzucając przedmiotami i wygłaszając wściekłe komentarze. Luguselwa i kilkoro z naszych herosów przyglądało się temu, dając im czas na uspokojenie i patrząc tylko, czy nie robią krzywdy sobie i innym. Kolejne dziecko Nerona szlochało, wtulone między dwoje dzieci Afrodyty z obozu, które dostały pobór jako terapeuci. Obok mnie jedno z najmłodszych z cesarskiej grupki leżało pogrążone niemal w katatonii w ramionach obozowicza z domku Hypnosa. Potomek boga snów kołysał dziecko łagodnie, śpiewając kołysankę. W ciągu tego jednego wieczoru cesarskie dzieci z wrogów stały się wymagającymi pomocy ofiarami, a Obóz Herosów tej pomocy chętnie udzielał.

– Będą potrzebować czasu – powiedziała Meg. – I mnóstwa wsparcia. Takiego, jakie ja dostałam.

– Będą potrzebować *ciebie* – poprawiłem. – To ty im pokazałaś drogę ucieczki.

Meg spojrzała na mnie i wzruszyła jednym ramieniem.

– Masz mnóstwo ran – skomentowała.

Pozwoliłem jej działać, ale pijąc moje wysokooktanowe napoje, rozważałem, czy odwaga również, podobnie jak krzywda, nie działa w powtarzających się cyklach. Neron miał nadzieję stworzyć małe, udręczone kopie samego siebie, bo dzięki temu czuł się silniejszy. Meg z kolei znalazła w sobie siłę, by mu się oprzeć, bo widziała, jak bardzo jej rodzeństwu potrzebne jest poczucie, że jej się udało i że jest inna droga życiowa.

Nie było żadnej gwarancji – herosi z cesarskiego domu tak długo znosili krzywdy, że niektórym mogło nie wystarczyć sił na powrót z ciemności. Z drugiej strony w wypadku Meg też nie było gwarancji. Nie wiadomo, czy mnie uda się wrócić po spotkaniu z tym, co mnie oczekiwało w jaskini pod Delfami. Wszyscy mogliśmy jedynie próbować i mieć nadzieję, że w końcu cykl dobra przełamie cykl zła.

Rozejrzałem się po sali tronowej, zastanawiając się, jak długo byłem nieprzytomny. Na zewnątrz było już całkowicie ciemno. Światła karetek z leżącej pod nami ulicy odbijały się od sąsiedniego budynku. Odgłos wirników helikoptera oznaczał, że staliśmy się bohaterami wieczornych wiadomości.

Większość troglodytów już zniknęła, choć Z.I.I. Złotek i niektórzy z jego oficerów nadal byli wśród nas, pogrążeni w czymś, co wyglądało jak poważna rozmowa z Shermanem Yangiem. Może negocjowali podział łupów. Wyobraziłem sobie, że Obóz Herosów dostanie cały grecki ogień i mnóstwo cesarskiego złota, a trogowie – ogromny wybór nakryć głowy oraz tyle jaszczurek i kamieni, ile zdołają znaleźć.

Herosi potomkowie Demeter zajmowali się przerośniętymi driadami, zastanawiając się, jak je bezpiecznie przetransportować do obozu. Przy podwyższeniu dla cesarza dzieci Apollina (*moje* dzieci) przeprowadzały triaż. Jerry, Yan i Gracie – obozowi nowicjusze – wyglądali teraz jak fachowcy z doświadczeniem, kiedy wykrzykiwali polecenia do noszowych i badali rannych, udzielając pomocy zarówno obozowiczom, jak i Germanom.

Barbarzyńcy wyglądali na ponurych i przybitych. Żaden nie miał najmniejszej ochoty walczyć. Kilku miało rany, od których powinni byli rozsypać się w pył, ale nie byli już istotami przywiązanymi do świata żywych przez moc Nerona ani z nim połączonymi. Jak Luguselwa stali się po prostu ludźmi. Na resztę życia będą musieli znaleźć sobie nowe cele, a nie podejrzewałem, że któryś chciał pozostać wierny sprawie martwego cesarza.

– Miałaś rację – powiedziałem Meg. – W kwestii zaufania do Luguselwy. Ja się myliłem.

Meg poklepała mnie po ręce.

– Mów tak dalej: ja mam rację, ty się mylisz. Czekałam długie miesiące, żeby do ciebie dotarło.

Spojrzała na mnie z lekkim uśmieszkiem. Znów mogłem tylko z podziwem patrzeć, jak bardzo się zmieniła. Nadal wyglądała na osobę gotową zrobić gwiazdę bez powodu albo kompletnie bezwstydnie wytrzeć nos we własny rękaw, nie mówiąc już o pożarciu w pojedynkę całego tortu urodzinowego tylko dlatego, że jest pyszny, ale nie była już tamtą małą dzikuską z zaułków, którą spotkałem w styczniu. Wyrosła i nabrała pewności siebie, zachowywała się jak pani tej wieży. W sumie teraz, skoro Neron nie żył – jeśli to miejsce nie spłonie doszczętnie – Meg równie dobrze mogła tą panią zostać.

– Ja… – Głos mi się załamał. – Meg, ja muszę…

– Wiem.

Odwróciła ode mnie wzrok na moment dość długi, by otrzeć łzy z policzka, przy okazji przekrzywiając okulary.

– Ten następny krok musisz zrobić sam, co? – spytała.

Pomyślałem o ostatnim razie, kiedy fizycznie byłem w Delfach, po tym jak Meg i ja przypadkowo zawędrowaliśmy tam przez Labirynt podczas trójnożnego wyścigu (och, to były prostsze czasy!). Teraz sytuacja była inna: Pyton urósł w siłę. Widziałem we śnie jego legowisko i zdawałem sobie sprawę, że żaden heros nie przeżyłby pobytu w tym miejscu. Samo trujące powietrze wypaliłoby mu ciało i stopiło płuca. Ja sam nie sądziłem, bym zdołał przetrwać długo, ale w głębi serca i tak zawsze wiedziałem, że to będzie podróż w jedną stronę.

– Tak, muszę to zrobić sam – potwierdziłem.

– Jak?

To typowe dla Meg: wydestylować najgorszy kryzys z całych czterech tysięcy lat mojego życia w jedno pytanie bez odpowiedzi.

– Chyba będę musiał po prostu mieć nadzieję, że nie zawalę – odpowiedziałem.

– Hmmm – mruknęła Meg.

– Oj, zamknij się, McCaffrey!

Meg przywołała na twarz wymuszony uśmiech. Po kilku kolejnych minutach, które upłynęły na smarowaniu maścią moich obrażeń, zapytała:

– Czyli... to pożegnanie?

Przełknęła głośno, wypowiadając to ostatnie słowo.

Zabrakło mi słów. Zgubiły się gdzieś głęboko w moich wnętrznościach.

– Znajdę cię, Meg. Po tym wszystkim. Zakładając, że...

– Tylko nie zawal! – ostrzegła.

Pół załkałem, pół zachichotałem.

– Jasne. Niemniej jednak...

Skinęła głową. Nawet gdybym przeżył, nic już nie będzie tak samo. Najlepszy wynik, na jaki mogłem liczyć, to wyjście z podziemi z odzyskaną boskością. Pragnąłem i marzyłem o chwili, kiedy to się stanie, przez całe ostatnie pół roku. Tylko czemu tak źle się czułem na myśl o porzuceniu tej zmaltretowanej, udręczonej postaci Lestera Papadopoulosa?

– Masz do mnie wrócić, głupku. To rozkaz. – Meg lekko mnie przytuliła, świadoma odniesionych przeze mnie ran, a potem zerwała się i pobiegła zobaczyć, co słychać u cesarskich herosów – jej byłej, a być może także i przyszłej rodziny.

Reszta moich przyjaciół chyba też rozumiała. Will na szybko poprawił mi opatrunki, a Nico wręczył broń. Rachel przyniosła nowy plecak, pełen zapasów. Żadne z nich jednak nie żegnało się ze mną długo – wiedzieli, że liczy się każda minuta. Życzyli mi powodzenia, a potem pozwolili odejść.

Kiedy przechodziłem, Z.I.I. Złotek i jego oficerowie stanęli na baczność i zdjęli nakrycia głowy – wszystkie sześćset dwadzieścia kapeluszy! Doceniłem ten zaszczyt: skinąłem głową i przekroczyłem uszkodzony próg jak najszybciej, zanim znowu zacznę histerycznie szlochać.

W przedpokoju wpadłem na Austina i Kaylę; zajmowali się rannymi i kierowali herosami usiłującymi doprowadzić budynek do porządku. Oboje obdarzyli mnie zmęczonymi uśmiechami, wiedząc, że mamy sobie do powiedzenia milion rzeczy, na które nigdy nie było czasu.

Szedłem dalej. Przy windzie spotkałem Chejrona, dostarczającego kolejne porcje leków i opatrunków.

– Przyszedłeś nam na pomoc – powiedziałem. – Dziękuję ci.

Spojrzał na mnie łagodnie. Głową sięgał niemal pod sam sufit – to nie było pomieszczenie przystosowane dla wygody centaurów.

– Mamy obowiązek pomagać sobie nawzajem, prawda? – odparł.

Skinąłem głową. Zastanawiałem się, jakim cudem centaur zdołał w ciągu wielu wieków życia zdobyć tyle mądrości, podczas gdy ja potrzebowałem Lesteryzacji, żeby nabrać rozumu.

– A jak poszła… narada szefów sztabów? – spytałem, przypominając sobie wyjaśnienia Dionizosa dotyczące nieobecności Chejrona. Wydawało się, że to było tak dawno temu. – Coś o odciętej głowie kota?

Chejron zachichotał.

– A nie. To dotyczyło odciętej głowy i kota. Dwie różne… powiedzmy, osoby. Znajomi z innych panteonów. Omawialiśmy wspólny problem.

Rzucił tą informacją, jakby była to ploteczka, a nie granat, od którego mógł wybuchnąć mózg. Chejron miał znajomych z innych panteonów? No jasne. I do tego – wspólny problem?

– Czy ja chcę o tym wiedzieć? – zapytałem.

– Nie – odpowiedział poważnie centaur. – Na pewno nie.

Wyciągnął do mnie rękę.

– Powodzenia, Apollinie.

Wymieniliśmy uścisk dłoni i poszedłem dalej.

Znalazłem schody i zszedłem nimi, bo nie ufałem windom. We śnie, który miałem w celi, widziałem siebie biegnącego korytarzami wieży i w końcu trafiającego do Delf. Postanowiłem w realnym życiu zrobić dokładnie tak samo. Może nie było to wcale ważne, ale czułem się głupio na myśl, że mógłbym źle skręcić i zostać zwinięty przez policję w holu budynku Holdingu Triumwirat.

Łuk i strzały podskakiwały mi na plecach, obijając się o struny ukulele. Nowy plecak z zapasami był ciężki i zimny. Opierałem się na poręczy, żeby osłabione nogi nie ugięły się pode mną. Czułem się, jakby na samych żebrach ktoś mi dopiero co zrobił tatuaż lawą, ale jak na to, co przeszedłem, czułem się zaskakująco dobrze. Może moje śmiertelne ciało czyniło ostatni wysiłek, albo była to kwestia mieszanki nektaru i napoju energetyzującego w żyłach. Nieważne – każda pomoc jest dobra.

Dziesięć pięter. Dwadzieścia. Straciłem rachubę. Klatki schodowe to paskudnie dezorientujące miejsca. Byłem sam, towarzyszył mi jedynie mój własny oddech i odgłos moich stóp na schodach. Jeszcze parę pięter i zacząłem czuć zapach dymu. Powietrze zgęstniało, zaczęło piec mnie w oczy. Ta część budynku chyba ciągle płonęła. No super.

Dym gęstniał, a ja szedłem coraz niżej. Zacząłem kaszleć i się krztusić. Przycisnąłem przedramię do nosa i ust, przekonując się, że to bardzo kiepski filtr.

Zaczynałem tracić przytomność. Zastanawiałem się nad otwarciem bocznych drzwi i poszukaniem odrobiny świeżego powietrza, ale nie widziałem żadnych wyjść. Czy nie powinno ich być na schodach? Płuca wyły mi z bólu, a mózg, pozbawiony tlenu, robił wrażenie, jakby za chwilę miał wyskoczyć mi z czaszki, zyskać skrzydełka i odlecieć.

Zrozumiałem, że chyba zaczynam widzieć halucynacje. Mózg ze skrzydełkami… Bosko!

Wlokłem się dalej. Zaraz? Gdzie się podziały schody? Kiedy dotarłem do jakiejś równej powierzchni? Nic nie widziałem przez zasłonę dymu. Sufit był coraz niżej i niżej. Wyciągnąłem ręce, szukając jakiegokolwiek oparcia. Po obu stronach moje palce musnęły ciepłą, litą skałę.

Korytarz robił się coraz węższy i niższy. W końcu musiałem już pełznąć, wciśnięty między dwie poziome kamienne powierzchnie, mają ledwie dość miejsca, żeby unieść głowę. Zamiatałem kołczanem o sufit, a ukulele wbiło mi się pod pachę.

Zaczynałem już dygotać i hiperwentylować z powodu klaustrofobii, ale zmusiłem się do uspokojenia. Nie utknąłem w przejściu. Mogłem, o dziwo, oddychać. Dym zmienił się w wulkaniczny gaz, który smakował ohydnie, a cuchnął jeszcze gorzej, ale moje poparzone płuca jakoś sobie z nim radziły. Być może mój układ oddechowy później się stopi, ale jak na razie wciągałem w niego siarkę.

Znałem ten zapach. Byłem gdzieś w tunelach pod Delfami. Dzięki magii Labiryntu i/lub superszybkim magicznym połączeniom między wieżą Nerona a leżem potwora przegramoliłem się, przeszedłem, przeczołgałem się i przepełzłem przez pół świata w kilka minut.

Moje obolałe nogi czuły każdy kilometr tej podróży. Pełznąłem przed siebie ku blademu światłu, widocznemu z oddali. Z szerszej przestrzeni gdzieś na wprost dochodziły głośne echa. Oddychało tam coś wielkiego i ciężkiego.

Niski tunel skończył się nagle. Okazało się, że zaglądam w dół z ujścia ciasnego przejścia, czegoś w rodzaju odpowietrznika. Pode mną rozciągała się olbrzymia jama – leże Pytona.

Kiedy zmierzyłem się z nim poprzednio, tysiące lat temu, nie musiałem szukać tego miejsca. Wywabiłem potwora na świat zewnętrzny i walczyłem z nim na powietrzu i w słońcu, co zdecydowanie ułatwiało sprawę. Teraz, spoglądając z tunelu odpowietrznika, marzyłem, by być gdziekolwiek indziej. Dno jamy było rozmiarów kilku boisk piłkarskich, poznaczone stalagmitami i przecięte ognistymi wulkanicznymi szczelinami, z których wydobywały się pióropusze gazu. Nierówną kamienną podłogę zaścielał dywan rodem z horroru: porzucane przez stulecia wylinki, kości, wysuszone trupy… nie, wolałem nie wiedzieć czego. Pyton miał pod samym nosem te wszystkie wulkaniczne szczeliny, a nawet mu się nie chciało spalić śmieci?

Sam potwór, rozmiaru kilku połączonych ze sobą TIR-ów, zajmował tylną część jaskini. Jego cielsko było jak góra wężowych splotów o potężnych mięśniach, ale Pyton był czymś znacznie więcej niż po prostu wielkim wężem. Zmieniał się i przekształcał, jak tylko chciał: raz miał pazurzaste łapy, a raz szczątkowe skrzydła nietoperza albo dodatkowe syczące głowy wyrastające z boku. Wszystkie one pojawiały się i odpadały równie szybko. Pyton był gadzim konglomeratem tego wszystkiego, czego ssaki bały się w najpierwotniejszych, najgłębszych koszmarach.

Stłamsiłem wspomnienia, jak odrażający był Pyton. Wolałem, gdy chował się w trujących oparach. Łeb, rozmiarów samochodu, spoczywał wsparty na jednym ze splotów. Oczy potwora były zamknięte, ale nie zdołał mnie oszukać. Pyton nie sypiał… on tylko czekał. Czekał, aż jego głód się wyostrzy, aż pojawi się szansa na władzę nad światem, aż mały, głupi Lester wskoczy do jego jaskini.

W tym momencie wokół ciała Pytona jaśniała poświata; wydawała się osadzać na jego ciele jak iskry po wyjątkowo udanych fajerwerkach. Z mdlącą pewnością zrozumiałem, że to, co obserwuję, to przyswajanie przez Pytona resztek mocy upadłego Triumwiratu. Gad wyglądał na zadowolonego, kiedy pochłaniał moc jak pachnący Neronem przysmak.

Musiałem się spieszyć. Miałem tylko ten jeden strzał, jedną szansę na pokonanie wroga. Nie byłem gotowy. Nie odpocząłem. Na pewno nie byłem w najwyższej formie. W sumie byłem tak daleko od jakiejkolwiek formy, że ledwie pamiętałem, jakie literki są w alfabecie przed L.

Jakoś jednak dotarłem aż tak daleko. Czułem łaskotanie narastającej we mnie mocy – może była to boska natura budząca się w obecności dawnego arcywroga? Miałem nadzieję, że to właśnie to, a nie początek samospalenia mojego śmiertelnego ciała.

Jakoś udało mi się sięgnąć po łuk, naciągnąć cięciwę i nałożyć strzałę – nie jest to łatwe, kiedy leży się na brzuchu w niskim tunelu. Udało mi się nawet uniknąć walnięcia ukulele w skałę i oznajmienia mojego przybycia głośnym akordem.

Jak na razie szło całkiem nieźle.

Weź głęboki oddech, powiedziałem sobie. To za Meg. To za Jasona. To za wszystkich, którzy przez ostatnie pół roku pomogli mi wlec ten żałosny tyłek od przygody do przygody, byle tylko dać mi szansę na odkupienie.

Rzuciłem się przed siebie i wzbiłem się w powietrze; w pół skoku wykonałem salto… i wystrzeliłem prosto w łeb Pytona.

33

Naprawdę, ludzie
Moja szansa na strzał tu była
Pomożecie poszukać?

SPUDŁOWAŁEM.

Nawet nie udawajcie zaskoczonych.

Zamiast przebić czaszkę potwora, na co miałem nadzieję, moja strzała uderzyła w skałę około metra od jego głowy. Odpryski rozsypały się po kamiennej podłodze, nie robiąc krzywdy Pytonowi. Oczy bestii, jasne jak lampy, otwarły się.

Wylądowałem na środku pomieszczenia, po kostki w wylinkach. Przynajmniej nie złamałem przy okazji nogi. Równie dobrze w ramach wielkiego finału mogłem zgotować sobie i tę katastrofę.

Pyton wbił we mnie spojrzenie, które niczym światła samochodu przedzierało się przez wulkaniczne wyziewy. Otaczająca go mglista poświata zniknęła. Nie byłem pewien, czy skończył pochłaniać moc Nerona, czy też mu w tym przeszkodziłem.

Miałem nadzieję, że zawyje ze złości, ale tylko się zaśmiał, niskim, głębokim śmiechem, który pozbawił mnie wszelkiej odwagi. Śmiejący się gad to szokujący widok – ich pyski nie zostały stworzone do okazywania dobrego humoru. Pyton nie tyle się uśmiechnął, co obnażył kły, podciągnął wargi (segmentowane jak czekoladka do odłamywania po kawałku) i wysunął rozdwojony jęzor, niewątpliwie smakując w powietrzu mój strach.

– No i proszę – powiedział. Jego głos otoczył mnie ze wszystkich stron, każde słowo wbijało mi się w stawy jak wiertło. – Jeszcze nie skończyłem trawić mocy Nerona, ale tyle chyba będzie mi musiało wystarczyć. On i tak smakuje jak suszony szczur.

Z ulgą usłyszałem, że przerwałem gadowi smakowanie cesarza. Może dzięki temu będzie trochę mniej niemożliwy do pokonania? Z drugiej strony – nie podobało mi się, jak spokojnie brzmiał i jak pewnie. Oczywiście, nie wyglądałem na poważne zagrożenie.

Nałożyłem kolejną strzałę.

– Odpełzaj stąd, wężu. Póki jeszcze możesz.

W ślepiach Pytona błysnęło rozbawienie.

– Zabawne. Nadal nie nauczyłeś się pokory? Zastanawiam się, jak *ty* będziesz smakować. Jak szczur? Jak bóg? Podejrzewam, że są dość podobni.

Mylił się, i to bardzo. Nie co do smaku bogów i szczurów, o tym nie miałem pojęcia. Ale pokory to się nauczyłem. Nabyłem jej tyle, że teraz, gdy stałem przed pradawnym arcywrogiem, zżerały mnie wątpliwości. Nie byłem w stanie tego dokonać! Skąd mi to w ogóle przyszło do głowy!

A jednak, razem z pokorą, nauczyłem się czegoś jeszcze: a mianowicie poczucia, że bycie upokorzonym to dopiero początek, a nie koniec drogi. Czasami trzeba drugiej szansy na strzał, czasami trzeciej czy czwartej.

Wystrzeliłem. Strzała trafiła Pytona w pysk, odbijając się od lewej powieki i każąc mu nerwowo zamrugać. Syknął, unosząc głowę, aż znalazła się sześć metrów nade mną.

– Przestań się ośmieszać, Lesterze. Kontroluję Delfy. Wystarczyłaby mi władza za pośrednictwem marionetek cesarzy, ale ty pomogłeś i wykończyłeś wszystkich pośredników. Pochłonąłem moc Triumwiratu. Teraz przetrawię także i…

Moja trzecia strzała trafiła go w gardło. Nie przebiła skóry – nie liczyłem na to, to by było zbyt piękne. Ale uderzyła dość mocno, by się zakrztusił.

Obszedłem stosy kości i łusek i przeskoczyłem przez wąską szczelinę, z której biły opary dość gorące, by zafundować mi gotowanie na parze. Nałożyłem kolejną strzałę, a tymczasem Pyton zaczął zmieniać kształt. Z grzbietu wyrosły mu rzędy małych, skórzastych skrzydełek, a spod brzucha – dwie potężne nogi, na których uniósł się, aż zaczął wyglądać jak olbrzymi waran z Komodo.

– Rozumiem – powiedział. – Nie z tych, którzy odchodzą po cichu. Doskonale. Wobec tego będzie bolało.

Przechylił głowę jak nasłuchujący pies – przez ten obraz nigdy nie będę chciał mieć psa.

– Ach, Delfy mówią. Chciałbyś poznać swoje przyszłe losy, Lesterze? Są bardzo krótkie.

Zielone, luminescencyjne opary unosiły się wokół niego, wypełniając powietrze ostrym odorem zgnilizny. Patrzyłem, zbyt przerażony, by się poruszyć, jak Pyton wdychał delfickiego ducha, zarażając spaczeniem i skażeniem tę pradawną moc. W końcu przemówił głębokim głosem, a jego słowa niosły nieunikniony ciężar prawdy.

– Apollo upadnie…

– NIE! – krzyknąłem. Moje ciało wypełniła wściekłość, z ramion uniosła się para, a dłonie zaczęły się jarzyć. Wystrzeliłem czwartą strzałę i przebiłem skórę Pytona tuż nad jego nową prawą łapą.

Potwór zachwiał się i jednocześnie zdekoncentrował. Otaczające go chmury gazu się rozwiały. Syknął z bólu, tupiąc nogami, jakby sprawdzał, czy jeszcze działają.

– NIE WOLNO PRZERYWAĆ WYROCZNI! – ryknął i rzucił się w moją stronę jak głodny pociąg towarowy.

Uskoczyłem na bok, robiąc salto nad stosem trupów, a Pyton jednym kłapnięciem odgryzł spory kawał podłoża w miejscu, w którym przed chwilą stałem. Wokół mnie przeleciały odłamki wielkości piłki do bejsbola. Jeden trafił mnie w tył głowy i omal nie pozbawił przytomności.

Pyton znów zaatakował. Starałem się nałożyć kolejny pocisk, ale potwór był zbyt szybki. Uskoczyłem mu z drogi, lądując na łuku i łamiąc przy okazji strzałę.

Jaskinia była teraz jak pulsująca fabryka, tyle że wszystko – pasy transmisyjne, prasownice, tłoki, niszczarki – zostało ukształtowane z wijącego się wężowego cielska i miało za cel dopaść mnie i zetrzeć na miazgę. Podniosłem się i przeskoczyłem nad ciałem potwora, ledwie unikając świeżo wyrosłej głowy, która kłapnęła na mnie z boku Pytona.

Biorąc pod uwagę siłę bestii i moją własną kruchość, powinienem był zginąć ładnych parę razy. Jedyne, co mnie ocaliło, to niewielkie rozmiary. Pyton był jak bazooka, a ja – jak mucha. Łatwo by mnie zabił jednym ciosem, ale najpierw musiał mnie złapać.

– Słyszałeś, co ci przeznaczone! – ryknął gad. Czułem nad sobą lodowatą obecność jego ogromnej głowy. – „Apollo upadnie"! To niewiele, ale dość!

Omal mnie nie złapał w swoje sploty, ale wyskoczyłem z pułapki. Moja stepująca przyjaciółka Lavinia Asimov byłaby dumna ze skomplikowanych kroczków, jakie wykonywałem.

– Nie uciekniesz przed przeznaczeniem! – pysznił się Pyton. – Przemówiłem, więc tak będzie!

To zdanie zasługiwało na ciętą ripostę, ale byłem zbyt zajęty dyszeniem i sapaniem. Wskoczyłem na grzbiet Pytona i przeszedłem po nim jak po moście nad jedną ze szczelin. Sądziłem, że to sprytne, póki nagle tuż obok mnie nie wyrosła jaszczurza łapa i nie rozdarła mi łydki szponami. Krzyknąłem, zachwiałem się i spadłem z grzbietu gada, rozpaczliwie usiłując uchwycić się czegokolwiek. Zdołałem złapać za skrzydło, które zamachało i spróbowało mnie zrzucić. Oparłem stopę na krawędzi szczeliny i w końcu udało mi się postawić drugą na stałym gruncie.

Zła wiadomość: łuk runął w otchłań.

Nawet nie miałem czasu na żal. Noga mnie paliła, a but miałem pełny własnej krwi. Oczywiście, że pazury były jadowite. Chyba skróciłem sobie długość życia z kilku minut do jeszcze kilku minut mniej.

Pokuśtykałem w kierunku ściany jaskini i wcisnąłem się w pionową szczelinę nie większą od trumny (czemuż, ach, czemuż przyszło mi do głowy akurat to porównanie?). Straciłem najlepszą broń. Miałem strzały, ale nie miałem jak ich wystrzelić. Choć zdarzały mi się napady boskiej mocy, było ich za mało i nie można było polegać na ich regularności. W związku z tym mogłem polegać jedynie na ukulele i ludzkim ciele w szybko pogarszającym się stanie.

Żałowałem, że nie ma tu moich przyjaciół. Oddałbym wszystko za eksplodujące pomidory Meg, miecz Nica ze stygijskiego żelaza, a nawet za drużynę prędkonogich troglodytów, którzy nosiliby mnie po jaskini i rzucali obelgami w wielkiego, pysznego gada.

Byłem jednak sam. Zaraz. Poczułem lekki dreszcz nadziei. Jednak nie byłem *całkiem* samotny. Sięgnąłem do kołczanu i wydobyłem Ową Prastarą Strzałę z Dodony.

CZYŻ PRZYCHYLNA NAM FORTUNA W BITWIE? – Głos Strzały zawibrował w mojej dłoni.

– Przychylna jest – odpowiedziałem, ciężko dysząc. – Mamże Pytona, gdzie chcęże Pytona!

AŻ TAK ŹLE? O, NIECH TO DUNDER!

– Gdzie jesteś, Apollinie?! – ryknął Pyton. – Czuję twoją krew!

– Słyszysz, strzało? – jęknąłem. Kręciło mi się w głowie z wyczerpania i od krążącej mi w żyłach trucizny. – Zmusiłem go, by mnie nazwał Apollinem!

CÓŻ ZA WIKTORIA! – zaintonowała strzała. – *A ZDAŁOBY SIĘ, ŻE JUŻ PORA!*

– Na co? – spytałem.

Głos strzały wydawał mi się wyciszony, niemal smutny.

NIC NIE RZEKŁAM.

– Rzekłaś.

WSZAK NIE RZEKŁAM! FORTELU NOWEGO WIELCE NAM TRZEBA. JA PÓJDĘ W PRAWO, TY ZAŚ – NA LEWO.

– Dobra – zgodziłem się. – Chwila. To nie zadziała. Nie masz nóg.

– NIE UKRYJESZ SIĘ! – zawył Pyton. – NIE JESTEŚ BOGIEM!

To stwierdzenie zadziałało jak wiadro lodowatej wody. Nie miało w sobie wagi przepowiedni, ale i tak było prawdziwe. Przez chwilę nie byłem pewien, czym jestem. Na pewno nie byłem moją dawną boską osobą, ale też nie byłem tak do końca Lesterem Papadopoulosem. Z mojego ciała unosiła się para i dym. Pod skórą pulsowało mi światło, jak słońce, usiłujące przedrzeć się przez burzowe chmury. Kiedy to się zaczęło?

Byłem zawieszony między naturami i zmieniałem się równie gwałtownie, jak sam Pyton. Nie byłem bogiem. Już nigdy nie będę dawnym Apollinem. Ale w tej chwili miałem szansę zadecydować o tym, czym się stanę – nawet jeżeli to nowe życie potrwa ledwie parę sekund.

To odkrycie wypaliło we mnie delirium.

– Nie będę się chował. Nie zostanę w ukryciu – wymamrotałem. – Nie będę kimś takim.

JAKIŻ WIĘC PLAN? – Strzała zawibrowała nerwowo.

Złapałem ukulele za gryf i uniosłem jak maczugę. Ściskając w drugiej dłoni Strzałę z Dodony, wypadłem z kryjówki.

– DO ATAKU! – wrzasnąłem.

W owym momencie wydawało mi się to całkiem racjonalnym rozwiązaniem.

Przynajmniej zaskoczyłem Pytona.

Wyobraziłem sobie, jak to musiało wyglądać z jego perspektywy: obdarty nastolatek w potarganych ciuchach, pokryty zadrapaniami i skaleczeniami, kulejący, z jedną stopą zakrwawioną, biegnie i macha patykiem oraz instrumentem strunowym, wrzeszcząc jak szaleniec.

Próbowałem zaatakować jego ogromny łeb, który jednak był za wysoko, by go dosięgnąć. Zacząłem walić ukulele w gardło potwora.

– Giń!

BRZDĘK.

– Giń!

BRZDĘK, BRZDĘK.

– Giń!

ŁUP!

Za trzecim uderzeniem ukulele rozleciało się na kawałki.

Mięśniami Pytona targnął spazm. Zamiast jednak umrzeć jak grzeczny wąż, owinął mnie splotem, niemal delikatnie, i uniósł na poziom swego pyska. Jego podobne do lamp oczy były równie wielkie jak ja. Kły połyskiwały, a oddech potwora cuchnął dawno zgniłą rybą.

– Już wystarczy. – Jego głos nabrał łagodnych, cichych tonów, a oczy pulsowały w rytm bicia mojego serca. – Walczyłeś dzielnie. Powinieneś być dumny. Pora odpocząć.

Wiedziałem, że sięgnął po starą sztuczkę – gadzią hipnozę – używaną po to, by sparaliżować małego ssaka i tym łatwiej go połknąć i strawić. Gdzieś w moim mózgu jego tchórzliwa część (Lester? Apollo? Co za różnica?) mówiła: *Tak, to by była doskonała pora na odpoczynek.*

Zrobiłem tyle, ile mogłem. Zeus z pewnością to doceni i będzie dumny. Może nawet rzuci piorunem, roztrzaska Pytona na kawałeczki i mnie ocali!

Kiedy tylko o tym pomyślałem, zrozumiałem, że to bzdura. Zeus tak nie działał. Pomógłby mi równie chętnie, jak Neron pomógł Meg. Muszę się wyleczyć z tej fantazji i sam siebie ocalić.

Wiłem się i walczyłem. Ramiona ciągle miałem wolne, a ręce – pełne. Wbiłem złamany gryf w zwoje Pytona tak mocno, że drewno rozdarło skórę i utkwiło w ciele jak ogromna drzazga, a z rany puściła się zielona krew.

Pyton syknął i ścisnął mnie mocniej, zmuszając krew, by napłynęła mi do głowy, żeby wytrysnąć jak ropa naftowa z ziemi w kreskówce.

– Czy ktoś ci kiedyś powiedział – wysyczał – że jesteś wkurzający?!

JAM TO, NIE CHWALĄC SIĘ, UCZYNIŁA – rzekła strzała. – *TYSIĄC I JESZCZE RAZ TYSIĄC RAZY.*

Nie mogłem odpowiedzieć, bo brakowało mi tchu. Samo powstrzymanie ciała od implozji pod wpływem uścisku gada pożerało wszystkie moje siły.

– No cóż – powiedział Pyton, a jego oddech owionął mnie jak wiatr z pola bitwy. – Nieistotne. Doszliśmy do końca, ty i ja.

Ścisnął mocniej i moje żebra zaczęły pękać.

34

Mam szansę i strzałę!
(Z szansy) skorzystałem
(Do strzały) się przywiązałem. Spadam, pa!

WALCZYŁEM.

Wiłem się, waliłem piąstkami w skórę Pytona, wierciłem w ranie cierniem ukulele, mając nadzieję, że w końcu będzie miał tak dość, że mnie upuści.

Jego wielkie, jarzące się ślepia patrzyły jednak na mnie ze spokojem i z satysfakcją, podczas gdy kości w moim ciele ustępowały pod naciskiem, a ja prawie słyszałem, jak trzaskają. Byłem niczym łódź podwodna na dnie Rowu Mariańskiego – właśnie pękały mi nity.

NIE SCZEŹNIJ MI TYLKO! – błagała strzała. – *NADSZEDŁ CZAS!*

– Co... – Usiłowałem wydusić z siebie pytanie, ale miałem w płucach za mało powietrza.

OWAŻ PRZEPOWIEDNIA, CO JĄ WYRZEKŁ PYTON! – wyjaśniła strzała. – *JEŚLIĆ PISANY UPADEK, UPAŚĆ MUSISZ. PIERWEJ JEDNAK MNĄ SIĘ POSŁUŻ.*

Strzała obróciła się w mojej dłoni, wskazując na olbrzymi pysk Pytona. Źle mi się myślało – w sumie nic dziwnego, zważywszy że mój mózg był na granicy eksplozji, ale znaczenie tego gestu ukłuło mnie jak złamany gryf ukulele.

Nie mogę, pomyślałem. *Nie*.

TRZEBA – głos strzały był pełen rezygnacji, ale i pewności.

Pomyślałem o wszystkich kilometrach, które przebyłem w towarzystwie tego małego kawałka drewna, i o tym, jak rzadko naprawdę przejmowałem się słowami strzały. Przypomniało mi się, jak opowiadała o wyrzuceniu jej z Dodony – była w końcu tylko małą, niepotrzebną gałązką, za którą nikt nie zatęskni.

Zobaczyłem twarz Jasona. Zobaczyłem Heloizę, Riffa, Pieniążkę, fauna Dona, Dakotę – wszystkich, którzy oddali życie, bym zdołał dotrzeć aż tutaj. Teraz zapłacić tę cenę gotowa była moja ostatnia towarzyszka, po to, żebym zrobił coś, czego mi zawsze zakazywała.

– Nie – wychrypiałem. Było to zapewne ostatnie słowo w moim życiu.

– A to co? – zapytał Pyton, myśląc, że mówię do niego. – Mały szczurek w końcu błaga o litość?

Otwarłem usta, ale nie byłem w stanie nic powiedzieć. Pysk potwora schylił się nade mną, chcąc nacieszyć się słodyczą przedśmiertnych jęków.

ŻEGNAJ MI, PRZYJACIELU – powiedziała strzała. – *APOLLO UPADNIE, ALE PISANE JEST MU TEŻ POWSTAĆ PONOWNIE!*

Tymi słowami, używając całej mocy pradawnego gaju, strzała domknęła przepowiednię gada.

Pyton znalazł się w zasięgu moich rąk. Z płaczem wbiłem mu w wielkie oko Strzałę z Dodony. Weszła aż po lotki.

Pyton zawył z bólu i zaczął miotać łbem na wszystkie strony. Jego sploty rozluźniły się na tyle, że zdołałem się z nich wysunąć. Upadłem, lądując jako niekształtna masa na krawędzi szerokiej szczeliny.

Bolało mnie w piersi. To na pewno połamane żebra. Być może też złamane serce. Zdecydowanie przekroczyłem maksymalny czas użytkowania ciała Lestera Papadopoulosa, ale musiałem wytrwać jeszcze chwilę dla Strzały z Dodony. Musiałżem wytrwać, gwoli Strzały z Dodony.

Podniosłem się z trudem.

Pyton nadal się miotał, usiłując wyrwać sobie strzałę z oczodołu. Jako bóg lekarz mogłem mu powiedzieć, że w ten sposób tylko powiększy ból. Widok mojej drogiej strzały, mistrzyni staroświeckich przemów, tkwiącej w oku węża napawał mnie smutkiem i gniewem, ale i prowokował opór. Czułem, że świadomość opuściła strzałę. Miałem nadzieję, że uleciała z powrotem do gaju Dodony i dołączyła do milionów szepczących drzewnych głosów. Bałem się jednak, że po prostu zginęła i że poświęcenie strzały było prawdziwe i ostateczne.

Napełnił mnie gniew. Moje śmiertelne ciało dymiło, a pod skórą przebiegały blaski ognia. Zobaczyłem obok siebie walący na oślep w ziemię ogon Pytona. W przeciwieństwie do węża, który wił się wokół leontocefalina, ten gad miał początek i koniec.

Za mną ziała największa z wulkanicznych szczelin. Zrozumiałem, co muszę zrobić.

– PYTONIE! – mój głos wstrząsnął jaskinią. Z trzaskiem runęły stalaktyty. Wyobraziłem sobie, że gdzieś wysoko nad nami mieszkańcy greckich wiosek zastygli, gdy mój głos przetoczył się po ruinach sanktuarium, wprawiając w drżenie drzewa oliwne i zrzucając z nich owoce. Pan Delf przebudził się ze snu.

Pyton zwrócił ku mnie swoje pozostałe, przerażające oko.

– Nie przeżyjesz tego – zapowiedział.

– To nic – powiedziałem. – Byleś ty też umarł.

Złapałem potwora za ogon i powlokłem w stronę szczeliny.

– Co ty wyprawiasz?! – ryknął. – Przestań, ty durniu!

Trzymając ogon Pytona w ramionach, skoczyłem w otchłań.

Ten plan nie powinien był zadziałać. Zważywszy na nędzną wagę mojego śmiertelnego ciała, powinienem był po prostu zawisnąć na ogonie gada jak odświeżacz powietrza na lusterku samochodowym. Byłem jednak pełen słusznej wściekłości. Zaparłem się stopami o skałę i pociągnąłem, wlokąc za sobą wyjącego, wijącego się Pytona. Usiłował mnie zrzucić, waląc ogonem na wszystkie strony, ale moje nogi tkwiły nieruchomo, wsparte o ścianę rozpadliny.

Moja siła rosła, a ciało lśniło jasnym światłem. Krzyknąłem zawzięcie po raz ostatni i przeciągnąłem wroga tak daleko, że nie było już odwrotu. Ciężkie sploty węża runęły w przepaść.

Przepowiednia się wypełniła. Apollo upadł, a Pyton spadał wraz z nim.

Hezjod napisał kiedyś, że brązowe kowadło spadałoby przez dziewięć dni z ziemi do Tartaru.

Podejrzewam, że użył słowa „dziewięć" jako synonimu dla „nie mam pojęcia, ile tak naprawdę, ale serio długo".

Hezjod miał rację.

Pyton i ja runęliśmy w otchłań, koziołkując, odbijając się od ścian, wpadając z absolutnej ciemności w czerwony blask żył lawy i z powrotem w mrok. Biorąc pod uwagę rany i uszkodzenia mojego nieszczęsnego ciała, byłem pewien, że gdzieś po drodze zdążyłem umrzeć. Mimo to walczyłem. Nie miałem broni, więc używałem pięści i stóp, uderzając z całej siły w skórę bestii i kopiąc każdy pazur, skrzydło i rodzącą się głowę, które próbowały wyrosnąć z ciała potwora.

Przestałem już nawet czuć ból. Byłem na etapie: „Koszmarne cierpienie to nowe supersamopoczucie". Obróciłem się w powietrzu, żeby to głównie Pyton uderzał o ściany, kiedy spadaliśmy. Nie mogłem uciec przed nim ani on przede mną. Kiedy tylko oddalaliśmy się od siebie, jakaś siła znów zbliżała nas ku sobie jak przysięga małżeńska.

Czułem, jak zgniata mnie ciśnienie powietrza. Oczy wyszły mi na wierzch, a gorąco spiekło mnie, jakbym był jednym z ciasteczek Sally Jackson, ale ciało nadal emitowało światło i parę. Świetlne żyły leżały teraz tuż pod skórą, zmieniając mnie w coś w rodzaju puzzli z Apollinem w 3D.

Ściany szczeliny otwarły się wokół nas i wpadliśmy w zimne, ciemne powietrze Erebu, królestwa Hadesa. Pyton próbował wytworzyć skrzydła i odlecieć, ale jego żałosne nietoperzowe skrzydełka nie były w stanie udźwignąć ciężaru ciała, zwłaszcza że do tego ja siedziałem mu na grzbiecie i niszczyłem nowe kończyny, gdy tylko wyrastały.

– PRZESTAŃ! – warknął Pyton. Strzała z Dodony ciągle sterczała z oczodołu, a po pysku spływała zielona krew, cieknąca z tych wszystkich miejsc, w które go kopnąłem albo uderzyłem pięścią. – NIE-NA-WI-DZĘ-CIĘ!! – ryknął, co dowodzi, że nawet z kimś, kto jest arcywrogiem od czterech tysięcy lat, na pewne tematy można się dogadać.

Z wielkim pluskiem wpadliśmy do wody. A raczej nie wody – do rwącej rzeki lodowatego, szarego kwasu. Poniósł nas prąd rzeki Styks.

Jeżeli masz ochotę na najwyższej kategorii wiry i katarakty na rzece, której woda może cię zatopić, rozpuścić ci skórę i jednocześnie całkowicie pozbawić cię osobowości, to serdecznie polecam rejs po Styksie na gigantycznym wężu. Rzeka zaczęła wysysać moje uczucia, wspomnienia i wolę. Otwarła płonące pęknięcia w masce Lestera Papadopoulosa, sprawiając, że poczułem się nagi i niekształtny, jak wylęgająca się ważka.

Nawet Pyton nie był na to odporny. Walczył coraz bardziej ślamazarnie, wił się i wyciągał łapy, by dotrzeć do brzegu. Uderzyłem go łokciem w pozostałe oko, a potem kopnąłem w brzuch, byle tylko nie wydostał się z wody. Nie miałem najmniejszej ochoty utonąć, ale wiedziałem, że wąż będzie znacznie bardziej niebezpieczny na twardym gruncie. Nie miałem też ochoty pokazywać się w królestwie Hadesa w moim obecnym stanie. Nie mogłem oczekiwać życzliwego powitania.

Wisiałem na pysku Pytona, używając martwej Strzały z Dodony jako steru, kierując potworem za pomocą bólu. Pyton wył, zawodził i walił ogonem. Wokół mnie wzburzone fale Styksu wydawały się ze mnie wyśmiewać. „Widzisz. Złamałeś przysięgę i teraz jesteś mój".

Przypomniałem sobie ostatni rozkaz Meg McCaffrey: „Masz do mnie wrócić, głupku". Wyraźnie pamiętałem jej twarz. Porzucono ją tyle razy i wykorzystano tak paskudnie, że ja nie mogłem stać się kolejną osobą, którą będzie opłakiwała. Wiedziałem, kim jestem. Jestem głupkiem Meg.

Szary nurt miotał mną i Pytonem, aż w końcu, bez ostrzeżenia, wpadliśmy w wodospad i stoczyliśmy się jeszcze głębiej w niepamięć.

Wszystkie nadnaturalne rzeki w końcu wpływają do Tartaru – krainy, w której Pierwotny Chaos ciągle się rozpływa i przekształca, gdzie na ciele pogrążonego w wiecznym śnie Tartarosa, wielkim jak kontynent, lęgną się potwory.

Nie zatrzymaliśmy się, żeby cyknąć selfie. Przetoczyliśmy się przez płonące powietrze i mgiełkę kwasu z ohydnego wodospadu, rejestrując w przelocie kalejdoskop pojawiających się i znikających nam sprzed oczu obrazów. Góry z czarnej kości jak łopatki tytana. Ciągnące się w nieskończoność cielsko, upstrzone pęcherzami, które pękały, uwalniając połyskujące nowo narodzone gorgony i drakony. Pióropusze ognia i czarnego dymu wybuchające, jakby miały uczcić ponure święto.

Spadliśmy jeszcze niżej, na dno szczeliny będącej Wielkim Kanionem tego świata rodem z horroru – na samo dno najciemniejszego zakątka stworzenia. Uderzyliśmy z całym rozpędem w litą skałę.

Łał, Apollinie – pomyślicie z zachwytem. – *Jak ci się udało to przeżyć?*

Nie udało mi się.

W tym momencie nie byłem już Lesterem Papadopoulosem. Nie byłem też Apollinem. Nie jestem w ogóle pewien, czym albo kim się stałem.

Podniosłem się – nie mam pojęcia jak – i okazało się, że stoję na poszarpanym obsydianowym ostrzu, sterczącym nad niekończącym się, wzburzonym morzem umbry i fioletu. Z przerażeniem połączonym z fascynacją zdałem sobie sprawę, że stoję na krawędzi Chaosu. Pode mną falowała esencja wszystkiego: wielka kosmiczna zupa, z której powstał cały wszechświat, miejsce, gdzie życie zaczęło się kształtować i pomyślało: „Hej, jestem czymś innym niż reszta tej zupy!". Jeden krok, a wpadnę z powrotem do zupy i przepadnę na zawsze.

Przyjrzałem się swoim ramionom, które chyba właśnie się rozpadały. Ciało na nich wypaliło się jak papier, pozostawiając jedynie pasma promieniejącego, złotego światła. Wyglądałem jak jedna z tych przezroczystych kukieł do nauki anatomii, zaprojektowana, by objaśnić budowę krwiobiegu. W centrum mojej klatki piersiowej wibrowała mgiełka fioletowej energii, zbyt blada, by jakikolwiek rezonans magnetyczny ją wykrył. Moja dusza? Moja śmierć? Czymkolwiek ta energia była, jej blask nabierał mocy, fioletowa poświata przenikała całą moją postać, reagując na bliskość Chaosu i starając się za wszelką cenę rozplątać świetliste nici, które mnie spajały. To chyba nie było nic dobrego…

Pyton leżał obok mnie. Jego ciało także ulegało dezintegracji, a rozmiar drastycznie się zmniejszył. Teraz wydawał się raptem jakieś pięć razy większy ode mnie, jak prehistoryczny krokodyl albo wąż boa, o kształcie jak połączenie tych dwóch. Pod jego skórą ciągle poruszały się półuformowane skrzydła, głowy i pazury. W jego lewym oku zaś nadal tkwiła Strzała z Dodony, w idealnym stanie, z każdym piórkiem na miejscu.

Pyton uniósł się na krępych łapach, tupnął i zawył. Jego członki rozpadały się na fragmenty złożone z gada i ze światła

– muszę przyznać, że jakoś nie zachwycał mnie ten nowy discokrokodyli styl. Potykając się i sycząc, ruszył na pół ślepo w moją stronę.

– ZNISZCZĘ CIĘ!

Chciałem mu zasugerować, żeby się nie przejmował. Chaos odwalał robotę za niego, szybko odzierając nas z tego, czym byliśmy. Już nie musieliśmy walczyć. Mogliśmy po prostu usiąść razem na naszej obsydianowej iglicy i spokojnie rozpaść się w nicość. Pyton mógłby przytulić się do mnie, spojrzeć na nieskończone przestrzenie Chaosu, wyszeptać, że to piękne, i zniknąć.

Potwór miał jednak inne plany. Rzucił się na mnie, ścisnął moją talię zębami i ruszył przed siebie, chcąc mnie zepchnąć w niepamięć. Nie mogłem powstrzymać jego parcia do przodu. Mogłem tylko wić się i zmieniać pozycję, żeby runął pierwszy, kiedy znajdziemy się na krawędzi.

Desperacko uczepiłem się skały i zacisnąłem palce na krawędzi, podczas gdy ciężar wiszącego na mnie Pytona niemal rozerwał mnie na pół. Wisieliśmy nad otchłanią; jedyne, co nas trzymało, to moje drżące palce. Wokół mojego pasa nadal zaciskały się szczęki Pytona.

Czułem, że potwór zaraz mnie przegryzie, ale nie mogłem odpuścić. Całą pozostałą siłę ulokowałem w rękach – tak jak wtedy, kiedy grałem na lirze czy ukulele i starałem się wyrazić prawdę tak głęboką, że możliwą do przekazania tylko dzięki muzyce. Jak śmierć Jasona Grace. Jak boskie próby Apollina albo miłość i szacunek, jakimi darzyłem moją młodą towarzyszkę Meg McCaffrey.

Jakimś cudem udało mi się zgiąć jedną nogę i kopnąć Pytona w podbródek.

Jęknął. Kopnąłem drugi raz. Próbował coś powiedzieć, ale gębę miał pełną Apollina. Uderzyłem go jeszcze raz, tak mocno, że poczułem, jak pękają kości żuchwy. Oderwał się ode mnie i spadł.

Nie miał okazji wygłosić ostatniego słowa – rzucił mi tylko spojrzenie na wpół oślepionego gada koszmaru, a potem runął w otchłań Chaosu i rozsypał się w chmurę fioletowego pyłu.

Wisiałem uczepiony krawędzi, zbyt zmęczony, by czuć ulgę.

To był koniec. Nie miałem już sił, by podciągnąć się z powrotem.

A potem usłyszałem głos, który potwierdził moje najgorsze przeczucia.

35

Zawiesiłem się
Zwisam na palcach
Zwisa mi to

– A NIE MÓWIŁAM.

Nigdy nie wątpiłem, że to będą ostatnie słowa, jakie usłyszę.

Obok mnie unosiła się w pustce bogini Styks. Jej fioletowo-czarna sukienka mogła być równie dobrze strzępem samego Chaosu. Jej włosy unosiły się niczym atramentowa chmura wokół pięknej, zagniewanej twarzy.

Nie dziwiło mnie, że ona egzystuje tu tak bez wysiłku, w miejscu, do którego baliby się zbliżyć inni bogowie. Oprócz bycia strażniczką świętych przysiąg Styks jest też personifikacją Rzeki Nienawiści. A jak każdy wam powie, nienawiść to najtrwalsze z uczuć, to, które jako ostatnie rozpływa się w nicość.

„A nie mówiłam". Oczywiście, że mówiła. Wiele miesięcy temu w Obozie Herosów złożyłem pochopną przysięgę. Przysiągłem na rzekę Styks, że nie zagram muzyki ani nie użyję łuku, dopóki nie stanę się na powrót bogiem. Nie dotrzymałem żadnej części, a bogini Styks od tego czasu śledziła moje poczynania, siejąc na mojej drodze tragedię i zniszczenie. A teraz przyszło zapłacić ostateczną cenę – zostanę anulowany.

Czekałem na to, że Styks oderwie moje palce od obsydianowej półki, a następnie pośle całusa, kiedy będę wpadał do zupowatej, amorficznej zagłady znajdującej się pode mną.

Ku mojemu zdziwieniu Styks nadal gadała.

– Nauczyłeś się czegoś? – zapytała.

Gdybym nie był tak słaby, pewnie bym się roześmiał. Pewnie, że się nauczyłem. *Nadal* się uczyłem.

W tym momencie uświadomiłem sobie, że przez cały ten czas błędnie myślałem o Styks. To nie ona rozsiewała zniszczenie na mojej drodze. To ja sam je powodowałem. To nie ona pakowała mnie w kłopoty. To ja stanowiłem kłopot. Ona tylko punktowała moją lekkomyślność.

– Tak – odparłem żałośnie. – Za późno, ale zrozumiałem.

Nie spodziewałem się litości. A z pewnością nie spodziewałem się pomocy. Mały palec zsunął się ze skały. Jeszcze dziewięć palców i spadnę.

Ciemne oczy Styks przewiercały mnie na wylot. W jej spojrzeniu nie było samozadowolenia. Patrzyła na mnie raczej jak usatysfakcjonowany nauczyciel muzyki, którego sześcioletni uczeń zagrał wreszcie na pianinie *Wlazł kotek na płotek*.

– A zatem trzymaj się tego – powiedziała.

– Czego? Skały? – Wymamrotałem. – Czy lekcji?

Styks wydała dźwięk, który zabrzmiał nienaturalnie na krawędzi Chaosu – zaśmiała się naprawdę radośnie.

– Myślę, że decyzja należy do ciebie. – Z tymi słowami rozwiała się w dym, który poszybował ku bardziej przewiewnym rejonom Erebu.

Niestety nie umiałem tak latać. Niestety, nawet tu, na skraju nieistnienia, podlegałem prawom przyciągania ziemskiego.

Przynajmniej pokonałem Pytona.

On już nigdy się nie podniesie. Mogłem umrzeć z myślą, że moi przyjaciele są bezpieczni. Wyrocznie zostały przywrócone do działania. Biznes wokół przyszłości będzie się kręcił.

A że Apollo zostanie wymazany z istnienia? Może Afrodyta miała rację. Jedenastka Olimpijczyków wystarczy. Hefajstos będzie mógł z tego zrobić reality show: *Jedenastka wystarczy*. Słupki oglądalności poszybują pod niebiosa.

Dlaczego zatem nie (od)puszczałem? Trzymałem się krawędzi z niezwykłym uporem. Nieposłuszny mały palec znów chwycił skałę. Obiecałem Meg, że do niej wrócę. Nie złożyłem w tej sprawie przysięgi, ale to nie miało znaczenia. Skoro powiedziałem, że wrócę, musiałem dotrzymać słowa.

Może tego właśnie usiłowała nauczyć mnie Styks: nieważne, jak głośno wypowiesz przysięgę albo jakich świętych słów użyjesz. Chodzi o to, czy zamierzasz jej dotrzymać, czy nie. I czy ta obietnica jest warta składania.

Trzymaj się – powiedziałem samemu sobie. – *Zarówno skały, jak i lekcji.*

Moje ręce zaczęły nabierać fizyczności. Ciało stało się bardziej *rzeczywiste*. Linie światła zbiegały się, aż moja forma stała się siatką ze złota.

Czy to była ostatnia pełna nadziei ułuda, czy też naprawdę się podciągnąłem?

Pierwsze zaskoczenie: obudziłem się.

Ludzie, których rozpuścił Chaos, zazwyczaj tego nie robią.

Drugie zaskoczenie: pochylała się nade mną moja siostra Artemida, z uśmiechem równie promiennym jak księżyc w pełni.

– Długo ci zeszło – powiedziała.

Podniosłem się ze szlochem i przytuliłem ją mocno. Minął wszelki ból. Czułem się doskonale. Czułem się… „jak prawdziwy ja", omal nie pomyślałem, ale nie byłem już pewny, co to naprawdę znaczy.

Byłem znów bogiem. Od tak dawna moim najgłębszym pragnieniem było takie odrodzenie. Zamiast jednak czuć radość, wypłakiwałem się w ramię siostry. Czułem, że jeśli się od niej odsunę, wpadnę z powrotem w Chaos. Ogromne części mojego jestestwa odpadną, a ja nigdy nie znajdę zaginionych kawałków układanki.

– Hej, już dobrze. – Artemida poklepała niezdarnie moje plecy. – Wszystko będzie dobrze, malutki. Nic ci już nie jest. Dałeś radę.

Delikatnie wyplątała się z mojego uścisku. Moja siostra nie lubi przytulania, ale pozwoliła mi ująć się za ręce. Jej spokój pomógł mi opanować drżenie.

Siedzieliśmy razem na kanapie w greckim stylu w komnacie z białego marmuru z otoczonym kolumnami tarasem i widokiem na Olimp – wielkie, położone na wysokości miasto bogów, wysoko nad Manhattanem. Z ogrodów dochodził zapach jaśminu i wiciokrzewu. W oddali słyszałem boski śpiew dziewięciu muz – zapewne codzienny południowy koncert na agorze. Naprawdę *wróciłem*.

Spojrzałem na siebie. Na moim ciele nie było nic oprócz prześcieradła od pasa w dół. Tors miałem opalony i pięknie rzeźbiony. Na muskularnych ramionach nie było widać blizn ani ognistych linii płonących pod powierzchnią. Byłem doskonały, co przyprawiło mnie o melancholię. Zapracowałem ciężko na te blizny i sińce. Wszystkie cierpienia, które wytrwałem wraz z przyjaciółmi...

Nagle przypomniały mi się słowa siostry: „Długo ci zeszło".

Omal nie zakrztusiłem się przerażeniem.

– Jak długo?

Srebrne oczy Artemidy przyjrzały mi się uważnie, jakby usiłowały ocenić, jak bardzo bycie człowiekiem uszkodziło mi mózg.

– Co masz na myśli?

Wiedziałem, że nieśmiertelni nie przeżywają ataków paniki. A jednak czułem ucisk w piersi. Ichor w moim sercu płynął nieco za szybko. Nie miałem pojęcia, ile czasu zajęło mi ponowne zostawanie bogiem. Od czasu, kiedy Zeus trafił mnie piorunem pod Partenonem, do chwili, kiedy spadłem na Manhattan jako śmiertelnik, minęło pół roku. Moja odradzająca sjesta mogła zająć lata, dekady, stulecia. Wszyscy, których znałem na ziemi, mogli już nie żyć.

Tego nie mogłem *znieść*.

– Jak długo byłem nieprzytomny? Który mamy wiek?

Artemida przetrawiała te pytania. Znając ją dobrze, uznałem, że czuje pokusę, żeby się roześmiać, ale słysząc autentyczny ból w moim głosie, łaskawie z tego zrezygnowała.

– Nie martw się, braciszku – odparła. – Minęły zaledwie dwa tygodnie, od kiedy walczyłeś z Pytonem.

Bóg wiatru północnego Boreasz nie byłby w stanie odetchnąć mocniej niż ja.

Usiadłem wyprostowany, odrzucając prześcieradło.

– Co z moimi przyjaciółmi? Uznają mnie za zmarłego!

Artemida przyglądała się w zamyśleniu sufitowi.

– Nie martw się. Wysłali... wysłałam im wyraźne omeny dotyczące twojego sukcesu. Wiedzą, że wstąpiłeś ponownie na Olimp. A teraz, proszę, ubierz się. Jestem twoją siostrą, ale nikomu nie życzyłabym tego widoku.

– Hmm. – Wiedziałem dobrze, że się ze mną tylko droczy.

Boskie ciała są wyrazem perfekcji. Dlatego jesteśmy ukazywani na starożytnych posągach nago – nie należy zakrywać takiej doskonałości ubraniem.

A jednak jej uwaga była celna. Czułem się dziwacznie i nieswojo w tej formie, jakbym dostał rolls-royce'a bez ubezpieczenia. Było mi dużo wygodniej w tanim kompaktowym modelu, jakim był Lester.

– Ja... no... Tak. – Rozejrzałem się po pokoju. – Jest tu może szafa albo...?

W końcu nie powstrzymała się od śmiechu.

– Szafa. To rozkoszne. Możesz po prostu zażyczyć sobie ubrań, braciszku.

– A… ach… – Wiedziałem, że ma rację, ale czułem się tak skołowany, że nawet dałem spokój „braciszkowi". Od tak dawna nie polegałem na boskich mocach. Obawiałem się, że mi nie wyjdzie. Że przypadkowo zamienię samego siebie w wielbłąda.

– Och, dobrze – powiedziała Artemida. – Pozwól mi.

Machnęła ręką i nagle miałem na sobie długą do kolan srebrną szatę – taką, jaką noszą jej towarzyszki – wraz ze sznurowanymi do kolan sandałami. Podejrzewałem, że do kompletu mam diadem na głowie.

– Eee. Może coś mniej Łowczego?

– Moim zdaniem wyglądasz cudnie. – Kącik jej ust zadrgał. – Ale niech ci będzie.

Jeden rozbłysk srebrnego światła i miałem na sobie biały męski chiton. W sumie ten ubiór był identyczny z szatą Łowczyni. Sandały były takie same. Na głowie miałem chyba wieniec laurowy zamiast diademu, ale to też bardzo się nie różniło. Konwencje ubraniowe dla płci są dziwne. Uznałem jednak, że to zagadka na inną okazję.

– Dzięki – powiedziałem.

Skinęła głową.

– Pozostali czekają w sali tronowej. Jesteś gotowy?

Wzdrygnąłem się, choć nie mogłem czuć zimna.

Pozostali.

Przypomniał mi się sen o sali tronowej – o pozostałych Olimpijczykach obstawiających mój sukces lub porażkę. Zastanawiałem się, ile pieniędzy przegrali.

Co w zasadzie miałem im powiedzieć? Nie czułem się już jednym z nich. *Nie byłem* jednym z nich.

– Daj mi chwilę – powiedziałem do siostry. – Masz coś przeciwko…?

Chyba zrozumiała.

– Dobrze, dojdź do siebie. Powiem im, że niedługo przyjdziesz.

Pocałowała mnie delikatnie w policzek.

– *Cieszę się*, że wróciłeś. Mam nadzieję, że nie pożałuję tych słów.

– Ja też – przytaknąłem.

Zamigotała i znikła.

Zdjąłem laurowy wieniec. Nie czułem się dobrze, mając na głowie ten symbol zwycięstwa. Przebiegłem palcami po złoconych liściach, myśląc o Dafne, którą tak okropnie potraktowałem. Nieważne, czy Afrodyta mnie przeklęła, czy nie – to była moja wina, że ta niewinna najada zamieniła się w drzewo laurowe, żeby przede mną uciec.

Przeszedłem na balkon. Położyłem wieniec na barierce, po czym dotknąłem rosnących na brzegu hiacyntów – kolejnego przypomnienia tragicznej miłości. Biedny Hiakintos. Czy ja *naprawdę* stworzyłem te kwiaty, by go upamiętnić, czy tylko po to, by pławić się we własnym żalu i poczuciu winy?

Uzmysłowiłem sobie, że podaję w wątpliwość wiele rzeczy, których dokonałem przez stulecia. Ten niepokój w dziwny sposób był kojący.

Przyglądałem się gładkim, opalonym ramionom, znów żałując, że nie zachowały się na nich jakieś blizny. Lester Papadopoulos zapracował na skaleczenia, sińce, połamane żebra, otarte stopy, trądzik... No, może na trądzik akurat nie. Na to nikt nie zasłużył. Reszta jednak była lepszymi symbolami zwycięstwa niż laury i lepszą pamiątką straty niż hiacynty.

Nie miałem wielkiej ochoty być na Olimpie, w domu, który nie był domem.

Chciałem zobaczyć znów Meg. Chciałem usiąść przy ognisku w Obozie Herosów i śpiewać śmieszne piosenki albo żartować z rzymskimi herosami w sali jadalnej Obozu Jupiter, podczas gdy tace z jedzeniem przelatywałyby nam nad głowami, a duchy w połyskujących purpurowych togach opowiadały o swoich dawnych czynach.

Niemniej świat herosów nie był moim światem. Dostąpiłem zaszczytu poznania go i powinienem go zapamiętać.

To nie oznaczało jednak, że nie mogę się tam udać z wizytą. Najpierw jednak musiałem pokazać się rodzinie, jakakolwiek by była. Bogowie czekali.

Odwróciłem się i wyszedłem z komnaty, usiłując sobie przypomnieć, jak chodzi bóg Apollo.

36

Hurra! Brawo! Juu-hu!
Dziś gości u nas Apollo!
Poczekajcie z tymi brawami!

CZEMU WSZYSTKO JEST TAKIE WIELKIE?

Nigdy wcześniej nie przyszło mi to do głowy, ale po sześciu miesiącach nieobecności sala tronowa bogów olimpijskich wydała mi się komicznie zbyt duża. W środku zmieściłby się lotniskowiec. Ogromna kopuła, ozdobiona gwiazdozbiorami, zdołałaby przykryć wszystkie kopuły zbudowane kiedykolwiek przez śmiertelników. Znajdujące się na środku palenisko, na którym płonął ogień, pomieściłoby pieczonego na rożnie TIR-a. No i same trony, które były rozmiaru wież oblężniczych, zaprojektowane dla istot wysokich na siedem metrów.

Zawahałem się przy wejściu, oszołomiony rozmiarem wszystkiego dookoła, i zrozumiałem, że oto sam sobie odpowiadam na własne pytanie. Ten ogrom miał służyć wyrobieniu w nieczęstych gościach poczucia, że są mali. Rzadko pozwalaliśmy, by odwiedzały nas niższe istoty, ale kiedy już wyraziliśmy zgodę, przyjemnie było patrzeć, jak opadają im szczęki i jak muszą wyciągać szyje, by nas zobaczyć.

Jeśli następnie postanowiliśmy zejść z tronu i przybrać ludzkie rozmiary, by odciągnąć gościa na bok na pogawędkę lub poklepać po plecach, robiliśmy wrażenie, że traktujemy tę osobę naprawdę specjalnie, zniżając się do jej poziomu.

Trony spokojnie mogłyby być zwykłego ludzkiego rozmiaru, ale wtedy i my wydawalibyśmy się podobni do ludzi (a niechętnie pamiętaliśmy o tym podobieństwie). Mogłyby też mieć piętnaście metrów, ale to by było mało wygodne – za dużo by trzeba krzyczeć, żeby ludzie usłyszeli, a do patrzenia na nich przydałyby się szkła powiększające.

Gdybyśmy chcieli, trony mogłyby równie dobrze mierzyć piętnaście centymetrów. Osobiście chętnie bym to zobaczył: jakiś heros po wykonaniu straszliwego zadania trafia przed nasze oblicza i klęka przed zgromadzeniem bogów miniaturek z Zeusem piszczącym głosem Myszki Miki: „Witamy na Olimpie!".

Kiedy te myśli przebiegały mi przez głowę, nagle dotarło do mnie, że w zgromadzeniu bogów umilkły rozmowy. Wszystkie spojrzenia zwróciły się na mnie, stojącego w wejściu.

Byli tu dzisiaj wszyscy, co się zdarzało wyłącznie przy specjalnych okazjach: równonoc, Saturnalia, Puchar Świata w Piłce Nożnej. Przez moment czułem ogarniającą mnie panikę. Czy ja w ogóle jeszcze umiałem przemienić się w kogoś o wzroście siedmiu metrów? A może będę potrzebował dziecięcego fotelika?

Złapałem spojrzenie Artemidy. Skinęła głową. Albo była to próba podniesienia na duchu, albo groźba, że jak się nie pospieszę i sam nie rzucę zaklęcia, to pomoże i przemieni mnie w siedmiometrowego wielbłąda w sukni balowej.

Ta myśl dodała mi pewności siebie. Wkroczyłem do pomieszczenia. Ku mej wielkiej uldze z każdym krokiem byłem wyższy, aż osiągnąłem idealny wzrost. Zająłem swój dawny tron, dokładnie naprzeciwko mojej siostry Artemidy, po prawej ręce mając Aresa, a po lewej – Hefajstosa.

Spojrzałem po kolei w oczy każdemu z bogów. Słyszeliście o syndromie oszusta? Wszystko we mnie krzyczało, że tylko udaję i nie ma dla mnie miejsca. Nawet po czterech tysiącach lat bycia bogiem pół roku śmiertelnego życia przekonało mnie, że nie jestem żadnym bóstwem. Oczywiście cała jedenastka bogów olimpijskich zaraz to zauważy. Zeus zacznie wrzeszczeć: „Co zrobiłeś z prawdziwym Apollinem?!". Hefajstos naciśnie przycisk na swoim naszpikowanym gadżetami tronie i otworzy klapę zainstalowaną na moim, przez którą spadnę z powrotem na Manhattan.

Zeus jednak, zamiast krzyczeć, uważnie mi się przyglądał. Jego gniewne oczy błyskały spod gęstych brwi. Ubrał się dziś tradycyjnie, zakładając lekki biały chiton, co nie było najlepszym pomysłem, bo uwielbiał siedzieć z szeroko rozłożonymi nogami.

– Wróciłeś – oznajmił tonem pana i władcy stwierdzeń oczywistych.

– Tak, ojcze – odpowiedziałem. Zastanawiałem się, czy dla słuchających słowo „ojcze" brzmiało równie gorzko, jak smakowało dla mnie, kiedy je wypowiadałem. Usiłowałem powstrzymać podchodzącą mi do gardła żółć. Z wymuszonym uśmiechem rozejrzałem się po reszcie boskiego towarzystwa i spytałem: – To co, kto wygrał zakład?

Siedzący obok mnie Hefajstos miał przynajmniej tyle przyzwoitości, by niepewnie wiercić się na tronie – tyle że on zawsze wyglądał na niepewnego.

Atena rzuciła Hermesowi mordercze spojrzenie z gatunku: „Mówiłam ci, że to fatalny pomysł".

– Stary, nie złość się – powiedział Hermes. – Jakoś musieliśmy się odstresować. Martwiliśmy się o ciebie!

– Zwłaszcza że strasznie marnie sobie radziłeś tam na dole – prychnął Ares. – Aż się dziwię, że przetrwałeś tak długo. – Zaczerwienił się nagle, jakby właśnie zrozumiał, że mówi na głos. – Znaczy wiesz, kolo, dobra robota. Dałeś radę.

– Czyli przegrałeś – podsumowałem.

Ares zaklął pod nosem.

– Atena wygrała. – Hermes pomasował tylną kieszeń, jakby portfel ciągle go bolał.

– Serio? – spytałem.

Atena wzruszyła ramionami.

– Mądrość – odpowiedziała. – Czasem się przydaje.

To powinna być reklama. Zbliżenie kamery na Atenę, która się uśmiecha, podczas gdy na ekranie pojawia się promocyjne hasło: „Mądrość. Czasem się przydaje".

– Tak więc… – Rozłożyłem ręce, pokazując, że jestem gotowy usłyszeć wszystko: komplementy, zniewagi, konstruktywną krytykę. Nie miałem pojęcia, jaki jest plan dzisiejszego spotkania, i w sumie niewiele mnie to obchodziło.

Po drugiej stronie pomieszczenia Dionizos stukał palcami w podłokietniki swojego tronu, pokryte wzorem w panterkę. Ponieważ jako jedyny bóg siedział po damskiej stronie zgromadzenia (to długa historia), często usiłowaliśmy się nawzajem zmusić do opuszczenia wzroku albo na zmianę przewracaliśmy oczyma, kiedy ojciec za bardzo się rozgadywał. Dionizos ciągle wyglądał jak zaniedbany pan D., co irytowało siedzącą obok niego Afrodytę. Widziałem po mowie jej ciała, że z zażenowania omal się nie wyślizgnęła z eleganckiej sukni do kolan, projektu Oscara de la Renty.

Ponieważ Dionizos był na wygnaniu w Obozie Herosów, rzadko pozwalano mu na wizyty na Olimpie. Kiedy już się pojawiał, starał się nie odzywać niepytany. Dziś mnie zaskoczył.

– Uważam, że znakomicie sobie poradziłeś – powiedział. – Myślę, że na twoją cześć *każdy* bóg, który w tym momencie przebywa na ziemi, powinien zostać ułaskawiony…

– Nie! – warknął Zeus.

Dionizos osunął się na tron z ponurym westchnieniem.

Nie winiłem go za to, że próbował. Został ukarany, podobnie jak ja, kompletnie bezsensownie i nieproporcjonalnie do przewiny. Ale ścieżki Zeusa są niezbadane i nie zawsze znamy jego plany. Zapewne dlatego, że zazwyczaj nie miewa planów.

Demeter splatała pędy pszenicy, tworząc nowe, odporne na susze odmiany, co robiła bardzo często podczas naszych konwersacji. Teraz jednak odłożyła koszyk.

– Zgadzam się z Dionizosem – powiedziała. – Apollinowi należy się pochwała.

Jej uśmiech był ciepły, a złociste włosy malowniczo rozwiewała niewidzialna bryza. Usiłowałem dostrzec jakiekolwiek podobieństwo między nią a Meg, ale matka i córka były tak różne, jak ziarno i plewa. Chyba wolałem plewę.

– Cudownie się sprawdził jako niewolnik mojej córeczki – ciągnęła Demeter. – Trochę mu zeszło, zanim się przyzwyczaił, ale mogę mu to wybaczyć. Jeżeli ktokolwiek z was będzie w przyszłości potrzebować niewolnika dla naszych małych herosów, mogę bez wahania polecić Apollina.

Miałem nadzieję, że to żart, ale Demeter, podobnie jak wegetacja, nie słynie z poczucia humoru.

– Eee... dzięki? – odpowiedziałem.

Demeter posłała mi całusa. *Bogowie, Meg* – pomyślałem – *tak mi strasznie przykro, że twoja mama jest twoją mamą.*

Królowa Hera uniosła welon. Tak jak w moich snach oczy miała czerwone i zapuchnięte od łez, ale kiedy przemówiła, jej ton był twardy jak spiż. Rzuciła pełne gniewu spojrzenie na męża.

– Apollo przynajmniej coś zrobił – wycedziła.

– Znowu?! Tylko nie to! – warknął Zeus.

– Mój wybranek – odparła Hera. – Jason Grace. Twój *syn*. A ty...

– To nie *ja* go zabiłem, kobieto! – Władca Olimpu spiorunował ją wzrokiem. – To był Kaligula!

– Tak – odparowała bogini. – A Apollo przynajmniej po nim płakał. I zemścił się za niego.

Zaraz... co? Moja zła macocha mnie broni?

Byłem wstrząśnięty, kiedy wzrok Hery napotkał mój. W jej spojrzeniu nie było wrogości. Szukała solidarności, a nawet współczucia: „Widzisz, co ja mam na co dzień? Z twojego ojca jest okropny typ".

Poczułem ukłucie współczucia dla macochy po raz pierwszy od... chyba od zawsze. Nie zrozumcie mnie źle – dalej jej nie znosiłem, ale dotarło do mnie, że może bycie Herą wcale nie jest łatwe, zważywszy na osobę jej małżonka. Na jej miejscu też bym się pewnie wtrącał do wszystkiego.

– Jakkolwiek było – mruknął Zeus – wydaje się, że po dwóch tygodniach jest już pewne, że dzięki Apollinowi wszystko zadziałało. Pyton przepadł na dobre. Wyrocznie są wolne. Mojry mogą bez przeszkód snuć swoje nici.

Te słowa opadły na mnie jak popioły Wezuwiusza. Nici Mojr. Jak mogłem nie pomyśleć o tym wcześniej? Trzy odwieczne siostry używały krosien, by tkać żywoty tak śmiertelnych, jak i bogów. Przecinały nić przeznaczenia, gdy przychodziła pora śmierci. Były potężniejsze i ważniejsze niż którakolwiek Wyrocznia, a nawet niż Olimpijczycy.

Najwyraźniej trucizna Pytona zrobiła coś więcej niż tylko uciszenie Wyroczni. Jeżeli potwór miał wpływ na nici Mojr, mógł sam przedłużać i skracać życie wedle własnej woli. Implikacje tego faktu były przerażające.

Jeszcze jedna rzecz uderzyła mnie w słowach Zeusa. „Wydaje się" – powiedział. To sugerowało, że wcale nie był taki pewny. Podejrzewałem, że gdy znalazłem się na skraju Chaosu, Zeus nie mógł mnie widzieć – nawet jego boski wzrok ma ograniczenia. Nie miał pojęcia, co się tak naprawdę stało ani jak pokonałem Pytona czy wróciłem z tamtego miejsca.

Pochwyciłem spojrzenie Ateny, która niemal niezauważalnie skinęła głową.

– Tak, ojcze – powiedziałem. – Pyton nie żyje. Wyrocznie są wolne.

Byłem w Dolinie Śmierci w Kalifornii. Nie miałem wątpliwości, że mój ton jest znacznie, ale to znacznie bardziej suchy.

Zeus pogładził się po brodzie, tak jakby rozważał nieskończone możliwości, jakie niosła przyszłość. Posejdon stłumił ziewnięcie, jakby on z kolei zastanawiał się, kiedy to zebranie się skończy i będzie można wrócić do wędkowania.

– Jestem zadowolony – oznajmił Zeus.

Bogowie zbiorowo odetchnęli z ulgą. Możemy sobie udawać, że jesteśmy radą dwunastu, ale w rzeczywistości żyjemy w tyranii. Zeus jest dla nas nie tyle łagodnym ojcem, co bezwzględnym przywódcą, dysponującym najpotężniejszą bronią oraz możliwością pozbawienia nas nieśmiertelności, jeśli go urazimy.

Jakoś jednak nie czułem ulgi, że Zeus dał mi spokój. Tak naprawdę z trudem powstrzymywałem się od przewracania oczyma.

– To super – powiedziałem.

– Owszem – zgodził się Zeus, po czym odchrząknął niepewnie. – Witaj z powrotem w gronie bogów, synu. Wszystko poszło zgodnie z moim planem. Znakomicie sobie poradziłeś. Wybaczam ci i sadzam z powrotem na należnym ci tronie!

Słowa te wywołały uprzejme brawa pozostałych bóstw. Tylko Artemida wyglądała na naprawdę szczęśliwą. Nawet do mnie mrugnęła. Łał. To był naprawdę dzień pełen cudów.

– Od czego zaczniesz po powrocie? – spytał Hermes. – Unicestwisz paru śmiertelników? Albo podjedziesz słonecznym rydwanem na tyle blisko ziemi, żeby ją solidnie przypalić?

– Mogę jechać z tobą? – spytał Ares.

Wzruszyłem ostrożnie ramionami.

– Chyba wybiorę się z wizytą do starych znajomych – oznajmiłem.

Dionizos pokiwał głową w rozmarzeniu.

– Ach, dziewięć muz. Świetny wybór.

Ale to nie muzy miałem na myśli.

– No dobrze. – Zeus rozejrzał się po pomieszczeniu, na wypadek gdyby którekolwiek z nas chciało jeszcze przez moment popłaszczyć się u jego stóp. – Posiedzenie rady uważam za zamknięte.

Bogowie poznikali jedno po drugim, z powrotem do swoich boskich knowań, jakiekolwiek by one były. Artemida skinęła do mnie pocieszająco, po czym rozpłynęła się w srebrną mgiełkę.

Zostaliśmy tylko Zeus i ja. Mój ojciec odkaszlnął w zamkniętą pięść.

– Wiem, że to była surowa kara, Apollinie – przyznał.

Nie odpowiedziałem. Usiłowałem ze wszelkich sił zachować uprzejmy i neutralny wyraz twarzy.

– Musisz jednak zrozumieć – kontynuował Zeus – że tylko *ty* mogłeś pokonać Pytona. Nikt inny też nie zdołałby uwolnić Wyroczni. Tak jak się tego spodziewałem, poradziłeś sobie. A ten ból i cierpienie w trakcie prób… cóż, były niestety niezbędne. Przyniosłeś mi chlubę.

Ciekawe, że tak to ujął. Ja przyniosłem *jemu* chlubę. Przydałem się do poprawienia jego wizerunku.

Serce mi nie stopniało. Nie, nie czułem się jak podczas serdecznego, pełnego ciepła pojednania z ojcem. Spójrzmy prawdzie w oczy: niektórzy ojcowie nie zasługują na pojednanie, a inni nie są do niego zdolni.

Przypuszczam, że mógłbym okazać mu swoją wściekłość i zwyzywać go. Byliśmy sam na sam i chyba tego oczekiwał. Biorąc pod uwagę, jak niepewny i odsłonięty się w tym momencie wydawał, może nawet uszłoby mi to na sucho.

Ale to by go nie zmieniło ani nie wniosło nic nowego w nasze relacje. Nie można zmienić tyrana, starając się pokonać go w byciu wrednym. Ani Meg nigdy nie udałoby się zmienić Nerona, ani mnie – Zeusa. Mogłem tylko próbować być inny od niego. Lepszy. Bardziej... ludzki. I spędzać z nim jak najmniej czasu.

Skinąłem głową.

– Rozumiem, ojcze.

Zeus chyba rozumiał, że to, co ja rozumiem, to nie jest koniecznie to samo, co on rozumie, ale przyjął mój gest, pewnie dlatego że nie za bardzo miał wybór.

– Doskonale – powiedział. – Wobec tego... witaj w domu.

Wstałem z tronu.

– Dziękuję – odparłem. – A teraz, jeśli wybaczysz...

Rozpłynąłem się w złote światło. Było parę miejsc, w których miałem znacznie większą ochotę się znaleźć, i zamierzałem odwiedzić je wszystkie.

37

Rozkosz pieczenia pianek
Remik i truskawki
Kocham Obóz Herosów

JAKO BÓG MOGĘ ROZDZIELIĆ SIĘ na wiele części i być w wielu miejscach naraz. Ze względu na to nie mogę powiedzieć z absolutną pewnością, które z opisanych tu spotkań było pierwsze – możecie je czytać w dowolnej kolejności. Chciałem zobaczyć z powrotem wszystkich przyjaciół, nieważne gdzie, i poświęcić im tyle samo uwagi w mniej więcej takim samym czasie.

Najpierw jednak muszę wspomnieć o moich koniach. Proszę, nie oceniajcie mnie – bardzo za nimi tęskniłem. Ponieważ są nieśmiertelne, nie potrzebują jedzenia, a i słońce obejdzie się bez ich codziennej wyprawy na niebo – dzięki mnóstwu innych bóstw solarnych napędzających działanie kosmosu oraz temu czemuś, co się nazywa „astrofizyka". Mimo to martwiłem się, że konie nie miały pożywienia ani odpoczynku przez co najmniej sześć miesięcy, a może i przez rok, co zwykle oznaczało, że będą złe i obrażone. Chyba nie muszę wyjaśniać, czemu jechanie po niebie rydwanem zaprzężonym w obrażone konie nie jest najlepszym pomysłem.

Zmaterializowałem się przy wejściu do Pałacu Słońca i zorientowałem, że moi służący porzucili pracę. To się zdarza, jeśli nie zapłaci się im złotej drachmy dziennie. Ledwie zdołałem otworzyć drzwi, ponieważ blokowały je tony poczty z sześciu miesięcy, nawrzucanej przez otwór na listy. Rachunki, reklamy, oferty kart kredytowych, pisma z fundacji dobroczynnych takich jak Zdążyć z Boską Pomocą i Driady bez Granic. Hermesa pewnie cieszyło dostarczanie mi całej tej poczty. Będę musiał z tym typem poważnie pogadać.

Nie miałem też okazji anulować automatycznych dostaw z Amazon(ek), w związku z czym w portyku stały całe stosy kartonów wypełnionych pastą do zębów, środkami do prania, strunami do gitary, ryzami papieru nutowego i olejkiem do opalania o zapachu kokosowym.

W środku pałacu znów unosiła się woń Heliosa, jak zawsze, kiedy na dłużej wyjeżdżam. Poprzedni właściciel zapiekł w ścianach zapach tytana – słodki i mocny, trochę jak dezodorant Axe. Musiałem otworzyć okna i zapalić szałwię.

Na moim złotym tronie nagromadziła się warstwa kurzu, a na oparciu z tyłu jakiś żartowniś napisał: „BRUDAS". Pewnie jakiś głupkowaty ventus, bóstwo wiatru.

W stajni konie ucieszyły się na mój widok. Wierzgały, ziały ogniem i rżały ze złością, jakby mówiły: „Gdzieś ty się, na Hadesa, podziewał?!".

Nakarmiłem je ulubioną złoconą słomą i nalałem nektaru do żłobów. Następnie starannie uczesałem każdego z nich i szeptałem im miłe rzeczy do uszu, póki nie przestały kopać mnie w krocze, co uznałem za znak udzielonego przebaczenia.

Przyjemnie było zrobić coś tak rutynowego, co robiłem już miliony razy (mam na myśli troskę o konie, nie kopniaki w krocze). Ciągle nie czułem się jak dawny ja. Wcale w sumie nie miałem ochoty tak się czuć. Ale wizyta w stajni wydała mi się znacznie bardziej naturalna niż pobyt na Olimpie.

Podzieliłem się na dwóch Apollinów i posłałem jednego w codzienną podróż po niebie. Uparłem się, by dać światu zwyczajny dzień, pokazać wszystkim, że znów pewną ręką trzymam lejce i dobrze mi z tym. Żadnych protuberancji, suszy ani pożarów lasu, po prostu Apollo we własnej apollińskiej osobie. Miałem nadzieję, że ta część mnie posłuży mi jako pewny ster i kotwica jednocześnie, kiedy wybiorę się w inne miejsca, które planowałem odwiedzić.

Przywitanie w Obozie Herosów było głośne i wspaniałe.

„LESTER!" – skandowali obozowicze.

„LESTER!"

„LESTER?!"

„LESTER!"

Uznałem, że pojawię się w obozie w starej postaci Papadopoulosa. Czemu nie w moim świetlistym boskim ciele? Albo jako jeden z Bangtan Boys lub Paul McCartney z mniej więcej 1965? Po tym, jak miesiącami narzekałem na wymoczkowatą, upstrzoną trądzikiem śmiertelną powłokę Lestera, teraz zrozumiałem, że dobrze się czuję w tym ciele. Kiedy pierwszy raz spotkałem Meg, zapewniła mnie, że Lester wygląda absolutnie normalnie. Wtedy ta myśl mnie przeraziła, teraz jednak wydawała się kojąca.

– Cześć! – zawołałem, wpadając w grupowe uściski, którym niewiele brakowało, by zamieniły się w popłoch. – Tak, to ja! Wróciłem na Olimp!

Minęły ledwie dwa tygodnie, ale nowi obozowicze, którzy wydawali mi się tacy młodziutcy i niedoświadczeni, kiedy przybyłem tu pierwszy raz, teraz zachowywali się jak herosi weterani. Udział w ważnej bitwie (przepraszam, „praktyce terenowej") robi coś takiego z ludźmi. Chejron wyglądał na ogromnie dumnego z wychowanków – i ze mnie też, jakbym był jednym z nich.

– Dałeś radę, Apollinie – powiedział, ściskając mnie za ramię jak kochający tata, którego nigdy nie miałem. – Zawsze jest dla ciebie miejsce tu u nas w obozie.

Głośny szloch zupełnie nie przystoi szacownemu olimpijskiemu bóstwu, więc właśnie to zrobiłem.

Kayla, Austin i ja przytuliliśmy się i jeszcze trochę popłakaliśmy. Musiałem poddać moje boskie moce solidnej kontroli, bo inaczej radość i ulga eksplodowałyby we mnie w postaci ognistej burzy szczęścia i zniszczyły całą dolinę.

Spytałem o Meg, ale powiedziano mi, że już wyjechała. Udała się do Palm Springs, do starego domu ojca, razem z Luguselwą i z rodzeństwem z cesarskiego domu Nerona. Sam pomysł, że Meg ma sobie radzić z tą niestabilną grupką herosów jedynie z pomocą Piratki Ludobrodej, nieco mnie zaniepokoił.

– Wszystko z nią w porządku? – zapytałem Austina.

Zawahał się.

– Tak. Znaczy… – Oczy miał pełne smutku, jakby wspominał to wszystko, co widzieliśmy i zrobiliśmy w wieży Nerona. – No wiesz. Będzie dobrze.

Odłożyłem na moment martwienie się o Meg i kontynuowałem spotkania z przyjaciółmi. Jeżeli stresował ich fakt, że jestem znowu bogiem, dobrze to ukrywali. Ja ze swej strony starałem się zachowywać na luzie, nie rosnąć do siedmiu metrów i nie eksplodować złocistymi płomieniami na widok każdej lubianej osoby.

Dionizosa zastałem na ganku Wielkiego Domu, gdzie popijał dietetyczną colę. Usiadłem po drugiej stronie stołu do remika.

– Cóż – powiedział Dionizos z westchnieniem. – Niektórzy z nas dostali swoje szczęśliwe zakończenie.

Myślę, że na swój sposób cieszył się moim szczęściem – a przynajmniej próbował stłumić gorycz w głosie. Nie winiłem go za to rozgoryczenie.

Moja kara się skończyła, a jego ciągle trwała. Sto lat, podczas gdy ja miałem tylko sześć miesięcy.

Tyle że, szczerze mówiąc, przestałem patrzeć na swój czas spędzony na ziemi jako na karę. Było tragicznie, koszmarnie, trzeba było dokonać rzeczy niemożliwych – to owszem. Ale nazwanie tego karą byłoby za dużym ustępstwem wobec Zeusa. Czas ten okazał się podróżą – ważną drogą, którą przeszedłem sam, z pomocą przyjaciół. Miałem nadzieję... nie, wierzyłem, że żałoba i smutek uczyniły mnie lepszą osobą. Z resztek Apollina wykułem doskonalszego Lestera i nie zamieniłbym tego doświadczenia na nic na świecie. A gdyby mi powiedziano, że muszę pozostać Lesterem na kolejne sto lat – no cóż, bywają gorsze rzeczy. Przynajmniej nie wymagano by ode mnie pojawienia się na olimpijskiej imprezie z okazji przesilenia.

– Ty też doczekasz się szczęśliwego zakończenia, bracie – powiedziałem Dionizosowi.

Spojrzał na mnie uważnie.

– Mówisz to jako bóg przepowiedni? – spytał.

– Nie. Jako ktoś, kto ma wiarę – odparłem z uśmiechem.

– Mam nadzieję, że nie w mądrość naszego ojca – odparował.

Zaśmiałem się.

– Wiarę w to, że sami piszemy własne historie, niezależnie od tego, co nam wyprzędą Mojry. I że zdołasz zrobić wino z tych kwaśnych winogron, które dał ci los.

– Ależ to głębokie – mruknął Dionizos, ale wydawało się, że dostrzegam blady uśmiech w kąciku jego ust.

Wskazał na stół do gry.

– Remik? – zapytał. – Tu przynajmniej wiem, że z tobą wygram.

Zostałem z nim na całe popołudnie. Wygrał sześć partii, oszukując tylko odrobinkę.

* * *

Przed kolacją teleportowałem się do gaju Dodony, głęboko w lesie otaczającym obóz. Tak jak poprzednio prastare drzewa szeptały do siebie kakofonią głosów: były tam fragmenty zagadek i piosenek, limeryki (niektóre naprawdę o mieście Limerick), przepisy kulinarne i prognozy pogody, wszystko raczej bez większego sensu. Na gałęziach wisiały spiżowe dzwonki, odbijając światło i kołysząc się w powiewach zefirka.

– Witajcie! – zawołałem. – Przybyłem złożyć wam dzięki!

Drzewa nadal szeptały, ignorując moją obecność.

– Dałyście mi Strzałę z Dodony za przewodniczkę! – kontynuowałem.

Wyczułem wśród drzew lekki chichot.

– Bez strzały – mówiłem dalej – nie wypełniłbym mej misji. Poświęciła się, by pokonać Pytona. Zaiste, najwspanialsza była z całego gaju!

Gdyby drzewa mogły wydawać dźwięki brzmiące jak zgrzytliwe cofanie czarnej płyty, pewnie by to zrobiły. Szepty zamarły, a dzwoneczki zwisały w milczeniu z gałęzi.

– Mądrość strzały była nieoceniona – dodałem – a jej poświęcenie szlachetne. Przyniosła wam zaszczyt jako wasza reprezentantka. Z pewnością opowiem mojej babce Rei, strażniczce gaju, o jej wielkich czynach. Bogini usłyszy o tym, co zrobiłyście; o tym, że kiedy potrzebowałem pomocy, dałyście mi najlepszą z was.

Drzewa ponownie zaczęły szeptać, tym razem bardziej nerwowo.

– Zaraz, zaraz…

– My przecież wcale nie…

– Że co?

Teleportowałem się, zanim zauważyły uśmiech na mojej twarzy. Miałem nadzieję, że duch mojej przyjaciółki miał z tej rozmowy ubaw godny szekspirowskiej komedii, gdziekolwiek teraz się znajdował.

* * *

Tej nocy, kiedy dogasał ogień w obozie, spotkałem się przy nim z Nikiem, Willem i Rachel. Chłopcy siedzieli wygodnie obok siebie. Will otaczał Nica ramieniem, a syn Hadesa piekł piankę na patyku. Przy mnie zasiadła Rachel, obejmując kolana i wpatrując się z zadowoleniem w gwiazdy. Gasnące ognisko rzucało na jej rude włosy odblask w barwie sierści szarżujących taurosów.

– Wszystko z powrotem działa – powiedziała, stukając się w skroń. – Wizje są jasne, mogę malować, nawet udzieliłam już kilku przepowiedni. Koniec z wężową trucizną. Dziękuję.

– To dobrze – powiedziałem. – A co ze zrujnowanym domem twoich rodziców?

Zaśmiała się.

– Wyszło nie najgorzej – wyjaśniła. – Wcześniej tato chciał, żebym została tu na całą jesień. Teraz mówi, że może powinnam zrobić to, co oryginalnie planowałam: spędzić rok w Paryżu na studiowaniu sztuki. Oni w tym czasie odbudują dom.

– Och, Paryż! – westchnął Will.

– Prawda? – Rachel się uśmiechnęła. – Ale nie martwcie się, wrócę za rok latem i uraczę was kolejną porcją doskonałych przepowiedni.

– A gdybyśmy przypadkiem potrzebowali cię wcześniej – dodał Nico – zawsze jest podróż cieniem.

Will westchnął.

– Mój drogi mroczny władco – powiedział – bardzo mi się podoba idea randki w Paryżu, ale ty pewnie ciągle myślisz o Tartarze, prawda? I masz nadzieję na poradę Wyroczni właśnie w tej kwestii?

Nico wzruszył ramionami.

– Niedokończone sprawy – odparł.

Skrzywiłem się. Wydawało się, że nasza rozmowa na ten temat – o poczuciu Nica, że powinien zbadać głębie Tartaru, o głosie, który wzywał stamtąd pomocy – odbyła się bardzo dawno temu. Nie chciałem otwierać świeżych ran, ale i tak zapytałem, najdelikatniej, jak mogłem:

– Jesteś pewien, że to nie... Jason?

Nico skubał przypieczoną piankę.

– Nie będę kłamał, myślałem o tym – powiedział. – Myślałem, żeby odnaleźć Jasona. Ale nie, to nie o niego chodzi.

Przytulił się do Willa.

– Mam poczucie, że Jason dokonał wyboru – wyjaśnił. – I że umniejszę jego ofiarę, jeśli będę próbował to naprawić. Co do Hazel... ona po prostu dryfowała po Łąkach Asfodelowych. Czułem, że nie powinno jej tam być i że *potrzebowała* wrócić. Co do Jasona, mam poczucie, że teraz jest mu lepiej.

– W Elizjum? – spytałem. – Ponowne narodziny?

– Miałem nadzieję, że to ty mi powiesz – przyznał Nico.

Pokręciłem głową.

– Nie mam pojęcia o sprawach pośmiertnych. Ale jeżeli nie chodzi ci o Jasona...

Nico zakręcił zaimprowizowanym rożnem.

– Kiedy pierwszy raz byłem w Tartarze, ktoś mi udzielił pomocy. A ja... ja zostawiłem tam tę osobę. Nie mogę przestać o niej myśleć.

– Mam być zazdrosny? – spytał Will.

– To tytan, głuptasie – odpowiedział Nico.

Wyprostowałem się.

– Tytan?!

– To długa historia – wyjaśnił syn Hadesa. – Ale on nie jest zły. Jest... No cóż, czuję, że powinienem go poszukać i zrozumieć, co się stało. Może mu się przydać moja pomoc. Nie lubię, kiedy przegapia się potrzebujących.

Rachel skuliła się.

– A Hadesowi nie przeszkadza, że się włóczysz po Tartarze? – spytała.

Nico zaśmiał się gorzko.

– Wprost mi tego zakazał, po tej sprawie z Wrotami Śmierci. Nie życzy sobie nikogo więcej w Tartarze. Po to mi byli troglodyci. Oni potrafią przekopać tunel wszędzie, również tam. Dzięki nim możemy bezpiecznie wejść i wyjść.

– Bardzo względnie „bezpiecznie" – wtrącił Will – zważywszy, że cały ten pomysł jest szalony.

Zmarszczyłem brwi. Zupełnie nie podobała mi się idea, że mój słoneczny syn wybiera się na wycieczkę do koszmarnej krainy potworów. Ostatni pobyt na skraju Chaosu uświadomił mi, że to naprawdę fatalny wybór na wakacje. Ale przecież to nie ja decydowałem, co mogą robić herosi, zwłaszcza ci, których szczególnie kochałem. Nie chciałem więcej być takim bogiem.

– Chciałbym ci pomóc – przyznałem – ale obawiam się, że Tartar jest poza moją jurysdykcją.

– W porządku, tato – zapewnił Will. – Zrobiłeś swoje. Żadna historia tak całkiem się nie kończy, prawda? Po prostu prowadzi do następnych.

Splótł palce z palcami Nica.

– Damy radę z tym, co się zbliża. Razem. Z pomocą przepowiedni albo bez niej…

Przysięgam, nie miałem z tym nic wspólnego. Nie nacisnąłem przycisku na plecach Rachel, nie zamówiłem pakietu proroctwa niespodzianki u Delfickich Dostarczycieli. Ale kiedy tylko Will użył słowa „przepowiednia", Rachel zesztywniała. Odetchnęła głęboko. Z ziemi uniosły się zielone opary, wijąc się wokół niej i wpełzając do płuc. Osunęła się na bok; Will i Nico usiłowali ją złapać.

Co do mnie, uciekłem w wyjątkowo nieboski sposób, z sercem bijącym jak u wystraszonego Lestera. Może ta zielona mgła za bardzo skojarzyła mi się z ostatnimi uroczymi chwilami spędzonymi w towarzystwie Pytona.

Kiedy się uspokoiłem, prorocza chwila minęła. Rachel leżała wygodnie na ziemi, a Will i Nico stali nad nią z wyrazem niepewności malującym się na twarzach.

– Słyszałeś to? – zapytał mnie Nico. – Tę przepowiednię, którą wyszeptała?

– Ja… Nie, nie słyszałem – przyznałem. – Może lepiej, jeśli to wy dwaj spróbujecie dojść, o co tu chodzi.

Will pokiwał głową, zrezygnowany.

– Nie brzmiało to zbyt optymistycznie – przyznał.

– Nie, zapewne nie – powiedziałem.

Spojrzałem z uczuciem na Rachel Elizabeth Dare.

– To znakomita Wyrocznia – dodałem.

38

Marchewki, muffinki
Gorące niebieskie ciastka Sally
Ależ jestem głodny!

STACYJKA LATEM wydawała się zupełnie inna. Ogród Emmie wręcz pękał w szwach od nadmiaru pomidorów, groszku, kapusty i arbuzów, a wielka sala – od starych przyjaciół. Na miejscu były Łowczynie Artemidy, które właśnie poniosły dość druzgocącą klęskę w łowach na lisicę z Teumessos.

– Ta lisica to diabeł wcielony – oznajmiła Reyna Avila Ramírez-Arellano, masując posiniaczoną szyję. – Zaprowadziła nas prosto do legowiska wilkołaków, cholera jedna.

– Ech – mruknęła Thalia Grace, wydobywając ząb wilkołaka ze skórzanego napierśnika. – LT sieje zniszczenie, gdziekolwiek się pokaże.

– LT? – zapytałem.

– Łatwiej mówić LT, niż dwadzieścia razy dziennie powtarzać „lisica z Teumessos" – wyjaśniła Thalia. – Ta paskuda przebiega przez miasto i budzi wszelkie potwory w promieniu trzydziestu kilometrów. Peoria jest w zasadzie cała w ruinie.

Brzmiało to dość tragicznie, ale bardziej martwił mnie los moich przyjaciółek, towarzyszek Artemidy.

– Zaczęłaś już żałować, że dołączyłaś do Łowczyń? – zapytałem Reynę.

Uśmiechnęła się szeroko.

– Ani przez moment! Jest super!

Thalia klepnęła ją w ramię.

– Świetna z niej Łowczyni. Wiedziałam, że się sprawdzi. Któregoś dnia w końcu dopadniemy tę lisicę!

Emmie zawołała z kuchni, że potrzebna jej pomoc przy obiedzie, bo marchewki same się nie pokroją. Przyjaciółki poszły, śmiejąc się i plotkując. Dobrze się poczułem, widząc ich szczęście, nawet jeśli w tej wersji superżycie oznaczało niekończący się pościg za lisicą, która zniszczyła sporą część środkowego zachodu Stanów Zjednoczonych.

Jo zastałem w kuźni; uczyła Georginę, swoją (a być może i moją) córkę, jak wykuwać broń. Georgina nie wyglądała na szczególnie uszczęśliwioną moim widokiem. Zachowywała się, jakbyśmy rozstali się ledwie parę minut temu.

– Masz moją figurkę? – spytała.

– Eee…

Mogłem skłamać albo magicznie stworzyć idealną kopię zabawki z pluszowych drucików i powiedzieć: „Oczywiście, że mam". Prawda jednak była taka, że nie miałem pojęcia, co się stało z ludzikiem – może skończył w Delfach, w Tartarze albo w Chaosie? Powiedziałem jej prawdę.

– Zrobić ci następnego? Chciałabyś? – zapytałem.

Georgina zastanawiała się przez chwilę.

– Niee – odpowiedziała i poszła hartować gorące żelazo wraz z matką.

Wojownik Lityerses najwyraźniej nieźle sobie radził. Nadzorował „Program gościnnych wizyt słoni", w którego ramach spotkały się mieszkająca w Stacyjce Liwia i Hannibal z Obozu Jupiter. Dwie bestie bawiły się razem za Stacyjką, flirtując i przerzucając się piłkami lekarskimi.

Po obiedzie poszedłem zobaczyć się z Leo Valdezem, który właśnie dowlókł się do domu po całym dniu prac społecznych

– uczył bezdomne dzieciaki z lokalnego ośrodka, jak się robi racjonalne zakupy.

– To wspaniale – powiedziałem.

Uśmiechnął się i ugryzł spory kawałek ciastka maślankowego, świeżo upieczonego przez Emmie.

– Tak. To są małolaty takie jak ja, wiesz? Niewiele w życiu mieli. Mogę zrobić co najmniej tyle: pokazać im, że kogoś obchodzą. Plus, niektórzy z nich świetnie sobie radzą z mechaniką.

– Nie potrzebujesz sklepu? – spytałem. – Ani narzędzi?

– Mam Festusa! – odpowiedział Leo. – Spiżowy smok to najlepszy sklep objazdowy. Większość dzieciaków i tak postrzega go jako ciężarówkę, z powodu Mgły, ale niektóre… niektóre wiedzą, o co tu chodzi.

Jo minęła nas, idąc do zagrody gryfów, i poklepała Leo po ramieniu.

– Młody dobrze sobie radzi. Ma potencjał.

– Dzięki, mamo! – odpowiedział Leo.

Jo prychnęła, ale wyglądała na zadowoloną.

– A co z Kalipso? – zapytałem.

Przez twarz chłopaka przebiegł wir emocji – dość dużo, by upewnić mnie, że Leo był jeszcze bardziej niż kiedyś zakochany w eksbogini i że sytuacja pozostawała skomplikowana.

– Ma się nieźle – odpowiedział w końcu. – Chyba nigdy wcześniej nie spotkałem osoby, która naprawdę lubiłaby liceum. Ale dla niej… rutyna, zadania, ludzie… Dostosowała się natychmiast. Pewnie dlatego, że to całkowite przeciwieństwo uwięzienia na Ogygii.

Skinąłem głową, choć i mnie idea byłej nieśmiertelnej, która przepada za szkołą, wydała się dziwna.

– Gdzie ona teraz jest? – zapytałem.

– Na zielonej szkole muzyki – odparł.

Popatrzyłem na niego z niedowierzaniem.

– Co takiego?

– Kalipso jest instruktorką na zielonej szkole dla zwykłych śmiertelnych dzieciaków, które uczą się grać na instrumentach i tak dalej, nie wiem dokładnie – wyjaśnił Leo. – Wyjechała na całe lato.

Potrząsnął głową. Najwyraźniej za nią tęsknił i chyba miewał koszmary na temat hipotetycznego przystojnego instruktora gry na klarnecie, w którego towarzystwie Kalipso być może spędza wakacje.

– Wszystko w porządku – powiedział z wymuszonym uśmiechem. – Wiesz, mam dzięki temu trochę czasu na przemyślenia spraw. Jakoś to wszystko poukładamy.

Przechodząca obok nas Reyna usłyszała ostatnie zdanie.

– Mówisz o Kalipso? Tak, ja i *mi hermano* musieliśmy przeprowadzić poważną rozmowę. – Reyna ścisnęła jego ramię. – Nie nazywa się młodej damy *mamacita*. Nie każda dziewczyna lubi słyszeć, że jest laseczką. Musisz mieć dla niej więcej szacunku, *entiendes*?

– Ja... – Leo wyglądał, jakby chciał zaprotestować, po czym przemyślał sprawę i postanowił milczeć. – Dobra, masz rację.

Reyna uśmiechnęła się do mnie.

– Valdez dorastał bez mamy – wyjaśniła – i nigdy się nie nauczył, jak traktować kobiety. Teraz ma dwie wspaniałe matki zastępcze i starszą siostrę, która nie zawaha się trzepnąć go w ucho, jeśli będzie się nieodpowiednio zachowywał.

Lekko poklepała Leo po policzku.

– Sama prawda – mruknął Leo.

– No już, uszy do góry. – Reyna zaśmiała się. – Kalipso w końcu się ogarnie. Czasem straszny z ciebie głuptak, Valdez, ale serce to ty masz z cesarskiego złota.

Następnym przystankiem na mojej drodze był Obóz Jupiter.

Zupełnie mnie nie zaskoczyło, że Hazel i Frank okazali się najskuteczniejszą i najbardziej szanowaną parą pretorów w historii Dwunastego Legionu. W rekordowym czasie rozpoczęli odbudowę Nowego Rzymu, naprawili wszelkie zniszczenia powstałe podczas naszej bitwy z Tarkwiniuszem i dwoma cesarzami i wdrożyli program zatrudniania wilków Lupy do pomocy w ściąganiu do obozu nowych herosów. Od mojego odjazdu przybyła ich co najmniej dwudziestka. Zastanawiałem się, gdzie się dotąd ukrywali i jak bardzo zajęci musieli być moi boscy koledzy i koleżanki przez ostatnie dekady, że się dorobili tak pokaźnej gromadki dzieci.

– Będziemy musieli zbudować tutaj nowe koszary – powiedziała Hazel, kiedy ona i Frank oprowadzali mnie po odnowionym obozie. – Rozbudowaliśmy termy i jesteśmy w trakcie wznoszenia łuku triumfalnego upamiętniającego zwycięstwo nad cesarzami.

W jej bursztynowych oczach błyszczała ekscytacja.

– Caluteńki łuk będzie pokryty złotem – dodała. – Totalnie przegięty i przesadzony.

Frank uśmiechnął się.

– Tak. O ile rozumiem, klątwa Hazel została całkowicie złamana. Przeprowadziliśmy augurium przy ołtarzu Plutona, wynik był pozytywny. Hazel może teraz przyzywać klejnoty i cenne metale, a także posługiwać się nimi, nie ściągając przekleństwa.

– Ale nie zamierzam nadużywać tej mocy – dodała Hazel. – Użyjemy jej tylko dla upiększenia obozu i na chwałę bogów. Nie będziemy kupować sobie jachtów, prywatnych samolotów, wielkich złotych naszyjników z przyczepionymi diamentowymi napisami: „H + F = WM <3", nic z tych rzeczy. Prawda, Frank?

Frank skrzywił się.

– Raczej nie – potwierdził.

Hazel dała mu kuksańca.

– No dobra, na pewno nie – poprawił się. – Byłby to lekki obciach.

Frank ciągle ruszał się jak przyjazny niedźwiedź grizzly, ale jego postawa wydawała się bardziej zrelaksowana, a nastrój lepszy, tak jakby wreszcie zaczęło do niego docierać, że jego przeznaczenia nie kontrolował już niewielki kawałek drewna. Dla Franka Zhanga, jak i dla nas wszystkich, przyszłość otwierała nowe perspektywy.

– Aha, zobacz, Apollo! – zawołał.

Zakręcił purpurowym płaszczem pretora, jakby planował właśnie zmienić się w nietoperza wampira (co całkowicie leżałoby w zakresie jego umiejętności). Zamiast tego jednak peleryna przybrała kształt swetra.

– Już wiem, jak to robić!

Hazel przewróciła oczyma.

– Frank, jesteś moim słoneczkiem najdroższym, ale możesz darować sobie ten sweter?

– Ale czemu? – zaprotestował Frank. – Jest kuloodporny i wygodny jednocześnie!

Lavinia Asimov dotrzymała obietnicy (czy też groźby) i rzeczywiście nauczyła Piątą Kohortę stepować. Jednostka ta budziła teraz lęk i respekt podczas gier wojennych, ponieważ potrafiła przeprowadzić testudo – manewr defensywny w postaci ściany tarcz – jednocześnie wykonując skomplikowany krok punktowany potrójnym stuknięciem.

Tyson i Ella, cali szczęśliwi, wrócili do księgarni. Jednorożce ciągle miały formę bojową. Plan rozbudowy świątyń, zaproponowany przez Jasona Grace, był nadal realizowany – co tydzień przybywały nowe ołtarze i miejsca kultu.

Zaskoczyło mnie, że Percy Jackson i Annabeth Chase zamieszkali chwilowo w Nowym Rzymie, dając sobie dwa miesiące na przyzwyczajenie się do nowych okoliczności, zanim zaczną pierwszy rok college'u.

– Architektura – powiedziała Annabeth. Jej szare oczy lśniły równie jasno, jak u matki. Wypowiedziała to słowo, jakby miało ono rozwiązać wszystkie problemy świata. – Wybrałam kursy z ekoprojektowania na uniwersytecie w Berkeley, jednocześnie podejmując drugie studia na uczelni w Nowym Rzymie. Jak będę na trzecim roku, zdecyduję…

– Czekaj, czekaj, mądralińska! – przerwał jej Percy. – Najpierw musisz mi pomóc przetrwać angielski. I matmę. I historię.

Uśmiech Annabeth rozjaśnił puste pomieszczenie.

– Tak, glonomóżdżku. Damy sobie radę z tymi podstawami. Ale zadania będziesz odrabiał sam.

– No weź. – Percy popatrzył na mnie, szukając wsparcia. – Zadania?!

Cieszyło mnie, że najwyraźniej są szczęśliwi, ale opinię Percy'ego o zadaniach domowych podzielałem. Bogowie nie wykonują zadań. Nie chcieliśmy ich. Uznaliśmy za to, że będą znakomitą formą morderczego testu dla herosów.

– A ty w czym się chcesz specjalizować? – spytałem.

– Ja… No… W biologii mórz i oceanów? Rybołówstwie morskim? Jeszcze nie wiem. Ale w końcu zdecyduję.

– Będziecie tu mieszkać razem? – spytałem, wskazując na piętrowe łóżko. Może i Uniwersytet Nowego Rzymu jest uczelnią dla herosów, ale akademiki ma urządzone równie nieciekawie i bez wygód, jak ludzkie szkoły wyższe.

– Nie! – W głosie Annabeth brzmiała uraza. – Widziałeś, jak ci ludzie wszędzie rzucają brudne ciuchy? Ohyda! Poza tym studenci pierwszego roku mieszkają obowiązkowo w akademikach, ale nie koedukacyjnych. Moja współlokatorka przyjedzie pewnie dopiero we wrześniu.

– Taaa… – westchnął Percy. – Ja w tym czasie będę po drugiej stronie kampusu, w pustym męskim akademiku. Kawał świata, dwie ulice dalej.

Annabeth trzepnęła go w ramię.

– Poza tym, Apollinie – powiedziała – to, jak mieszkamy, to nie twoja sprawa.

Podniosłem ręce w geście kapitulacji.

– Ale przyjechaliście tu razem, przez cały kraj?

– Tak, z Groverem – odparł Percy. – Było super, my troje znowu razem. Ale, stary, ta podróż...

– No, trochę nam nie szło – dodała Annabeth. – A także nie wychodziło, nie udawało się i nic nie chciało działać. Ale w końcu dotarliśmy cali i zdrowi.

Skinąłem głową. Tak w końcu wyglądała większość podróży herosów. Pomyślałem o tym, jak sam zmierzałem z Los Angeles do Obozu Jupiter, eskortując trumnę Jasona Grace. Percy i Annabeth jakby czytali mi w myślach. Choć mieli przed sobą szczęśliwe dni, a w Obozie Jupiter panował ogólny nastrój optymizmu, smutek ciągle nam towarzyszył, czając się gdzieś na peryferiach mojego wzroku, jak jeden z larów obozu.

– Dowiedzieliśmy się po przyjeździe – powiedział Percy. – Dalej nie mogę...

Głos mu się załamał. Spuścił wzrok i zaczął nerwowo skubać własną dłoń.

– Płakałam, aż zasłabłam – dodała Annabeth. – Ciągle żałuję, że... Szkoda, że nie mogłam pomóc Piper. Mam nadzieję, że jakoś sobie radzi...

– Piper jest twarda – zapewniłem ją. – Ale tak. Jason był najlepszy z nas.

Nikt nie zaprotestował.

– Skądinąd – zmieniłem temat – twoja mama, Percy, miewa się świetnie. Spotkałem się niedawno z nią i Paulem. A twoja siostrzyczka jest absolutnie przesłodka i cały czas się śmieje.

Percy rozpromienił się.

– Prawda? Estelle jest super! Brakuje mi tylko wypieków mamy.

– W tym akurat mogę pomóc – oświadczyłem.

Tak jak obiecałem Sally Jackson, przeteleportowałem wprost we własne dłonie talerz jej świeżo upieczonych niebieskich ciasteczek.

– Chłopie! – Percy wepchnął sobie całe ciastko do ust i przewrócił oczyma z zachwytu. – Apollinie, jesteś najlepszy. Odwołuję prawie wszystko, co o tobie wcześniej mówiłem.

– Spoko – zapewniłem go. – Zaraz, chwila… Jak to *prawie* wszystko?!

39

Dwieście i dziesięć
To mnóstwo haiku
Może być więcej, je…
(tu należy wstawić odgłos, jaki wydaje duszony bóg)

SKORO JUŻ MOWA O PIPER MCLEAN, zrobiłem sobie obciach, kiedy do niej wpadłem.

To była piękna letnia noc w Tahlequah w Oklahomie. Na niebie tysiące gwiazd i ćwierkanie cykad wśród drzew. Upał osiadał na łagodnych wzgórzach. Robaczki świętojańskie migotały w trawie.

Kazałem sobie objawić się w tym miejscu, gdzie akurat przebywała Piper McLean. Wylądowałem na płaskim dachu głównego budynku średnio zamożnej farmy – rodzinnej siedziby McLeanów. Na krawędzi dachu siedziała blisko siebie dwójka ludzi, ich ciemne sylwetki były skierowane do mnie plecami. Jedna z postaci nachyliła się i pocałowała tę drugą.

Nie zamierzałem tego zrobić, ale tak mnie to wzruszyło, że zaświeciłem jak lampa błyskowa, mimo woli zmieniając się z Lestera w dojrzałą formę Apollina: z togą, blond włosami, muskułami i tak dalej. Para zakochanych odwróciła się do mnie. Piper McLean siedziała po lewej. Po prawej siedziała inna młoda dama z krótkimi ciemnymi włosami i połyskującym w ciemności kolczykiem z kryształu górskiego w nosie.

Piper wyplątała palce z dłoni drugiej dziewczyny.

– Łał, Apollinie, niezły moment.

– Kto to jest? – zapytała druga dziewczyna, wpatrując się w mój strój z prześcieradła. – Twój tato ma chłopaka?

Stłumiłem jęk. Ponieważ tata Piper to Tristan McLean, dawny czołowy łamacz serc w Hollywood, miałem ochotę odpowiedzieć: „Jeszcze nie, ale nie miałbym nic przeciwko". Uznałem jednak, że Piper mogłaby tego nie docenić.

– Dawny przyjaciel rodziny – odparła. – Wybacz, Shel. Dasz mi sekundkę?

– Uch. Jasne.

Piper wstała, wzięła mnie za rękę i poprowadziła na drugi koniec dachu.

– Co się stało?

– Ja… eee… – Nie miałem podobnych problemów z wysłowieniem się, od czasu kiedy byłem Lesterem Papadopoulosem na pełny etat. – Ja tylko chciałem zajrzeć, sprawdzić, czy u ciebie wszystko w porządku. Wygląda na to, że tak.

Na twarzy Piper pojawił się cień uśmiechu.

– Aha, same początki.

– Czyli dochodzisz do jakichś wniosków – powiedziałem, przypominając sobie, co mi mówiła w Kalifornii.

Nagle mnóstwo z tego, o czym rozmawialiśmy, zaczęło nabierać sensu. Nie dać się określić oczekiwaniom Afrodyty. Albo wyobrażeniom Hery o tym, czym jest idealna para. Piper odkrywająca własną drogę, a nie tę, której ludzie się po niej spodziewali.

– Właśnie – odparła.

– Bardzo się cieszę.

Naprawdę się cieszyłem. Prawdę mówiąc, musiałem się nieźle wysilić, żeby nie świecić jak robaczek wielkolud.

– A co u taty?

– Ech, no wiesz… przenosiny z Hollywood z powrotem do Tahlequah to duża zmiana. Ale chyba znalazł tu spokój. Zobaczymy, co będzie. Słyszałam, że wróciłeś na Olimp. Gratuluję.

Nie byłem pewny, czy gratulacje były na miejscu, zważywszy na mój ogólny niepokój o poczucie bezwartościowości, ale potaknąłem. Opowiedziałem jej, co się stało z Neronem. Opowiedziałem o pogrzebie Jasona.

Objęła się ramionami. W świetle gwiazd jej twarz wyglądała równie ciepło jak brąz zdjęty z kowadła Hefajstosa.

– To dobrze – powiedziała. – Cieszę się, że Obóz Jupiter dobrze go potraktował. Że ty go dobrze potraktowałeś.

– Nie wiem, czy dobrze – odrzekłem.

Położyła mi rękę na ramieniu.

– Nie zapomniałeś. Widzę to.

Miała na myśli bycie człowiekiem i szacunek dla poniesionych ofiar.

– Nie – powiedziałem. – Nie zapomnę. To wspomnienie jest teraz częścią mnie.

– Doskonale. A teraz, wybacz…

– Co?

Wskazała na swoją przyjaciółkę Shel.

– Och, no tak. Uważaj na siebie, Piper McLean.

– Ty też, Apollinie. A następnym razem może daj wcześniej znać, zanim wpadniesz?

Wymamrotałem parę słów przeprosin, ale ona już była gdzie indziej – przy nowej przyjaciółce, nowym życiu i gwiazdach na niebie.

Ostatnie i najtrudniejsze spotkanie… Meg McCaffrey.

Letni dzień w Palm Springs. Suchy, drażniący upał przypomniał mi Labirynt Ognia, ale nie było w nim nic złowrogiego ani magicznego. Na pustyni po prostu zrobiło się gorąco.

Aeithales, dawny dom doktora Phillipa McCaffreya, było oazą chłodu, zieleni i życia. Konary drzew urosły tak, że przetworzyły całkowicie stworzoną niegdyś przez człowieka strukturę, sprawiając, że wyglądała jeszcze bardziej imponująco niż w dzieciństwie Meg. Annabeth byłaby pod wrażeniem przyjaznych dla środowiska projektów architektonicznych autorstwa lokalnych driad. Okna zostały zastąpione warstwami wici roślinnych, otwierających się i zamykających automatycznie, żeby dawać cień i chłód, odpowiadających na najlżejsze zmiany wiatru. Szklarnie zostały odbudowane i teraz rosły w nich rzadkie okazy roślin z całej południowej Kalifornii. Naturalne źródła napełniały cysterny, zapewniając wodę dla ogrodów i system chłodzenia dla domu.

Pojawiłem się w starej formie Lestera na ścieżce prowadzącej z domu do ogrodów i omal nie zostałem zadźgany przez meliady, osobisty oddział siedmiu superdriad, ochroniarek Meg.

– Stać! – wrzasnęły unisono. – Intruz!

– To ja! – odkrzyknąłem, co nie bardzo pomogło. – Lester! – Nadal zero odzewu. – Dawny, no wiecie, sługa Meg.

Meliady opuściły groty włóczni.

– Och, tak – powiedziała jedna z nich.

– Sługa Meg – dodała druga.

– Ten słaby, niewystarczający – dorzuciła trzecia. – Zanim Meg uzyskała *nasze* usługi.

– Pragnę was poinformować, że teraz jestem pełnoprawnym bogiem olimpijskim – zaprotestowałem.

Na driadach nie zrobiło to wrażenia.

– Zaprowadzimy cię do Meg – oznajmiła jedna z nich. – Niech ona wyda wyrok. Dwuszereg!

Uformowały szyk i skierowały mnie na ścieżkę. Mogłem zniknąć, odlecieć lub zrobić mnóstwo innych imponujących rzeczy, ale one mnie zaskoczyły. Wpadłem w dawne Lesterowe nawyki i pozwoliłem się prowadzić jak cielę do dawnej pani.

Kiedy ją znaleźliśmy, kopała w ziemi wraz ze swym dawnym rodzeństwem z domu Nerona, pokazując, jak przesadzać młode kaktusy. Zobaczyłem Elię i Lucjusza, z zadowoleniem zajmujących się maleńkimi kaktusiętami. Nawet mały Kasjusz tam był, aczkolwiek nie miałem pojęcia, jak Meg go wytropiła. Żartował właśnie z jedną z driad, wyglądając tak spokojnie, że nie byłem w stanie uwierzyć, że to ten sam chłopiec, który uciekł z wieży Nerona.

W pobliżu, na skraju nowo zasadzonego sadu śliwkowego, stał karpos Śliwka w pełnej pieluchowej chwale. (Jasne. Pojawił się, jak już niebezpieczeństwo minęło). Toczył gorącą dysputę z młodym żeńskim karposem, który, jak założyłem, pochodził z tej okolicy. Karpe wyglądała zupełnie jak Śliwka, tylko że była pokryta cienką warstewką kolców.

– Śliwka – powiedział do niej Śliwka.

– Opuncja! – odpowiedziała młoda dama.

– Śliwka!

– Opuncja!

To chyba było wszystko, co mieli do powiedzenia. Może jednak ta rozmowa miała szanse rozwinąć się w śmiertelny pojedynek mający na celu ustanowienie lokalnej hierarchii owoców. A może był to początek największej historii miłosnej wszech czasów. Trudno to powiedzieć w wypadku karpoi.

Meg nie kryła zaskoczenia na mój widok. Jej twarz rozjaśnił uśmiech. Miała na sobie różową sukienkę ofiarowaną przez Sally Jackson, a do tego ogrodniczy kapelusz wyglądający jak grzyb. Mimo tej ochrony jej kark zrobił się czerwony od przebywania na słońcu.

– Wróciłeś – zauważyła.

Uśmiechnąłem się.

– Opaliło cię.

– Chodź tu – rozkazała.

Jej rozkazy nie miały już mocy, ale i tak do niej podszedłem. Chwyciła mnie w mocny uścisk. Pachnęła opuncjami i ciepłym piaskiem. Być może nawet poczułem trochę wilgoci w oczach.

– Nie przerywajcie pracy – powiedziała do swoich uczniów. – Zaraz wrócę.

Byłe cesarskie dzieci wyglądały na szczęśliwe. Właściwie sprawiały wrażenie, jakby ogrodnictwo miało im zapewnić zdrowie psychiczne, co może zresztą było prawdą.

Meg wzięła mnie za rękę i oprowadziła po nowej siedzibie. Meliady szły za nami krok w krok. Pokazała mi przyczepę, w której pomieszkiwała Sybilla Herofile, kiedy nie przebywała w mieście, stawiając tarota i lecząc kryształami. Meg była zadowolona, że była Wyrocznia przynosiła dość pieniędzy, by pokryć wszystkie wydatki Aeithales.

Nasi driadowi przyjaciele Jozue i Aloes ucieszyli się na mój widok. Opowiedzieli mi o swoich podróżach po południowej Kalifornii, o sadzeniu nowych driad i usiłowaniach mających na celu wyleczenie ran spowodowanych przez susze i pożary. Przed nimi było wciąż mnóstwo pracy, ale sprawy zaczynały wyglądać lepiej. Aloes chodziła z nami przez chwilę, okładając oparzenia słoneczne Meg sokiem i upominając ją o ostrożność.

W końcu dotarliśmy do głównego pomieszczenia w domu, gdzie Luguselwa składała fotel bujany. Otrzymała nowe mechaniczne dłonie – dar, jak powiedziała mi Meg, domku Hefajstosa w Obozie Herosów.

– Hej, towarzyszu z celi! – Lu rozpromieniła się, wykonując ręką ruch, który zazwyczaj nie jest kojarzony z przyjaznym powitaniem. Następnie zaklęła i potrząsnęła metalowymi palcami, aż otwarły się w odpowiednim geście. – Wybacz tę niezręczność. Te ręce nie są zbyt dobrze zaprogramowane. Muszę opracować kilka sztuczek.

Podniosła się i wzięła mnie w niedźwiedzi uścisk. Jej palce rozcapierzyły się i zaczęły mnie łaskotać między łopatkami.

Uznałem, że to musiało być niezamierzone, bo Lu nie wydawała mi się osobą lubiącą łaskotki.

– Nieźle wyglądasz – powiedziałem, odsuwając się od niej.

Lu zaśmiała się.

– Mam tu moją Gałązkę. Mam dom. Jestem znów zwykłą śmiertelniczką i nie chcę, żeby było inaczej.

Powstrzymałem się od powiedzenia: „Ja też". Ta myśl napełniła mnie melancholią. Byłoby to nie do pomyślenia dla starego Apollina, ale perspektywa starzenia się w tym cudownym pustynnym domu drzewnym, obserwowania, jak Meg wyrasta na silną, potężną kobietę… to całkiem nieźle brzmiało.

Lu musiała wyczuć mój smutek. Wskazała na fotel bujany.

– Dobra, kontynuujcie wycieczkę. Złożenie tego mebla z IKEA to najtrudniejsze zadanie, jakie wykonywałam od lat.

Meg zabrała mnie na taras, kiedy popołudniowe słońce zachodziło za góry San Jacinto. Mój słoneczny rydwan zmierzał w tej chwili do domu, a konie radowały się z rychłego końca podróży. I ja do nich wkrótce dołączę… jednocząc się z moim drugim ja w Pałacu Słońca.

Zerknąłem na Meg, która ocierała łzę z oka.

– Podejrzewam, że nie możesz zostać – powiedziała.

Wziąłem ją za rękę.

– Kochana Meg.

Staliśmy tak przez chwilę w milczeniu, przyglądając się herosom pracującym w położonych niżej ogrodach.

– Meg, tyle dla mnie zrobiłaś. Dla nas wszystkich. Ja… obiecałem, że cię nagrodzę, kiedy stanę się znów bogiem.

Chciała się wtrącić, ale przerwałem jej.

– Zaczekaj – powiedziałem. – Rozumiem, że to obniżyłoby wartość naszej przyjaźni. Nie jestem w stanie rozwiązywać problemów śmiertelników pstryknięciem palcami. Wiem, że nie chcesz nagrody. Ale zawsze pozostaniesz moją przyjaciółką.

A jeśli kiedykolwiek będziesz mnie potrzebowała, choćby po to, żeby porozmawiać, zjawię się.

Wargi jej zadrżały.

– Dzięki. To fajne. Ale... wiesz, w sumie wystarczy mi jednorożec.

Znowu mi to zrobiła. Znowu mnie zaskoczyła. Roześmiałem się, pstryknąłem palcami i na wzgórzu poniżej nas pojawił się jednorożec, rżąc i kopiąc ziemię złoto-perłowymi kopytami.

Meg zarzuciła mi ręce na szyję.

– Dzięki. Ale pozostaniesz też moim przyjacielem, prawda?

– O ile ty pozostaniesz moją przyjaciółką – zapewniłem ją.

Zamyśliła się.

– Aha. Może być.

Nie pamiętam, o czym jeszcze rozmawialiśmy. O lekcjach gry na pianinie, które jej obiecałem. O różnych odmianach sukulentów. O tym, jak opiekować się jednorożcami. Po prostu byłem szczęśliwy, że jesteśmy razem.

W końcu, kiedy słońce zaszło, Meg chyba zrozumiała, że czas się rozstać.

– Ale wrócisz? – zapytała.

– Zawsze – obiecałem. – Słońce zawsze wraca.

Tak więc, drodzy czytelnicy, dotarliśmy do końca moich prób. Towarzyszyliście mi przez pięć tomów przygód i pół roku bólu i cierpienia. Według moich obliczeń przeczytaliście dwieście dziesięć moich haiku. Podobnie jak Meg z pewnością zasługujecie na nagrodę.

Co może nią być? Chwilowo brakuje mi jednorożców. Niemniej ilekroć wycelujecie, by oddać najlepszy strzał, ilekroć będziecie potrzebowali wyrazić uczucia w piosence albo wierszu, wiedzcie, że się do was uśmiecham. Jesteśmy teraz przyjaciółmi.

Wzywajcie mnie. Będę was wspierał.

Słowniczek

Achilles – niemal niezwyciężony grecki bohater wojny trojańskiej, który w pojedynku przed murami Troi zabił Hektora, a potem wlókł za swym rydwanem jego zwłoki

Afrodyta – grecka bogini miłości i piękna

Agrypina Młodsza – ambitna i brutalna rzymska cesarzowa; matka Nerona; tak bardzo chciała dominować nad synem, że Neron kazał ją zabić

ambrozja – pokarm bogów; posiada lecznicze właściwości

amfisbena – wąż z głową na każdym końcu, urodzony z krwi kapiącej z odciętej głowy Meduzy

Anicetus – wierny sługa Nerona, który wykonał rozkaz zamordowania Agrypiny, matki cesarza

Ares – grecki bóg wojny; syn Zeusa i Hery; rzymski odpowiednik: Mars

Artemida – grecka bogini łowów i księżyca; córka Zeusa i Latony, bliźniacza siostra Apollina; rzymski odpowiednik: Diana

Asklepios – grecki bóg medycyny; syn Apollina; jego świątynia w Epidauros była głównym ośrodkiem medycyny w starożytnej Grecji; rzymski odpowiednik: Eskulap

Atena – grecka bogini mądrości; rzymski odpowiednik: Minerwa

Bachus – rzymski bóg wina i szaleństwa, syn Jowisza; grecki odpowiednik: Dionizos

Boreasz – bóg wiatru północnego

centaurowie – mityczne stworzenia o pół ludzkich i pół końskich kształtach

cesarskie złoto – rzadki metal, śmiertelnie groźny dla potworów, poświęcany w Panteonie; jego istnienie było pilnie strzeżonym sekretem cesarzy

Chejron – centaur; koordynator Obozu Herosów

cyklopi – pierwotny lud olbrzymów posiadających tylko jedno oko na środku czoła

Dafne – piękna najada, która zwróciła uwagę Apollina; zmieniła się w drzewo laurowe, by przed nim umknąć

Dante – włoski poeta z okresu późnego średniowiecza, wynalazca tercyny; autor m.in. *Boskiej komedii*

Dedal – genialny rzemieślnik, twórca kreteńskiego Labiryntu, w którym przetrzymywano Minotaura (pół człowieka, pół byka)

Delos – wyspa na Morzu Egejskim, niedaleko Mykonos, miejsce urodzenia Apollina

Demeter – grecka bogini rolnictwa; córka tytanów Rei i Kronosa; rzymski odpowiednik: Ceres

Diana – rzymska bogini łowów i księżyca, córka Latony i Jowisza, siostra bliźniaczka Apollina; grecki odpowiednik: Artemida

dimachaerus (l.m. *dimachaeri*) – rzymski gladiator nauczony walki na dwa miecze

Dionizos – grecki bóg wina i szaleństwa; syn Zeusa; jako Pan D. dyrektor Obozu Herosów; rzymski odpowiednik: Bachus

drakon – ogromny, żółto-zielony wężowaty potwór z kryzą wokół szyi, gadzimi oczami i ogromnymi pazurami; pluje jadem driady – nimfy drzew

Elian, Klaudiusz Elian – rzymski pisarz z początku III w. n.e., autor sensacyjnych w tonie opowieści o dziwnych wydarzeniach i cudownych wypadkach; najbardziej znanym jego dziełem jest *O właściwościach zwierząt*

Elizjum – raj, do którego wędrują greccy herosi, kiedy bogowie obdarują ich nieśmiertelnością

Ereb – kraina mroku pomiędzy ziemią a Hadesem

fasces (l.p. *fasci*) – ceremonialne siekiery o półksiężycowatym ostrzu tkwiącym w pęku rózeg obwiązanych rzemieniem; najważniejszy symbol władzy w starożytnym Rzymie; od słowa *fasces* pochodzi nazwa „faszyzm"

faun – rzymskie leśne bóstwo o pół ludzkim, pół koźlim ciele

Faunus – rzymski bóg dzikiej natury; grecki odpowiednik: Pan

gaj Dodony – siedziba najstarszej greckiej Wyroczni, znaczeniem ustępująca tylko Delfom; szelest liści dostarczał wróżb kapłanom i kapłankom przybywającym do tego miejsca; znajduje się w lesie na terenie Obozu Herosów i da się do niego dotrzeć tylko przez legowiska myrmek

Gaja – grecka bogini ziemi; matka tytanów, gigantów, cyklopów i innych potworów

Ganimedes – heros trojański, którego Zeus porwał, by służył mu jako podczaszy na Olimpie

Germanowie – barbarzyńskie plemiona zamieszkujące w czasach Cesarstwa Rzymskiego obszar zbliżony do dzisiejszych Niemiec

grecki ogień – magiczny, mocno wybuchowy, lepki, zielony płyn używany jako broń; jedna z najbardziej niebezpiecznych substancji na świecie

gryf – skrzydlata istota o łbie orła i ciele lwa; święte zwierzę Britomartis

Hades – grecki bóg śmierci i bogactw; władca Podziemia

harpia – skrzydlaty stwór o półkobiecym ciele, porywający przedmioty

Harpokrates – ptolemejski bóg milczenia i sekretów, grecka adaptacja egipskiego bóstwa Harpa Chruti, czyli Horusa Dziecka; w sztuce często przedstawiano go z palcem przyłożonym do ust, co symbolizowało stan bycia dzieckiem

Hefajstos – grecki bóg ognia, rzemiosł i kowali; syn Zeusa i Hery, mąż Afrodyty; rzymski odpowiednik: Wulkan

Hekate – bogini magii i rozstajów

Helios – tytan słońca; syn pary tytanów Hyperiona i Thei

Hera – grecka bogini małżeństwa; siostra i żona Zeusa; rzymski odpowiednik: Junona

Hermes – grecki bóg podróżników, kupców i złodziei, przewodnik dusz zmarłych, bóg komunikacji; rzymski odpowiednik: Merkury

Herofile – córka wodnej nimfy; miała tak piękny głos, że Apollo pobłogosławił ją darem proroctwa, czyniąc ją Sybillą z Erythraj

Hestia – grecka bogini ogniska domowego; rzymski odpowiednik: Westa

Hiakintos – grecki heros, kochanek Apollina, który zginął podczas próby zrobienia na Apollinie wrażenia umiejętnościami w rzucie dyskiem

Hypnos – grecki bóg snu

je-ne-sais-quoi-peut-être-radioactif – po francusku: „nie wiem co, być może radioaktywne"

Juliusz Cezar – rzymski polityk i dowódca; jego sukcesy militarne powiększyły terytorium Rzymu; wojna domowa pozwoliła mu sięgnąć po władzę w 49 r. p.n.e.; otrzymał tytuł dożywotniego dyktatora i zapoczątkował społeczne reformy, które rozgniewały wielu potężnych Rzymian; grupa senatorów zawiązała przeciwko niemu spisek i zamordowała go 15.03.44 r. p.n.e.

Junona – rzymska bogini małżeństwa; żona i siostra Jowisza, macocha Apollina; grecki odpowiednik: Hera

Jupiter (Jowisz) – rzymski bóg nieba i król bogów; grecki odpowiednik: Zeus

Kaligula – przezwisko trzeciego cesarza rzymskiego Gajusza Juliusza Cezara Augusta Germanika, osławionego okrucieństwem i licznymi zabójstwami w ciągu czterech lat swoich rządów (37–41 n.e.); zabity przez własnych gwardzistów

Kalipso – nieśmiertelna nimfa z mitycznej wyspy Ogygii; córka tytana Atlasa; przetrzymywała przez wiele lat herosa Odyseusza

karpos (r.ż. karpe, l.m. karpoi) – duch zbóż

kohorta – grupa legionistów

Kommodus – Lucjusz Aureliusz Kommodus, syn cesarza rzymskiego Marka Aureliusza; został współrządzącym w wieku szesnastu lat, a cesarzem w wieku lat osiemnastu, po śmierci ojca; rządził w latach 177–192 n.e.; był zdemoralizowanym megalomanem, uważał się za nowe wcielenie Herkulesa, pasjonował się zabijaniem zwierząt i walkami gladiatorów na arenie

Koronis – królewna, która była jedną z dziewczyn Apollina; zakochała się w śmiertelniku, a biały kruk, którego Apollo zostawił przy niej jako strażnika, doniósł bogu o jej zdradzie; Apollo był tak wściekły na kruka (jako że ten nie wydziobał oczu jego rywalowi), że go przeklął i spalił mu pióra, zmieniając je na czarne; następnie bóg wysłał Artemidę, by zabiła Koronis, bo sam nie mógł się na to zdobyć

Kronos – grecki tytan, władca czasu, zła i zbiorów; najmłodszy, ale też najbardziej przebiegły z dzieci Gai; przekonał niektórych braci, by pomogli mu zabić Uranosa; jest także głównym przeciwnikiem Percy'ego Jacksona; rzymski odpowiednik: Saturn

kynokefalowie – istoty o ludzkich ciałach i głowach psów

Labirynt – podziemna plątanina korytarzy, zbudowana oryginalnie na Krecie przez rzemieślnika Dedala, aby uwięzić Minotaura
Labirynt Ognia – magiczny podziemny labirynt pełen zagadek, mieszczący się w południowej Kalifornii, kontrolowany przez Kaligulę i grecką czarodziejkę Medeę
lary – rzymskie bóstwa domu
Latona – matka Apollina i Artemidy, których urodziła Zeusowi; bogini macierzyństwa
leontocefalin – istota z głową lwa i ciałem człowieka, owiniętym bezgłowym wężem; stworzył go perski bóg Mitra jako strażnika swej nieśmiertelności
lisica z Teumessos – ogromny lis zesłany przez bogów olimpijskich przeciwko dzieciom Teb; jej przeznaczeniem jest nigdy nie zostać złapaną
Lugus – jeden z głównych bogów panteonu celtyckiego
Lupa – bogini wilczyca, duch opiekuńczy Rzymu
Łowczynie Artemidy – grupa dziewcząt lojalnych wobec Artemidy, obdarzonych zdolnościami myśliwskimi i wieczną młodością, jeśli odrzucą na całe życie związki z mężczyznami
Mars – rzymski bóg wojny; grecki odpowiednik: Ares
Medea – grecka czarodziejka; córka króla Kolchidy Ajetesa, wnuczka tytana słońca Heliosa, żona herosa Jazona, któremu pomogła zdobyć Złote Runo
meliady (gr. *meliai*) – nimfy jesionów, córki Gai; na Krecie opiekowały się w dzieciństwie Zeusem
Merkury – rzymski bóg podróżników, przewodnik dusz zmarłych, bóg komunikacji; grecki odpowiednik: Hermes
Mgła – magiczna siła, która sprawia, że śmiertelnicy nie widzą bogów, mitycznych stworzeń ani nadprzyrodzonych zdarzeń, zastępując je rzeczami, które jest zdolny pojąć ludzki umysł

Midas – król, który posiadał zdolność przemieniania wszystkiego w złoto; ogłosił Marsjasza zwycięzcą muzycznej rywalizacji z Apollinem, za co Apollo przyprawił mu ośle uszy

Minerwa – rzymska bogini mądrości; grecki odpowiednik: Atena

Minotaur – pół człowiek, pół byk; syn króla Krety Minosa; był uwięziony w Labiryncie, gdzie zabijał wysyłanych tam ludzi; pokonany przez Tezeusza

Mitra – perski bóg, przyjęty przez Rzymian i uznany za boga wojowników; to on stworzył leontocefalina

Mojry (Losy) – zanim powstali bogowie, istniały Losy: Kloto, która przędzie nić życia, Lachesis, która ją odmierza i decyduje, jak długo będzie trwało życie, oraz Atropos, która przecina nić życia nożycami

muzy – dziewięć greckich bogiń literatury, nauki i sztuk, które przez stulecia inspirowały artystów i pisarzy; przewodniczył im Apollo; córki Zeusa i Mnemosyne: Kaliope, Klio, Erato, Euterpe, Melpomena, Polihymnia, Talia, Terpsychora i Urania

myrmeki – ogromne, przypominające mrówki stworzenia wielkości dorosłych owczarków niemieckich; żyją w ogromnych mrowiskach, gdzie gromadzą różne świecidełka, jak na przykład złoto; plują jadem i mają pancerze niemal nie do przebicia oraz straszliwe żuwaczki

najady – żeńskie duchy wody

Neron – cesarz rzymski w latach 54–68 n.e.; ostatni przedstawiciel dynastii julijsko-klaudyjskiej; wielu uważało, że jest odpowiedzialny za podpalenie Rzymu (64 r. n.e.), Neron obwinił jednak chrześcijan, na których spadły krwawe represje; w spalonej części miasta zbudował ekstrawagancki pałac; stracił wsparcie, gdy wydatki na budowę zmusiły go do podniesienia podatków; popełnił samobójstwo niebiański spiż – potężny magiczny metal, z którego wykonuje się broń dla bogów i herosów

nimfy – żeńskie bóstwa natury ożywiające przyrodę

Nowy Rzym – dolina, w której położony jest Obóz Jupiter, a także miasto – mniejsza, nowoczesna wersja stolicy imperium – gdzie rzymscy herosi mogą mieszkać w spokoju, uczyć się i odpoczywać

Obóz Herosów – obóz treningowy greckich herosów, znajdujący się na Long Island w Nowym Jorku

Obóz Jupiter – obóz treningowy rzymskich herosów, znajdujący się między wzgórzami Oakland a wzgórzami Berkeley w Kalifornii

Ogygia – wyspa będąca domem (i więzieniem) nimfy Kalipso

Olimp – góra będąca siedzibą dwunastu bogów olimpijskich

Pan – grecki bóg dzikiej przyrody; syn Hermesa

pandos (l.m. *pandai*) – rasa stworzeń o ogromnych uszach, ośmiu palcach u rąk i nóg oraz ciałach pokrytych futrem, które w dzieciństwie i młodości jest białe, a z wiekiem ciemnieje do czarnego

Partenon – świątynia bogini Ateny na Akropolis ateńskiej

Pegaz – boski skrzydlaty koń; syn Posejdona jako boga koni

Pierwotny Chaos – pierwsze, co kiedykolwiek istniało; miazmat, z którego Losy uprzędły przyszłość; otchłań, z której wynurzyli się pierwsi bogowie

Pluton – rzymski bóg śmierci i władca Podziemia; grecki odpowiednik: Hades

podróż cieniem – sposób przemieszczania się pozwalający dzieciom Hadesa i stworzeniom Podziemia posługiwać się cieniami, by skakać w dowolne miejsce na ziemi lub w Podziemiu; powoduje u podróżujących w ten sposób ogromne zmęczenie

Podziemie – rządzone przez Hadesa królestwo zmarłych, dokąd udają się na wieczność ich dusze

Pola Kar – część Podziemia, gdzie ludzie, którzy za życia byli niegodziwi, odbywają wieczne pośmiertne kary za swoje zbrodnie

Posejdon – grecki bóg morza; syn tytanów Kronosa i Rei, brat Zeusa i Hadesa; rzymski odpowiednik: Neptun

pretor – wybieralny urzędnik rzymski

princeps – w republikańskim Rzymie „pierwszy senator"; wcześni cesarze używali tego tytułu w odniesieniu do siebie

Pytia – imię nadawane każdej kapłance Wyroczni Delfickiej

Pyton – potworny wąż, którego Gaja wyznaczyła do pilnowania Wyroczni Delfickiej

Rok – olbrzymi drapieżny ptak

sasanidzki gaz – broń chemiczna, której Persowie użyli podczas wojny przeciwko Rzymianom

Saturnalia – święto w starożytnym Rzymie poświęcone Saturnowi (Kronosowi)

satyr – greckie bóstwo lasów o ciele częściowo ludzkim, a częściowo koźlim

scusatemi – po włosku: „przepraszam", „wybaczcie"

Stacyjka – miejsce schronienia dla herosów, pokojowo nastawionych potworów i Łowczyń Artemidy, znajdujące się nad dworcem Union Station w Indianapolis

stygijskie żelazo – magiczny metal wykuwany w wodach Styksu, zdolny pochłaniać samą istotę potworów, a także ranić śmiertelników, bogów, tytanów i gigantów; działa również na duchy i stwory Podziemia

Styks – potężna nimfa wodna; najstarsza córka Okeanosa; bogini najważniejszej rzeki Podziemia (która bierze od niej nazwę); bogini nienawiści

Sybilla Kumańska – prorokini mieszkająca w Kume niedaleko Neapolu; od zakochanego w niej Apollina otrzymała tysiącletnie życie, zapomniała jednak poprosić o wieczną młodość

Sybilla z Erythraj – prorokini z Wyroczni Apollina w Erythraj w Jonii (obecnie na terenie Turcji)

Tarkwiniusz Pyszny (Lucius Tarquinius Superbus) – siódmy i ostatni król Rzymu; panował od 535 do 509 r. p.n.e., kiedy po powstaniu ludowym (powstaniu Lucjusza Juniusza Brutusa) wygnano królów i ustanowiono republikę

Tartaros – małżonek Gai, duch otchłani, ojciec gigantów; od jego imienia nazwany jest Tartar, najgłębsza część Podziemia

taurus silvestris (l.m. *tauri silvestres*) – byk leśny, którego skóry nie da się przebić; odwieczny wróg troglodytów

tercyna (wł. *terza rima*) – forma wiersza składająca się z trzywersowych strof, w których rymują się pierwszy i trzeci wiersz, podczas gdy drugi rymuje się z pierwszym i trzecim wersem następnej strofy

testudo – szyk bojowy żółwia, w którym legioniści łączą tarcze, aby uformować barierę obronną

triumwirat – polityczny sojusz trzech osób lub stron

Trofonios – heros, syn Apollina, architekt m.in. świątyni Apollina w Delfach, duch Mrocznej Wyroczni; uciął głowę swojemu przyrodniemu bratu Agamedesowi, aby uniknąć rozpoznania po obrabowaniu skarbca króla Hyrieusa

troglodyci, trogowie – podziemne plemię humanoidów, którzy żywią się jaszczurkami i walczą z bykami

Troja – miasto w Azji Mniejszej, na terenie dzisiejszej Turcji

tytani – potężne greckie bóstwa, potomkowie Gai i Uranosa, którzy panowali w Złotym Wieku i zostali obaleni przez młodszych bogów, Olimpijczyków

Uranos – grecki bóg nieba; ojciec tytanów

ventus (l.m. *venti*) – duch burzy

Vnicornes imperant! – po łacinie: „Jednorożce rządzą!"

Wenus – rzymska bogini piękna i miłości; grecki odpowiednik: Afrodyta wojna trojańska – mityczna wojna toczona przez Achajów (Greków) przeciwko miastu Troja po tym, jak Parys porwał Helenę od jej męża Menelaosa, króla Sparty

Wrota Śmierci – wejście do Domu Hadesa w Tartarze; brama posiada dwie strony, z których jedna znajduje się w świecie ludzkim, a druga w Podziemiu

Wulkan – rzymski bóg ognia, także wulkanicznego, oraz kowalstwa; grecki odpowiednik: Hefajstos

Wyrocznia Delficka – wieszczka wygłaszająca przepowiednie Apollina

Zeus – grecki bóg nieba i król bogów; rzymski odpowiednik: Jowisz

Złote Runo – skóra złotego baranka, symbol władzy królewskiej; było strzeżone przez smoka i ziejące ogniem byki; wysłany po nie został heros Jazon, co poskutkowało długą wyprawą

PRZEDPREMIEROWE OPINIE O *WIEŻY NERONA*

„Jestem przekonana, że dzięki ostrożnemu planowaniu strategicznemu Apollo odzyska swoje miejsce na Olimpie”.

Atena, bogini mądrości

„Apollo nadal w tarapatach? (westchnienie) Ile razy siostra może przychodzić z pomocą?”

Artemida, bogini łowów

„Ziarnko do ziarnka, Meg zwycięży”.

Demeter, bogini rolnictwa

„Czas spuścić łomot temu śmierdzielowi Neronowi”.

Ares, bóg wojny

„Mam nadzieję, że Percy tym razem będzie trzymał się z dala od sztormów. Chłopak zasługuje na odpoczynek”.

Posejdon, bóg morza

„Poślijcie tam prawdziwego herosa, jak młody di Angelo”.

Hades, bóg Podziemia

„Coś mnie ominęło?”

Dionizos, bóg wina

„...”

Zeus, król bogów

Wyłączny dystrybutor:
Platon Sp. z o.o.
ul. Sławęcińska 16, Macierzysz
05-850 Ożarów Mazowiecki
tel./faks 22 631 08 15

Druk i oprawa:
Abedik SA, Żerniki k. Poznania